水属性の魔法使い

第二部
西方諸国編

II

久宝忠 著

TOブックス

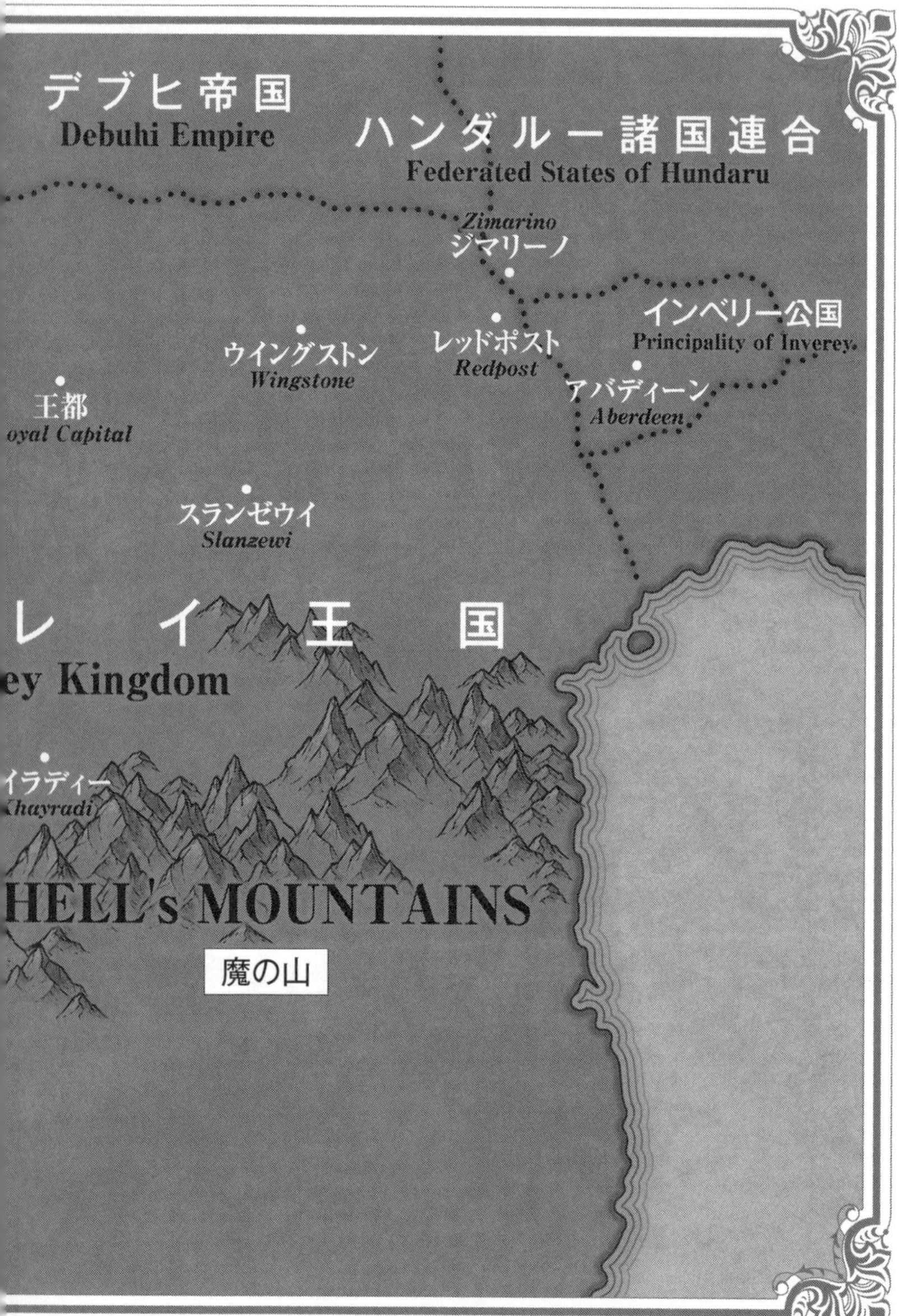

デブヒ帝国
Debuhi Empire
ハンダルー諸国連合
Federated States of Hundaru
Zimarino
ジマリーノ
インベリー公国
Principality of Inverey.
ウイングストン
Wingstone
レッドポスト
Redpost
アバディーン
Aberdeen
王都
oyal Capital
スランゼウイ
Slanzewi
レ　イ　王　国
ey Kingdom
イラディー
Khayradi
HELL's MOUNTAINS
魔の山

帝都
Imperial Capital
中央諸国
CENTRAL COUNTRIES
ナ　イ　ト
Kni
トワイライトランド
Twilightland
アクレ
Acret
ルン
Lung
ウィットナッシュ
Whitnash

登場人物紹介

赤き剣

【アベル】

ナイトレイ王国国王。元A級冒険者。剣士。

【リーヒャ】

ナイトレイ王国王妃。元B級冒険者。神官。
鈴を転がすような美声の持ち主。

【リン】

元B級冒険者。風属性の魔法使い。
『赤き剣』メンバー。ちびっ子。

【ウォーレン】

元B級冒険者。盾使い。無口で、2mを超える巨漢。

・西方諸国・

【ローマン】

一つの時代に一人だけ現れるとされる勇者。
素直で真面目で笑顔が素敵な超善人。

【レアンドラ】

西方諸国のヴァンパイアの親玉。
教会を倒すべく何やら動いているようで……？

・ナイトレイ王国・

【三《み》原《はら》涼《りょう》】

主人公。C級冒険者。水属性の魔法使い。
転生時に水属性魔法の才能と
不老の能力を与えられる。永遠の19歳。
王国解放戦の戦功によって
ロンド公爵に叙せられた。

十号室

【ニルス】

B級冒険者。剣士。
パーティ『十号室』メンバー。23歳。
やんちゃだが仲間思い。

【エト】

B級冒険者。神官。十号室メンバー。22歳。
体力のなさが弱点。

【アモン】

B級冒険者。剣士。十号室メンバー。19歳。
十号室の常識人枠。

Characters

・デブヒ帝国・

【ヘルムート八世】
ルパート六世の次の
デブヒ帝国皇帝。

【ルパート六世】
デブヒ帝国先代皇帝。
先の王国侵攻戦の首謀者。
実力主義者だが娘には甘い。

【フィオナ】
デブヒ帝国第十一皇女。
臣籍降下してルビーン公爵となる。
配偶者はオスカー。

【オスカー】
火属性の魔法使い。
フィオナと結婚してルスカ伯爵に
任じられた。
『爆炎の魔法使い』の二つ名で有名。

所属不明

【レオノール】
悪魔。とてつもなく強い。
戦闘狂で、涼との戦闘がお気に召した様子。

【黒神官服の男】
魔王でも天使でもない何者か。
「堕天」という言葉に
強い反応を示したが……？

【デュラハン】
水の妖精王。涼の剣の師匠。
涼がお気に入りで、
剣とローブを贈っている。

【ミカエル】
地球における天使に近い存在。
涼の転生時の説明役。

冒険者ギルド

【ヒュー・マクグラス】
王都の冒険者ギルドのマスター。
身長195cmで強面。

【ラー】
ルンの冒険者ギルドのギルドマスター。
元B級冒険者の剣士。

風

【セーラ】
エルフのB級冒険者。
風の魔法使いかつ超絶技巧の剣士。

ハインライン家

【フェルプス・A・ハインライン】
白の旅団団長、B級冒険者。
アベルとは幼なじみ。

【アレクシス・ハインライン】
王国有数の諜報部隊を抱える
ハインライン侯爵家の現当主であり、
王国宰相としてアベルの右腕となっている。

・ハンダルー諸国連合・

【オーブリー卿】
ハンダルー諸国連合執政。
王国東部やその周辺国を巡って暗躍している。

【ロベルト・ピルロ】
連合の構成国・カピトーネ王国の元国王。
オーブリー卿に匹敵する政治手腕の持ち主。

第二部　西方諸国編Ⅱ

イラスト――天野 英
デザイン――伊波光司＋ベイブリッジ・スタジオ

第二部　西方諸国編 II

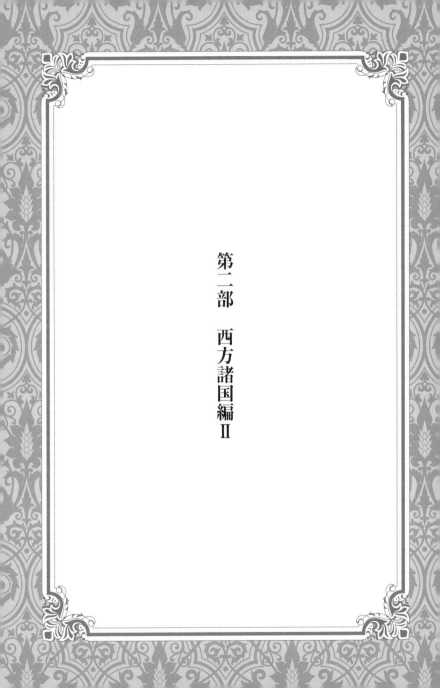

プロローグ

ハンダルー諸国連合首都ジェイクレア、執政執務室。

「魔人虫《まじんちゅう》？」

報告書を読み、思わず声を漏らしたのは連合執政オーブリー卿《きょう》。後ろから覗き込むように、同じ報告書を見るランバー補佐官も顔をしかめている。

二人とも、以前、隣接するナイトレイ王国南部コナ村で魔人虫が見つかり、その後、封印されていた魔人が蘇《よみがえ》ったことを知っている。王国内でも最高機密扱いとされ、非常に厳しい箝口令《かんこうれい》が敷かれている情報であるが、そこは大国のトップとその片腕。知るべき情報は全て把握している。

しかし、今もたらされた情報は抜けていた。おそらくは、二人の元に上がってくる過程のどこかで、「上に上げる必要のない情報」と判断されたのだろう。

二人の元に、直接情報をもたらした銀髪に緑色の目が印象的な男は、無言のまま立っている。

「以前、王国で報告された魔人虫が、我が連合西部で発生し……しかも、現在ではそれが終息しているだと？」

「オドアケル将軍の報告書を読む限り、そのようです」

オーブリー卿の言葉に、頷き返すランバー。

当のオドアケルが目の前にいるのだが、二人だけで会話が進む。報告書を読めば分かることに関して、オドアケルは口を差しはさまない。

オーブリー卿は報告書を読み進めて後、ようやくオドアケルに問いかけた。

「なぜ、オドアケルがこの情報を掴んだ？」

「初め、情報収集に使っているいくつかの商会から情報が上がってきていました。その時は、ニルファを中心に見たことのない虫が木に付いている、特にワインの木の受ける被害が大きいと」

「ニルファといえば連合西部だな」

「ニルファワインで有名です」

オドアケルの説明に、オーブリー卿とランバーが補足して頷く。

「虫の専門家も呼ばれたのですが、結局なんの虫か分かりませんでした。ただ、復帰した元巡察使《じゅんさつし》が、魔人虫の可能性を指摘しました。私の旧知の巡察使で、今回の件もありましたので、直接赴《おもむ》いて確認いたしました」

「元巡察使？」

「魔法使いのアッサー殿です」

「アッサー？　まさか、あの『導師』アッサーか？」

オドアケルが出した名前に驚いたのは、オーブリー卿だ。

ランバー補佐官は聞いたことがないのだろう、首を傾げている。

「かつて、連合の主席魔法使いの地位にあり、退いた後も多くの弟子を育てた人物だ。連合政府中枢はもちろん、連合を形成する各国中枢にも多くの弟子がいる」

「なるほど、だから『導師』の二つ名」

オーブリー卿の説明に、ランバーも頷く。

そこでオーブリー卿は一度首を傾げてから、何度か頷いた。何かに思い当たったらしい。

「導師アッサーは、北方随一と言われた伝承師ルーク・ロシュコー男爵の元にいたことがあったな。ロシュコー殿ほどの人物であれば、魔人虫に関する知識を持っていて、アッサー殿に伝えていたかもしれん」

「おっしゃる通りです。アッサー殿は、かつてロシュコー男爵から聞いたことがあったそうです」

「そうか。男爵は……動乱に巻き込まれて命を落としたな」

「はい。マシューの街を治めておいででした」

オドアケルは頷く。

当時マシューの街は、まだ連合には加わっていなかった。だが周辺諸国との軋轢《あつれき》が、隠棲《いんせい》していたロシュコー男爵にもおよび……強盗に見せかけて殺されたことをオーブリー卿は聞いたことがあった。

「アッサー殿が確認した魔人虫の報告だが……」

「私が伺った際、アッサー殿に聞かれました。数カ月前に連合政府に報告したが、それに関して連合政府は動いているのかと」

「……そんな報告、私は読んだ覚えがない」

「……私もないです」

オドアケルの説明に、顔をしかめるオーブリー卿とランバー。

彼らほど優秀な人間であっても、情報が来なければ動けないし判断できない。そして、組織というものは上に行けば行くほど、情報が上がってこない。

もちろん、誰かが悪意をもって情報を止めているのではない。他にも重要な、そして国家運営に関する喫緊の問題が数多くあり、それは毎日生まれ続けている。そちらを最優先に上げ続けるうちに、埋もれてしまうのだ。

部署の担当だって、何年も同じ人物がやり続けるわけではない。人が代わり、申し送り事項は伝わるが……そんなものはいずれ消えてしまう。

それが組織。

「もう少し、考えねばならんな」

オーブリー卿は小さく首を振りながら呟く。

とはいえ、それを考えるのは今ではない。今、目の前には処理すべき問題があり、最も信頼する部下の一人が提案までしてきている。

「魔人虫が見られなくなった件に関して、直接調査したいということだな、オドアケル」

「はい、閣下」

「直接調査するために、今いる帝国国境から動きたいという意味だな」

「はい、閣下」

オドアケルの返事は、必要最低限。

オドアケルは、元々斥候《せっこう》隊長である。戦場の男であり、同時に、情報収集のプロでもある。

戦歴を重ね、現在では連合軍斥候隊長のまま将軍の一人となり、連合と帝国との国境を守っている。連合、帝国国境は、特殊な地形的事情から行軍が非常に困難だ。とはいえ、魔法や錬金術を駆使することによって可能になる……可能性もあるため、オーブリー卿子飼いの将軍たちの中でも、歴戦のオドアケルが守りに就いてきた。

南北に長い連合領において、帝国との国境は北側だ。

今回の魔人虫の問題は南側……王国との国境沿い。確かに、オドアケルの任地からでは遠い。

オーブリー卿が口を開こうとした瞬間、ノックの音が響いた。

「入れ」

「失礼いたします」

そう言って入ってきたのは、この執務室専任の取次官。

「申し訳ありません閣下。大至急、閣下に届けよとの報告書が参りましたので」

そう言って取次官は封蠟《ふうろう》が施された報告書を持ってきた。

ランバー補佐官が受け取って、中の報告書を一読する。

「閣下、ドクター・フランクからの報告書です」

「ドクターが報告書？　珍しいな……」

ドクター・フランクとは、フランク・デ・ヴェルデのことであり、中央諸国屈指の天才錬金術師。現在、連合における錬金術のすべてを取り仕切っている。

「研究所から直接、それも最速で届けられたようです」

ランバーの言葉に頷きながら、オーブリー卿が目を通す。

「……連合西部一帯で、魔石の挙動に異常がみられる？」

呟きながら、書類をめくるスピードを速めるオーブリー卿。

「ルーク・ロシュコー男爵がまとめた手記に記述がある？　それこそ、今出てきた名前だ」

導師アッサーは、ルーク・ロシュコー男爵から話を聞いていたから魔人虫を特定できたと。

オーブリー卿は書類をさらにめくる。

「九百年前？　魔人に関係だと？」

さすがにそこまで読んで、オーブリー卿も顔をしかめた。そして、目の前に無言のまま立っている銀髪の斥候隊長を見る。斥候隊長オドアケルが持ってきたものも魔人虫に関するものだ。

これらを偶然と考えるほど、オーブリー卿は楽観的ではない。

「ドクターの報告書は理解した。それに、オドアケルの提案も分かった。このタイミングで出てきた『魔人』……無視するわけにはいかん」

オーブリー卿は小さくため息をついてから、言葉を続けた。

「オドアケル、直接の調査を許可する。移動先は……ヴォルトゥリーノ大公国のジマリーノ辺りでいいか？」

「はい、お願いします」

オーブリー卿が、報告書から最適地を割り出す。もちろん、魔人虫が消えた調査だけでなく、隣国である王国に対しての防衛も意識している。ジマリーノは、王国国境の街レッドポストにも近い。かつてほどではないが、今でも一定の緊張をはらんだ国境の街と言えるだろう。

「そうだな、調査そのものはオドアケルの斥候たちがやるだろうが、何かがあった時のために実行部隊を持たせた方がいいか」

「実行部隊ですか？」

「ああ。王国の時は、突然、南に封じられていた魔人が現れたらしいからな」

オーブリー卿は肩をすくめながら言う。

「閣下、魔人が現れたとしても、人では対抗できません」

ランバー補佐官が首を振りながら進言する。

もちろん、オーブリー卿も分かっている。

いずれ魔人の封印は解ける。だが、それは数十年、あるいは百年以上先だと考えていた。しかし、そうは言い切れない情報が揃い始めている。魔人など、人が対抗できるものではないと理解しているが、それでも……。

「第三独立部隊をつけてやる。好きに使え」

「第三……ですか」

オーブリー卿の言葉に、初めて表情が変わるオドアケル。それも、思いっきりしかめっ面だ。

「確認ですが……炎帝フラム・ディープロードが部隊長で、灰色ローブのファウスト・ファニーニが顧問の、第三独立部隊ですよね？」

「ああ。オドアケルなら使いこなせるだろ」

「むしろ、閣下を除けば、オドアケル将軍しか使いこなせる方がいません」

オドアケルの確認にオーブリー卿は頷き、ランバー補佐官がため息をつく。

完全な事実である。

オドアケルは、一度、深くため息をつき、目をつぶった。

目を開けると、意識を切り替えたのだろう。

「拝命いたしました」

見事な敬礼で命令を受領した。

◆

「オドアケル将軍がジマリーノに移動？　しかも自分から願い出ただと？」

「はい、陛下。それも、魔人虫の調査を自ら申し出たためと」

ナイトレイ王国王城国王執務室で、国王アベルは、宰相《さいしょう》ハインライン侯爵から報告を受けていた。

「帝国との国境を守る重要人物が、自ら調査？　しかも終わった魔人虫の件を？　いや終わったからこそ……次の段階に進む可能性があるということか。コナの『南に封じられた魔人』は、魔人虫騒動の後、復活したわけだからな。だがあれは、ヴァンパイアの魔力だか生命力だかを吸い取ったからじゃなかったか？」

「おっしゃる通りです。イラリオン様が調査され、結論付けられていました」

「そう、覚えている」

ちょうどアベルが、A級冒険者に上がった時だった。『赤き剣』のアベル以外の三人が、イラリオンに同行して調査した。

「というか、その連合の魔人虫に関する報告……こっちにも上がってきてなかったよな？」

「はっ、申し訳ありません。連合政府執政にまで上がらなかった報告であるために、王国でもつかめておりませんでした」

「逆に、執政にまで上がる報告は筒抜けなのか……怖いな」

アベルは小さく首を振る。

国家中枢に上がる情報が他国に筒抜けなのだ。他国の状況とはいえ、王国ではそんなことはないとは決して言い切れない。目の前にいる宰相が、中央諸国における諜報《ちょうほう》の第一人者だとしても。

「そして、フランク・デ・ヴェルデ伯爵からの魔石の異常挙動報告……」

「連合西部でのみ観測されているそうです。我が王国なら東部なのでしょうが、なにぶん……」

「仕方ない。北部以上に東部はまだ……回復しているとはとても言えん」

「はい」

アベルは小さく首を振って言い、ハインライン侯も頷く。

王国解放戦前からの東部の混乱は、王国の統治機構上、想像以上に深刻であった。解放戦が終結して三年が経った現在でも、以前の状態には戻っていない。

「使節団は使節団で、もちろん大変なんだろうが、こっちも嫌な感じだな」

「魔人という情報の無いものに対処するというのは、厄介です」

アベルもハインライン侯も、小さくため息をつくのだった。

アベルは、ハインライン侯が手に持っている封筒に気付いた。こういう場合、侍従たちの目にも触れさせることができない書類が、その中に入っている。

「最高機密書類か？」

「はい」

連合執政に上がる情報が王国トップに筒抜けであるように、アベルに渡る情報が他国に筒抜けになる可能性が無いとは言えない。そのため、最も機密性の高い情報に関しては、ハインライン侯自身がこうして持ってくる。

「ようやく、『空の民』からの接触がありました」

「……三年ぶりか」

ハインライン侯がアベルに封筒を渡しながら告げる。

空の民……自らはロマネスクの民と名乗る、浮遊大陸の者たち。

三年前、王国解放戦の最中、アベル王らが乗る空中戦艦ゴールデン・ハインドは、彼らの艦隊と戦った。その前には、彼らが駆る巨大な『島』がナイトレイ王城に落ちたこともある。

王国民の知らないところで、空の民と地上の民はすでに接触している。

「非公式の会談を開きたい？　王都クリスタルパレスに赴く用意がある……できるだけ情報を制限したい……空と地上の全面戦争を回避するために……？　戦争の回避は、もちろん望むところだが……しかし、このタイミングでか」

「文面からは、ロマネスクの民の中でも意見が割れているのが見て取れます」

「そうだな。まあ、会わないという選択肢はない。王都に来てくれるというのであれば、それもありがたい。王城ではない場所を準備するとして……そこには、護衛は配置せねばならんだろう。王国騎士団になるんだろうが……動かせば情報が漏れるよな」

「はい。それで私に考えがあります。王国騎士団には王都郊外で大規模演習を行ってもらい、そちらに間《かん》諜《ちょう》らの耳目をひきつけつつ、もう一つの王室直下の騎士団で会談場所の護衛をしてもらおうかと」

「もう一つの王室直下の騎士団……なるほど、リーヒャに借りるか」

「はい。イモージェン団長率いるワルキューレ騎士団を」

会談

「う〜む、さすがシルバーデール騎士団。見事なものね」

「確かにそうだが……感心してばかりというのも」

「そうは言っても、完璧な統制じゃない。解放戦の時、あれが敵に回らなかったのは本当に良かったわよね」

集団模擬戦が行われているのは、解放戦後に新たに造られた王都中央演習場。

王室関連の騎士団、魔法団、あるいは貴族の騎士団などが訓練に使用することができる巨大演習場である。王国解放戦で、レイモンド側に付いて取り潰された貴族たちの館などがあった場所を、王室が接収した跡地に建てられた。

現在、その王都中央演習場で演習を行っているのが、シルバーデール公爵家のシルバーデール騎士団。王都のある王国中央部に領地を持つ公爵家で、王国屈指の武家として知られる。

王国解放戦では、当主ローソンがレイモンド陣営に捕らわれていたため、戦場には出てこなかった。しかし、跡継ぎにして現騎士団長であるローソンの長女フェイスが騎士団を率い、裏切った北部貴族や帝国軍の補給部隊、ならびに援軍に対して破壊活動を行っていたと言われている。

また、東部奪還に関しても功績が認められ、戦後、アベル王から称賛された。


そんな実績十分の名門騎士団シルバーデールの演習を見ているのは、ワルキューレ騎士団団長イモージェンと、副団長カミラ。

イモージェンらはかつて、王都所属C級パーティー『ワルキューレ』の冒険者だった。

彼女らは、王国解放戦後、新たに編成された女性だけの騎士団の中核となる。その騎士団は『ワルキューレ騎士団』と名付けられた。


ワルキューレ騎士団は、正式な王妃直属の騎士団。創設から三年を経て、現在の騎士団員数は五百人。いずれは王国騎士団と共に、王国軍中枢の両翼を担う騎士団となってほしい……アベル王とリーヒャ王妃から言葉を頂き、毎日の訓練に励んでいる。

女性だけのワルキューレ騎士団が編成されたのには、もちろん理由がある。

完全に国王直属の騎士団として再編成された王国騎士団は、男性だけの騎士団である。そこには、伝統やその他もろもろの理由があったわけだが……。

王城には多くの女性がいる。高貴な身分の女性もいる。彼女らからしてみれば、いくら王国騎士団員とはいえ、男性の護衛では少し困る……という場面もあったのだ。そのため、女性団員を求める声は、実は昔からあった。

アベルが女性たちの声をくみ取る形で考え出されたのが、女性騎士団の創設だった。

王国全体が、大きな変革を伴いながら復興しなければならないこのタイミングなら、それも可能だと考えたのだ。王国の歴史上では、女性騎士団が存在した時期もあった。その過去の歴史も後押ししたのかもしれない。

ワルキューレ騎士団は王国騎士団などとは違い、その中に『魔法隊』『斥候隊』『救護隊』を含み、騎士団のみで独立した作戦行動が可能。五百人の構成員のうち騎士四百人、他百人となっている。

これは連合の『独立部隊』が参考にされた。かつての『大戦』でオーブリー卿が率い、現在もアベルと因縁の深い炎帝フラム・ディープロードが率いる第三独立部隊は、魔法使いや斥候、神官らを独自に擁し、独立して作戦行動ができる。

パーティー『ワルキューレ』の拡大版としての新たな騎士団……冒険者出身のアベル王らしい考えといえるのかもしれない。

元C級パーティー『ワルキューレ』のメンバーが、『ワルキューレ騎士団』の中心となった。

団長：イモージェン。

副団長：カミラ。

魔法隊長：ミュー。

斥候隊長：アビゲイル。

救護隊長：スカーレット。

アビゲイルとスカーレットこそ平民出身であるが、イモージェンはコムリー子爵家令嬢、カミラも男爵家三女、ミューに至っては西部の大貴族ウエストウイング侯爵の娘だ。

表立って不満を言える王国貴族などいない。

さらに、王都でのレジスタンス活動や王国解放戦における活躍など、王都民はもちろん王国民の多くに『ワルキューレ』の名は知られているため、王国の騎士団復興のイメージにもぴったり合っていた。

新たな王室直属の騎士団として創設されたワルキューレ騎士団に対して、伝統と実績で圧倒する王国騎士団。

そんな王国騎士団からすれば、ワルキューレ騎士団に対して面白くないという印象を持っているのではないか……そう思う向きもあるかもしれない。新たなライバル騎士団の誕生と言っても過言ではないのだから。

しかし、王国騎士団からは全く反発されていなかった。

特に王国騎士団長となったドンタンは、トワイライトランドへの使節団派遣時から『ワルキューレ』の実力を知っているため、彼女らを中心とした騎士団の創設にはもろ手を挙げて賛成したほどである。

国の復興時期というのは、たいていそういうものなのだ。

他者の足を引っ張っている暇などない。そんなことよりも、自分たちがより良くなる方法を模索する……パイはいくらでも余っている。

実力をつけ、それを示し、地位と名声を手に入れる。それが、この時期のナイトレイ王国全土に広がる復興の気風であった。


創設から三年を経たワルキューレ騎士団は、総勢五百人を抱える。それは、決して小さくない規模。しかし……。

「はっきり言って、この三百人にも勝てないわね」

イモージェンが呟く。

目の前で演習を行っているシルバーデール騎士団は三百人。戦後、六百人にまで増えたシルバーデール騎士団の半分だ。だが、それを相手にしても、ワルキューレ騎士団五百人で勝てない。

それが、団長イモージェンの認識であった。

「まだまだ鍛えないといけないな」

副団長カミラも同じ感想を抱いたのであろう。頷いてそう答える。

イモージェンの目には、そのシルバーデール騎士団の中でも、指揮を執る銀髪の女性の姿がよく映えた。

「それにしてもフェイス殿、見事な指揮よね」

「あれで、まだ十九歳だろう？　さすが武門の名家。小さい頃からいろいろ鍛えられてきたのだろう」

シルバーデール騎士団を率いる、銀髪の麗人フェイスの指揮を称賛するイモージェン。カミラも頷きながら同意する。

他の騎士団の演習を見るたびにイモージェンは思い知らされる。

自分の、経験の無さを。

特に、集団戦における指揮経験の無さを。

そのため、できる限りの演習を繰り返しているのだが……経験の無さは、一朝一夕《いっちょういっせき》で埋まるものではない。

パーティーレベルでの戦闘なら自信はある。あるいは、三パーティー程度の連携なら問題ないであろう。

だが、だからこそ、数十人、数百人を指揮した場合とのギャップに悩まされるのだ。

「焦ることはない。俺も、未だに集団戦の指揮は苦手だ」と言って、大笑いする主の顔が思い出される。

「陛下……」

イモージェンは俯《うつむ》かない。

決然として顔を上げ、自分にないものを理解する。素直に認め、自分に不足するものを受け入れる。進むべき道を見定め、自分と仲間を信じる。彼女には、信じるに足る仲間たちがいる。

だから、大丈夫！

翌日、ワルキューレ騎士団の一部が、王国南部ルンの街に向けて出発した。騎士団の中で、中堅クラスと言うべき者たちだ。

騎士五十人、魔法使い十人、斥候五人、救護五人。総計七十人。

率いるのは、団長イモージェン。魔法隊長ミューならびに、斥候隊長アビゲイルが補佐する。副団長カミラと救護隊長スカーレットは、残りのワルキューレ騎士団と共に王都にとどまる。

演習の目的は、全体行動の習熟度を上げること。王国南部に赴き、ルン辺境伯領騎士団との模擬戦や、大型の森の魔物を討伐することが計画されていた。

訓練のため、夜は街には泊まらず全て夜営。

王妃直属の騎士団とはいえ、大貴族の子女はいない。ミュー以外には。半数は平民出身であり、残りの半数も子爵家以下の次女、三女がほとんど。彼女たちは、厳しい訓練に音をあげずに逃げ出さなかった者たちである。

その過酷な訓練は、王国騎士団からサポートに来ていたザック・クーラーやスコッティー・コブックすらも、冷や汗を流すものであった。

それも当然であろう。

そもそも中核となる五人は、元C級冒険者なのだ。それも、多くの修羅場を潜り抜けてきた有名な！　彼女らが課す訓練なのだから、生半可なわけがない。

騎士団が投入される状況では、生死に関わる場もある。ぬるい訓練など意味がない。

そんな訓練に耐え抜いた者たち……それがワルキューレ騎士団。

イモージェンはまだまだ満足していないが、王国内の他の領騎士団と比べても決して弱くない。わずか三年でここまで来たと考えれば、高く評価されてしかるべきであろう。

実は、それほどまでに高い練度に達していた。

通常なら七日かかる旅程を、騎士団は五日で踏破しルンの街に到着した。

ルンの街では、さすがに領主館に逗留《とうりゅう》する。精鋭と名高いルン辺境伯領騎士団から学ぶものが多いだろうと考えてのことであり、王妃直属の騎士団として、南部の要《かなめ》の一つルンとの結びつきは大切であるからだ。

もちろん、現在の国王アベル一世も王妃リーヒャも、長くこのルンに拠点を置いて冒険者としての活動を行っていたため、元々非常に強い結びつきなのであるが。

その証拠に、ルンの街の広場には国王アベル一世の像が飾られ、毎日、市民によって花が置かれていたりする。

「イモージェン団長、ようこそおいでくださった」

「アルフォンソ殿、お久しぶりです」

そう言うと、二人は握手を交わした。

アルフォンソ・スピナゾーラは現ルン辺境伯。

先代領主カルメーロ・スピナゾーラは隠棲し、領主館とは少し離れた場所に屋敷を構えて余生を送っている。

「今回、我が騎士団との模擬戦も組まれておりますな。楽しみにしておりますぞ」

「ネヴィル団長、胸をお借りいたします」

ルン辺境伯領騎士団団長ネヴィル・ブラックも、イモージェンと握手を交わした。

翌日夕方。模擬戦後。

「驚くほど強かった……」

「騎士団全員が魔法を斬れるのは想定外……」

「斥候は暇だったよ？」

イモージェンが素直な感想を述べ、ミューがルン騎士団との模擬戦の内容に驚き、斥候なために仕事の無かったアビゲイルが余計なことを言う。

「強かったろう？」

突然、後ろから声をかけられ、三人は驚いて跳び上がった。

「ネヴィル殿！」

「いや、すまん。そこまで驚かれるとは……」

あまりの三人の驚きに、ネヴィル・ブラックの方が驚いた。

「ああ、いえ……模擬戦、ありがとうございました」

「いやいや。こう言うと、上から目線と思われるかもしれんが、あまり肩を落とさぬことだ」

イモージェンが、感謝を述べ、ネヴィルが苦笑しながら言う。

圧倒的な差があった。はっきり言って、彼女たちが見てきた、王国内のどの騎士団よりも、強い。

「攻撃魔法を剣で斬るのは、C級冒険者でもかなりの腕を持った者たちでなければできませんが……ルン騎士団は、全員が可能なのですか？」

魔法隊長ミューが尋ねる。

「ああ。基本的には全員できる。とはいえ、経験年数が少ない奴らは危なっかしいが……三年以上前からいる奴らなら造作ない。そう鍛えられたからな」

ネヴィルは、何かを思い出しながら答えた。

「一対一の剣戟《けんげき》も、全員が自信を持っていました。私の相手をした方ですらも、全く怯《ひる》まなかった……」

イモージェンが言う。

イモージェンもルン騎士団員と戦闘し、最終的には倒したのだが、相手は全く怯まなかった。

「あれは、ナッシュだったか？　あいつは五年目だからな。あの辺の奴らは、知っているんだ……」

「知っている？」

ネヴィルの言葉に、首を傾げて問いかけるイモージェン。

「剣士同士の、最高の剣戟を知っているんだ。そして、そいつらに鍛えられた。そんな化物たちに鍛えられたのだから……申し訳ないが、誰が相手であっても怯むなどということはない。当然、俺を相手にしても全く怯まない」

ネヴィルは苦笑して言う。

「最高の剣戟……」

イモージェンが呟く。

「かつて、ルン騎士団には、もう一人の剣術指南役がいた。最初はエルフ、次が魔法使い。笑える話だが、魔法使いのくせにとんでもない剣を使いやがる。その二人の剣戟が、毎日のように演習場で繰り広げられた。俺も見にいったよ。そして魅せられた。そりゃあ魅せられるさ、この世のものとは思えない剣……そんな剣の使い手が二人、目の前で戦っているんだぜ？　もちろん、やってることの半分も理解はできんが、そんなことは関係ない。魅せられ、憧れ、少しでも近付きたいと思う……。枯れてしまった俺ですらそう思ったんだから、現役連中の受けた衝撃は想像を絶する。しかも、そんな奴らが稽古《けいこ》をつけてくれるとなれば……分かるだろ？」

そう語るネヴィルの言葉は熱かった。誰あろう、ネヴィル自身も、魅せられた一人だったのだから……。

「そんな奴らに鍛えられたんだ……悪いが、うちの団員は、王国最強だ」

団長ネヴィル・ブラックは、はっきりとそう言い切った。

「失礼ですが、ネヴィル殿。そのお二人というのは……」

イモージェンが問う。

「一人はB級冒険者、エルフのセーラ殿。今は、西の森の次期代表で王国におけるエルフの代表格だ」

「なるほど……。お名前だけですが、セーラ殿は存じ上げております」

イモージェンは頷いた。

西の森における防衛戦の物語は、吟遊詩人たちがこぞって歌う定番物語となっている。

「もう一人は？」

イモージェンは再び問うた。

「もう一人はC級冒険者、水属性の魔法使い。アベル王の親友にして、王国の筆頭公爵。その強力無比な水属性魔法から、ついた二つ名は白銀公爵、あるいは氷瀑《ひょうばく》……」

「それって……」

「ああ。ロンド公爵、リョウ殿だ」

◆

イモージェンらがルンから戻った翌日。

王城に呼び出されたイモージェンは、国王アベル一世と宰相ハインライン侯爵から会談警備に関する極秘命令を受けた。国王と宰相がいる場に自分だけ呼ばれるというのも初めての経験だったが、受けた命令も、正直意味が分からない。

国王や宰相らが会談する相手が……。

「空の民？　浮遊大陸？」

命じた相手が国王や宰相でなければ、一笑に付していただろう。たとえば相手が筆頭公爵などであれば、「リョウさんは、いつも冗談ばっかり！」などと笑ったに違いない。

しかし今回は、笑えないようだ。

情報開示の範囲は、各隊長までとなっている。

「急いで戻って、相談しなくちゃ」


副団長カミラは、口を開けたまま固まった。

魔法隊長ミューは、首を傾げて何事かを考えはじめた。

斥候隊長アビゲイルは、首を振って呟いた。イモージェンが壊れたと。

救護隊長スカーレットは、イモージェンの額《ひたい》に手を持っていき、熱がないか確認した。

四者四様に、イモージェンのことを心配しての行動だ。

イモージェンは、本気にしていない四人に対して、一つ一つ説明することにした。まず、この四人を納得させなければ何も動かない。

四人も、王城に『島』が落ちた噂は聞いたことがあった。

そもそも当時の『ワルキューレ』は、王都所属のC

級パーティー。王都の噂はいくらでも入ってくる。いくらでも入ってくる噂の中でも、真面目に取り合う方がおかしい……その類《たぐい》のものだと認識された。だから当時、イモージェンを含めて『ワルキューレ』でそんな噂を信じた者はいなかった。

だがそれでも、イモージェンは説明する。敬愛する国王陛下と、尊敬する宰相閣下の話を聞いて、状況は変わったのだ。

まずアベル王が、冒険者時代に『空の民』と戦ったことがあるという話。それも、一度ならず二度までも。二度目など、『赤き剣』全員でだと。

さらに、王国解放戦における空中戦艦ゴールデン・ハインドの艦隊戦だ。ゴールデン・ハインドは『空の民』の艦隊と戦い、あまつさえ相手の旗艦に突撃したと。

内容だけなら、本当に、物語の類。

「分かった、信じる」

しかしイモージェンの話を聞いて、最初に受け入れたのは魔法隊長ミューであった。彼女の判断力は、五人の中で最も信頼されている。

「そうだな、仕方ない」

次に信じたのは副団長カミラ。彼女は、イモージェンを支えるのが自分の役割であると割り切っている。

「まあ、国王陛下も宰相閣下も、そんな嘘をつく理由がないか」

三人目に信じたのは斥候隊長アビゲイル。他の四人に比べて素直とはいえないタイプだが、実は仲間をとても大切に思っている。

「リョウさんも戦ったのね」

いつもの慈愛に満ちた微笑《ほほえ》みを浮かべながら、なぜか水属性の魔法使いの話にしてしまう救護隊長スカーレット。彼女は、以前から涼推しである。

とりあえず、イモージェンの話は受け入れられた。

具体的な話を進めることができる。

「会談は一週間後。極秘でというのが大前提。そのために、王国騎士団ではなくうちに警備の話が回ってきたの」

「一週間後ってすぐね。会談の参加者は?」

「王国からはアベル陛下とハインライン侯。空の民……ああ、正確にはロマネスクの民と自称してるそうだけど、彼らは不明。ただハインライン侯がおっしゃるには、交渉の席に着くのは十人以下、護衛全てを含めても百人までの規模で考えておけばいいだろうって」

カミラの問いに、イモージェンは聞かされた話を答えて、さらに言葉を続ける。

「カモフラージュする方法も考えないといけないわ。当日は、王国騎士団が王都郊外で大規模演習を行って、注目を集めるらしいの。だからその裏で会談を行うんだけど……まず場所をどうしよう？　警備しやすくて条件に合った場所を出していいって言われたの。こちらに案がないなら、宰相府が考えてもいいと言われたけど……」

「それなら案があるよ」

ミューから声が上がった。こういう時、最も頼りになるのがミューだ。

「うちの第二侯爵邸なら、この時季、自由に使っても大丈夫。王城からもあまり離れていないし、警備もしやすいし、両方合わせて二百人程度なら問題なく入る」

「おぉ！」

「さすがウエストウイング侯爵家……」

アビゲイルが驚き、イモージェンが言葉を失う。

ウエストウイング侯爵家は、王国西部に本拠を置く大貴族だ。王都にいくつもの屋敷を持っている……。

「場所はウエストウイング第二侯爵邸に決めましょう。次は、うちの騎士団をどうやって展開するかね。五百人全員でなかったとしても、半分以上は動員することになるでしょう？　三百人の騎士が集まっていたら……いくら王国騎士団が注意を逸らしてくれていても、他国の諜報員や民衆が気になるかもしれないし」

「そうだな、それはかなり厄介な問題だよな」

「三百人も動けば、気付かれないわけないよ」

イモージェンが問題を提起し、カミラが悩み、アビゲイルが結論を下す。

無言の時間が続く。

それを打ち破ったのは、柔らかな声であった。

「みんなでお茶会をする？」

「……はい？」

　スカーレットが微笑みながら言い、イモージェンは意味が分からず首を傾げる。

「『ワルキューレ騎士団お茶会』を開くために、ミューのご実家が第二侯爵邸を貸してくれたって公表するのはどうかしら」

「うん、スカーレットはいつも優しくて柔らかくて素敵なんだけど、時々、突拍子もない提案をするよね」

「私なんかよりはるかに前衛に向いていると思う」

　スカーレットの説明に、アビゲイルが小さく首を振り、槍士カミラも一緒に首を振る。もちろん、スカーレットが前衛に向いているかどうかは不明である。

「逆の意味で注目を集めてしまうよ……」

　イモージェンがため息をついた。

　だが……。

「いっそのこと、本当にお茶会を開こうか」

「え？」

　小さく頷きながら、スカーレット案をアレンジしたのはミュー。問い返したのはイモージェン。

「ウエストウイング侯爵家として……私が王妃様を招いて、お茶会を開く。そうすれば、もう一つの大きな問題も解決する」

「もう一つの大きな問題？」

「他にも大きな問題が？」

「むしろ問題ばかりだけど」

　ミューの言葉に首を傾げるイモージェン、カミラ、ため息をつくアビゲイル。

「みんなは……王室のテーブルマナーとか……王族や外交使節の周りでどう動くかとか……そういうの、知ってる？」

「え……」

「分からん」

「あ、無理」

「難しそうね」

　ミューの確認に、イモージェンは絶句し、カミラは首を振り、アビゲイルは投げ出し、スカーレットは微笑んだまま首を傾げた。

　上級貴族家の出身はミューしかいない以上、当然の反応だ。

事務的な部分に関しては、ハインライン侯が連れてくる宰相府の人間か、アベル王の近侍が取り仕切るだろう。しかし、ワルキューレ騎士団の人間が、彼らや会談相手と接触しない……ということはあり得ない。

極秘とはいえ国を代表しての会談、それは周りの人間も絶対に失敗してはいけないということ。

「確かに我々では無理だけど……ミュー、王妃様をお誘いすればその問題が解決するのは、どうして？」

イモージェンが問う。

「正確には、王妃様と共にノア王子にも来ていただくようにするの」

「ノア王子？」

ノア王子はナイトレイ王国の第一王子、三歳になったばかりだ。まだ、正確には王太子ではないが、王太子に準じる立場として扱われている。

「ノア王子もお招きすれば、護衛として第二近衛《このえ》連隊が来られるでしょう？」

「第二近衛はノア殿下の近衛……確かに」

イモージェンは頷く。

「第二近衛の連隊長は、アベル陛下の……」

「ええ、ご学友のエマニュエル・ソーク殿。エレスミア伯爵家の次男」

「伯爵家のご次男なら……」

「うちらより、遥《はる》かに王室のマナーとか詳しそう……」

カミラの確認に、ミューが情報を補足し、スカーレットが微笑み、アビゲイルが顔をしかめながら何度も頷く。

「表向きは王妃様と王子様をお招きしたお茶会が開かれ、同じ屋敷の別の部屋で会談が開かれるってことね」

「ワルキューレが王妃様のお茶会を担当して、第二近衛連隊の方々に会談を担当してもらうということね。全体の警備はもちろん、うちだけど」

「そう、第二近衛連隊が来てくれれば、いろいろ問題が解決する」

カミラとイモージェンが確認し、ミューが同意する。

アビゲイルは無言のまま何度も頷き、スカーレットは微笑みながらお茶を飲む。

「あとは、表向きの情報ね。王妃様をお誘いするのだから、お茶会を開くそれなりの理由が必要でしょう」

「トワイライトランドから良い茶葉が届きましたので、とお誘いするわ。嘘はまずいから、お爺様に大至急送ってもらって」

ミューの祖父は、前トワイライトランド大公である。

「ミューがいて良かったね」

「うん、認める」

アビゲイルが笑いながら言い、イモージェンも笑いながら同意した。

カミラとスカーレットも笑いながら頷き、ミューはちょっとだけ照れた。

五人の考えが一致し、会談警備計画は進められるのであった。

◆

「なるほど。会談のテーブル周りを頼むということですね」

「ああ。第二近衛連隊も平民出身者はいるが、彼らも含めて立ち居振る舞いは厳しく訓練されているだろう?」

「それは、まあ……王子付きの近衛ですから。そこまで含めて近衛の訓練範囲です」

アベルの確認に、第二近衛連隊長エマニュエル・ソークは頷く。

「ウエストウイング第二侯爵邸の警備は、伝えてある通りワルキューレ騎士団が行うが、そこまでの移動経路の警備を王都衛兵隊に頼む。厳重にする必要はない。王妃と王子が移動するから少し多め、程度で大丈夫だ」

「はい、承知しております」

アベルの確認に頷くのは、王都衛兵隊長レックス。

エマニュエルとレックスは、王国騎士団のザックとスコッティー同様に、アベルの学友でもある。三人は学友ということもあって、他の者がいない時には昔の話し方に戻ることをアベルからお願いされている。

「それにしても、あの時落ちてきた『島』の者たちと会談とは……。人生、何が起きるか分からないものだ」

レックスが肩をすくめながら呟く。

王都騒乱時、王都衛兵隊の副隊長として現場で対処していたレックス。『島』の警備を担当したり、王城地下から現れたオーガに対処したり、いろいろと大変だったのを思い出していた。

その際に、アベルと水属性の魔法使いに助けられたことも。

「ロンド公爵が王都にいないのは、果たして吉なのか凶なのか」

レックスは、涼の力を間近で見た。普通に考えれば、そんな強大な戦力が王国を離れているのは、防衛という面から見ると良いことではない。

しかし、あまりにも強すぎる戦力であると、周囲がそれに頼りきりになってしまうという場合がある……。

そういうことをレックスは知っていた。

「ロンド公というと、以前アベルに紹介されたな。その、あの時の密偵……どうなったんだ？　王都外で捕まったという話は聞こえてきたが、それ以上の情報は入ってこなかったぞ」

エマニュエルが確認する。

三年前、アベルと涼は密偵ナンシーを追っていて、その途中でエマニュエルら第二近衛連隊と会った。

「ナンシーという女密偵だな。まあ、その名前も本名ではないらしいが。あれから少し後に、西部のホープ侯爵が捕らえた。今は、次男を手伝わせているそうだ」

アベルが答える。

「ホープ侯の次男というと……外務省のイグニス・ハグリット殿か？　優しそうな御仁だが、大丈夫か？」

「優しいだけでは首席交渉官などできん。間違いなく、外務省で最も優秀な外交官の一人だ」

エマニュエルの問いに、アベルは頷きながら答えた。

トワイライトランドへの使節団で一緒になって以降、イグニスは何かとアベルと縁がある。

アベルが国王即位を宣言した際も、イグニスが父と兄を説得して、真っ先にホープ侯爵家はアベル王を支持するという宣言を出させた。それによって、迷っていた貴族たちの旗幟《きし》が鮮明になる流れをつくったのだ。

優秀な外交感覚のなせる業であろう。

「ん？　イグニス殿を手伝わせているということは……もしや今、西方諸国に行っているのか？」

「ああ、使節団に入っている。目立たないようにな」

「……大丈夫か？　彼女、連合と帝国、両方の密偵だったろ？」

「そうなのか？」

アベルの説明に、懸念を示すエマニュエル連隊長、驚くレックス衛兵隊長。

「分からん」

「は？」

正直に答えるアベル、異口同音に素っ頓狂な声を上げる二人の隊長。

「それこそ、全てイグニス殿に任せてある」

「この王様は大胆なのか……」

「無謀……いや豪胆なのか」

レックスが首を振り、口を滑らしそうになったエマニュエルが言い換えた。

アベル王は、そういう人なのだ。

◆

一週間が過ぎ、会談当日。


王都の道は人で溢れかえっていた。

その日、王国騎士団が王都郊外で大規模演習を行うことが公表されており、その出陣をアベル王が王城の外で見送ることが王都民に知らされていたからだ。

その姿を一目見ようと、民が王城前に集まっていた。

城門が開かれ、近衛兵が出てくる。

続いて騎馬姿の我らが王！

「王様だ！」

「アベル様！」

「国王陛下、万歳！」

騎乗したまま民に手を振るアベル王。

再び爆発する歓声。

そんな興奮冷めやらぬ中、王城から騎士が出てきた。

王都郊外での大規模演習に向かう王国騎士団。その姿を、王国民の前にさらす。

「おぉ……」

「凛々《りり》しいじゃない」

「カッコいい！」

「以前とは大違いだ」

かつて、王国騎士団は王国民の憧れであった。しかしその憧れは、一度地に墜ちた。そして王都騒乱でさらに打ちひしがれ、壊滅した。

だが、そんな騎士団が蘇った。

今回の大規模演習への出陣式は、そんなお披露目も兼ねている。王都民に、そして王国民に、王国騎士団が蘇ったことを知らしめる。

その目論見《もくろみ》は当たった。


出陣式が終わると民衆は解散し、日常に戻っていった。

しかし、道を守っていた王都衛兵隊はそのまま居続けている。

その理由を知る王都民はいないが、王城の人間の多くは知っていた。リーヒャ王妃とノア王子がウエストウイング侯爵家のお茶会に出席する、という情報は広がっているからだ。

王妃と王子が、ウエストウイング侯爵家の招きに応じること自体を不思議に思う貴族や官吏《かんり》たちはいない。

ウエストウイング侯爵は三年前、国王即位を宣言したアベル王に対して、最も早い段階で旗幟を鮮明にした貴族の一人である。

同じ西部の大貴族ホープ侯爵から遅れること三十分、ウエストウイング侯爵がアベル王支持を表明した。それによって、ルン辺境伯やハインライン侯爵の南部とホープ侯爵やウエストウイング侯爵の西部が、アベル王を支持するという構図が決定的となったと言っても過言ではない。

西部においては、ホープ侯爵が先陣を切り、ウエストウイング侯爵がダメを押したというべきだろうか。

さらにウエストウイング侯爵の娘であるミューが、王妃直属として創設されたワルキューレ騎士団の主要人物であることは広く知られている。それも、王妃と王子がお茶会に招かれることを不思議に思う者たちを減らしていた。

お茶会に向かう中にノア王子がいるため、護衛は当然、第二近衛連隊が担当する。

王妃と王子が乗る馬車を、騎乗した十二人の近衛が囲んでいた。だが、もしも注意深い者が近衛を見たら不思議に思ったかもしれない。先頭にいる連隊長よりも立派に騎乗する人物がいたからだ。

「さすがは元王国騎士団長。近衛兵より騎乗姿が様になっておりますな」

近衛に扮《ふん》して騎乗するハインライン侯爵を、チラリと見て苦笑するエマニュエル連隊長。

「俺も頑張っているんだが……冒険者をやっていた間は、ほとんど馬に乗ることがなかったからな」

「いやいや、アベル陛下も十分かと」

ハインライン侯の見事な騎乗姿勢を見て、小さく首を振ってぼやくアベル。そのぼやきに対して笑いながら答えるエマニュエル。

近衛兵は、常に注目される王室の周りに侍《はべ》る。それは当然、民の目に触れることが多いということ。彼らは、見た目すらも仕事の範疇。だからこそ、騎乗姿も一流でなければならないし、第二近衛連隊は一流に達している。

それを軽々と超えていくハインライン侯爵が、異常なだけである。


アベルとハインライン侯は、リーヒャ王妃とノア王子が乗る馬車を護衛する第二近衛連隊に紛れていた。

街道には所々にレックスが指揮する王都衛兵隊が配置され、彼らの移動中にもしものことがないように警備が行われている。

「というかアベル陛下も、素直に馬車に乗られれば良かったのでは？」

「俺、馬車より馬の方が好きなんだよ」

エマニュエルの問いに、正直に答えるアベル。

それは完全な事実だ。

「第一近衛連隊の方々の苦労がしのばれます」

小さく首を振りながら、普段のアベル王を護衛する第一近衛連隊の大変さを慮《おもんぱか》るエマニュエル。

護衛対象が馬車の中か騎乗しているかでは、守りやすさが全く違う。

「いや、そうは言っても、王都内を移動する時はちゃんと馬車に乗っているぞ？」

「それはそうでしょうが……主が不満に思っていることを、護衛は敏感に感じ取るものです」

「そ、そうか……気を付ける」

エマニュエルの学友であるからこその直言に、素直に応じるアベル。

友を大事にするアベルらしいと言えるだろう。

数分後、一行は無事にウエストウイング第二侯爵邸に到着した。


リーヒャ王妃とノア王子を、出迎えたワルキューレ騎士団に預け、アベルとハインライン侯はエマニュエルら第二近衛連隊と共に第二侯爵邸の離れへと移動した。そこが会談場所である。

二人が到着してすぐにワルキューレ騎士団から連絡が入った。

「会談相手が到着されました。全員で八人、会談には二人出席されるとのことです」

「承知した」

ハインライン侯が答える。

「八人だけ？」

「あちらロマネスクの民の中でも、この会談は極秘ということでしょう」

「そのようだが……そうなると、一気に分からなくなる」

「はい。いったい何のために会いたいと言い出したのか、なぜ今なのか、ですな」

アベルの問いにハインライン侯も頷く。

疑問点は、二人とも同じだ。

しばらく待っていると、第二近衛連隊に案内されて会談相手の二人が部屋に入ってきた。その二人は、アベルの知る相手……。

「ゾラ司令官とリウィア副司令官だったよな？」

「ええ、アベル王……お久しぶりね」

会談の席に登場したのは、ゴールデン・ハインドで艦隊戦を戦った相手司令官と副司令官であった。


アベルとゾラ、リウィアは顔見知りであるために、ハインライン侯を含めて簡単な紹介が行われた。

だが、その際……。

「サントゥアリオ……というのが国の名前か？」

ゾラとリウィアが所属を名乗った際に、アベルは首を傾げて問いかけた。

「そう、地上の民たちの認識としては、それが一番近いでしょうね。ナイトレイ王国に対応する言葉としては、『サントゥアリオ』が一番いい。まあ、本島の名前でもあるが……いえ、それは気にしないでいい」

「俺は……ロマネスクの民という言葉を覚えているんだが？」

「それは……あなたたちのことを『人間』と呼ぶのに近い。いや、『中央諸国の人間』か？　まあ、だから、この会談の場では、『サントゥアリオのゾラ』がいいでしょう。『ナイトレイのアベル』同様にね」

「分かった」

ゾラの説明にアベルは頷いた。

どう呼ぼうが大差はないのだ。今のやりとりは、ある種の会話の取っ掛かりにすぎない。

「会談を開いてもらったのに申し訳ないが、正式な挨拶は抜きで願いたい。我々は艦隊から抜けてきたのだが、あまり長い時間抜けたままにはしておけない。要件だけ伝えてさっさと戻ろうと思う」

ゾラがはっきりと言い切る。

「要件？」

アベルが問い返す。

「我がサントゥアリオの元老たち……まあ、上層部だ。彼らが地上との戦争を決定した」

「なんだと……」

ゾラの言葉に絶句するアベル。

その隣でハインライン侯も無言のまま顔をしかめている。

「戦争回避に動いた方々もいたのだが……結局、押し切られた」

「戦争など、どちらにとっても良いことはないだろうが」

「地上相手なら、どうせ負けることなどない。そんな主戦派の論に押し切られたのだ」

「なんだ、それは」

ゾラが皮肉めいた言い方をし、思いっきり顔をしかめて不満を口にするアベル。

「開戦は決定したが、すぐではないはずだ。なんといっても千年ぶりの開戦……すぐに動くことはないだろう。だが、決定した。どのように始まるかは分からん。最初の戦場がどこになるのかも分からん。この中央諸国か、西方諸国か、他の場所か……」

「厄介な。それを伝えるためにわざわざ来てくれたのか？」

「まあ、そうだな。一介の兵士たちに、開戦の責任を負わせるな……お前の……アベル王の言葉は思いのほか効いたのだ」

「だから上層部に親書を届け……上層部が決断したと」

アベルは苦渋の表情だ。

あの時言った言葉は、もちろん本心だ。しかし同時に、戦争そのものを回避したいという思いこそが、その言葉を言わせたのも、また事実。

だが結局のところ、戦争を避けることはできなさそうである。

「俺たちに知らせたのは、上層部の指示か？」

「違う。私もリウィアも、地上との戦争そのものに反対だ。もちろん、実際に戦場に立てば全力を尽くしてサントゥアリオの勝利を目指す。しかしそもそも、空と地上との戦争は不毛だと考えている」

「不毛？」

「我らロマネスクの民は、勝ったとしても地上に住むことはない。貢物《こうもつ》を手に入れようとも思わない」

「ならば、なぜ戦争をする？　なんのためだ？」

「力を見せつけるため」

「……は？」

ゾラの言葉を、アベルは理解できなかった。

いや、言葉の意味は分かる。『力を見せつける』……その言葉の意味は明確であり、よく分かる。その理由もだいたいの場合、分かる。しかし今、この場で言われても……。

「空の民が上、地上の民が下、それを明確に示すために戦争を起こす」

「なんだ……それは……」

辛うじて、アベルの口から紡《つむ》ぎ出される言葉。

口角はプルプルと震えている。

それは怒り。

「そんなことのために……お前たちは……サントゥア

リオは戦争を起こすというのか？」

感情を押し殺して、できる限り冷静に紡がれたはずの言葉。

しかし、その場にいる全員がアベルの怒りを感じる。

「申し訳ないが、そういうことだ」

ゾラも、そしてずっと無言のリウィアも無念な表情。

そう、彼女たちは反戦派。

分かっている。

アベルも、分かっている。

そう、分かっているのだ……。

◆

ゾラとリウィアは部屋を出ていった。

残されたアベルとハインライン侯は、無言のまま。

もちろん、ずっとそのままというわけにいかないことは分かっている。

「陛下……」

「ああ、アレクシス、分かっている」

アベルが、ファーストネームでハインライン侯を呼ぶ時だ。

ぶ時には、いろいろと困難な状況があると認識している時だ。

「相手が戦争をする気になった場合、避けることはかなわない」

「はい」

そうなのだ。

相手は、勝てると思って戦争を起こす。

戦争をして勝てると思っている相手を、説得して戦争回避に導くことはできない。論理的に考えれば、誰でも導けてしまう結論。

交渉というのは、対等に近い者同士だからこそ成立する。戦って勝てると思っている側から見た場合、もう対等ではないのだ。すでに、交渉で戦争を回避することはできない状況にある。

では、一方的に戦争を吹っかけられる場合、どうすればいいのか？

相手を交渉の席に着かせるには、どうすればいいのか？

その方法はたった一つ。

戦争より交渉をした方がいい相手だと思わせる。

つまり、力を示す。

可能なら、開戦する前に。開戦してしまったら、できるだけ早期に。

平和的に交渉するために、力を示さねばならない……驚くほどの矛盾《むじゅん》だが、それしかない。それしかないことは、歴史が示している。

「リョウがいれば、そう言うだろうな」

「ロンド公は歴史に造詣《ぞうけい》が深いですから」

アベルが苦笑しながら言い、ハインライン侯も微笑みながら同意する。

ただそれだけで、それまでの重苦しい雰囲気が消え去った。

ただ涼の名前が出ただけで。

「魔人の件だけでも厄介だったのに、空の民……サントゥアリオだったか。そいつらの件も対応を考えねばな。すぐではないと言われても、対策を講じなくていいわけではない」

「はい。表立っては伝えられない以上、水面下で動くことになりましょう」

「やむを得ん。それもこれも民のためだ」

全ては、王の責務。

◆

《……とまあ、そういうことだ》
《また戦争ですか？　この前、帝国と戦ったばかりでしょう？》
《俺に言われても……》
《人の歴史においては戦争が主で、その間に薄い平和が挟まっているだけだ……そんな主張も確かにありま す。でもそれでは困るんですよね》
なぜか非難めいた口調で論を展開する涼。
今回の件、アベルには全く責任はないのだが。いや、たいていの場合、アベルに責任はないというべきか。
アベルは『魂の響』を通して、西方諸国にいる涼に会談内容を伝えただけだ。
そう、いつも涼が「ホウ・レン・ソウは社会人の基本です」と言っているから。なぜそのまま「報告・連絡・相談」と言わないのか、アベルは不思議に思っているのだが……いつも聞く機会を失う。
《そもそも、空と地上との戦争……悲惨な未来しか見えません》
《それは全く同感だ》
《空の民……サントゥアリオでしたっけ、あの人たちとの戦いになったら、大量のゴーレムが投入されるんじゃないですか？》
《ゴーレム？　ああ、あの旗艦で止まってたやつらか》
　ゴールデン・ハインドが旗艦に突っ込み、涼と『赤き剣』が乗り込んだ際、旗艦の中で大量のゴーレムが停止していたのだ。おそらくは戦闘用のゴーレム。
《一・五メートル級ゴーレムでしたけど、だからといって力が弱いとは限りません。キューシー公国で開発中の『雷帝』は、三メートルの現行機と同等の力があるとルスラン公子はおっしゃっていましたからね。サントゥアリオのゴーレム、油断していい相手ではないですよ》
《油断なんてするわけないだろ》
　アベルは小さく首を振る。
　油断どころか、全力で当たっても厳しい相手なのだ。
《対ゴーレム戦に関しては任せてください。我に策ありです！》
《なぜだろう、全く期待できないのは……》
　涼が自信満々に言い、アベルが胡乱《うろん》気《げ》な目……もちろん涼からは見えないが……になる。
《アベルが、究極奥義を身に付ければいいのです》
《は？》
《その名も、『対泥人形完全撃滅波《マキシマム・ゴーレム・タイフォーン》』という、剣の一振りでゴーレム全てを破壊してしまう究極奥義です！》
　昔、どこかの漫画で見たような名前を付ける涼。
《そうか、それは凄いな。それで、どうやって身に付けるんだ？》
《知りません》
《だろうな》
　最初から期待していなかったアベルはため息すらつかない。
《アベルはいずれ、そんな奥義を身に付ける旅に出な

ければならないのかもしれません》
《俺、いちおう国王なんだが……》
《国王陛下が旅に出るのは、物語のお約束なのです》
《そうか、物語ならそうかもな。俺は、現実の国王なんだ》
《玉座に座ったままで究極奥義を身に付けようなど、傲慢《ごうまん》の極みです！》
《うん、俺はそんな奥義に頼らなくていい、現実的な解決方法を探すことにする》
アベルは、涼の理不尽な指摘を華麗にスルー。
すかさず次の一手を放つ涼。
《いや、傲慢だけではないですね。強欲であり怠惰でもあります。そもそもアベル自身は暴食ですから……あと、嫉妬、憤怒、色欲が揃えば七つの大罪が揃いますね！　七つの大罪への道を歩むアベル王……》
《七つの大罪？　それがリョウの究極奥義の名前か？》
《究極奥義『七つの大罪』……ちょっとカッコいいじゃないですか！　アベルにしては素晴らしいネーミングです！》
涼が、なぜか嬉しそうに何度も頷く。
しかし、ふと我に返る。
《アベルが、珍しく、わざわざ、こうして話をした魂胆は分かっています》
《魂胆？　いや、リョウがいつもホウ・レン・ソウは大切とか言うから……》
《ごまかされませんよ！　いくらアベルが望んでも、僕は、サントゥアリオに対して先制攻撃するつもりはありませんから！》
《俺、そんなこと、一言も言ってないだろう？》
《それも分かっています、政治家がよくやる手です！　明言しないでやらせておいて、まずくなったら「秘書が勝手にやりました」とか言って逃げるんです。なんて卑怯《ひきょう》な！》
《なぜ、俺は非難されているんだ……》
会談で生み出された重苦しい空気は、完全に霧散した。全ては涼の狙い通り……ではないと思うのだが。
《あ、そろそろ船が着きます》
《分かった。こっちも大変だが、使節団もいろいろあ

ると思う。無事に戻ってくることを祈っているぞ》
《もちろんです。戻らないと、ケーキ特権を行使できませんからね！》
《そうだな》
最後は、涼もアベルも笑いながら『魂の響』を切るのであった。

聖都マーローマー

国王陛下から大変さを懸念されている使節団は、ゆったりとした四日間の船旅の後、西方諸国の中心ともいうべきファンデビー法国の、北部国境の街ヴァルペガラに到着した。

ヴァルペガラからは陸路で、ファンデビー法国聖都マーローマーに向かうことになる。

「ニルスによる度重なる妨害にも屈することなく、我々はついに辿り着いたのです！」

水属性の魔法使いが、高々と宣言する。


「俺は全く妨害していないぞ」

もはや不満そうな顔すらせず、諦めの境地に達したB級剣士ニルスがわずかに抵抗する。

「あれだけ大きな船だと、剣を振っての訓練もしやすいので良かったです」

普段は『十号室』で最も常識的なのに、剣が絡むと戦闘狂の片鱗《へんりん》を示すもう一人のB級剣士アモンが主張する。

「川下りの間は護衛の仕事はほとんどなかったね」

誰も怪我しなかったことを喜ぶ、心優しい神官エトが最後を締めた。

涼を含めた『十号室』にとって、とても平和な川下りであった。もちろん、その傍《かたわ》らで学んでいるハロルド、ジーク、ゴワンの『十一号室』も船上での訓練に明け暮れ、充実した日々を過ごしたのだった。


「なあ、リョウ」

「なんですか、ニルス」

「その、後ろに付いてきているのは……」

「水属性魔法の〈台車〉ですよ？」

上陸した涼の後ろを、氷製の荷車のようなものが、三台付いてきている。以前より、少しバージョンアップした〈台車〉だ。バージョンアップのポイントは、主に『大きくなった』という部分だけだが。

今回の〈台車〉の中には、分解されたキューシー公国製の現行機ゴーレムが入っている。

「公国からいただいた際の条件として、ファンデビー法国に着いたら跡形ないほどに処分すること、っていうのがありましたから。いろいろと勉強させてもらったので、ちょっともったいない気もしますが、約束は守らないといけません」

涼は、一度交わした約束は守る性分だ。

公国としても、他の西方諸国に対しては、できる限りゴーレムの情報を渡したくないということなのだろう。

そもそも涼が中央諸国の人間であり、キューシー公と公子を救ったという功績があるとはいえ、バラバラのゴーレムを与えるということ自体、かなり異例のはずだ。そこにはもちろん、感謝の気持ちと共に、いろいろな口止め料的な意味合いも入っているだろう。

「そういえば、ゴーレムの装甲は、剣でも魔法でも傷つきませんでしたよね」

「あれは、どこのパーティーも苦労してたね」

アモンとエトが、ゴーレムとの戦闘を思い出しながら言う。

「どうやって処分するんだ？」

ニルスも、そんなゴーレムの処分の難しさを理解したのだろう。涼と、その後ろに付いてくる〈台車〉を交互に見た。

涼も振り返って、〈台車〉を見ながら答える。

「装甲は、確かに硬いです。処分の方法で一番いいのは、高温で燃やす、溶かすのが理想ですよね。ケネスが以前言ってましたけど、鹵獲《ろかく》した連合の人工ゴーレムは、溶かして処分したそうですし」

「いや、リョウは水属性の魔法使いだろ……水じゃ燃やせないだろう？」

ニルスが、非常に常識的なことを言う。

そう、普通の水では燃やせない。むしろ、水は、燃えている火を消す。

だが……。

「燃える水はあるんですよ」

涼は、はっきりと答える。

その答えを、水プラズマという。

「燃えるでも、溶かすでもなく、分解する……と僕は勝手に認識しているのですけどね」


どこにでもある水、これを直流放電によって瞬時に酸素と水素に分解して熱プラズマ状態にしたものを、水プラズマという。

そもそもプラズマとは何か？

原子から電子が離れて、正イオンと電子に別れる。

これらは荷電粒子と呼ばれ、そんな荷電粒子が含まれた気体をプラズマという。

ＳＦやアニメに出てくる荷電粒子砲……あれは実は、プラズマ砲だったのだ。

さて、水は常温では非常に安定した優しい化合物であるが、プラズマ状態では活性の強いＯラジカル、Ｈラジカル、ＯＨラジカルが発生し……まあ、とにかく暴れん坊になる。

例えばＯＨラジカルは、接するいろんなものからＨを奪っていって自分は素知らぬ顔でH_2Oの水に戻る。

Ｈを奪われた側は……崩壊する。

なんて恐ろしい。

だがある意味、分解の最高峰ともいえる。

電圧をかけてプラズマを発生させる……そのプラズマトーチは摂氏一万度、あるいは二万度。ほとんどのものが、溶けるを通り越して蒸発する。

鉄は千五百度で溶ける……つまり固体から液体になるが、一万度にさらされれば、一気に気体となって空気中に拡散する。文字通り、消失するのだ。

そんな夢のある水プラズマだが……残念ながら、未だ涼は生み出せていない。涼ほどの水属性の魔法使いであっても、難しい。

（仕組みは分かっています。電気を発生する方法も考えついています。あと一息！　いずれは、水プラズマも使いこなしてみせますよ！）

固く心に誓いつつも、目の前のゴーレム部品の処理には使えない。

涼は、もう一つ、水に関連したプラズマを知っている。

それは、テッポウエビ。かつて海中で、テッポウエビのでっかい版による衝撃波を食らって、気を失ったあれだ。

あれは、『水中プラズマ』あるいは『液中プラズマ』と呼ばれるもの。名称は『水プラズマ』と似ているが、全くの別物。キャビテーションや気泡圧壊と呼ばれる、水中において生じる現象。

テッポウエビは、刃を打ち合わせるだけで、四千四百度もの高温を発生させる。もちろん水中であるため、その高温はすぐに収まる。

だが、それならば！

ゴーレムの部品を水中に入れ、その表面で、テッポウエビのように高温を発生させればいいじゃないか！

鉄の融点千五百度をはるかに超える高温を発生させることが可能なのだから。


そして、テッポウエビのキャビテーションは、涼はすでに使いこなしている。

ロンド公爵領の水田管理の際、草を取り除くのに使った。それこそ、毎日、何発も何発も……。

涼は、三つの〈台車〉のうちの一つの荷台部分を、水で満たした。ゴーレムの部品は、どの部分も金属が使われているのであろう、全て沈んでいる。

それに向けて親指と人差し指を広げた右手を伸ばす。狙いをつけて……。

「〈バンッ〉」

ドゴンッ。

荷台の水中で、重い音が響いた。

〈台車〉は透明なため、外から中が見える。アモンが台車に近付き、何事が起きたか観察した。

「リョウさん、確かに溶けてはいますけど……凄く、ちょっとだけです」

「あ、あれ？」

涼も慌てて近寄り、確認する。

人差し指の先ほどの穴……本当にちょっとだけ。

「くっ……」

悔しそうな声を漏らす涼。

もうこうなったら、意地である。

「〈バンッ256〉〈バンッ256〉〈バンッ256〉〈バンッ256〉〈バンッ256〉」

涼が唱えるたびに、連続して重なる重低音。

近くで見ているアモンは、その光景に目を奪われているが、少し離れて見ている五人は、アモンの身を心配している。もちろん、魔力を注ぎ込んで強化してある〈台車〉の中で行われていることなので、外には一切の被害はない。

数十回の二百五十六連射が終わった。

ついに……。

「リョウさん、完全に消えちゃいました！　凄いですね！」

「み、水属性魔法にかかれば、これくらい楽勝なのです！」

アモンが尊敬のまなざしで涼を見て、涼は幾分荒い呼吸を整えながら宣言した。

「あと、二台ですね！」

「う、うん……頑張る……」

無邪気に事実を告げるアモン、ゴールまでの困難さを自覚して冷や汗を流す涼。

その二人を、無言で見守る五人……。

いつの時代も、廃棄物の処理は大変らしい。


そんな七人を、さらに遠くから見つめる王国使節団団長ヒュー・マクグラス。

「あれは……何をしているんだ？」

「さっき、ゴーレム部品を処分とか言ってましたね」

ヒューの問いに、傍らのB級パーティー『コーヒーメーカー』のデロングが答える。

現在、王国冒険者の中で、最も護衛経験の豊富な『コーヒーメーカー』のデロングは、この使節団においてヒューを補佐していた。そのため、たいていは、使節団の先頭か団長ヒューの傍らにいる。

「ああ……そういえば、キューシー公国からそんなことを言われていたな。氷で押し潰したりするのかと思ったが……重低音を響かせて、俺の知らない何かが行われたらしい」

「リョウは特殊ですから」

ヒューの呟きに、苦笑しながらデロングは答える。

涼は、他のパーティーリーダーからも特殊と思われているようだ。

「アベル辺りじゃないと、リョウを使いこなすとか無理な気がするわ」

「アベル陛下も、ある意味特殊でしょう。元A級冒険者の国王陛下とか……」

「ちげえねえ」

そして、二人は大笑い。

アベルも、いろんな人から特殊と思われているらしい。

もしや、涼とアベルは似た者同士……？


王国使節団一行が到着したヴァルペガラには、当然、先に帝国と連合の使節団も到着していた。

「マクグラス団長、災難でしたな」

「さすがは、我が国の人工ゴーレムも軽くいなした王国冒険者。無事の到着を、お祝い申し上げますぞ」

先帝ルパート、先王ロベルト・ピルロ、どちらも表面上は、王国使節団の無事を祝福した。三大国は、潜在的には敵同士なので、まあ、いろいろ仕方ないであろう。

この後の旅程は、ヴァルペガラで一泊して、明日早朝に出立となっている。使節団の宿舎も、ファンデビー法国によって準備されている。もちろん、最上級のものが。

しかし、その夜、予定されていない訪問が王国使節団団長に対して行われた……。


その日、深夜。

王国使節団宿舎、団長ヒュー・マクグラスの寝室ベランダに降り立つ一つの影。完璧な無音のまま窓を開け、部屋の中に入る。

そして、ベッドの方を見て……固まった。

ベッドに横たわったままのヒュー・マクグラスが、首だけこちらに向け、目を開いて見ていたからだ。

「あ、怪しい者では……」

その影は、女性の声で、ようやくそれだけを口にする。

「ああ、覚えている。確か、勇者パーティーのモーリスだったよな」

ヒューは、小さな声で言った。

かつて王国コナ村近郊において、ヴァンパイア、ハスキル伯爵カリニコス討伐を共に行った勇者ローマンのパーティー。そのパーティーの斥候であったのが、今、部屋に入ってきたモーリスだ。

そう、モーリスなのは分かるのだが……。

分からないのは、なぜ、このタイミングで接触を図ってきたのか。そして、なぜ、こんな方法で接触してきたのか。

ヒューが起き上がると、モーリスは近付いた。そして、ポケットから一枚の封筒を出して、ヒューに手渡しながら言う。

「グラハムからの手紙です」

「グラハムからだと？」

グラハムは、勇者パーティーの聖職者であった。西方教会における地位は大司教。これは、かなり高位の地位と言える。

しかも、とどめを刺される直前、ハスキル伯爵カリニコスが口走った言葉によれば、異端審問庁長官、そしてヴァンパイアハンター……。それらがどういう意味を持つのかは、ヒューにも正確には分からないが、決して安い地位ではないだろう。

そんなグラハムからの手紙を、わざわざ他の者の目に触れないように持ってきた斥候モーリス。

これが、普通な状況なわけがない。

ヒューはグラハムの手紙を受け取ると、錬金道具のランタンを、できるだけ光量を絞って点《つ》けて手紙を読み始めた。

「ヴァンパイアが多数目覚めたことを、教会も把握したか。……それが、俺たち使節団に合わせて起きている可能性が高い？」

ヒューは、問いかけるように、目の前の斥候モーリスを見る。

だが、見られたモーリスは慌てて首を振る。

「私も、詳しくは聞いてないのよ。ただ、聖都マーローマーはきなくさくなってきているの。正確には、聖都の聖職者たちの動きが、というべきかな」

「ふむ……。で、グラハムは聖都にいるのか？」

「いいえ、グラハムは、任地のラシャー東王国よ。大司教の中では序列一位だから、教皇就任式には参加するはず。あと二カ月後くらいには、聖都に来るんじゃないかな」

「はっ。大司教序列一位とは凄いじゃないか」

「ええ。四十歳ちょっとでは、普通、ないみたいね。十二人の枢機卿《すうききょう》の空きを埋める、筆頭候補だそうよ」


西方教会の階級は上から、教皇、枢機卿、大司教、司教と修道院長、司祭、そして助祭となっている。

一人の教皇、十二人の枢機卿、二十四人の大司教、四十八人の司教、四十八人の修道院長、そして多くの司祭と助祭。そう決められているのだが、近年、司教以下の数はかなり増加している。

「……極めつけは、使節団は厳重な監視下に置かれているると。それでモーリスは、深夜に忍び込んできたのか」

「うん。気配を消して音も立てなかったのに、マスター・マクグラスに気付かれたのはショックだけどね」

「いちおう、元A級冒険者だからな」

そう言うと、ヒューは肩をすくめた。

グラハムから情報を提供してもらったとはいえ、使節団としては、勝手な行動をとるわけにはいかない。教皇就任式に、国の代表として送り出されてきたからには、出席しないという選択肢もそもそもない。

その就任式まで、約三カ月。

「中央諸国から使節団が来たことは、西方諸国中に知らされているから、就任式までは特に何もないとは思うのだが……」

「うん、それはグラハムも言ってた。キューシー公国中枢をヴァンパイアが襲撃したのも、一般にはまだ知られてないよ。もちろん教会関係者は知ってるけど……さすがに法国では、ヴァンパイアの襲撃とかはないと思う。だから、そう気負わずに三カ月過ごしてくれってさ」

「なんだ、その結論は……」

法国に入った以上、使節団としては普通に気を付ける程度でいいということなのだろう。

「まあ、分かった。手紙ありがとうな。グラハムにもよろしく伝えといてくれ。ああ、そういえば、他の勇者パーティーの連中は？」

ヒューは深い意味もなく尋ねたのだが……。

「魔法使い四人組は元気だよ。ただローマンは……」

モーリスは悲しそうな顔で言葉を続けた。

「ローマンは、行方不明なの……」

◆

ヒューが、深夜の訪問を受けた翌朝。使節団は、もちろん何事もなく、穏やかな朝を迎えていた。

宿舎食堂での朝食終了後、ヒューは涼を呼び出した。

「リョウ、いちおう伝えておこうと思うんだが、我々使節団は監視されている」

「はい」

「だが、これは仕方のないことだと思っている。俺も了解……とまでは言わんが、そういう状況にあることは理解しているから、監視してるやつらには手を出すな」

「分かりました」

やけに素直に頷く涼に、違和感を覚えるヒュー。

「ま、まさか、すでに手を出したとか、そういうことは、ないよな？」

「やだな～そんなわけないじゃないですか～。一体僕をなんだと思ってるんですか。あははははは～」

清々しい笑顔で答える涼。

「そうか。いや、それならいいんだ」

「ちなみに昨晩は、十人で、この宿舎を見張っていたみたいですよ」

「なに？」

「でも大丈夫です。何もしてませんから」

「お、おう……」

実は昨晩、涼とアベルの間で、以下のような会話が交わされたことは、もちろんヒューは知らない。

《アベル、不審な者たちが宿舎を取り巻いています。先制攻撃をかけます！》

《いや、待て、リョウ》
《アベル、止めないでください！》
《いや、止めるわ！　そいつらは、ただの法国の監視だろ。監視と共に護衛もか。不届き者が、使節団の宿舎を襲ったりしたら、法国の面目は丸つぶれになるからな》
《むぅ……》
《とりあえず気を付けるだけにしておいて、実際にそいつらが襲ってきたら迎撃したらいい》
《そんな後ろ向きな対応で、大丈夫なんですか？》
《後ろ向きって……。大丈夫だから、俺の言うことを信じろ》
《そうですか？　分かりました……アベルの言うことを信じます》
　そんなやり取りがあったおかげで、涼による先制攻撃は行われなかった。
　世界の平和は、誰も知らない人たちによって保たれているのだ。

　そんなこんながありながら、使節団一行がファンデビー法国北部国境の街ヴァルペガラを発《た》って四日目。

「今日のお昼過ぎには、聖都マーローマーに到着するんですよね？」

「その前に、マーローマーの北にあるダンジョンが、街道から見えるらしいよ」

　アモンが確認の質問をし、エトが聞き捨てならない情報を補足した。

「ダンジョン！」

　当然のように食いつく涼。

「そう。聖都マーローマーの周りには、四つのダンジョンがあるんだって。東西南北に一つずつ。この街道は北ダンジョンの近くを通っているから、見えるらしいよ」

　エトが、『旅のしおり』を見ながら、そんな説明をする。

　恐るべき情報量、『旅のしおり』。

　そこで、涼は、かつてルンの街で受けたダンジョン初心者講習会を思い出す。

確か、講師の先生役だったギルド職員が言っていた。

「西方諸国のダンジョンには、一度クリアした階層までの転送機能を持つダンジョンがあると聞きました。聖都周辺のダンジョンに、その機能は……?」

涼は、少し震えながらそんな質問をする。もしあるのなら、ぜひ深くまで潜ってみたい。

エトが、パラパラと『旅のしおり』をめくった後で……。

「ああ、あるね。聖都マーローマー西にあるダンジョンに、その機能があるって」

「おぉ~!」

涼は歓喜した。

ルンの街では、ダンジョンにはあまり潜らなかったが、決して興味がないわけではない。

「リョウは、ルンではそんなに潜らなかったろう?」

「ニルス、ある登山家が山に登る理由を問われた時、そこに山があるからだと答えました。僕の答えも同じです。そこにダンジョンがあるから、だから潜るのです!」

「会話になってないだろうが……」

涼の的外れな答えに、呆《あき》れるニルス。

今回は、ニルスが正しい。

もちろん、そんな二人とは関係なく、状況は進んでいく。つまり、エトによる情報提供がだ。

「これまでの最大到達階層は、百五十層って書いてあるね」

「百五十……」

「かなり深いな……」

「百五十層とかの魔物って、凄く強そうですね!」

エトが情報を提供し、涼が絶句し、ニルスが驚き、アモンがまだ見ぬ百五十層の魔物を想像してワクワクする……。

それを唖然《あぜん》として見守る十一号室のジークとゴワン。

だが、一人、心ここにあらずの人物がいる。

「ハロルド、大丈夫ですか?」

それに気付き、涼が声をかける。

「え、ああ、はい……」

ようやく我に返る、剣士ハロルド。

そもそもハロルドがこの使節団にいるのは、魔人の『破裂の霊呪』を解くため。その霊呪の解き方は、『魔王の血を額に一滴たらす』。

そして、西方教会には、魔王の血が保管されているという。

「大丈夫ですよ。ヒューさんが上手く交渉して、なんとかしてくれるはずです。もしダメだった場合は、僕が聖都全土を凍らせて、取ってきますから！」

「いや、馬鹿、やめろ」

涼が先輩冒険者らしく、後輩を安心させようとしたのに、ニルスによって止められてしまった。

「ニルスは、後輩が困っているのに、そんな酷《ひど》いことを言うのですか」

「いや、そうは言ってないだろうが。聖都を凍らせないで、別の方法をと……」

「具体的に、どうするんです？」

「いや、それは……そうだ、保管してあるところに忍び込むとか……」

「それは犯罪ですね！」

「リョウに言われたくない！」

涼とニルスのやりとりを聞いて、ハロルドは少しだけ微笑んだ。そんなハロルドの肩に、後ろから手を置くジークとゴワン。ハロルドは小さく頷くのであった。

◆

聖都マーローマーの周囲には、衛星都市とも呼べる街がいくつか点在しているが、そのさらに外に、東西南北のダンジョンが存在している。

北ダンジョンは、聖都マーローマーから、徒歩三時間ほどの距離。

そんな北ダンジョン周辺は、小さな街と化している。ダンジョンには、冒険者がやってくるため、その冒険者目当ての店が建つ。さらに、冒険者や商人たち向けの宿なども建つ。そんな冒険者たちのために、ギルドの出張所もあるらしい。

とはいえ、使節団は、今回聖都マーローマーに直行する。北ダンジョン街と便宜上呼ばれていた名称がいつの間にか正式名称になってしまったこの街に入ることなく、少し離れた場所を通る街道を進んだ。

「あのダンジョンも、大海嘯《だいかいしょう》とかあるんでしょうか」

アモンの呟きに、「確かに」とか言いながら、神官のエトとジークが『旅のしおり』をめくる。

だが、そこまでの情報は載っていない。

「無いといいね」

エトの希望的観測に、ニルスは頷いて呟いた。

「あれは厄介だったからな」


三時間後、使節団は無事に、聖都マーローマー北門に到着した。

ファンデビー法国聖都マーローマーは、巨大都市だ。そのため多くの門があるが、その中でも北門は巨大な門の一つである。

そして、何よりも城門脇には……。

「ゴーレム！」

涼が思わず叫ぶ。

門の両脇に二体ずつ、合計四体のゴーレムが立っている。全長三メートル……公国のゴーレム現行機とほぼ同じ大きさのゴーレム。

体の前で剣を地面に突き刺し、柄頭《つかがしら》の上に両手を重ねて、文字通り直立不動。

動く様子はない。

「あれ？　ゴーレムが、身分照会とか不審物の探索とかをしてくれるのでは……」

「しないみたいだな」

「聖都マーローマーの門は、常に開いたままで、出入り自由らしいよ。西方諸国中から集まってくる信者たちがいつでも聖都に入れるように、って書いてあるね」

涼は当てが外れた顔をし、ニルスがそれを肯定し、エトが『旅のしおり』から情報を提供する。

「ま、まあ、いいです。止まっているなら、近付いて、いくらでもじっくりと見ることが……」

「ダメだぞ」

フラフラとゴーレムに近付いていこうとする涼を、むんずとつかんで列に戻るニルス。

いつかどこかで見た光景が、繰り返される。

「ニルス、止めないでください！」

「いや、止めるわ。このまま、使節団は街に入るんだぞ」

帝国使節団、連合使節団、そして王国使節団の順に聖都マーローマーに入り、教皇庁での歓迎式典に出ることになっている。

「その辺りは任せます。僕はゴーレムの観察を……」

「諦めろ」

抗う涼、捕まえるニルス。

数回のやり取りの後、結局、涼は諦めた。

「ゴーレムは逃げない」

そう自分に言い聞かせて、諦めたらしい。

ニルスは小さく首を振り、他の五人はいつものように苦笑していた。


教皇庁における、中央諸国使節団歓迎式典。

涼たちは列に並んで、式典が進むのを待っている。

王国使節団は、帝国、連合の後ろであり、その中でも『十号室』と『十一号室』は、最後尾に位置する。

もちろん、馬車は式典会場の外に置かれ、馬車に乗ってきた文官たちも列に並んでいる。

最後尾の場所からは、教皇まで遠すぎて……。

「教皇の顔とか、全然見えんな」

「これだけ遠いとね」

「西方教会の頂点ということは、やっぱり魔法も凄いんでしょうね」

ニルスがぼやき、エトが肯定し、アモンがワクワクした感想を述べる。

『十一号室』の三人も頷く。

だが一人、涼だけは、何度も首を傾げていた。

エトが、それを見て問う。

「リョウ、どうしたの？」

「ん～なんというか、言葉では説明しにくいのですが……凄い違和感があるのです」

「違和感？」

「うん。なんと言えばいいんでしょう……教皇聖下の……中身が空っぽな感じがするんですよ」

「中身が？」

「からっぽ？」

ニルスとアモン、二人とも首を傾げながら疑問形になる。

　涼以外の六人から見れば……教皇の顔はほとんど見えないが……動きは普通だし、団長たちへの声掛けも普通なように見えるのだが。


　結局、涼が抱いた違和感はずっと晴れず、六人も理解することができないうちに使節団歓迎式典は終了した。

　帝国、連合、王国の各使節団は、それぞれ割り当てられた宿へ移動する。宿は、教皇庁の道の反対側にある巨大な宿であった。三国の宿は隣接している。

　聖都マーローマーは西方教会の中心ということもあって、国外からの使節が来ることが多い。その際に、この教皇庁周りの宿群はよく使われるらしい。

　そんな情報を仕入れてきたのは、神官ジーク。ジークはできる男である。

「やっと……着いたんだよな？」

　宿に入り、部屋に着くと、ニルスがそう切り出した。

「ええ。片道一カ月以上……やっぱり、けっこうかかったね」

　エトが頷きながら答える。

「でも、普通の護衛依頼に比べても、全然大変じゃなかったですよね」

　アモンが楽しそうに答える。

「きっとこの後、空から隕石が降り注ぎ、川は血のように濁り、イナゴの群れが襲い、夜な夜な長子を殺された親たちの泣き声が聖都を満たすのです」

「なんだそれは……不吉な物語を作るな」

　涼がおどろおどろしく語り、ニルスが顔をしかめて否定する。

「まあ、とにかく、基本的には三カ月後の教皇就任式まで、護衛冒険者としてのお仕事は終了。宿や、文官たちの教皇庁との行き来など、聖都内における安全確保の全てはファンデビー法国の責任で行われる、って言われたよね」

「別の言い方をすれば、監視下に置かれる……まあ、法国に入ってずっとだけどな」

　エトが言い、ニルスがファンデビー法国に入って毎夜、宿の周りを監視する者たちがいたのを思い出しながら答えた。

「仕方ありません。使節団の護衛とはいえ、ニルスのような不審人物を国に入れるのです。法国も、見張りくらいつけないと不安でしょう」

「俺じゃなくて、リョウだろ」

「いえいえ、僕なんて、どこからどう見ても、人畜無害の穏やかな水属性の魔法使いじゃないですか」

胸を張って、威張って言う涼。

だが、そこにいる六人は、誰も同意しない。

涼は、周囲の理解の無さを嘆くのであった。


連合使節団が入った宿舎。その団長室。

そこには、連合使節団団長である、先王ロベルト・ピルロと、その護衛隊長グロウンがいた。

「あれが、教皇か……」

先王ロベルト・ピルロは、先ほどの歓迎式典を思い出しながら呟いた。

「陛下？」

護衛隊長グロウンが問いかける。

「あれは……替え玉だったのかもしれん」

「替え玉？　教皇本人ではなかったと？」

ロベルト・ピルロの言葉に、驚くグロウン。

当然であろう。長い旅の果てにようやく到着した使節団を偽者がもてなすなど、本来あり得ないことだ。

とはいえ、中央諸国の常識が、西方諸国においても常識であるとは限らない。

「教皇というにはあまりにも……凡人……いや、凡人を通り越して人形と言われても頷ける……」

「し、しかし、陛下を含め、各団長にも声をかけられていらっしゃったではないですか」

「うむ、だからこそだ。あれが、西方諸国をまとめている西方教会の頂点であるとは、どうしても思えなかったのだ……」

ロベルト・ピルロはそこまで言うと、何度か首を振る。

ロベルト・ピルロは、カピトーネ王国の先代国王であるが、同時に中央諸国ではよく知られた魔法使いでもあった。いや、よく知られたというより、連合における魔法使いの頂点の一人といっても過言ではないレベルのだ。

そんなロベルト・ピルロだからこそ感じることができた。先ほどの教皇の、力の無さを。

「西方教会の頂点というからには、光属性の魔法を使えるであろう。それも、常人とは比べ物にならないほどの。そのはずだ。そして魔法使いであれば、どうしても僅かに、体から魔法が漏れる……あるいは、魔法が漂うというべきか。強い魔法使いであれば、まばゆいほどに。だが、教皇からはそれが全く感じられなかった」

強者の魔法使いであれば、必ずあるはずの魔法の漏れが……。

だが、そこでロベルト・ピルロは思い出した。彼が知る、ほとんど唯一の例外を。

そしてわずかに微笑んで言った。

「いや、そういえば王国の筆頭公爵殿は、魔法が漏れておらんかったな」

図らずも、夜のコーヒーパーティーで石机を囲んで座った涼は、魔法が漏れていなかったことを思い出したのだ。もちろん事前の情報で、強力な魔法使いであることは知っていたが……。

「彼のような例外もあるか」

それは、七十年以上生きてきて、初めての経験であった。

かつて戦った強力な魔法使いたち……王国のイラリオン・バラハ、あるいはアーサー・ベラシスなどは、魔法を纏っていた。

もちろんそれは、その辺の有象無象《うぞうむぞう》の魔法使いとはレベルの違う……緻密に編み込まれたとでも言おうか、そんな魔法を纏《まと》っている感じであった。対峙《たいじ》するだけでも恐ろしさに血が凍るかのような……そんな覚えがある。

しかし、王国筆頭公爵の涼は違った。

「そう、あれは……穏やかな……魔法は感じなかったが……雰囲気なのか……？」

そこまで考えて、ロベルト・ピルロは何度か首を振った。

そして言葉を続ける。

「まあよい。教皇就任式まで三カ月ある。それまでには、いろいろ分かろうさ」

◆

使節団が聖都マーローマーに到着した翌日から、文官会議が開かれた。

だが、考えてみてほしい。

中央諸国と西方諸国は、驚くほど離れている。片道一カ月以上かかるうえ、途中には多くの難所がある。そんな二つの地域が、いったいなんの会議を開くというのか?

実は、そのことに関しては、使節団の出発前から中央諸国各政府でも話題になっていた。王国でも、連合でも、そして使節団を主導した帝国においても。しかし、最初に帝国に届いた法国からの手紙には、『貿易交渉を行いたいので、文官も派遣してほしい』とわざわざ記されていたのだ。

いったいどういうことなのか?

「中央諸国と西方諸国を海路で結ぶ……?」

王国首席交渉官イグニスが、法国の文官から提案された内容を聞いて、呻《うめ》くように呟く。

帝国、連合、そして王国からそれぞれ文官のトップが十人ずつ参加した、最初の貿易交渉の席上だ。海路で結ぶことに関して、王国だけでなく帝国や連合の文官たちも初耳だったのであろう。中央諸国使節団全体がざわついている。

それも当然だろう。

中央諸国と西方諸国は、海路であってもかなりの距離があると言われている。

そう、『言われている』なのだ。

正確に、どれほどの距離があるか、測ったものは誰もいない。少なくとも、各国政府にそのデータは無い。もちろん、正確な海路も不明。

そして当然のように、海には海の魔物がいる……。考えれば考えるほど問題が湧き出てくる。

イグニスは、文字通り頭を抱え込んだ。どう考えても、うまくいくとは思えない。

彼ほどの経験豊富な交渉官であっても、これから三カ月間の交渉の見通しは、全く持てなかった。

文官たちは、これからが本番。

しかし護衛の者たちは、基本的に自由だ。各自、思い思いに羽を伸ばしていた。

真っ先に、そして最も積極的に動いた人物は、王国の水属性の魔法使いであったろう。彼は、王国使節団に対する窓口となった、『王国使節団歓迎班』に向かった。

王国使節団歓迎班とは、文字通り王国使節団を歓迎し使節団からの様々な要望、便宜を図るファンデビー法国側が用意した集団だ。宿のフロントの一角に常駐する。高級ホテルに置かれたコンシェルジュみたいなものだろうか。

涼は早速そこに行き、要望を伝えた。

「ゴーレムの見学……ですか?」

歓迎班の人間は、涼の許可申請に驚いた。

真っ先に出てきた要望がゴーレム見学であれば、驚くのも無理はないだろう。

涼の要望は、『ゴーレムを見る許可が欲しい』というもの。そう、ただ見るだけ。それも、倉庫の奥にあるようなものではなく、門に守衛のごとく立っているゴーレムを見る許可が欲しいと。

いじくりたいだとか魔法式を見たいなどであれば、却下されるであろうことは予測できる。さすがに、キューシー公国の時のような尋常ならざる状況でもない限り、他国の者にゴーレムの機密に関連する部分を見せたりはしないであろうことは、涼でも分かる。

そのため、見るだけの許可を申請した。

これは、歓迎班でも想定していなかったらしく、話し合いが行われる。

十分の話し合いの後、申請は許可された。

涼がテニス選手のごとく、何度も小さくガッツポーズをし、フロント前を歩き回る光景は、誰もが見た。

そして、一部の者は、胸をなでおろす。涼が、聖都を凍らせるなどと口走らなくてよかったと。

そう、その一部の者たちというのは、『十号室』と『十一号室』の者たちだ。

『十号室』の三人は、とりあえず街に繰り出すことにした。その際に、『十一号室』の三人もどうかと誘ったのだが、ハロルド、ジーク、ゴワンは丁重に断った。

それは、ハロルドの『破裂の霊呪』の件が片付いていないために、街に繰り出す気分ではなかったからだ。それに関して、明日、団長ヒュー・マクグラスが、西方教会と交渉する手はずとなっていたため、出歩く気分ではなかった。

『十号室』の三人も理解できたために、無理に誘わずに出かけていった。

「俺に構わず、行ってもよかったのに」

「そんな、行くわけないでしょ」

「だよな」

ハロルドが言い、ジークが否定し、ゴワンも同意する。

ハロルドの霊呪を解くために、ジークとゴワンも、この西方諸国への使節団に加わったのだ。明日、事の成否が決まるかもしれないというのに、街に繰り出す気分にはならない。


そして一晩、『十一号室』の三人は悶々《もんもん》とした気持ちで過ごし、翌朝を迎える。

団長ヒュー・マクグラスに連れられて、教皇庁に出向いた。もちろん、アポイントメントは前日のうちに入れてあったため、待たされることなく応接室に通された。


一分後。

緋色《ひいろ》の祭服を纏った、初老の男性が応接室に入ってきた。

「初めまして。今回の件を担当いたします、枢機卿のオスキャルです。よろしくお願いします」

枢機卿は、西方教会の階級において教皇のすぐ下に位置し、たった十二人しかいない。教会の実務面を取り仕切る、最上位者の一人と言っても過言ではない。

(これは……大物が出てきたぞ)

ヒューは、挨拶の後、そんなことを考えながら座った。

「さて、私が聞きましたのは『破裂の霊呪』にかかった方がいらっしゃるので、その霊呪を解きたい、ということです。間違いないでしょうか?」

オスキャル枢機卿は、落ち着いた声で尋ねる。

「はい。うちの、ハロルドが『破裂の霊呪』を受けまして」

ヒューは、傍らのハロルドを示す。

オスキャルは一度頷き、だが、少しだけ顔をしかめて言葉を続けた。

「ご存じの通り、『破裂の霊呪』を解くには、魔王の血を額に一滴たらす必要がございます。また、西方諸国では、年に数人は破裂の霊呪にかかるため、教会では魔王の血を保管しているのです……通常なら」

「通常なら？」

ヒューはオウム返しに答え、こちらも顔をしかめる。

（望ましくない展開が待っていそうだ……）

「実は、二週間前に、第一保管庫が何者かに襲撃されました。その第一保管庫には、魔王の血も保管されておりましたが、その壺は割れ、血がこぼれてしまいました」

「……」

ヒューも、十一号室の三人も、絶句した。


「聖都外の第二保管庫に予備がありますので、それを持ってこさせるように手配いたします」

「おぉ……」

思わずそんな声を出したのは、ハロルドであったか、それともゴワンであったか。

「ただ、第一保管庫の修復が終わってから移動させる予定でしたので、連絡がこれからになります。そうですね、三日ほどお待ちいただけますか。申し訳ありませんが」

そう言うと、枢機卿オスキャルは頭を下げた。

「いえ、三日くらいなら……待てるよな？」

ヒューが、ハロルドの方を見て尋ねる。

「はい」

ハロルドは頷いた。今までになく明るい表情だ。

もちろん、すぐの解決はないわけだが、三日待てば解呪してもらえると分かったのだ。

人は、見通しが立たないのが一番不安になるもの。見通しさえ立てば、多少待つくらい、どうということはない。

「では三日後に。届きましたら、こちらから宿舎の方にご連絡いたします」

◆

涼が北門ゴーレムの見学をし、ヒューと『十一号室』の三人が教皇庁を訪れた三日後。

「ふぅ、これで、東西南北のゴーレムを制覇しましたね」

西門ゴーレムの見学を堪能し、歓迎班の人と使節団宿舎に戻ってきた涼は満足そうに呟いた。

そう、初日に北門のゴーレムを見て、翌日に東門のゴーレムを見て、その次の日に南門のゴーレムを見て……そして、今日、西門のゴーレムを見てきた。

今や涼は、立派なゴーレムマニアとなっていた。

「キューシー公国現行機ゴーレムも、この聖都のゴーレムも三メートル級ですが、あれはあれで迫力ありますね。うちの一・五メートル級では、戦闘だと勝てないでしょう」

勝手に、三メートル級や一・五メートル級などというカテゴリーで分け、アマチュアゴーレム評論家となっている涼。

ちなみに、涼がロンド公爵領で作った、水田管理ゴーレムは、全長一・五メートル。これは、水田に入って管理をするため、背が高い、つまり重心が高いと、姿勢制御が難しくなるために全長を低く作ったのだ。

そもそも戦闘用ではない。

ゴーレムだけの話ではなく、なんでも、用途によって大きさは変わる。

なぜかそれを、三メートル級対一・五メートル級の戦闘で考えてしまう涼は、脳の中まで筋肉、つまり脳筋になってしまったのか……。

「でも、ルスラン様の雷帝は一・五メートル級でしたけど、三メートル級の現行機に馬力で負けないとおっしゃっていました。そう考えるとうちの水田管理ゴーレムも、あの大きさでも戦えるのでは?」

やはり、どこまでいっても戦闘になる……。

そんな涼が宿舎の食堂に入ると、中は閑散としていた。

文官の多くは、すでに教皇庁に詰め、護衛冒険者たちは街に繰り出しているのだから、当然かもしれない。

そんな中……。

「あ、リョウさん！」

目ざとく、涼が食堂に入ってきたのを見つけて声を上げたのはアモン。その周りには、『十号室』と『十一号室』が揃い、さらに団長ヒュー・マクグラスもいる。

しかし、それは変である。

今日は、第二保管庫から教皇庁に魔王の血が届き、ハロルドの解呪が行われる予定の日。それなのに、なぜ、ハロルドたちとヒューがここにいる？

「ただいま戻りました。でも、どうして、ハロルドたちがここにいるんです？　解呪は？」

涼がそう言うと、ヒューは、しかめていた顔をさらにいっそうしかめる。

そして、言った。

「魔王の血が失われた」

「え？　それはどういう……」

涼が尋ねると、神官ジークが説明を始めた。

「第二保管庫が何者かによって襲撃されて、その際に、魔王の血が入っていた壺が割れたそうです」

「それって……第一保管庫の時も、そうじゃなかったっけ？」

「はい」

第二保管庫においても、同じことが起きていた。

いったいどういうことなのか？

「さらに、担当した枢機卿がおっしゃるには、第三保管庫、第四保管庫も同様に襲撃されたそうです。そちらには、魔王の血は保管されていなかったそうですが。教会の保管庫が襲われるなど、何か大変なことが起こっているのは間違いないのでしょうけど……」

さらにジークが顔をしかめながら情報を補足する。

神官であるジークとしては、宗教関連の施設が襲撃されるのは、いい気持ちはしないだろう。しかもそれによって、ハロルドの解呪ができなくなったとなれば余計にだ。

「他に、魔王の血を保管している所は？」

「無いそうです。そもそも、魔王の血も普通の壺では保管できないらしく、特殊な錬金術を施した壺が必要だそうで……。それは教会しか持っていないと」

「そうなると、ハロルドはもちろん困るけど、他の『破裂の霊呪』を受けてしまった人たちも……」

「はい……」

　中央諸国で知られる範囲では、この霊呪を受けたのはハロルドが久しぶりの人物なのだが、西方諸国ではメジャーな霊呪だ。そのために、西方教会では魔王の血を保管していたのに……それが無くなったとなると、困る人が出てくるだろう。

　じっと腕を組んで、顔をしかめて考えていたヒュー。

「仕方ないか……」

　そう呟くと、目を開き、言葉を紡いだ。

「ニルス、エト、アモン、それとリョウ。お前たちに、『十一号室』の三人と協力して、魔王の血の探索を命じる」

「え？」

　七人全員が、異口同音に口を開いた。

「それはどういう……？」

　代表する形で、ニルスが問う。

「より正確には、魔王を見つけ出して、血を採取してほしい」

　その言葉は、七人全員の絶句でもって迎えられた……。

魔王探索

『勇者は、一つの時代にただ一人』

　死ねば、新たに生まれてきた別の赤子が、勇者となる。

　勇者の生まれる原理は、それなりに知られている。

　だが魔王は、正直、全く知られていない。

　魔王は、西方諸国に現れることもあれば、中央諸国に現れることもある。噂に聞くところによれば、東方諸国に現れることもあるらしい。

　中央諸国の中央神殿で教えている教義によれば、デビルから生じた四体の魔王子、そのうちの一体が、魔王となる……そう教えている。ルンのダンジョン四十層で、涼が切り刻んだ、あの魔王子だ。

それは本当なのか？

実は、分かっていない。

それすらも、学説の一つにすぎない。

そもそも、魔王と接することのある人類というのが、魔王を討伐する勇者……くらいだ。人間側からすれば、魔王の発生方法、発生源、発生理由……そもそも魔王は生物学上なんなのかすら、解明されていない。

分かっているのは、魔王は魔物を操れる。人間に害をもたらす存在。そして、強い……らしい。

勇者以外が倒した記録がない。つまり、勇者以外が挑んでも、全て返り討ちにあってきたということ。

だから弱いはずはない。

「でも、魔王って、ローマンが三年前に倒したんだよね？」

涼が誰とはなしに呟く。

そう、勇者ローマンによって、魔王は倒された。

それは、中央諸国にも情報として伝えられた。世間の事情に疎《うと》い涼ですら、聞いたことがあったのだから、かなり広まった情報のはずだ。

「ええ。西方教会によって発表されていました」

神官ジークが答える。

「その後、魔王子が魔王になったのであれば、まだ時間もそんなに経っていないし、それほど強くない……のかな？」

「さあ、それはどうだろう。正直言って、魔王子が魔王になるというのも、実は確実ではないという神官もいるんだよね」

涼の問いに、神官エトが小さく首を振りながら答える。

「いや、そもそも魔王子って、弱くねえから……」

ニルスの呆れたボヤキに、アモン、ハロルド、ゴワンの前衛組が苦笑した。

再び教皇庁に行き、様々な調整を行っていたヒューが宿舎に戻ってきたのは、夕方になってであった。

「ヒューさん！」

それを見つけて声をかけたのは、B級パーティー『コーヒーメーカー』のリーダー、デロングだ。

「聞きました。魔王探索に送り出すと」

デロングは、宿舎ロビーの隅の方で、小さい声で問いかける。

「ああ、その通りだ。今、教皇庁に行って、あいつら
の身分を証明する印……『聖印状《せいいんじょう》』というのがあるら
しいんだが、そいつを出してもらうように交渉してき
た。なんとか出してもらえる手はずになったから、そ
れがあれば西方諸国内はフリーパスのはずだ」

『聖印状』は、ファンデビー法国というよりも、西方
教会の教皇庁が発行する身分保証書のようなものだ。
そのため、今回のように、外国の人間に発行するのは
例外中の例外、とヒューは担当のオスキャル枢機卿に
言われた。

もっとも、発行を渋る教皇庁を説得したのはオスキ
ャル枢機卿であり、オスキャル自身は最初からヒュー
の側に付いてくれていた。

その点の巡りあわせには、ヒューは感謝していた。
これが、融通の利かない、あるいは「保管庫の襲撃？
それはそれ」といった厄介な相手が窓口であったら、
もっと大変なことになっていただろうから。

「聖印状が貰えたのは良かったですが、それでも……」
「ああ、それでもだ。恐ろしく困難な探索になるだろう」

デロングは顔をしかめながら言い、ヒューも同じよ
うに顔をしかめながら答える。

西方諸国の地理に詳しくない人間が、どこにいるか
分からない、しかも確実に表の世界からは隠れている
存在を捜し出さねばならないのだ。簡単にできると考
える人間などいない。

だが……。

「それでも、やるしかない。『破裂の霊呪』は、いつ
霊呪が発動するか分からんのだ」

霊呪を受けてから一年間は破裂しないが、それを過
ぎればなんの保証もなくなる。霊呪が発動すれば、ハ
ロルドの体は、文字通り破裂する。

まだまだ人間としての成長が必要とはいえ、貴重な
王室直系の血。王国としては、なんとしても救いたい。

「分かります。『十号室』はB級パーティー、俺らと
同格です。『十一号室』も、まだ未熟なハロルドが率
いるとはいえ、ニルスの言うことは聞くから大丈夫で

しょう。そして、リョウも付いていくとなれば、戦力的にはこれ以上は望めません。でも、あいつら、見つかるまでずっと西方諸国に残るんでしょう？」

「ああ……その通りだ……」

三カ月後の教皇就任式が終わり、中央諸国使節団が帰国する段になっても魔王の血が手に入っておらず、ハロルドの解呪ができていなかった場合……七人はそのまま西方諸国に残って探索を続ける。

もちろん、『十号室』も『十一号室』も、そして涼もそこまで理解した上で探索を引き受けている。あまりにも過酷な探索行。

そのうえ……。

「基本的に、法国の援助は受けられん」

「え？　どういうことですか？」

「『聖印状』は出してもらったが、これは担当したオスキャル枢機卿の温情みたいなもんだ。教会の保管庫を襲撃されたために、ハロルドの霊呪を解けなくなったことに対するな。法国そのものはもちろん、教会本体もこちらの探索を支援するつもりはない。それどころか、場合によっては敵に回る」

「まさか……」

「なぜなら、教会も魔王の血は欲しいから。西方諸国では、けっこうな数で『破裂の霊呪』を受けた者たちが出る。それをなんとかしなきゃいかんからな。おそらく、すぐに魔王捜しを始めるだろう。あるいは、すでに始めたかもしれん。そんな教会にとっては、七人は引っ掻き回す面倒な存在に見える……可能性がある」

ヒューの言葉に、デロングは絶句した。

無言の一分の後、デロングが口を開く。

「……現実問題として、魔王を見つけたとしても倒せるのですか？」

「魔王を倒せるのは勇者のみ。そして、勇者ローマンは行方不明だ」

「それは……」

「いくつか方策は考えてある。……あいつらが離脱した後は、『コーヒーメーカー』が唯一のB級パーティーになる。負担が増えるが、頼む」

「もちろんです。そこはお任せください」

ヒューは頭を下げて頼み、デロングは力強く頷いて答えた。

どこにいるとも知れない魔王を捜して回る冒険者仲間たちに比べれば、苦労などないようなものだ。

デロングはそう思い、七人がこの先に経験するであろう困難さに、心の中でため息をつくのであった。


二日後。

教皇庁からの聖印状も無事発行され、七人が旅に出る準備は整っていた……ほとんど。

「騎乗以外は、ですね」

「しょうがないだろうが！　さすがに二日で馬に乗れるようにはならんわ！」

涼が言い、ニルスが反論し、エトとアモンは苦笑する。

『十一号室』の三人と涼は騎乗できるのだが、『十号室』の三人はできない……。

機動力という面から見た場合の理想は、全員騎馬での移動だったのだが、それは不可能と判断され、結局、大きめの八人乗り馬車となった。

がたいのいいニルスがいるが、ゴワンが御者をできるということで御者席に移動したため、それほど狭いというわけではない。ハロルドもジークも、しっかりと筋肉は付いているが、いわゆる横に大きくはない。

涼は、当初は、騎馬での移動もいいなと思っていた。得意というほどではないが、馬に乗るのは嫌いではない。

だが……耳元から聞こえる、元A級冒険者の王様の一言で、それをやめた。

《雨の中の騎乗は、地獄だぞ》

「まあ、馬車になって良かった点もあります。荷物がたくさん積めますよ」

涼は、物事の良い面だけを見ることにした。そういう切り替えも、社会を生き抜いていくためには必要なはずだ！

「コナコーヒーは大量に積んであります！」

「ま、まあ、コナコーヒーは手に入らんだろうしな」

涼の断言に、ニルスも、いちおう頷いた。

コーヒーの一杯は、貴重な、生活の潤い！

「あと、探索資金も、使節団からかなり出してもらいました」

エトが、情報を補足する。

「足りなくなっても、また使節団に寄れば補充してもらえます」

素晴らしい情報も補足する。

「おぉ〜」

涼が嬉しそうに声を上げる。

資金面を気にしなくていいというのは、プロジェクトを遂行する上で最も大切なことの一つ……涼は勝手にそう思っている。

「さて、まずは北方、ラシャー東王国だな」

「大司教グラハムさんの所ですね。そこで、情報を得られるといいですね。魔王と、勇者ローマンの」

ニルスが目的地を確認し、涼が内容を確認する。

こうして、一行は、ラシャー東王国に向かうのであった。

◆

七人が聖都マーローマーを出発したちょうどその頃、中央諸国、ナイトレイ王国では国王陛下が頭を抱えていた。

涼たち一行が、使節団を離れたのは知っている。

もちろんそれは、ハインライン侯の諜報網からではなく、『魂の響』によるもの。さすがのハインライン侯の諜報網であっても、まだ西方諸国には張り巡らされていない。

涼が持っていっている、アベルの『魂の響』は使節団から離脱した。つまり、使節団からの情報が入ってこなくなるということだ。

もちろん、ヒュー・マクグラスの判断を責めるつもりは毛頭ない。完璧に正しい判断であったと思う。

だからこそ、頭を抱えている。どうしようもないからこそ。

「神ですら、全てを手にすることは叶わぬ……」

王国中興の祖と呼ばれたリチャード王が残した言葉の中でも、最も有名な言葉。アベルは、それを呟いた。

国王執務室に、一人の少年が通された。

「よく参られた、アーウィン殿。そちらへ」

アベルはそう言って、ソファーを示す。

「失礼いたします、陛下」

アーウィンと呼ばれた少年は、品よく腰かけた。

少年の名は、アーウィン・オルティス。王国東部の大貴族、シュールズベリー公爵家の当主だ。

ただしシュールズベリー公爵家は現在、公爵権限停止中であり、公爵位は王家預かりとなっている。アーウィンが成人、つまり十八歳になった時点で権限停止を解除し、正式に公爵家を再開する予定である。

アーウィンの立場も、いろいろと複雑であった。

スタッフォード四世治下末期、東部は混乱を極めた。多くの貴族が死に、代替わりし、そして力を失い……。

東部最大の貴族であったシュールズベリー公爵家も、例外ではなかった。直系の血は、アーウィンを残して、男も女も、すべて絶えた。また、代々シュールズベリー公爵家を支えていた東部貴族たちも、最後は帝国軍に蹂躙《じゅうりん》され、ほぼ絶えてしまっていた。


王国解放戦以降、王国東部は代々の貴族がほとんど絶えてしまうという、異常事態に陥っている……。

現在、東部の多くを王家が管理している。解放戦の褒賞として、いくらかの土地が、荘園《しょうえん》という形で下賜《かし》されたりもしたが、未だその多くが王家の管理下にある。しかしそれは、望ましい形ではない。あまりに広すぎる面積であれば監視の目が届かなくなり、不正が出てくる可能性が高くなる。

北部のように、反乱に加わったのであれば全て改易《かいえき》して新たな貴族層をつくる……それもやむを得ない。そこに住む民も、仕方のないことと受け入れてくれる。

しかし、東部は裏切ったわけではない。

それなのに王室が管理し続けたり、東部にゆかりの無い貴族を入れたりすれば……そこに住む民たちも決して面白くはないだろう。

上は国王から下は東部の民まで、現状のままで良いと思っている者はいない。

忠実で賢明な貴族に統治させ、きちんと納税してもらう……それが、王国の理想形。

東部の貴族も、ほとんどが絶えているとはいえ、後継者が全くいないわけではない。ただ、その多くが未成年というのが厄介なのである。

この、シュールズベリー公爵家のアーウィンのように。

「つまり、東部に戻って、統治を学びたいと……」

アーウィンの希望を聞いて、アベルは、そう確認した。

公爵権限の返還は五年後で構わない。ただ、それまでに、実際の領地経営を学びたい、そのために東部に戻りたい。それを願い出るために、今回は登城したと。

「はい、陛下。私は、父から領地経営を学ぶことはできませんでした。また、現在東部は、貴族も少なく、そこに生きる民たちも不安に苛《さいな》まれていると思います。自分たちを導いてくれるものはいったい誰なのかと。もちろん、国を導かれるのは国王陛下ですが、陛下よりもより民に近い立場で、日々、民に寄りそう貴族は必要だと考えます。私は、そのような貴族になりとうございます」

「ふむ……」

正直、アベルは、このアーウィン・オルティスの扱いに悩んでいた。

ある意味、東部の人間にとっての希望の光。

それを王都に置いたまま、東部のほとんどを王室が管理。当然、東部の民には、良いものとしては映らない。現実的に、彼を王都に置いていたところで、王室にはなんのメリットもないのだ。

「分かった。検討してみよう」

◆

「なるほど。アーウィン殿を、ウイングストンに戻すと」

ウイングストンは、シュールズベリー公爵家の本拠地だ。

アベルからその話を聞いたハインライン侯爵は、少し考えた後、頷いた。

「かしこまりました。アーウィン殿の、ウイングストンへの入城を手配いたします。また、国内全土へそのことを知らせます」

「ああ、頼んだ」

そう言いながら、だが、アベルの胸の奥に、一抹の不安が残った。

それがなんなのかは、分からなかったが……。

◆

王国東部、ウイングストン。

領主館に隣接する宿に、シルバーデール騎士団が逗留していた。

シルバーデール公爵家は、王国でも屈指の武家として知られている。

現在のシルバーデール公爵は、七代目当主ローソン。シルバーデールは、王都のある王国中央部に領地を持つ。ローソンもそこにいる。だが、この一カ月、次期当主フェイスが、シルバーデール騎士団の半数を率いて王国東部で演習を行っていた。その逗留先が、ウイングストンである。

これは昔からシルバーデール騎士団が東部で演習を行う際、慣例的にシュールズベリー公爵領の都であるウイングストンを逗留地として利用していたからだ。

「なに？　アーウィン殿がウイングストンに戻ってこられる？」

演習から戻り、宿の一室で、フェイスは報告を聞いた。それは、かなり意外な報告であった。

アーウィンは、未だ十三歳。王都は、学術面では国内で最も進んでいるため、地方の貴族は、子供が成人するまで王都の学院に出したがるくらいだ。それなのに十三歳で領地に戻るというのは、フェイスにはよく理解できない。

「まあいい。いつ、こちらに着かれる？」

「はい。二週間後と聞いております」

「遠いな。我らの演習は、明後日までであったな？」

「はい。明後日で演習を終了し、シルバーデールへ引き揚げます」

「今回会えずとも、また、お会いすることもあるだろう」

フェイスは、そう締めくくると、アーウィンのことを頭から追い払った。

アーウィンに、まだ兄姉たちがいた頃、彼はフェイスの婚約者となる予定だった。だが、東部動乱、さらに帝国の侵攻が起こり……予定は予定のまま消えた。

現在では、アーウィンは公爵家当主。

フェイスは次期公爵家当主。

そんな二人が、結婚することはない。公爵家とは、そういうものだ。

◆

聖都マーローマー教皇庁の一室。

緋色の祭服を着た人物が、報告者に問いかける。

「『聖印状』が発行された？　冒険者に？　いったい、どういうことでしょう？」

「はい。オスキャル猊下《げいか》が……」

「ああ……あの御仁が。それで、こちら側の魔王と勇者の探索は進んでいますか？」

「テンプル騎士団の一部を動かしていますが、まだ……」

「そうですか。いろいろ予定外のことが起きていますが仕方ありません。魔王の血は、無いと困ります。方法は任せるので、確保してください。その中央諸国の冒険者は……まあ、それもお任せします。私は聖都を出て動かねばならないので」

「かしこまりました」

◆

聖都マーローマーを発ってから五日後、涼を含む『十号室』、『十一号室』の探索一行七人は、ラシャー東王国王都バチルタに到着した。

もちろん、『聖印状』を持つ探索一行は、ほぼノーチェックで街に入れる。

バチルタは、東王国の都というだけあって、かなり規模の大きな街だ。東王国自体も、西方諸国の中で上から数えた方が早いくらいの国力を持つ。大国と言えるかは微妙だが、中堅国と侮《あなど》られるほどではない。

探索一行は、宿を見つける前にバチルタ教会に向かった。もしかしたらグラハムの話を聞いて、すぐに出発する必要に迫られるかもしれないから。

バチルタ教会は、すぐに見つかった。街の中心に、その巨大な建物はあった。大司教座が置かれている教会というだけあって、あまりに大きい。ナイトレイ王国王都の中央神殿よりも大きいのは、確かだ。

「冬の暖房費が大変そうです」

涼の、そんな呟きに反応する者はいない。

だが、涼は、負けない！

「中に入ったところで、突然、兵士に囲まれるのです。そして、兵士の隊長が出てきて言うのですよ。ククク、愚かな中央諸国の冒険者諸君、君たちは罠に掛かったのだ。すでにグラハムは我が手の内。貴様らも、おとなしくその命を差し出せって」

涼の、突然の陰謀ストーリー……『十号室』の三人は、小さく首を振るだけ。『十一号室』の三人は、少しだけ驚いて見ている。驚いているが、感心はしていないようだ。

ショートストーリー過ぎたのかもしれない！　繋いで、もっと壮大な物語にしなければ！

「そう！　僕らは抵抗しようとするのですが、敵は切札を切ります。その切札とは、ゴーレム！　それも天使型ゴーレムが起動して、僕らに襲いかかってくるのです！　全属性の魔法抵抗、剣で斬れない装甲、目からはビーム、腕はミサイル、最後は自爆機能付きなのです。次々に倒されていく一行……。ニルスが倒され、ニルスがやられ、ニルスが力尽き……」

「おい、俺ばっかりやられてるじゃねえか！」

ニルスのつっこみに、他の五人は苦笑した。

途中、全く意味の分からない単語もあったが、彼らは気にしないことにした。

だって、涼だから。


教会の中には、驚くほど広い聖堂があった。

「しまった！　ここで、このタイミングで、冬の暖房費が大変そうだと言うべきでした……失態でした」

もはや、誰の呟きかは言及すまい。

とはいえ、涼がそう呟くのも無理はないほどに、広く、天井も高い。当然のように、天井やその周りにはステンドグラスが嵌《は》められ、降り注ぐ光は非常にきらびやかだ。また、過去の聖人たちの布教活動の様子であろうか、あるいはその手の伝説であろうか、周囲の壁にはいくつもの彫刻が飾られている。

しかし、それだけ煌びやかでありながら、荘厳《そうごん》な空間でもある。

多くの長椅子が置かれ、そこには、合わせて十人ほどの信者たちが座り目を瞑っている。中には、何かを呟いている人もいるし、涙を流している人もいる。そのうちの誰も、彼ら探索一行を気にしなかった。

ニルスを先頭に、一行は奥に進む。

聖堂の奥、正面には、慈愛に満ちた表情で両手を広げて全てを受け入れるかのような男性の彫刻が置かれてある。

「おそらくは、西方教会の開祖、ニュー様でしょう」

神官エトが小さな声で説明した。

「神様ではなくて、開祖様の像？」

涼が問う。

「ええ。西方教会においては、神を像や絵に表すのは禁じられています」

エトが頷いて答えた。

エトは、中央諸国の神官であるが、西方教会の教義についても一定の教育は受けているらしい。

「おっしゃる通りです」

その言葉と共に、横の扉から出てきた聖職者と思われる人物が、一行に近付いてきた。

聖職者は、一礼して、言葉を続ける。

「お見受けしたところ……中央諸国の神官の方でしょうか？」

「はい。神官のエトと申します。実は、こちらのグラハム大司教を訪ねてまいりました。お取次ぎいただけますでしょうか」

そう言うと、エトは聖印状を見せた。

聖印状を見た聖職者は一瞬目を見張ったが、すぐに表情を戻して言う。

「かしこまりました。司教館の方へご案内いたします。どうぞこちらへ」

そう言うと、聖職者は先に立って歩き始めた。

「こちらで、しばらくお待ちを」と言われ、一行が待たされた場所は、司教館の食堂であった。多くの場合において、食堂は会議室や応接室の代わりとしても使われる。

待ったのは二分ほどであったろう。扉を開けて、大司教グラハムが入ってきた。

「ほぉ……。中央諸国からのお客様と聞いていたが。確か、パーティー名『十号室』でしたか。ニルスさん、エトさん、アモンさん、そしてリョウさん。あの、ヴァンパイア討伐の時以来ですね」

にっこりと微笑んだグラハムは、三年前よりも少し柔和さを増していた。

緑と白の大司教の祭服に身を包み、三年前も持っていた杖を持つ姿は、全く変わっていない。顔や首の肉付きから判断するに、余計なぜい肉が全く付いていないのも、変わっていない。今でも、旅をしていたあの頃同様に、定期的に体を動かしているのだろう。

涼は勝手にそう解釈した。

「グラハム閣下、ご無沙汰しております」

ニルスがそう言うと、グラハムは苦笑した。

「いや、旧知の方々に閣下と呼ばれるのは、どうもこそばゆいです。以前同様に、グラハムと呼んでください」

そこで一息入れてから、グラハムは言葉を続けた。

「それで、今回いらっしゃったのは……マスター・マクグラスから、何か？」

「いえ。グランドマスターと連絡を取られたのは聞いておりますが、今回は、その件とは直接関係ありません。とはいえ、グランドマスターの許可はもちろん得ております」

そうして、ニルスが今回の来訪の内容を説明した。

「そうですか、魔王探索……」

グラハムは小さく頷くと呟いた。そして言葉を続ける。

「結論から申しますと、私も魔王のいる場所は分かりません。いる場所を誰が知っているのかも……ちょっと思いつかないですね」

「そうですか……」

グラハムの言葉に、ニルスは頷く。

「前回の魔王討伐時、勇者パーティーが、どのようにして魔王にたどり着いたのかを教えていただけますでしょうか。それが、何かの参考になるかもしれません」

そう言ったのは、エトであった。

言われた瞬間、ほんの僅かにグラハムの表情が硬くなったことに気付いた人間が、どれほどいただろうか。

本当にわずかな、表情の歪《ゆが》み。

あるいは、表情の揺れ。

「そうですね。それが遠回りに見えて、一番良い方法かもしれません。後で地図を見せながらお教えしましょう。その前に……」

グラハムはそう言うと、ハロルドの方を見て言葉を続けた。

「そちら、ハロルドさんが『破裂の霊呪』を受けられているのですね。ちょっと私が、魔法で診てもいいですか？」

問われたハロルドは、ニルスを見る。

ニルスが小さく頷くのを確認して、答えた。

「どうぞ」

「では、失礼して。〈イビルサーチ〉」

グラハムは、右手を軽く前に出して、唱えた。

「なるほど、確かに、破裂の霊呪……」

そこまで言って、大きく目を見開き、ニルスの方を見て言った。

「ニルスさん、エトさん、アモンさん……いや、ハロルドさんたち三人も？　リョウさん以外全員？　あなた方、いったい何があったのですか」

「え？」

涼も含めた七人全員が、異口同音に答える。

グラハムの言っている意味が理解できないのだ。

「何か……怪異というか、異常なことというか、そういう経験をされていませんか？」

グラハムがそこまで言って、ようやくエトは思い至った。

「超常の者に……おそらく、一時的に転移をさせられたことがあります」

「ああ～」

エトの説明に、ニルスとアモンが頷きながら言う。

『堕天』の概念に、異常な執着を見せた黒神官服の男のことだ。怪異、あるいは異常と言えば、あの件が最初に頭に浮かぶ。

「なるほど……転移を使う超常の者ですか。その時の残滓《ざんし》ですかね、六人に張り付いています」

「張り付いて……」

グラハムの言葉に、涼が呟く。

「汚れのようなものです。人の体に直接害があるわけではありませんが……清潔に保っておいた方がいいでしょう？　大丈夫です。『聖煙《せいえん》』といいまして、聖別された香から出る煙があるのですが、それを使えば剥がれ落ちます。すぐに済みますので、後でやりましょう」

さすが大司教、いろいろとできる男だ。

「魔王の探索に関してですけど、本当は、勇者パーティーの斥候だったモーリスに道案内を頼めれば一番良かったのですが……あいにくと、西方諸国中を飛び回ってもらっているので。携帯用に地図をお渡しします」

「よろしいのですか？」

「もちろんです。皆さんは聖印状をお持ちです。そんな方々に協力するのは、教会の聖職者の端くれとして当然のことですからね」


他にもいくつかの情報を得て、聖煙による処置を受けてから一行は教会を出た。

そして、すぐに気付く。

「いるな」

「三人ですかね」

ニルスとアモンが呟くような、小さな声で確認する。

「この……感覚ですか？」

「けっこう、あからさまな気が」

「うざい感じだな」

ハロルド、ジーク、ゴワンも感じたらしい。

「そうか、お前たちも感じるか。教会に入る時にはいなかったはずだから、中にいる間にやってきたか」

ニルスが呟く。

「いますね……リンドー焼き屋さんです」

「リョウ、多分それのことじゃないと思うよ」

涼が、広場の反対側にいるリンドー焼き屋を指摘し、エトは苦笑しながら否定する。

「リンドー焼き屋以上に重要なことなんて、そうそうないと思うんですよね？」

どうせ襲ってこなさそうな、教会の周りに潜んで七人や教会そのものを監視しているらしい者たちよりも、涼にとっては、まるでリンゴなリンドー焼き屋の方が重要。それは、仕方のないことであった。

一行が出ていって、すぐ。

グラハムが司教館の食堂で片づけていると三人の男が入ってきた。マントを翻《ひるがえ》し、一見騎士に見える。

「大司教グラハム、先ほどの中央諸国の冒険者たちに教えた内容を、我々にも教えてもらおう」

騎士の一人は、高圧的な物言いだ。仮にも、大司教に向かって。

「断る、と言ったら?」

グラハムは微笑みながら答える。手には、既にいつもの杖がある。

「大司教ごとき、我らテンプル騎士団がその気になれば、どうとでもできるのだぞ!」

そう言うと男たちは、剣を抜き、剣先をグラハムに向けた。

「面白いことを言う」

瞬間、グラハムの顔に、凄絶《せいぜつ》な笑みが浮かぶ。

そして……。

「うぐっ」

「ぐはっ」

「くっ……」

文字通り、瞬く間に、テンプル騎士団の二人が腹を押さえて悶絶《もんぜつ》し、残る一人の喉元には剣が……グラハムの杖に仕込んであった剣が突き付けられていた。

「私の異名を知らんのか?」

グラハムは、静かに問う。

「……」

男は答えない。

グラハムが、少しだけ剣を動かすと、男の首に赤い線ができた。

血が滲《にじ》み出る。

剣が、薄く、首の皮を切ったのだ。

「私の異名を知らんのか?」

「……ヴァンパイアハンター……マスター・グラハム」

再度のグラハムの問いに、男は答えた。

「残念ながら間違いだ、テンプル騎士。マスターではない、ドクターだ」

グラハムは、感情の起伏なく静かに訂正する。

「ヴァンパイアを相手にしてきたのだぞ？　テンプル騎士ごときに後れを取るとでも思ったか。愚か者が」

あくまでも静かなグラハムの言葉に、男は何も返せない。圧倒的な力の違いを見せつけられているのだから、当然であろう。

「さて、お前たちを送り込んできたのは、いったい誰だ？　いや、もっとはっきり言うなら、どの枢機卿だ？　アドルフィトか？　それともカミロか？　サカリアスか？」

そこで、一呼吸置く。

そして続けた。

「ほぉ、サカリアス枢機卿か」

「！」

「鳴りを潜めていた男が、このタイミングで出てくるか……サカリアス枢機卿、興味深いな。いや、実に興味深い……」

「ぐ、グラハム大司教、すぐに私たちを解放しないと、テンプル騎士団全体を敵に回すことになるぞ！」

グラハムの言葉に、男は最後の虚勢を張る。

「テンプル騎士団も一枚岩ではないだろう？　枢機卿たち、それぞれの私兵になっている者もいる。お前たちのようにな」

「……」

「このまま解放して、サカリアスの元に駆けこまれるのはもったいないな。もう少しだけ時間を稼ぎたい……そうだな、記憶を書き換える必要があるか。ああ、心配するな、命まではとらんよ」

微笑みながらのグラハムの言葉に、男は震え上がった。

思い出したのだ。

以前、目の前の男がなんの職に就いていたかを。記憶の書き換えなどお手のものだということを。

なにせ、異端審問庁長官だったのだから。

魔王山地

問題：魔王を探索するための方法とは？

答え：知ってそうな人に聞いて回る。

仕方がないのだ。

『七つ集めれば魔王の元に導いてくれる宝石』などない。

『常に魔王のいる方角を教え続けてくれる錬金道具』などもない。

『魔王城に乗り込む』こともできない。そんな城はないからだ。魔王軍なるものが暴れまわっていれば、まだ方法があるのだが、現状、そんなものもない。

だから、地道に聞いて回るしかない。

「魔王軍の幹部だった人たちの領地を回るんだけど……その領地って、人間が治めている土地じゃないから……普通に考えて、とんでもないよね」

エトが首を振りながら言う。

「まあな。教えてくださいって聞いても、絶対教えてくれないよな」

そこで涼が、厳しい表情で提案する。

「丁寧に、体に聞くしかないですね」

「丁寧に体に聞くって、なんだ……？」

「拷問です！」

ニルスの問いに、涼が答えた。

それを聞いて、ニルスがあからさまに嫌そうな顔をする。

「そういうのは……ちょっと、な」

「ニルスが善《い》い人ぶっています。貴重な情報は、簡単には手に入らないのですよ？」

「そ、それは分かるんだが……」

ニルスは、見た目はあれだし、ガキ大将な雰囲気が未だにあるが、拷問などそういう系統は苦手らしい。

まあ、得意だったらそれはそれで、ちょっとあれだが。

「でも魔王軍の幹部に、人の言葉が通じるんでしょうか？」

「あ……」

アモンの冷静な指摘に、ニルスと涼が異口同音に声を上げた。

グラハムの元を辞し、一行が最初に向かったのは西方諸国の北端。アリエプローグ北方国の、北国境。

西方諸国の北端ではあるが、常に氷に覆われた世界というわけでも、豪雪地帯というわけでもない。

ただ、驚くほど険しい山々の連なりがあるため、それより北側に、人の支配が及んだことはない。そんな地形であるために、大軍を動員しての軍事行動も不可能な地域だ。

その山の連なりは、昔からこう呼ばれている。

魔王山地と。


探索一行七人は、アリエプローグ北方国最北の街、オンゲに到着した。

魔王山地は険しいため、これまでのように馬車で乗り入れるわけにはいかない。このオンゲに馬車を置いて、徒歩での山越えに挑むことになる。

聖印状のおかげで、オンゲ教会に馬車と荷物を置かせてもらえたのは運が良かった。

馬は馬車から離して管理してもらうが、馬車は不届き者がいないとも限らない。教会に置かせてもらっても、常に教会の人が見ていてくれるわけではないのだ。

自分たちの道具は、自分たちで守らなければならない！

「よし、こんなものでしょう」

一行の前には、氷漬けにされた馬車が鎮座していた。

それは、太陽の光を反射して、驚くほど煌めき、美しい光景を現出させる……。

その氷の塊を、作り上げた水属性の魔法使いが満足そうな声をかけながら、ぺしぺしと叩いている。

「なあ、リョウ、これって、馬車の中は水浸しになっているんじゃないか？」

「大丈夫ですよ、ニルス。魔法の氷ですからね、濡れません。もちろん解凍後も、全く濡れていない状態で現れます」

ニルスの疑問に、自信満々に答える涼。

これまで、何万回、何十万回とやってきたことなので、自信満々なのも当然だ。

これで、オンゲ教会が突然裏切って、一行の馬車を接収しようとしても大丈夫。

グラハムには、西方教会も一枚岩ではなく、内部では熾烈《しれつ》な権力争いが常に起きている。その一派が過激な行動に出る可能性もあるから注意を、とは言われているのだ。

基本的には、聖印状を持って訪れた一行に対して、教会は笑顔で迎え入れてくれる。聖印状とは、教皇庁が発行した身分保証書みたいなものであるから。そうであるなら、教会はできる限り有効に使うに限る。今回のような、無料の荷物預かり所的に……。


オンゲ教会に馬車を預けてから三日後、歩き続けた一行は魔王山地の麓《ふもと》に到着した。もう、この辺りになると小さな村すらない。魔物の大群が魔王山地の向こうから襲ってくるから……というわけではもちろんない。

人間たちの軍勢が魔王山地を越えられないように、魔物も山地を越えてこちら側にやってきたことはない……らしい。


なぜか？

魔王山地に足を踏み入れて、一行はその理由を知った。

人一人がやっと通れるような崖……とても飛び越えられないような深く、大きく裂けた大地……常に落石を意識しなければならない斜面……。

そして、こういった急峻《きゅうしゅん》な山地にいる、羽が生えた変な女の人風な魔物……。

「また、ハーピーが……」

「〈アイスウォール10層パッケージ〉」

ガキン、ガキン、ガキン、ガキンッ。

一行をすっぽり覆う氷の壁により、ダメージを受けることはないが、気が休まることもない。

「ハーピー、ボア、ベアー、ラビット、果てはスネークまで……」

「驚くほどの、魔物の多様性が見られますね」

現れる魔物の多さにぼやくニルス、言葉を換えてそれを表現する涼。

「多様性などいらん！」

ニルスは小さな声で、そう言い放った。

「でも、リョウの魔法のおかげで、崖とかを歩くのもかなり楽だよね」

「そうでしょう、そうでしょう。水属性魔法の偉大さを、とくと味わっていただく好機！」

エトが称賛し、涼が嬉しそうに言う。

人は誰しも、称賛されれば嬉しいものだ。

〈アイスバーン〉と〈アイスウォール〉が大活躍して、一行はほぼ危険な状態に陥ることなく、魔王山地を移動できていた。ぱっくりと口を開けた大地も、上に氷の橋をかければ……下を向くと足がすくむような光景ではあるが、落ちることはない。涼の氷が割れない限りは……。


そんな順調な一行の探索行が危機に陥ったのは、魔王山地に足を踏み入れて三日目であった。

「〈アイスウォール10層〉」

ほとんど反射的に張った氷の壁に、火の玉が当たる。

「なんだ!?」

ニルスが叫ぶ。

誰も気付かないうちに、攻撃を受けた。

それは、本来あり得ないことだ。

仮にも、『十号室』はB級パーティー。A級などなかなか現れないことを考えると、実質的に冒険者の頂点付近と言っても過言ではない。そんな者たちが、当たるまで気付かない魔法攻撃などあり得ない。

そして、涼。

普段の街道や街中であればともかく、いつ魔物が襲ってくるか分からないこの山地に入ってからは、ほぼ常時〈パッシブソナー〉を起動している。

それらをかいくぐって攻撃を受けた。ニルスならずとも「なんだ!?」と叫ぶであろう。

火の玉の威力に驚く涼。現在の涼による、〈アイスウォール10層〉ですら、おそらく二発で割られてしまうであろうほどの威力。

今の火の玉を超える火属性攻撃魔法など、悪魔レオノールか帝国のあいつの攻撃くらいしか思いつかない……。

そんな攻撃が、この山地で？

「かなりの強敵です」

涼は、真面目な声音で注意を喚起した。

涼が、全くふざけていないことを理解した六人は、気を引き締める。

そんな一行の元に、足音が聞こえてきた。

「人間の足音じゃないな」

剣士ニルスが呟く。

「一体ですが……なんか変ですね」

剣士アモンが、足音から違和感を抱く。

「四足歩行ですが、あまり前足に力がかかっていない音」

神官ジークが、違和感の理由を推測する。

「そもそも、火属性の魔法を使う魔物というのが、めったにいないよね」

神官エトが、先ほどの火の玉の異常性を指摘する。

「普通、地上や空中の魔物は、風属性か土属性ですから」

剣士ハロルドが確認する。

「火属性魔法を使う魔物となんて、戦ったことないぜ」

双剣士ゴワンがまとめる。

その意見にハロルドとジークだけではなく、ニルス、エト、アモンも頷いた。経験豊富な『十号室』の三人ですら、実はないのだ。

涼だけが渋い表情をしている。

悪魔レオノールを、魔物に入れるべきかどうか悩んでいる……わけではなくて、ダンジョン四十層で戦った、デビルたちを思い出したから。

(でも、あれは、完全な二足歩行でした)

ならば、今近付いてきているのは、いったい？

音が近付いてきて……一行の目に入った魔物は……。

「赤い……」

「熊……」

「なんだそれは……」

アモン、エト、ニルスはそれだけ言って言葉を失った。

誰も口を開かない。

ただ、赤い熊が近付いてくる足音だけが響く。

彼我の距離が二十五メートルほどの辺りで、赤い熊は止まった。

体長は二メートル半から三メートルといったあたり

か。四本足のために、正確には分かりにくい。ベアー系の上位種である、グレーターベアーの体長が三メートル半程度と言われている。それよりは、若干小さい気がする。

しかし、そんなことよりも何よりも、やはり目を引くのは、その体色。あるいは毛色か？

真っ赤。

カーディナルレッドか唐辛子かというほどに、真っ赤。しかも、それで熊とくれば……どうしても、そこに目が行くというものだ。

「ガアッッッッッッ！」

赤熊は、雄叫びを上げる。

それは、ただの雄叫びではなかった。

ハロルドとゴワンが、膝をつく。

魔力の籠《こ》もった、聞く者の心を折る雄叫び。

「ハロルド！　ゴワン！」

ニルスの強烈な叱咤《しった》。

それにより、ハロルドとゴワンの目のピントが合う。

だが、赤熊は待ってくれない。火の玉が連射される。

「〈アイスウォール10層〉〈アイスウォール10層〉……」

連続での、氷の壁の生成。

赤熊の火の玉は、二発で〈アイスウォール10層〉を割る。

であるなら……。

「連続生成でしのぐ！」

合計、十個の火の玉が放たれたが、五枚の氷の壁でしのいだ。

涼は気付いていた。火の玉が、全て、一行の顔を狙って放たれていたのを。赤熊は、一行の首から上だけを吹き飛ばし、体は食料にするつもりなのかもしれない。

そもそも火属性魔法は、狩りに使うには勝手が悪い。強すぎれば肉まで焦がす、あるいは爆散し、素材も手に入らない。

さらに火属性の攻撃魔法を森で使うのは、難しい。木々に火が燃え移って、火事になる可能性があるから。岩の多い山地とはいえ、木々が全くないわけではない。

この魔物は、その辺りのことを考えているのだろうか。

再び十個の火の玉が放たれ、それを再び五枚の氷の壁でしのぐ。

その数を見定めて、ニルスは判断を下した。

「よし、次の火の玉の攻撃が来たら、俺とアモンで突っ込むぞ」

「はい！」

ニルスの指示に、アモンが返事をする。

涼が『盾』として相手の攻撃を受け、ニルスとアモンが『剣』として相手に攻撃をする。カウンターアタックを、パーティーレベルで行う場合の、ごく標準的な戦闘法。

これが、かつての『赤き剣』などであれば、盾使いのウォーレンが攻撃を受け、それと入れ違いに、剣士のアベルが敵に攻撃する、といった感じであろう。

涼は、剣士による攻撃を見越して〈積層アイスウォール〉にせず、連続生成で凌《しの》いできたのだ。カウンターアタックを想定した場合、突っ込み過ぎは、逆に、打てる手が狭まるから。

はたして。

赤熊の、三度目の火の玉連続攻撃。

「〈アイスウォール10層〉〈アイスウォール10層〉〈アイスウォール10層〉……」

涼が、〈アイスウォール〉の連続生成でしのぐ。

十発目の火の玉が飛んでくるのと同時に、ニルスとアモンがそれぞれ〈アイスウォール〉の両端から飛び出した。

そして、一気に赤熊に向かって走る。

だが……。

赤熊が再び火の玉を生成し、放つ！

連続十発まで、というわけではなかったのだ。

「想定内だ」

ニルスは呟くと、自分に向かってきた火の玉を剣で斬る。アモンも、向かってきた火の玉を剣で斬る。

さすがの、B級剣士。

そこまでくれば、赤熊はすぐそば。

ニルスとアモンが左右から同時に、赤熊の間合いに飛び込み、剣を振る……。

空振った。

二人とも。

四足歩行の特性なのか……。ニルス、アモンの想定以上の速度で、バックステップしてかわしたのだ。二人のB級剣士の必殺の剣をかわす熊。

そして、間髪を容れずに放たれる二つの火の玉。

ガキンッ。ガキンッ。

ニルスとアモンの前で、新たに生成された氷の壁に当たって弾けた。涼が生成した氷の壁。

ニルスとアモンは、油断せずに剣を構えている。

後方に大きく跳んだ赤熊と二人の距離は、十メートルほどか。どちらも、簡単には動けない。

赤熊が、四足のまま、少しずつ、本当に少しずつ、後ろに下がっている。

ニルスとアモンは、ちらりと視線を、一瞬だけかわす。それだけで、お互いに理解しあえた。重要なのは、赤熊を狩ることではない。赤熊を倒すことが目的ではない。

で、あるならば……。

じりじりと下がっていた赤熊が、十五メートルほどの距離が空いたところで、後ろを振り返り、一気に駆けだした。

赤熊は、逃げていった。

完全に、その足音が聞こえなくなったところで、ニルスとアモンは涼たちの元に合流した。

「なんとかなったが……あれはいったい何だったんだ」

ニルスが誰とはなしに聞く。

しかし、それに明確に答えることができる者は、この場にはいない。

「赤い熊というのもびっくりだったけど、火属性の攻撃魔法を使うってのも、もっとびっくりだったね。そんな熊の魔物なんて、聞いたことないし」

十号室の知恵袋というべきポジションのエトですら、全く思い当たらない魔物。

「少なくとも、我々には勝てないと理解したら去っていきましたから……生き物としては、常識的な判断ができる奴だったのでしょう」

ジークの言葉に、ハロルドとゴワンが頷く。

そう、野生の生き物はよほどのことがない限り、自分が勝てないと分かった場合は逃げる。

逃げないのは、馬鹿な人間だけ……なのかもしれない。

「つまり、さっきの赤熊は、敗北を知っているということです。過去に、そんな経験をしたのでしょう。見事な撤退でした。この山地には、あの赤熊に敗北を味わわせた何かがいるということですね」

涼のその言葉に、大きく目を見張る一行。

「そんなやつ……遭いたくないな……」

ニルスの言葉に、涼を含めて、全員、大きく頷く。

「敗北を知って、強くなっていく……。ニルスも敗北を知った方が……あ、ニルスはいっぱい敗北を知っているかもしれません」

「うるせー。俺より強い奴はいっぱいいるよ！　それぐらい知ってるわ！　俺より、リョウの方が敗北を経験した方がいいんじゃねえか？　どうせ、ほとんど経験したことないだろ？」

涼のジョークに、ニルスもジョークで返す。

いちおう、どちらも、ジョークですよ？

親しいからこそ、ですからね？

親しくない人に言ったら、喧嘩になりますからね？

「何も知らないニルスに教えてあげますけど、僕は、毎日敗北を経験してきました。ルンの街でも、ロンド公爵領でも、毎日剣で打ち倒されてましたからね。そもそも、領地で僕は一番弱い存在です」

涼が頭に浮かべたのは、セーラとの模擬戦で倒されてきたルンの街での日々。

ロンドの森の湿原で、剣の師匠たる水の妖精王に打ち倒されてきた日々。

さらに、ロンド公爵領に住む、ベヒモス、グリフォン、あるいは、ドラゴンたち……。打ち倒されてきてはいないが、戦おうなどとは一ミリも思わない相手。

間違いなく、涼が一番弱い……。

そんな涼の言葉に、驚く六人。

「いや、リョウが一番弱いとか、誰も信じないぞ？」

ニルスが、どうせいつもの嘘だろうという表情で言う。

「ニルス……。いつかニルスが、うちの領地に来たら会わせてあげ……ああ、でも、食べられちゃう可能性があります。ニルス、肉付きがいいですし。で、ご近所さんたちが食べようとしたら、僕ではそれを防ぐことはできません。さっきも言った通り、みんな、僕より強いですからね」

「リョウって……いちおう、領主だよな……？」

「ええ、そうですよ。でも、それって、人間の中で、『領主でござーい！』って言ってるだけですから……ご近所さんたちにはなんの関係もないですよ？　そもそもロンド公爵領って、人間、僕だけですからね」

ニルスの言葉に、涼は事実を告げる。

「ロンド公爵領っていったい……」

将来の公爵たるハロルドの呟きは、涼の耳には届かなかった。


『魔王山地』の終わりが一行に見えてきたのは、赤熊と戦った翌日の午前中であった。

「ようやくか……」

ニルスの呟きに涼が反応する。

「百里を行く者は九十里を半ばとす、と言います。あるいは、家に帰りつくまでが遠足とも言います。ニルス、油断してはいけません」

「よ、よく分からんが……油断はしないようにする……」

何か涼が、凄くまともなことを言ったような気がしたので、ニルスは素直に答えた。

もちろん、百里とか遠足とかの意味は、全く分かっていないのだが……。

「おお、けっこう広い大地が広がって……」

「あの、並んでいるのはなんでしょう……」

「騎馬に見えるな……」

「いえ、あれは多分……」

「ケンタウロス……」

涼が大地を見て、アモンが何かを見つけ、ニルスが第一印象を述べ、ジークが思い当たる節があることをにおわせ、エトがダメを押す。

「ケンタウロス!?　ファンタジー万歳！」

驚きの声を上げたのは涼。

ハロルドとゴワンは、驚いたまま無言……。

当然だ。

ケンタウロスなど、中央諸国ではめったに見ることのない魔物なのだから。むしろ、ワイバーンの方が、はるかに遭遇する……。それも、考えてみれば恐ろしいことだが。

「なるほど。グラハム大司教が、最初にここに行けと言った理由はこれだったのですね」

「エト？」

エトの言葉に、涼が尋ねる。

「ケンタウロスは、知恵のある魔物です。体内に魔石があるので魔物であることは確かなのですが、人との会話が可能だと言われています。尚武《しょうぶ》の気風……というより、力が全てという種族です。『闘いの祭』を潜り抜けさえすれば、人であっても歓迎されるそうです」

「闘いの祭……」

エトが、補足し、涼がいかにもな名前に、ちょっとワクワクして呟く。

「でも、そんなケンタウロスも、魔王軍の一部なんですよね？　そもそも、魔王軍の幹部に会えってことで、ここに来たわけですよね」

ジークが疑問を呈す。

「まあ、その辺りは、実際に行ってみれば分かるだろ。どうせ向こうは俺らを捕捉している……行かないという選択肢は、もうない」

ニルスが、リーダーらしく決断を下す。

こういう時の、ニルスの思い切りの良さ、決断力は、涼ですら認めるところなのだ。


一行が山を下り、平地に出ると、二百は軽く超えるであろう、ケンタウロスの群れが前方に並んでいた。

そして一体の、ひと際立派な武装のケンタウロスが前に出てくる。

「この地は、我らケンタウロスの地だ。何人も侵すこと叶わぬ」

対して、一行からはニルスが答える。

「侵略が目的ではない。魔王のいる場所を聞くために訪れた」

ニルスの言葉が響くと、ケンタウロスたちは息をのんだ。

声にならない声、というやつだ。

そして、ざわめく……。

カツンッ。

先ほどの、立派な武装のケンタウロスが、槍の石突で地面を突くと、ざわめきは収まった。

「よかろう。知りたいことあらば、剣で聞け。それが、我らの流儀」

そう言うと、後ろを振り返り呼んだ。

「ケイローン！」

「おう！」

ケイローンと呼ばれたケンタウロスが返事をし、前に出てくる。彼が、『闘う』らしい。

「これが、『闘いの祭』……。どうしますか？」

ジークがニルスに聞く。

「なあ、これ、俺に行かせてくれないか？」

「え……」

「ニルス？」

意外なことに、ニルスが自分で行くと言い、アモンが絶句し、涼が頭にはてなを浮かべて問いかける。

これは非常に珍しいことだ。

ニルスは、未だにガキ大将の風貌だし、脳筋に見えるし、逞《たくま》しい体躯《たいく》のまさに前衛剣士の典型である。だが、この手の模擬戦に自分から出たいとはあまり言わない。

もちろん、模擬戦が苦手というわけではない。

ただ、たいていこういう場合、『十号室』の代表として出るのはアモンだ。

アモンが絶句したのも、それがあったからであろう。自分が出ることになるだろうと思っていたところに、パーティーリーダーが突然の、自分が行く宣言。

もちろん、そのこと自体に不満はないが……なぜ？

六人の視線を受けて、ニルスは頬を指で掻き、照れながら言う。

「いや、ほら……ケンタウロスと言えば、武人的な魔物の頂点みたいなもんだし……全力で戦える機会なんて、一生に一度もないだろ。だから、戦ってみたいなと……」

ニルスも男の子なのだ。

強い者と戦いたい。

いや、別に女の子にだって、強い者と戦うのが大好きな人たちはいる……セーラとか、レオノールとか……うん、まあ、どちらも『人』ではないかもしれないけど。

結局、男とか女とか、関係なさそうである。

「ニルスさん、頑張ってください！」

アモンが、満面の笑みを浮かべて励ます。

ニルスの気持ちがよく分かるのだろう。どちらも、『十号室』の剣士だ。

「『闘いの祭』は、勝ち負けは関係ないよ。もちろん勝てば文句なしだろうけど、負けても、ケンタウロスに認められる内容なら大丈夫だから」

エトはそう言って、ニルスの肩を叩く。

ハロルドとゴワンは、言葉もなく、何度も何度も頷いているだけだ。憧れのニルスがやる気になっているのが嬉しいのだろう。

「確か、『闘いの祭』では魔法は使わないと聞いたことがあります」

ジークの言葉に、エトも同意して頷く。

剣と剣の『闘い』なのだ。

「ニルス……こういう時、アベルであれば絶対にやり遂げます。そして、今、アベルが言いました。《ニルス、お前ならやれる》と。全力で戦ってきてください」

「！」

アベルが『魂の響』を通して語りかけてきた言葉を、涼は伝えた。

ニルスが、憧れのアベルから励まされ奮起しないはずはない。体中にやる気がみなぎる。

「行ってくる！」

こうしてニルスは、人生最大の『闘い』に身を投じた。


「ケイローンだ」

「俺はニルスだ」

二人は握手を交わした後、少し距離をとる。

ケンタウロスは、腰から下は馬、腰から上は人間だ。そのため上半身が、非常に高い位置にある。とはいえ、かなり体を折り曲げることができるらしく、人間であるニルスとの握手も苦にしていない。

ケイローンは槍を手に持ち、大剣を腰に吊り下げている。

ニルスは、剣を……長さ一メートルを軽く超える大剣を両手で構え、手には手甲をつけている。以前は左手に小盾をつけていたが、今は無く、必要がある場合は手甲で弾くスタイルらしい。

アベルのように完成した剣士であれば、戦闘スタイルも確立するのだろうが……ニルスも、そしてアモンも、まだまだ成長途中である。

審判は、先ほどの立派な武装のケンタウロスが務めるようだ。

「とどめを刺すことは許さぬ。続行不能、勝負が決したと我が判断したら終了。また、どちらかが降伏しても終了だ。双方準備はよいか」

「おう」

「いつでも」

ニルスもケイローンも答える。

「それでは、はじめ！」

ニルスは、しっかりと足を開いて、大剣を目の前にどっしりと構える。

そもそもケンタウロスは、乗馬した人間とほぼ同じ高さに頭や心臓がある。普通の状況では、致命打を与えるのが難しい。もちろん、模擬戦なので殺してはいけないのだが……最終的に、喉元に剣を突き付けたりすることを考えれば、この高さは無視できない。

であるなら、最初から、突っ込んでいくという選択肢は、ニルスにはない。

一メートル九十センチのニルスの頭よりも高い位置に、ケイローンの腕はある。そこから、長さ三メートルほどの槍が繰り出されてくる。

騎馬兵対歩兵の戦闘。

高い位置からの攻撃の方が、多くの面で有利なのは、個人戦でも集団戦でも同じ。

最初から、ニルスにとっては不利な戦い。

だからといって、ニルスは不貞腐れたりはしない。

自分から戦いたいと言って手を挙げたのだ。不利なのは承知している。

「速い……」

そう呟いたのは、双剣士ゴワン。隣で、神官ジークも頷く。

ケイローンの槍は速い。

突き、しごき、あるいは叩きと、槍の特徴を遺憾なく発揮し、あらゆる方向からニルスの体に迫る。

しかし……。

ニルスは、その全ての攻撃を、丁寧にさばく。

大剣であるため、速度のある相手に、大きく振るのは良くない。細かく動かして、突きを流し、しごきをかわし、叩きを受ける。

剣士が、槍士の攻撃を防御する、お手本のようなさばき。

その姿には、ケンタウロス側からも感嘆の声が漏れた。

攻撃の凄さは、素人でも分かる。

防御の凄さは、目の肥えた者なら分かる。

ニルスの剣さばきは、間違いなくB級剣士のもの。

だが……それだけ完璧にさばかれながら、ケイローンは全く焦っていない。いかにも、それくらいは当然、といった表情ですらある。

最初に対峙した瞬間に、ニルスの力量をある程度把握していたのだ。

ニルスが、B級冒険者として優れた剣士であるのと同様に、ケイローンも、ケンタウロス族の中でも非常に優れた戦士であった。

戦闘経験も豊かであり、頭の回転も速い。

(私の槍のタイミングを計っているな。見た目とは裏腹に、賢く冷静な男だ)

ケイローンは、心の中でそう呟くと、今まで以上に、気を引き締めた。

二人の『闘いの祭』は、拮抗した状態になっていった。

十分後。未だ、膠着《こうちゃく》状態のままに見える。

しかし、『闘い』開始時とは、少し違いが出ていた。

槍のケイローンの攻撃、剣のニルスの防御、その構図は変わらない。

少しずつ変わってきたのは、ニルスのさばき方。ケイローンの突きは流し、しごきはかわし、叩きは……左手の手甲で受ける。そして、少し間合いを詰める。

無論ケイローンも、間合いを詰められればその分下がる。二人の距離は保たれたままだ。それでも目の肥えた者たちは、少しずつ変化を感じ始めていた。

明確な変化は、突然起きた。

ケイローンが操る槍の叩きを、ニルスが左手で受け……ただ受けただけではなく、大きく弾く。

弾いた時には、一気に間合いを詰めている。

右足を深く踏み込み、大剣を右手一本で操ってケイローンの腰……上体反らしも、足のかわしもできない、動くことができない腰を狙って突く！

ガキンッ。

ケイローンは、ニルスの左手で大きく弾かれた槍を、その勢いのままぐるりと回して柄頭、つまり石突を下から繰り出す形で、ニルスの突きを弾いた。さらに、その勢いのまま、もう一度槍をぐるりと回して、切っ先である穂を下から繰り出してニルスを攻撃。

だが、それはニルスの想定内であった。

下から上がってくるよりも先に、さらに半歩右足を踏み込み、右足の腹で槍を踏みつける。

槍を押さえ、完全に、剣の間合いに入った。

もう一度、突く！

カキンッ。

再びの金属音。

ケイローンが、腰に下げていた大剣を左手一本で操り、剣の腹でニルスの突きを受けたのだ。

槍は捨てられ、剣と剣の争いとなった。

ニルスが、突く、薙ぐ、袈裟懸け《けさが》け、さらに、逆袈裟《ぎゃくけさ》に切り上げ……。

攻守一転。

剣同士の戦いは、ニルスが攻め、ケイローンが受ける形で始まった。

どちらも、操るのは大剣。

それなのに、信じられない速度の剣戟が繰り広げられる。

ニルスの攻め、ケイローンの受けで始まった剣戟は……いつの間にか攻守が入れ替わり、ニルスの受け、ケイローンの攻めに移行する。そうかと思うと、再びニルスの攻め、ケイローンの受けに。

攻守が激しく入れ替わりながら進む剣戟。

同じ大剣、技量も大きな差はない。

ならば勝敗を決するのは、最も基本的な部分による。

最初に言った通り、高い位置からの攻撃の方が、多くの面で有利。

ケイローンが打ち下ろす剣は、重力を味方にできる。

ニルスが受け止める剣は、重力が敵となる。

最も基本的な物理法則。物は、重力に引かれて、上から下に落ちる……。

力の乗ったケイローンの打ち下ろしを受け続けるニルスのスタミナは、少しずつ削られていく。

三年前、涼の指導に始まり、以来、真面目に持久力の増強に励んできたニルス。だが人間である以上、当然限界はある。

おそらく、世のB級冒険者の中でも、かなり持久力は高い方であろう。しかしどうしても、大剣は扱えば扱うほど、疲労がたまる……それは仕方ない。

だとしても、それでも、これまで訓練で手を抜いたことはない。常に、限界まで訓練してきた。

実戦では、多めに安全マージンを取るが、訓練はぎりぎりまで。

大剣を、誰よりも長く扱い続けることができるように！

ケイローンが、大剣を振り下ろす。

今までは、受け、あるいは弾いていたその剣を……

ニルスはかわした！

疲労の極。

受けられると思っていたのに受けられず。重力に引っ張られるケイローンの大剣。慌てて引き揚げようとするが……。

ニルスが一歩大きく踏み込んで、ケイローンの剣を踏みつけ、そのまま自らの腕を伸ばした。

ケイローンの心臓に、己の剣を突き刺すかのように！

「それまで！」

審判の声が響く。

ニルスは、『闘いの祭』で勝利した。

◆

その夜、ケンタウロスの集落では、一行の歓迎の宴《うたげ》が催された。

もちろん中心で、次から次へと浴びるように酒を飲まされたのはニルスだ。それを後ろから、まるで崇拝の対象のように見るハロルドとゴワン。ニルス教の信者、一号、二号……。

そんな三人をエト、アモン、そしてジークは苦笑しながら見ている。もちろん、ご馳走を食べながら。

涼は、偉そうに腕を組んで、ニルスを見ながら何度も頷いた。「ニルスもやるようになった」などと、呟きながら。

そんなニルスの元に、戦った相手がやってきた。手には、酒瓶を持っている。その酒瓶を見る周りの目が、驚きに見開かれている。かなり、希少な酒らしい。

「ニルス、まあ、一杯」

「おお、ケイローン。貰おう」

酒を酌《く》み交《か》わす。

さすがに、今までニルスの周りで酒を注いでいたケンタウロスたちも、ケイローンにその場を譲った。

敗北したケイローンであるが、ケンタウロス族たちの見る目は変わっていないようだ。いや、熟練者の雰囲気を出している者たちからは、今まで以上に敬意を払われているようにすら見える。

『闘い』の内容を評価されたのであろう。

「ニルスは強いな。いい勝負ができた。感謝する」

ケイローンは、何度目かの杯を空けながら言う。

「勝負は時の運。今回は俺が勝ったが、次は分からん」

ニルスも、一息で杯を空けて答える。

「謙遜するな。俺は強い奴に負けたんだ。ケンタウロスは、強き者には敬意を払う」

「そ、そうか？　あ、俺が勝ったからといって、ケイローンの立場が悪くなるとかそういうのは……」

「大丈夫だ」

ケイローンは笑いながらそう言うと、さらに言葉を続けた。

「勝利は名誉だが、敗北は恥ではない」

そう言うと、もう一杯、一息で飲み干す。

「敗北を経験するたびに強くなる。我らケンタウロスは、そのことを知っている。だから、敗北は恥ではない」

そう言うと、ケイローンは笑った。

ニルスは、その笑顔を眩しそうに見る。事実ではあるが、はっきりとそう言い切るのは、なかなかできることではないと知っているから。

「確かに、また強くなりそうだな」

「だろ？」

二人は、大笑いした。


エト、ジークと涼の元に、立派な武装をしていたケンタウロス……もちろん今は、鎧《よろい》は脱いでいるが……がやってきた。

「私が、族長のケンロウトルだ」

「私はエト、こっちがジークとリョウです」

「酔いつぶれる前に伝えておこうと思ってな」

そう言うと、族長ケンロウトルはにやりと笑った。

「まず、申し訳ないが、現在の魔王のいる場所は分からん」

「そうですか……」

にやりと笑った表情から一転、申し訳なさそうに、ケンロウトルは言う。答えるエトも残念そうだ。

エトが、意を決したように問う。

「もし……もし、知っていらしたら、正直に教えてくださったのでしょうか？」

「ん？　どういう意味だ？」

「我々が、魔王の元にたどり着くのを助けることになりますから」

「ああ、そういうことか」

ケンロウトルは笑いながら答える。

「かまわんよ、教えただろうな。我々は、魔王が軍を起こせばそれに従うことになる。これは意思とは関係なく、我々が持つ『魔王の因子』によるものだ。選択の余地はない。だが、魔王が軍を起こしていない現在は、魔王との関係は全くない状態と言っていいだろう。魔王や、他の幹部、側近たちがどうだろうが関係はないのだよ」

「魔王の因子……」

涼が呟く。

そう、どこかで聞いたような……涼にまつわる謎単語『妖精の因子』に似ている……。

「現在、魔王は軍を起こしていない。つまり、人類に対して侵攻する意思はないと？」

「まあ、そうだな。そもそも、ここ百年以上、魔王軍と人との衝突など起きたことはないがな」

そう聞いて、エトとジークは驚いた。

ここ数百年、世に生まれる魔王と勇者は、ほとんどが西方諸国で生まれている。そして、半ば定期的に西方教会から、勇者が魔王討伐に成功したという発表がなされてきた。そんな西方教会の発表から、漠然と、魔王軍と人とがぶつかり勇者が魔王を打倒したのだろうと考えていたのだ。

実際のところ、現在の中央諸国の人間は、勇者と魔王の関係性を正確には知らないと言ってもいい。

人が持つ魔王のイメージ。それは、魔物の王。そして、人類の永遠の敵。しかし、実際は違うのかもしれない……。

涼は無言のまま、そんなことを考えていた。

「現在の魔王が誰なのか、どんな魔物なのかすら分からんが……魔王軍を起こしてほしくないというのが、正直なところだ」

ケンロウトルは、少しだけ寂しそうな表情で呟いた。

「どんな魔物かすら分からない？」

涼は、ケンロウトルの言葉を訝《いぶか》しみ、呟く。

どうせなので、聞くことにした。

「魔王とは、デビルの……魔王子の一人が進化して為る、と聞きました」

「ふむ。半分正解と言える。実際に、そのルートで魔王になる魔王子もおる。だがそうではなく、生まれながらにして魔王である者もおる」

「なんと……」

ケンロウトルの答えに驚く涼。

エトとジークも、大きく目を見開いて驚いている。

中央神殿では、四体いる魔王子の一人が進化して魔王になると教えられたと、リーヒャが以前言っていた。

ということは、二人もそう聞いていたのだろう。

やはり魔王や魔王軍に関して、中央諸国の人間はあまりにも知らないことが多すぎる。

「しかしそうなると……どうすれば、魔王を捜すことができるのか……」

ジークが顔をしかめて考え込む。

それを見てケンロウトルが口を開いた。

「ハロルド殿が、破裂の霊呪にかかっているのであったな」

『闘いの祭』が終わってすぐに、なぜ一行が魔王を捜しているのかは話してある。

「確かに、破裂の霊呪を解くには、魔王の血を一滴、額にたらす……それしかない。そのために、かつての魔王の血を教会は保管していたはずだが、それが失われたとか。そうなると……教会は魔王狩りを始めるであろうな」

「魔王狩り……」

ケンロウトルの言葉に、エトが顔をしかめて言う。

狩り……狩られるものに待ち受けるのは、残酷な運命しかない。

だが……仮にも魔王と呼ばれる存在が、ただ狩られる運命を唯々《いい》諾々《だくだく》と受け入れるだろうか？

もしや、これを契機に魔王軍を起こし、人類との戦争が再び起こるのではないだろうか？

もしや、西方教会の保管庫を襲った者たちは、戦争を引き起こそうと画策しているのではないだろうか？

涼の脳裏には、そんな考えも思い浮かんでいた。もちろん、保管庫襲撃者の狙いが、『魔王の血』であるなら、だが。

結局、情報が少なすぎて、まともな結論は出ない。

そう、こういう時に取る方法はただ一つ。

考えない！

涼は、目の前の美味しそうな山賊焼きにかぶりついた。美味しい物は、思考を停止させてくれるのだ！

涼は思考を停止したが、エトとジークはケンロウトルに最後の質問をしていた。

「魔王自身の場所が分からないのは理解しました。では、魔王の居場所を知っていそうな方を教えていただけませんか？」

エトのその問いを予想していたのだろう。ケンロウトルは何度か頷きつつも、その答えを伝えていいのかしばらく考えた後で、口を開いた。

「おそらくは……現魔王の場所を、知っている者がいる」

ケンロウトルのその一言に、ジークが顔をはね上げて問う。

「それは誰ですか！」

「魔王軍を起こした魔王の傍らには、常に、一人の参謀がいた。名をマーリンという。魔物の種類は知らんが、人との交渉の席にはマーリンが着いていたそうだ。その時は、人と同じ姿をとったとか」

「常に……？」

ジークが呟く。

「そうだ。数千年前から、常にだ。そして、おそらくは同じ個体。寿命が長い種なのであろう」

ジークの呟きに、ケンロウトルは頷いてそう答えた。

「人との交渉の席に着いていたということは、人と会話をすることはできるであろう。そして、常にその傍らにいたということは、魔王そのものの存在を感知、あるいは場所を特定できるなんらかの手段を持っているのだろう。だからマーリンであれば、おそらく現在の魔王の場所も分かる……が……」

そこで、ケンロウトルは言いよどんだ。

「そのマーリンは、どこに？」

ジークが前のめりで問う。

当然だろう。ハロルドの命が懸かっているのだから。

「うむ……。これは祖父が、マーリン本人から聞いた話らしいのだが……」

やはりケンロウトルは言いよどむ。

ジークは何も言わないが、体勢が前のめりだ。

「お主らですら到達できるか分からぬ場所だ」

「到達？」

山賊焼きから戻っていた涼が呟く。

「聖都マーローマー、西のダンジョンの奥だ」

◆

ケンタウロスの元を辞した探索一行は、三日かけてアリエプローグ北方国最北の街、オンゲに戻った。

途中、赤熊には出会わなかった。向こうが、避けたのかもしれない。だが、ハーピーには再び襲われた。再び、〈アイスウォール〉で身を守ったわけだが。

馬車を預けたのはオンゲ教会。

そのオンゲ教会に一行が辿り着くと、預けた馬車の周りには、騎士風の男たちがたむろっていた。涼が氷漬けにして、悪さをされないようにしてあるため、馬車は無事なはずだが。

「来たぞ！」

男たちの一人が叫ぶと、辺りから、わらわらと騎士風の男たちが集まってくる。

かなり遠くに、震えながらこちらを見ている、オンゲ教会の司祭と助祭たちがいた。何やら、こちらを見て何度も頭を下げている。謝っているようだ。

騎士風の男たちは、怖い人らしい……。

男たちのリーダーと思われる人物が、前に出てきて名乗った。


「我らはテンプル騎士団。私は、第三分遣隊隊長のアンドレ・ド・バシュレである」

（テンプル騎士団！）

名乗りを受けて、心の中で歓喜する一人の水属性の魔法使い。

テンプル騎士団……同名の騎士団が、地球の歴史上に存在する。

地球のテンプル騎士団は、第一次十字軍の後、一一一九年、エルサレムへの巡礼者たちを保護するために設立された。

その後、ヨーロッパ中からテンプル騎士団に土地が寄進され、騎士団の持つ資産は莫大な額となる。十二世紀から十三世紀にかけては、ヨーロッパにおける国際金融業務を行い、各国王室は元より、教皇庁も口座を開設するほどの権勢を誇った。

だが最後は、その莫大な騎士団の財産を手中に収めようとしたフランス王フィリップ四世によって、異端審問にかけられ壊滅した。

そんな騎士団である。

涼は頭の中で、そんな歴史を思い出していた。

少しだけ、ニヤけていたかもしれない。

それを横目で見ていたニルスが。

「またリョウがよからぬことを……」

そう呟いたのは、言うまでもない。

エトが前に出て答える。

「そのテンプル騎士団の皆様が、いったいなんの御用でしょうか」

答え方は慇懃《いんぎん》であるが、目にも言葉にも力がこもっている。

普段は優しくおとなしい、神官のエトであるが、三年間の冒険者生活、そして神官としてB級冒険者にまで上がった実力は伊達《だて》ではない。それは同時に、神に仕える者としての実力であり、騎士でありながら教会に身を置く聖職者の側面も持っているテンプル騎士団の団員たちも、十分に感じられるものであった。

だが、隊長アンドレ・ド・バシュレは言い放つ。

「お前たちが手に入れた、魔王に関する情報を渡してもらおう」

「お断りします」

エトは間髪を容れずに言い放った。

「なっ……」

さすがに、ここまではっきりと断るとは思っていなかったのであろう。隊長アンドレは絶句する。

エトの聖職者としてのオーラとも言うべきものに押されていた団員たちも我に返り、怒気をはらんでいく。

「貴様……我らを怒らせるとどうなるか分かっているのだろうな」

そう言って、隊長アンドレは一歩踏み出し……。

「ぐおっ」

滑って転んだ。

あまりのことに、誰も言葉を発さない。

だがジークは、一瞬で、何が起きたのか……いや、誰が何をしたのかを理解した。

そして、傍らの涼をちらりと見る。

ほとんど同時に、ニルス、エト、アモンも理解していた。

しかし、涼を見たりはしない。

そっと、小さなため息をついただけだ。

「この……」

そう言いながら立ち上がろうとしたアンドレは……。

「うおっ」

再び、滑って転んだ。

「おのれ……」

それを見て一斉に走り出した二十人の団員……全員が滑って転んだ。

その光景は、なかなかに壮観であった。

全員が、立ち上がろうとした瞬間に、再び滑って転ぶ。

彼らにとっての悪夢が、始まった。

ジークは、傍らの涼の様子をチラチラと見ていたが、涼はいつも通りの表情。いつも通りの様子。まさか、魔法を行使しているなど、誰にも分かるまい。

それほどに自然。

二十一人全員に、立ち上がる瞬間のみ、その体重をかけた側の足下にだけ〈アイスバーン〉を生成する。

立ち上がろうとするタイミングはもちろんバラバラであり、全員の状況をリアルタイムで捉えて、瞬間的な魔法の生成。

それは、信じられないほどの精緻《せいち》な魔法制御。

驚くほど、バカバカしい状況を生じさせているのだが……。それを支える技術は、精密さの極致。

何事か理解していないハロルドとゴワンは、最初は震えていたが、ニルスたちがいつも通りなのを見て、ようやく理解した。

涼が何かやっているのだと。

そして、ジークを見た。

ジークは無言のまま頷く。

彼らも、何も言わず、見続けることにした。


しばらく騎士たちが転び続ける光景が続く中、エトがテンプル騎士団の向こう側で、身を寄せ合っていたオンゲ教会の司祭と助祭の元に歩いていき声をかけた。

「司祭様、それでは我々はお暇《いとま》致します」

「え……あ、はい……。あの、この……騎士団の皆様は……」

エトの言葉に、司祭は常識的な疑問を投げかける。

「ええ、何かよく分かりませんが……病か、あるいは霊呪か……。もしかしたら、数時間もすれば回復するかもしれませんが、私のような低位の神官ではどうしようもありません。もし近くに大きな街があり、そちらに高位の聖職者の方がいらっしゃるのなら、お呼びになってはいかがでしょうか？」

「な、なるほど！　隣のデューンの街に、司教様がいらっしゃいます。すぐ私が呼んで……アンドレ殿、司教様を呼んできますからお待ちください！」

司祭が大声でそう呼びかけると、滑り続ける隊長アンドレは、頷きながら、手を「行ってこい」と振った。

助祭に、一行の馬を準備するように言うと、司祭はすぐに司祭馬車に乗って、街の外に走り出した。

その頃には、滑り続けた騎士たちは、起き上がるのを諦めている。

司教が来るのを待つ。すでに、これは超常の現象であり、司教にどうにかしてもらうしかないと受け入れたようだ。

こうして、氷漬けの馬車を解凍して馬を繋ぎ、探索一行は、無事にオンゲの街を出発した。

◆

馬車の中。

「実にスマートに、問題は解決されました」

涼のその言葉に、ニルスが小さく首を振った。

エトとアモンは苦笑した。

ハロルドとゴワンは、顔を見合わせた。

そしてジークは……。

「リョウさん、もしかしてリョウさんは、以前、王都の『カフェ・ド・ショコラ』で、我々を転ばせようとしませんでしたか？」

驚くほど直接的な質問をした。

そのあまりに直接的な質問に、涼が一番驚く。

「さて、なんのことだか分かりません」

「あの……」

はぐらかす涼に、ジークが言い募る……それを、機先を制して遮る。

「もしかしたら、俺はＣ級冒険者だぞ！　それに将来は公爵位にも就く！　こんな店、なんとでもできるんだぞ！　とか言った冒険者がいたりしたら、転ばせようとするかもしれませんね」

「え……」

ジークは絶句し、ハロルドは顔を真っ赤にした。

知られたくない過去を、尊敬する人に知られれば顔も真っ赤になろうというものだ。

それを聞き、小さく首を振るニルス。今まで以上の苦笑いを浮かべるエトとアモン。

「はい……あれは、俺が間違っていました」

小さな、本当に小さな声であるが、ハロルドは自らの非を認めた。

あの頃に比べて、いろいろと成長したのだ。初めて出会った時は、とっても嫌な奴だと涼は思っていたが、その後の成長は認めている。

もちろん、非を認め成長したからといって、過去の過ちが消えてなくなることはない。だが、過ちを認めない者よりは、はるかにましな人間だろう……涼はそう思っている。


「ハロルド。もし、無事に王都に戻ることができたら、迷惑をかけた『カフェ・ド・ショコラ』の店員さんたちにも、きちんと謝罪してください」

「はい……」

涼が、とてもまともなことを言い、ハロルドが頷き、一行は納得した。

過ちを認め、それでも進んでいく。

それが、人としての器を大きくしていく方法なのかもしれない。

◆

「聖都を発った我々は、再び聖都に戻って来ました」

涼が、いかにもといった様子で、重々しくそう宣言する。

だが、ニルスは知っている。なんとなく、かっこつけて、そう言ってみたかっただけだと。だから、小さくため息をついて、小さく首を振る。

そんなニルスの反応に涼は寂しい顔を向けて、はっきりと告げた。

「ニルスが酷いと、アベルに言いつけてやる！」

「おい、こら、やめろ」

聖都マーローマーに向かう馬車の中。

一行は、一度、団長ヒュー・マクグラスに報告しようということで、意見の一致をみた。

西方教会の本拠地である聖都に戻るのは危険ではないかという意見は出たのだが、少なくとも、表立って教会と争ってはいない。

テンプル騎士団たちの件も、何か超常現象によって、彼らが立ち上がれなくなっただけということにしたし。教会が発行した、正式な『聖印状』を持っているのも、また事実なのであるし。

少なくとも、一度報告に戻ったからといって、使節団に迷惑をかけることはないだろうという判断であった。

そしてその後で、おそらく西ダンジョンに向かうことになるだろうと。

「ダンジョン探索ですか。懐かしいですね」

涼は誰とはなしに言う。

「いや、リョウは、ろくにダンジョン潜っていないだろ？」

ニルスが訝しげな表情で涼を見て言う。

ニルスが知る限り、涼は錬金術に使う魔銅鉱石を採掘するために五階層までしか潜っていないはずだ。

「何を言っているのですか、ニルス。ルンのダンジョンの、最深度到達記録四十階層というのを、僕は持っているんですよ？」

涼は、えへんといった感じで胸を張って言う。

『十一号室』の三人はちょっと目を見張って、涼を見る。尊敬のまなざし……の二歩手前くらいであろうか。

「ああ……それはアベル陛下から、以前聞いたぞ。全階層、床に水で穴を開けて、四十層まで下りたって。それは探索じゃないだろうが」

「え……」

ニルスの冷静な指摘に、固まる涼。

涼の中では、それでも十分、ダンジョン探索のつもりだったらしい。

「た、探索ではなかったとしても、到達はしていますから！」

「まあ、到達はしているな。到達しているだけだがな」

涼の強弁に、ニルスも多少は認める。

敗勢が色濃くなったと判断した涼は、エトに助けを求めた。

「エト、なんとか言ってやってください！」

「え～あ～っと……あ、ほら、リョウ、例の聖都西のダンジョンって、転送機能があるやつだよね？」

エトが、『旅のしおり』を見ながら言う。

「そう、確か百五十層まで到達しているって、その『旅のしおり』に載っているんでしょう？」

「うん」

「かなり深いですけど……まだ、下があるんですよね……」

涼は、そう言うと、少しだけ顔をしかめて言葉を続けた。

「いったい、どこまで潜ればいいのでしょう……」

探索一行は、再び聖都に入った。もちろん聖印状を持っているため、なんの問題もなく。

「どうした、お前ら？」

団長ヒュー・マクグラスは、宿舎のロビーにいた。彼はいつも、連絡の取りやすい一階に陣取っている。

探索一行は事情を説明した。

「西のダンジョン……」

そこまで言って、ヒューは黙り込んだ。何事か考えこんでいる。

探索一行も、静かに待つ。

辺りには、誰も近付いてこない。ただコーヒーの香りだけが漂う。

「他に……他の方法では、魔王には辿り着けんのか？」

ようやくヒューは口を開くと、そう問うた。

少しだけ驚いて、だがニルスが静かに答える。

「はい。ケンタウロスは、それが一番確実だし、それ以外では考えつかないと」

「そうか、やむを得んか」

ヒューは呟くようにそう言うと、チラリと涼を見た。

そして言う。

「聖都西のダンジョンは、転送機能がある。しかし……リョウは、魔法団のアーサー殿や、イラリオン様から聞いたことがあるかもしれんが、同時に『転移の罠』もある」

「ああ……」

ヒューの言葉に、涼の口から思わず言葉が漏れる。

そういえば聞いたことがある……気がする。

「転移の罠にかかると、パーティーがバラバラになる可能性があり……そこが凶悪だ」

「なるほど……」

ヒューの懸念を真っ先に理解したのは、神官であるエトとジークであった。

パーティーというのは、いわば一つの生き物だ。協力し合ってこそ、さまざまな問題に打ち勝っていける。

だが、それが強制的にバラバラになれば……。

腕や足だけでは生きていけない……。

もちろん、頭だけでも生きていけない……。

回復役がいなくなれば、わずかな傷が命取りになり得る。

盾役がいなくなれば、ゴブリンですら大敵になり得る。

攻撃役がいなくなれば……逃げ回るしかできなくなる……慣れないダンジョンの中を。

しかし……。

「行くしかありません」

はっきりとそう言い切ったのは、『十号室』リーダーのニルス。

そして、頷くエトとアモン。

そう、他に選択肢はない。可能性があるのなら、それに賭けてみたい。

この辺りが、冒険者なのかもしれない。リスクよりも、掴めるかもしれない結果の方を重視する。普通の人なら躊躇《ちゅうちょ》する場面でも、一歩踏み出すことができる。

その勇気。

あるいは無謀。

だが、そこに惹かれる者もいる。

「ありがとうございます」

すっくと立って、深々と頭を下げたのはハロルドであった。すぐに、ジークとゴワンも立ち上がって頭を下げる。

ヒューは何も言わずに七人を見る。

事ここに至っては、グランドマスターであり使節団団長であっても、送り出すしかないことは理解している。

目の前にいるのは、大切な部下であり仲間ではあるが、同時に冒険者なのだ。

全てを考慮したうえでやりたいというのであれば、止めることなどできない。

ヒューは大きく頷いて言った。

「分かった、行ってこい」

《なあ、リョウ……》
《なんですかアベル、今、いいところなんです》
《いや、『魂の響』を通して俺も見ているから、それは分かる……》
《分かっているのに話しかけてくるなんて、どういう了見ですか》
《俺は……リョウたちを送り出したことを、少し後悔している》
《え？》
さすがに、それは涼の想定外の言葉であった。
《何かあったんですか？》
《いや……冒険者だからというのは分かるんだが……自分の命を懸けてまで、ハロルドのためにというのが……》
《ハロルドは、大切な甥《おい》なんでしょう？》
《だからだ。ニルスたちを危険にさらしてまで、本当に……そんなことをさせていいのかと……》
《まったくこの王様は……。王様になって、大切なものを忘れちゃったんですかね》
《なに？》
《ニルスたちがその命を懸けるのは、ハロルドが王様の甥だからというだけじゃありません。彼らは、冒険者の仲間のためなら、いつでも、ためらわずにその命を懸けるんです》
《……》
《なぜかって？　だって彼らが尊敬する先輩が、ずっとそんな姿を、そんな背中を、彼らに見せてきたんで

すから》
《……》
《彼らの中では、そうするのが当たり前なんです》
《……》
《アベル……彼らは、あなたの後輩なんですから》

ダンジョン攻略

探索一行は、ヒューに報告すると、すぐに聖都を発ち西のダンジョンに移動した。

「補給を受けられたのは良かったですね！」

「うんうん」

涼とエトが、使節団から受けた補給……主にお金とコナコーヒー……を見て喜んだ。

「いや、たいして減ってなかっただろう？」

「まったく……ニルスは何を言っているのですか。万全の補給、これこそが作戦遂行に当たって最も重要な要素になるというのは、古今東西変わらぬ真実です！　リーダーがそんな見識では、成功するものも成功しませんよ」

「え……あ……なんか、すまん……」

涼が偉そうに上から目線で講釈し、ニルスがなぜか謝る。

言っていることは間違いではない。間違いではないのだが……やはり、言い方というのは大切なのではないだろうか。


聖都マーローマーの西のダンジョン、そのまま『西ダンジョン』と呼ばれているダンジョンの周りには、巨大な街が形成されている。聖都マーローマーの周りには四つのダンジョンがあり、それぞれに街が形成されているが、その中でも西ダンジョンの街は大きい。

「ルンと同じ規模の街……？」

「城壁がない分、外に外に拡張されていってますね……」

「転送機能のあるダンジョンって、西方諸国でも三つしかないらしくて、しかも他の二つは辺境らしいです……」

「聖都マーローマー自体が、西方諸国の中心的なものだから、そのすぐそばにある転送機能のあるダンジョンは、やはり魅力的かと……」

エトがその規模に驚き、アモンが街の拡張を指摘し、ジークが『旅のしおり』からの情報を提示し、ハロルドが冒険者の偽らざる心情を述べ、ゴワンが隣で頷く。

「これだけ人が集まってきてるってことは、当然……」

「ええ。美味しいものが大量に集まってきているということです」

ただ二人……ニルスと涼だけは、少しずれた感想を……。いや、食の重要性を考えれば、誰よりもまっとうな感想なのだろうか。

少なくとも二人の感想を聞いて、それを否定する者は、この場にはいない。

探索一行が逗留先に決めた宿は、街で一番の宿であった。

宿の名は、『聖都吟遊』。

ちなみに、宿代を一行は負担しない。ヒューの交渉により、西方教会が宿代を持つことになっていた。一度、国の使節団に提供を約束したものを提供できなかった……つまり魔王の血を提供できなかったというのは、かなり重い問題らしい。

さらに、一行は『聖印状』も受付で提示した。

完璧だ。

『聖印状』を持ち、教会が宿泊費を払い、しかも外国の使節団関連の者たち。

街一番の宿ですら、トップクラスの待遇をすべきお客様になる。宿の名誉とプライドをかけて、不手際のない対応をしなければならない。

「これで、宿での安全は、かなり保証されましたね」

涼は誰とはなしに呟き、エトとジークは頷いた。

ニルス、アモンそしてゴワンは、これほどの高級宿での宿泊経験はあまりないために、緊張している。もちろんハロルドは、元々が公爵家出身なので、全く緊張していない。

ダンジョン攻略とはいえ、転送機能のあるダンジョン。

極端な話、毎日、何層か攻略したら宿に戻ってきてリフレッシュして、それから再び攻略に向かう……そんな方法をとることが可能。

そう考えると、疲労を回復する場である宿屋は、妥協すべきではない。

この最高級の宿の最上階には、十室、部屋がある。全てが、露天風呂付客室。そのうちの七部屋を一行が占めた。

「これで、ニルスのいびきを気にしないで寝られます」

「俺……いびき、かかないだろ……？」

涼が言い、ニルスは、若干不安げに問う。

そう、ニルスはいびきをかかない。イメージとしては、寝ている時、酷いいびきをかきそうだが……それは、ただのイメージだ。


さて、話し合いの時などは、今のように、ニルスの部屋に集まることになる。

「これで、宿に関しては万全かな？」

エトが誰とはなしに問う。

「僕らがいる時には、宿の方もかなり気にするでしょうけど、問題はダンジョンに潜っている間ですね。不審者が、勝手に部屋に入るかもしれません」

「可能性はあるけど、取られて困る物は置いていかないでしょ？」

涼の指摘に、エトが首を傾げて答える。

貴重品は、基本的に身に着けている……お金や『聖印状』など。

そうなると、別に盗まれて困る物は……。

「あれです」

涼はそう言って、指さした。

指さしたものは、このニルスの部屋と涼の部屋に分けて置かれている大切な物。

「コナコーヒー……」

ニルスが呟くように言った。

他は、誰も何も言わない。

ニルスが、続けて呟いた。

「そもそも、なぜ、俺の部屋にも置かれているんだ？」

「もちろん、みんながこうして集まった時に飲むためです」

「な、なるほど……」

涼には珍しく、理路整然とした完璧な回答。

さすがのニルスも反論できなかった。それどころか、「確かに……」という呟きすら聞こえた。呟いたのは、エトであったかアモンであったか……。

とにかく、一行七人、全員がコーヒー好きなのは確かなのだ。

そんな中、涼はコーヒー豆を取り出し、一瞬で生成した氷製のコーヒーミルで挽《ひ》き始めた。それだけで、香《こう》ばしいコーヒーの香りが辺りに漂う。新たに生成した氷製フレンチプレスに挽き終えた豆を入れ、お湯を生成する。蓋をして、さらに生成した氷製砂時計をひっくり返した。

ここまで、全くよどみのない、流れるような手際。

その間、六人全員が見とれたほどに。

コーヒーの準備に見とれるというのも、普通はあまりない光景かもしれない。

「おっと、それでだ」

我に返ったニルスが口火を切る。

「置いていく豆は、リョウが氷漬けにするしかないと思うんだが？」

「まあ、そうですね。それが一番現実的ですよね」

ニルスが提案し、涼も頷いて同意する。

氷漬けされるコーヒー豆……字面だけで見れば、とても現実的とは言えないが、彼らの間では、最も現実的。

世界にはいろいろな人たちがいる。

「そういえば、受付の人がこれをくれたんだよ」

エトはそう言うと、小さなメモ帳のようなものを取り出した。『ダンジョン地図』と書いてある。

「ダンジョン第一層から第十層までの地図と、階層ごとに出る魔物の種類と特徴が書いてあるみたい」

「マジか」

エトが説明し、ニルスが驚く。

「高級宿は、こういうのがあるからいいですよね。サービスが行き届いていています。ただハードを提供すればいいというものではありません。お客様が喜び、またここに泊まりにこようと思う……そう思わせなければいけません。経営の基本は、リピーターの確保なのです」

「なるほど……」

「ハード、ってなんですか？」

「りぴーたー？」

涼が言い、ジークが納得して頷き、ハロルドとニルスが分からない単語に首を傾げる。もちろん、誰も答えない……。

経営にしろ、宿泊業にしろ、地球でもこの『ファイ』でも、根本は変わらない。

これほどの高いグレードの宿ともなれば、王侯貴族や有名冒険者が宿泊することも珍しくない……というより、そういう者たちしか宿泊しないであろう。であればこそ、行き届いたサービスを提供するのが当たり前となっているのだ。

「もしや……受付に言えば、ダンジョン探索に必要な一通りの装備も準備してくれるのでは？」

「え？　まさか……」

涼の提案に、さすがに驚くエト。

受付の返答は、「翌朝、受付に準備しておきます」であった。

恐るべし、高級宿。

結局、一行は、涼が淹れたコーヒーを飲み、なんの準備の苦労もなく、ダンジョン探索に向かうことになるのであった。

◆

全てがスムーズ。

一行の、西ダンジョン探索のスタートを表す言葉である。

前夜の約束通り、朝にはダンジョン探索に必要な装備が全て準備されていた。もちろん宿代とは別料金だが、たいした金額ではない。

自分たちで、初めての街を回って装備を揃えるのに比べれば、驚くほどストレスがない。しかも、西ダンジョンに初めて潜る一行では、そもそも『何が必要なのか』を、完全に理解しているとは思えない。

もちろん、ルンのダンジョンには何度も潜ってきたメンバーもいるが、ダンジョンは千差万別。ルンで重要視されていないもの、あるいは全く必要のないものが、こちらでは重要な場合もある。

だが、このクラスの宿であれば、並の冒険者よりもダンジョンに詳しい。

宿泊する王侯貴族や有名な冒険者に、適当な装備を準備したり、相談されたのに上手く答えられなかったなどということはあってはならないのだから。それは、宿の評判そのものに直結するのだから。

だからこそ、プロとして、実際にダンジョンに潜る冒険者たち並に、場合によってはそれ以上にダンジョンに詳しくなければならない。

それが、宿のホスピタリティー。


完璧な装備を携え、一行はダンジョン入口にあるダンジョン受付に到着した。

そこでも当然のように、宿から、一行がダンジョンを訪れることが伝えられている。人数と、『聖印状』持ちであることも。


「どうぞ。これを各自、首から下げてください。転送プレートです」

一人一人に渡されたのは、親指大の小さなプレート。ネックレスのように、首から下げるようになっている。

各階層は、次の階層に下りる階段の前に、人間大の石碑のようなものがある。『石碑』には記録機能があり、そこに到達すると、その階層をクリアしたとみなされる。クリアしたとみなされれば、そこから入口に転送で戻ってくることが可能となるのだ。

そして次回から、入口の『石碑』の転送機能によって、クリアした階層に飛ぶことができるようになる。

転送で飛ぶことができるのは、入口の『石碑』からのみ。

例えば、十層までクリアした者が、十層から五層に飛ぶ……などということはできない。

同様に、三層から六層に飛ぶ……などということもできない。

十層から入口へ。三層から入口へ。

それ以外は、階段で普通に下りていくことになる……。

「分かった。問題ない」

説明に対して、ニルスが代表して答えた。

その横で、涼が歓喜に震えている。

「ついに、ついにですよ！　折られ続けてきたフラグ……異世界転生ものの定番に臨めます！　ようやく、まともなダンジョン探索！　この時をどれほど待ったことか……ダンジョン思って幾星霜……。フフフ……待ってましたよ……」

涼のその呟きは、本当に小さく、他の誰にも明確には聞こえていない。

だが……。

「リョウさんの表情が……」

「あれは、いつものあれだね……」

「また、よからぬことを……」

アモンが指摘し、エトが推測し、ニルスが断定する。

歓喜に震える水属性の魔法使いを伴って、一行は、ついに一層に足を踏み入れる。

『全てがスムーズ』であったのは、ここまでであった。


「……なんだろうね、この人の多さは」

「人……ばっかりですね」

エトが思わず呟き、アモンも同意する。

一層は、人で溢れていた。魔物なんて、影も形もない。だが溢れる人たちも、そこで喋ったりたむろっているわけではない。つるはしを持っている人間が多い……。

「鉱石の採掘だな」

ニルスが言う。

「うん……ルンだと、魔銅鉱石が採れる第五層に、つるはしを持ってる冒険者がたまにいるね」

エトがルンの光景を思い出して、頷く。

「でも、ここまで多くはないですよね。さすがに一層だからですかね」

アモンも、頷いて言う。

ちなみに、『十一号室』の三人は、唖然としたままだ。

そもそも、ずっと王都所属パーティーである『十一号室』は、ダンジョンに潜るのは今回が初めて。とはいえ、話として聞いていたダンジョンと、今初めて見たダンジョンとのあまりのギャップに驚いているのは誰でも分かる。

例えばゴワンなどは、比喩でもなんでもなく、開いた口が塞がっていない……。

そんな中、涼は……両手両膝を地面に突いていた。

絶望のポーズ。

「またも……またしても……定番ものの、フラグが折られ……」

とか呟いているが、もはや誰も気にしなかった。

「え～っと、貰った『ダンジョン地図』によると、一層はレッサーマウスの層らしいよ……」

エトが説明する。

もちろん、ネズミ一匹……いない……。

「さっさと、下に行くか」

「はい」

ニルスがため息交じりで言い、ハロルドが頷いて答えた。

未だ絶望のポーズのままだった涼は、アモンとゴワンが両側から引き起こす。涼の足取りは、当然、弱々しいものであった。まさに、とぼとぼ、という表現がぴったりな……。

二層に下りる階段の前に、記録をする『石碑』があり、そこで一層を踏破したことが確認された。

一行の誰の顔にも、満足感のかけらもなかったが……。


「……十層まで終了したね」

「……ああ」

「……ルンのダンジョンとは、大違いですね」

「魔物、一体も倒していないのは、気のせいに違いありません」

エトが事実を述べ、ニルスが同意し、アモンが比較し、涼が現実から目を背けようとしていた。

『十一号室』の三人は無言。

そんな、『十一号室』の三人を見て、アモンが言う。

「でも、目的は、マーリンさんに会うことですから」

「確かに……」

ニルス、エト、涼が異口同音に言う。

そう、目的を忘れてはいけない。マーリンという魔王の参謀的な人物（？）に会い、魔王の居所を聞き、その血でもってハロルドの破裂の霊呪を解く。そのために、潜っているのだから。

「とりあえず、今日のところは帰ろうか。十一層から下の地図もあるそうだから、それを入手して、また明日来よう」

エトの提案に、全員が頷いた。

情報がないままダンジョンに突入するのは、あまりに無謀。それは、冒険者の常識であった。

翌日。

再び宿に相談し、五十層までの地図を手に入れた。

「宿の人が言ってましたね、十層までの喧騒は、最近のことだと」

「教会が、十層までの各層で採れる鉱石を大量に購入するって言ったんだってな」

「まったく、人騒がせな！」

アモンが言い、ニルスが補足し、涼は憤慨した。

十一層から下は、そんな喧騒とは無縁らしい。

ようやく……一行の、西ダンジョン攻略の幕が上がるのであった。

聖都マーローマー西ダンジョン、十一層。

「確かに……誰もいませんね」

「ああ……十層までと違い過ぎて、逆に不気味だな」

アモンが言い、ニルスが頷いて答えた。

西ダンジョンの十層までは、洞窟というか、岩のトンネルというか。そんな岩盤むき出しの階層だったが、十一層は大理石が床、天井、壁全てに埋め込まれた、廊下のようなダンジョンなのだ。

「なるほど、これなら鉱石の採取はできませんね」

ジークが呟くように言う。

それを聞いて頷くエト。

『ダンジョン地図』によると、西ダンジョンは十層ごとに、がらりと様相が変わるらしい。かなり下層ではあるが、青空の広がるダンジョンもあるとか。

「凄いですね！」

昨日の、意気消沈してとぼとぼと歩いていた様子とは打って変わって、涼は喜色満面、嬉しそうだ。

「これですよ、これ！　こういうのを求めていたんですよ！」

などと言っているが、それには誰も答えない。

全員、苦笑しながら見ているだけであった。


「前方、レッサーウルフ四匹、来ます」

〈パッシブソナー〉にかかった魔物の接近を涼が告げる。

一行はすでに、ダンジョン探索隊形を組んでいる。

一列目、ニルスを真ん中に、右にハロルド、左にゴワン。

二列目、エトとジーク。

三列目、アモンと涼。

先頭は、攻撃力があるのはもちろん、敵の初撃に対応できる前衛剣士が望ましい。あるいは、盾使いか。そのために、剣士のニルスとハロルド、そして双剣士のゴワン。

防御力と耐久力が決して高いとは言えない神官のエトが中央なのは当然として、ジークも中央。この位置であれば、誰が怪我をしても対処しやすいというのがその理由だ。

そして最後尾に、剣士としての才能を開花させつつあるアモンが置かれている。後方からの攻撃は、初撃への対応が非常に難しいうえに、その対応こそが最も重要である。空が開けた平原などならともかく天井のあるダンジョンにおいては、突然直上からの攻撃もあることを考えると、最後尾は最も難しいといえる。自分だけではなく、二列目の神官たちの頭上もカバーする必要が出てくるのだ。

涼は、なんでも屋なので、一番厄介な最後尾……。

最後尾からでも、かなり前方からやってくる敵を見つけることができるので、その点は全く問題ない。

そして、四匹のレッサーウルフと接敵。

ニルス、ハロルド、ゴワンがそれぞれ、一撃で倒す。

三人の横をすり抜けた一匹は……。

「〈アイシクルランス〉」

氷の槍を口の中に撃ち込まれて絶命した。

「『レッサー』だからな、魔石を採っても仕方ない。このまま進むぞ」

ニルスが言うと、皆頷いた。

『レッサー』から採れる魔石は非常に小さく、ほとんど価値がない。採取する時間の方が惜しい。

「一本道ですけど……十層までよりも、かなり広いですね」

十一層に潜って三時間ほど歩き続けた一行。アモンが誰とはなしに言う。

「基本的に、潜れば潜るほど広くなっていくらしいよ……」

エトが、『ダンジョン地図』に書いてあった情報で答えた。

さらに三時間後。

「なあ……さすがに、おかしくないか?」

ニルスが誰とはなしに問う。

「この十一層に潜って七時間……休憩を除いて六時間、歩いてるよね」

「一本道なので、迷ったわけではないはずですが」

エトが答え、アモンが補足する。

未だに、十一層が続いている。

大理石の廊下が、ずっと一本道であったため、正規のルートから逸れたというのは、考えにくい。もちろん、ダンジョン地図にも、そんなことは書いていない。というか、十一層のダンジョン地図には、地図は描かれていない。

ただ一言。

「廊下に沿って歩いていけばよい」とだけ。他は、出現する魔物の情報くらいだ。

罠の情報も書いていない。書いていないということは、分かっていないか、存在しないかだ。

決して、探索者が少ない階層というわけではない以上、分かっていないというのは考えにくい。つまり、十一層には罠は無い。

罠が無く、一本道。それなのに、終点にたどり着かない。

「リョウさん、どう思います?」

最後尾、三列目を歩くアモンが、隣を歩く涼に問いかける。

「ん～、たまに、魔法で周囲を探ってるんだけど、前後一キロ以内には、ゴールは無いんだよね。それに、ここ二時間、敵にも遭わなくなったでしょ？」

「ああ、そういえば、遭ってませんね」

「我々は、時空の狭間《はざま》に飛ばされてしまったのかもしれません！」

なぜか、言葉に少しだけだが嬉しさが交じっていることに、アモンは気付いていた。『時空の狭間』とかの、言葉の意味はよく分からないが。

「リョウさんはつまり、ここはもう、十一層じゃないと言ってるんですか？」

二列目のジークが、後ろを歩く涼をチラリと見てから問う。

「可能性はあるよね。だけど……強制転移とかさせられた場合って、なんか感じるんでしょ？」

「はい。一瞬の浮遊感がありました」

涼の問いに、アモンが答えた。

滅びた国『ボードレン』で、おそらく強制転移を経験した……それを思い出しながら答える。

「でも、この十一層に入ってから、一度もそんなの感じてないですよね……」

その瞬間だった。

涼の〈パッシブソナー〉では、間違いなく、その直前まで、何も、そして誰もいなかったはずなのだ。

だが、一行の目の前に、老人が現れた。

つば広の赤い帽子、赤いローブ、杖をつき、少し俯いている。

涼は躊躇した。赤い老人とニルスらとの間に、〈アイスウォール〉を張るべきかどうかを。

だが、躊躇ったのは一瞬。一瞬後には判断してしまっていた。

この相手には、そんなことをしても無駄だと。そうであるならば、敵対的行動はギリギリまで取らない方がいいと。

「……何者だ？」

剣に手をかけながらも、剣を抜かずにニルスが問う。

横のハロルドとゴワンも、ニルスが剣を抜いていないのを見て、抜くのは止めている。

「それは、わしのセリフじゃ。おぬしらこそ、何者じゃ」

言葉は静か。

だが、帽子の下から覗く双眸《そうぼう》は……鋭く、金色に光っている。

（金色の目……？　どこかで見た覚えがあるけど……どこだっけ……）

涼は、赤い老人の、金色の目が気になっていた。

問われて、しばらく、誰も答えない。

ニルスが、答えるべきかどうかを判断している。

そして、答えるべきと断を下した。剣から手を離す。

敵か味方かは不明だが、少なくとも会話できる相手なのは確かだ。

「失礼した。我々は、中央諸国ナイトレイ王国の使節団だ。このダンジョンに潜ったのは、マーリンという方に会い、魔王の居場所を聞くためだ」

ニルスは正直に話した。

これには涼も驚いたが、すぐに納得する。この場合、話すのなら、事実を正直に話す方がいい。嘘をつく意味は一つもない。

「ほぉ～。それは興味深いのぉ」

赤い老人はそれだけ言うと、黙った。

ニルスは、老人が言葉を続けないと判断すると、あえて問いかけた。

「失礼だが、あなたはどなたか？」

赤い老人が、ニヤリと笑った気がした。

「わしか？　わしは、このダンジョンの……管理人、になるかの。ちと、興味深い者たちが来たと聞いて、挨拶に出てきたのじゃ。確かに……驚くほど興味深いわい」

そう言うと、その金色の双眸を、ハロルドに向ける。

「『破裂』に呪われておるのじゃな……面倒なものに目をつけられたの」

言われたハロルドは驚く。

少なくとも外見上、『破裂の霊呪』にかかっているのは、誰にも分からない。時々、ハロルド自身すら、そのことを忘れるほどだ。

しかし、目の前の老人は当然のように指摘した。

「そして、光の女神の神官が二人……。確かに、中央諸国の者たちらしいが……」

エトとジークを一瞥《いちべつ》して、言葉を発する……だが、すぐに押し黙った。

その金色の目は、はっきりと涼に向けられる。

そして、言った。

「問題は、お主じゃ」

間違いようがないほど、涼を見ている。涼もそれは自覚しているし、他の者たちも理解している。

だから、涼は自ら名乗った。

「ロンド公爵リョウ・ミハラと申します。魔人殿」

「魔人……だと……」

ニルスの呟きは、辛うじて涼の耳に届くほど小さかった。

他は誰も、呟くことすらできない。

たっぷり一分間、誰もしゃべらず、誰も動くことのできない時間が流れた。


「……なるほど、興味深いのぉ」

赤い老人のその言葉は、ゆっくりと紡がれた。

「なぜ、わしが魔人じゃと？」

「その、金色の目で」

赤い老人の問いに、涼は答えた。

涼は思い出したのだ。以前、どこで『金色の目』を見たのかを。それは、コナ村近くで解き放たれた『南の魔人』と同じ……金色の目だと。

「そうか、金色の目……」

涼だけではなく、エトも気付いたらしく、そう呟く。

その言葉が聞こえたのだろう。赤い老人が問う。

「そこな、妖精王の寵児だけではなく、他の者もこの目を知っているだと？　はて……人の世で生きているという話は聞いたことないのじゃが」

「妖精王の寵児……」

その言葉が気になったらしく、ニルスが呟く。

だが、涼はそれを無視して口を開く。

「三年前、一人の魔人がくびきから解き放たれました。我々は、その現場に居合わせましたので……」

正直にそう言う。

「なるほど。それは重畳《ちょうじょう》」

一つ大きく頷いて、赤い老人は言った。

そして、再びハロルドの方を見て言葉を続ける。

「その『破裂』……さっさと解いた方がよいぞ。期限はまだまだ先じゃが、そんなもの、背負っておっても良いことなど何もない」

「それを解くために、魔王を捜しています」

ハロルドは、自分で答えた。解きたいという思いは、当然、持っている。

「む？　教会に魔王の血があるであろう？　喜捨《きしゃ》すれば、血を一滴額に垂らすくらい、してくれよう？」

「先日、教会の保管庫が何者かに襲撃され、その際に魔王の血が入っていた壺が割れたらしく、血は無くなりました」

「なんじゃと……」

赤い老人が問い、エトが答えた。

赤い老人は絶句する。

しばらくしてから言葉を続けた。


「それはまずいのぉ……」

そう言って、十秒くらい経ってだろうか。

「すまんが、おぬしらと話しておる暇が無くなった。また、後日来るがよい」

「あ、あの、あなたのお名前は……」

「我が名はマーリン」

ジークの問いに、マーリンはそう答えると、消えた。

それと同時に、一行の前に、十一層の終点が現れた。

唐突に。


「マーリンは魔人だった……」

「うん……」

ニルスの言葉に、頷くエト。

ここは、探索一行が宿泊する宿『聖都吟遊』の一階ラウンジ。一行は、十一層の転送『石碑』から、そのまますぐに戻っていた。さすがにあの後、十二層以下を攻略する気にはならなかったから。

「どうするか……」

ニルスはそう呟くと、ハロルドを見て言った。

「ハロルド、お前はどうしたい？」

「え……」

ハロルドは、この場で自分に問われるとは思っていなかったのだろう。

この一行のリーダーはニルスであり、サブリーダーはエトだ。一行の行動指針は、ニルスが断を下すし、助言が必要な場合はエトが言う。『十一号室』としての希望がある場合は、ジークが言うことが多い。

だが、『十一号室』のリーダーは、ハロルド。そして、彼の破裂の霊呪を解くために、一行は自らの身を危険に晒《さら》している。

ハロルドの意見は、大切。

「俺は……正直、皆さんを危険に晒しているのは、本当に申し訳ないと思っています」

「おい、それは……」

言おうとするニルスを遮って、言葉を続ける。

「いえ、分かっています。でも、それは偽らざる気持ちなんです。ただ同時に、ここまで来たのであれば、もう一度、マーリンに会って聞いてみたいとも思っています。あなたでは、この霊呪を解除できないのかと。もしできないのであれば、魔王の居場所を教えてほしいと」

ここで一呼吸おいて、さらに続ける。

「それで怒らせてしまったらと思うと、確かに怖いのですが、聞かずに終わらせるのは、嫌です」

言い切った。

それを聞いて、ジークとゴワンは頷いた。彼らは、ハロルドと一心同体、そう思っている。もしハロルドが命を落とすことになるなら、自分たちも、とさえ思っているかもしれない。

「まあ、それしかないよね」

エトが苦笑しながら言う。アモンも無言で頷く。

「分かった。なら明日から、ダンジョンに潜ろう。マーリンは、後日来いといった。潜り続ければ、また向こうから接触してくるだろうし、現状それ以外に方法はないからな」

アモンは大きく頷いて、そう言った。

一行の行動指針は決まった。

ただ一人……この間中、美味しそうにケーキを食べていた水属性の魔法使いがいる。もちろん話は聞いており、時々頷いたりはしていた……。

そして、ニルスの断が下されると同時に、そのケーキを食べ終え、満足そうに……したのは束の間。

すぐに、他の者たちの前に並ぶケーキに目をやっている。さらに、ラウンジ入口に立つ従業員さんの方を、チラチラ見ている。追加で注文したいかのように……。

そんな涼を見て、ニルスが重々しく言葉を紡ぐ。

「……リョウ」

「はい？」

「ケーキは一日一個までじゃなかったか？」

「なぜ知っている！」

《俺が以前、ニルスに言ったからだ》

《アベル！　この裏切り者！》

情報の共有は、とっても大切なのだ。

「と、特別な事情がある場合は、その限りではないと決まっています」

「特別な事情？　どんな特別な事情だ？」

涼が苦しげな言い訳をし、ニルスが問いかける。

「そ、それは……え～っと……そう！　明日以降の行動指針が決まって、気合を入れなおして頑張るぞ！　ってなった、今みたいに特別な状況の時は、それは、特別な事情なのです」

《……》

『魂の響』の向こうから、アベルの呆れたようなため息が聞こえる。アベルは、特別な事情として認めないらしい。

「……それが特別な事情とはとても思えんが……まあ、いいだろ」

ニルスはそう言うと、従業員さんを呼んでくれた。

涼は嬉しそうに、追加でミルフィーユを注文する。

「ニルスは善い人です！」

「お、おう……」

「アベルには、ニルスがどれほど成長したか、嫌というほど伝えておきます。任せてください」

「おう、頼んだぞ！」

魚心あれば水心……。

ギブアンドテイク……。

そう、世の中は持ちつ持たれつ。

◆

次の日から、本格的な西ダンジョン探索が始まった。

西ダンジョンは、基本的に、フロアボスや階層主と呼ばれるようなものはいない。ファンタジーな物語においては、そういったボス的な者を倒さないと次の階層に行けない……そういうお話も多い。

だが、現実は違う。

ただ、五十層、百層、百五十層には異常に強力な魔物が出て、それを倒さない限り下への階段が現れないことは知られている。

「到達最深層って、百五十層でしたよね？　もしかしてそれって……」

「うん。その百五十層の魔物を倒したパーティーはいないらしいよ」

「もしや、一度倒した魔物も、時間が経てば再び現れる？」

「みたいだね」

涼とエトが、『ダンジョン地図』を見ながら、そんな話をしている。

話をしながらも、一行はダンジョンを進んでいた。

現在、四十九層。

四十一層からは、洞窟の中のような、岩場のダンジョン。そこに、コウモリ系と狼系の魔物が現れる。上からのコウモリ、下からの狼と、なかなかに厄介なコンビネーションになる。

決して弱くはない。

だが、この探索一行にかかると……。

「〈アイスウォールパッケージ〉」

涼が氷で屋根を作り、コウモリは一行を攻撃することができなくなる。

そのうえで、前衛四人が、狼を確実に屠《ほふ》っていく。

狼を倒し終わったら、〈アイスウォール〉を解除して、コウモリを倒す。

完璧な連携。

「よし、四十九層終了だな」

一行は、四十九層の終点に着いた。

「明日は五十層ですね」

涼が嬉しそうに言う。

ちゃんとダンジョン探索をできているのが、嬉しいのだ。

「五十層にいるのは、ボス一体だけらしいよ」

「おぉ～」

エトの説明に、さらにテンションの上がる涼。

「厄介なのは、どんな魔物が出るか、その時々によって変わるということと、フロアの性質も変わるんだって……」

「フロアの性質？」

涼が首を傾げる。

「そう。例えば、炎の鳥とマグマが噴き出すフロアとか……」

「なんと！」

驚くほどえげつない組み合わせだ。

普通のパーティーであれば、攻略はかなり難しいだろう。

「そんな相手、倒すの大変じゃないですか？」

「うん。実際、この五十層の突破率って、一パーセント以下だってさ」

「なんという……」

「しかも、かなり恵まれたボスが出た場合に突破できる、くらいに言われているみたいで、普通の、いわゆる稼ぎたいパーティーは、四十九層までで攻略を止めるんだって」

「なるほど……」

ゲームとは違う。命が懸かっているのだ。稼ぎたいだけなら、四十九層までで魔物を倒して魔石を集めて売る……それが王道。

五十層以下は、「とりあえず行ってみよう」で臨むべき場所ではない。

「それって、撤退とかは……」

「うん、五十層ボスはできない。百層ボスは撤退できるけど、五十層ボスは入口の扉が閉まる。つまりボスを倒して『石碑』に記録を残すか……」

「倒せないで全滅するか、か」

涼が確認し、エトが肯定し、ニルスが頷く。

本気でダンジョン攻略を目指すかどうかのふるいにかける……それが五十層の役割。

「そう考えると……無理に攻略する必要はない気がするんですが……」

ハロルドが言う。

そう、彼らの目的は、再びマーリンに会うこと。そのためには、攻略を進める必要は実際のところない。

だが……。

「マーリンは、このダンジョンの管理人と言った。五十層のボスを倒すこともできない者たちの前に、再びは出てこないんじゃないか……」

ニルスが言う通り、一行は思っているのだ。

何においてもそうだ。

力を示せ。そうでなければ、人は動かない。

無視できない力を示せば、相手は無視できない。

力を示せない者の言うことなど、誰が聞くというのか。

みんな、そんなに暇じゃない！

その力を示すために、一行は五十層を攻略する。


翌日。

一行は、五十層に足を踏み入れた。

そこには、両開きの、巨大な石の扉が。扉には、何やら巨大なレリーフが彫られている。

「いかにもな扉ですね」

涼が扉の前で腕を組んで、偉そうに論評している。

「昨日話した通り、前後二列。前衛が俺ら四人。後衛がリョウ、エト、ジークだ。みんな、死ぬなよ！」

「おう！」

ニルスが言い、全員が応じた。

石の扉は、スムーズに開いた。全員が中に入ると、ひとりでに閉まる。

そこは、運動場のように広く、天井も高い……四十メートル以上はあるだろうか。空を飛ぶ魔物にも対応した部屋なのだろう。

地面は、岩のままだ。明かりは、かがり火がたかれている。

一行が進むと……。

それは現れた。

「骸骨の……王？　聞いたことないけど……」

エトが呟く。

涼も最初は、その姿に驚いたが、すぐに別のことに意識が持っていかれた。

それは違和感。

かつて経験したことのある、違和感。

何度か経験したことのある……。

そういえば、西方諸国のダンジョンに、そんな罠があると以前聞いたことがある……違和感。

「まさか……魔法無効空間」

「リョウ……今、なんて……」

ニルスが、恐る恐る尋ねる。

ニルスだけではない。全員の顔が強張っている。視線は、骸骨から離すことができないが、涼の言葉に意識が向いている。

「おそらく、この部屋は、魔法無効空間になったと……」

涼がそう言うと、エトとジークが、何やら試した。

「魔法……使えない……」

「はい……」

エトとジークが言う。二人とも、その顔は絶望に染まっている。

「魔法が使えないってことは、相手も使えないってことだ」

「いえ……多分、相手は使えます」

「はあ？」

涼が言い、ニルスが納得いかないとの声を上げる。

ベヒモスのベヒちゃんは、魔法無効化によってワイバーンたちの魔法を封じたが、自分は魔法を使っていた……。

原理は全く分からないが……骸骨王は、自分だけ魔法を使える可能性がある。

「そもそも、あの骸骨野郎が、なんの魔物なのか分からんが……」

「〈ターンアンデッド〉が使えれば……」

ニルスがぼやき、ジークが悔しそうに呟く。

「なるほど。〈ターンアンデッド〉封じの魔法無効化……」

　涼は、そう推測した。

　彼らが話している間に、何かが地面から湧き上がった。

「さらに骸骨？　騎士？」

「おいおい、一体じゃないのかよ」

　アモンが指摘し、ニルスがさらにぼやく。

　五十層のボスは一体。敵はそのボスだけだと言われている……。

「ボスは一体だけど、ボスが召喚する場合もあるってこと？」

　エトが言い、ハロルドとゴワンが頷いた。

　召喚された骸骨騎士は八体。

「アモンはボスをやれ、くれぐれも気をつけろよ。ハロルド、ゴワン、ジークは俺と、ボス以外を倒しまくるぞ。リョウ、エトを頼む」

「はい」

　ニルスの指示が飛び、全員が動き出す。

　剣士としての力量でニルスを上回り始めたアモンが、ボスに当たる。

　残りの前衛三人と、杖術で近接戦もこなすジークが、わらわらと湧いた骸骨騎士たちを倒してまわる。

　そして、攻撃力、防御力ともにほぼ皆無の、だが絶対に死なせてはいけないエトを涼が守る。

　ニルスは、ある意味、最も信頼する男にエトの身を任せた。

　もちろん、涼はそれを理解している。魔法が使えないこの状況で、複数の敵からエトを守る……それは驚くほど難しいオーダーである。

　だが、信頼は裏切れない。

　涼は村雨を抜き、氷の刃を生成した。やはり魔法無効空間においても、村雨は使える。

「エト、後ろ、入口の扉まで下がります。あそこで迎撃しますよ」

「うん」

　全方位から襲いかかられれば、守り抜くことは不可能だ。せめて後方の安全を確保し、その安全域と涼の間にエトを置いて守り抜くしかない。

この状況において、最も安全と思われるのは入ってきた扉であろう。

他の壁は……それらの壁から、新たな骸骨騎士が出てこない保証はない。

涼は、全方位の気配を探りながら、背後にエトを隠し、前方から襲ってくる骸骨騎士たちと切り結ぶ。

切り結びながら、少しずつ下がる。常に、骸骨騎士とエトの間に、自分の体を入れながら。

時々、大きい横薙ぎを入れ、骸骨騎士を飛びのかせ、そのタイミングで大きく後ろに下がる。

個人だろうが集団だろうが、撤退戦が一番難しい。

神経をすり減らすような撤退戦を続けて……数分後。

「リョウ、扉に着いたよ」

「了解」

背後のエトが、扉に到達したことを報告する。

ようやく、背後に安全域を抱えることに成功した。

「ここから反撃です！」

涼がそう言った次の瞬間。


「骸骨騎士が、増えた……」

涼たちの前方、つまり、涼とニルスら四人との間に、新たに八体の骸骨騎士が現れる。

涼は、一気に骸骨騎士の間に飛び込んだ。

振り下ろしてきた骸骨騎士の剣を流しながら、右足を大きく踏み込む。

踏み込んだ右足に重心を移しつつ、流すために後ろに残していた剣を戻す勢いで、骸骨騎士の首を刎《は》ねた。

これまでの撤退戦で、首を刎ねるか胸の魔石を割れば倒せることは把握している。撤退戦とは、反撃のための情報収集行動でもあるのだ。

首を刎ねた瞬間、今度は、刎ねる勢いで前に出した左足に一度重心を移し、さらに右足を大きく踏み込む。

同時に、右手を村雨から離し、左手を一気に突き出す。

左手一本突き。

切っ先は、前方にいた骸骨騎士の胸の魔石を砕いた。

「凄い……」

涼の、二体連続撃破にエトが呟く。

エトは、近接戦は完全に門外漢だ。

パーティーの役に立とうと、小型の連射式弩《いしゆみ》を装備し、中距離での攻撃はできるようになった。もちろん、骸骨相手には、矢は通用しないために、今回は攻撃手段がないのだが……。

そんな、近接戦が門外漢のエトですら、涼の剣技が普通でないことは理解できる。

門外漢とはいえ、この数年、ニルスとアモンの訓練は見てきたし、肩を並べて戦ってきた。魔物や盗賊の討伐も、数えきれないほどやってきた。だから、B級剣士のレベルを知っている。

そんな彼らと比べても、涼は……普通ではない。

剣の理《ことわり》が違う。

そう、それはあるのかもしれない。

アモンは、ヒューム流剣術の基礎を習ったらしい。

ニルスは、ほとんど我流だ。

涼の剣は、どちらとも全く違う。

アモンと涼の模擬戦は、この西方諸国に来る途中でも見る機会があった。だが、それはただ一合で終わった。

思えば、涼の剣をしっかりと見たのは、今回が初めてかもしれない。

そもそも、『十号室』と一緒の時には、だいたい涼は魔法ばかりであったし……。こんな、魔法無効空間のような場所でもなければ、剣をふるう機会もない。

しかし、それにしてもスムーズな剣。

エトが、そんなことを考えている間も、涼は向かってくる骸骨騎士たちを倒す。

だが、一番に考えるのは、エトの安全。

出過ぎてはいけない。

常に、骸骨騎士たちと、エトの間に体を入れる。場合によっては、エトのすぐ前まで戻ることもある。

それが、扉の前での、涼とエトの戦闘であった。

涼、エトとボスの間では、ニルス、ハロルド、ゴワン、そしてジークが骸骨騎士を相手に戦っていた。

すでに、八体の骸骨騎士が、二回、新たに現れている。

「くそ！　これは、ボスを倒さない限り湧き続けるってやつか」

「そうかもしれません」

ニルスのぐちに、ハロルドが同意する。

もちろん、その間も剣は止めない。動き続け、剣を振り続ける。

本来、骸骨相手に剣では分が悪い。棍棒《こんぼう》や鎚《つち》のような、殴る系の武器が良いのだ。

だが、さすがにB級、C級冒険者ともなれば、剣で骸骨を倒すことも可能になる。突きで、骨を砕くことも可能になる。

C級以上というのは、一流なのだ。

ニルス、ハロルドそしてゴワンの剣を使う三人に比べて、ジークの杖は広い範囲に対して攻撃もできる。

特に、振り回しは効果的であった。槍や薙刀のように、頭の上で片手で振り回したり、両手で持ってバットを振るかの如《ごと》く横に薙いだり……。

「突かば槍　払えば薙刀　持たば太刀」

杖の特徴を言い表した、古くから日本に伝わる言葉。

もちろんジークはそんな言葉は知らないが、杖の特徴を生かし切った戦いを繰り広げる。

ジークの杖は、場合によっては、一撃で骸骨騎士を消滅させる。なぜなら、聖なる祝福を受けた杖だから。

骸骨などのアンデッドに対して、最強の武器である。

では、三人の剣を使う者たちはどうか。

骸骨騎士たちの剣は、はっきり言って、かなりのレベルであった。冒険者で言えば、C級……場合によっては、B級かもしれない。

それほどに厄介な剣。

さすがのニルスでも、簡単には倒せない。

だが、簡単ではないが、焦らなければ倒せる。

そして、焦る必要のない状況は組み上げてある。

最大の懸案である、エトの安全は涼に預けた。

確かにここは、魔法無効空間であり、涼は魔法使いである……だがそれでも、涼ならやってくれる。

絶対に、エトを守ってくれる。

完全なる信頼。

おそらくニルスは、自分自身に対する以上に、涼を信頼している……仲間を守ることに関して。

ボスには、アモンを当てた。

すでに、剣技において、ニルスを凌いでいる……ニルス自身、そう認識している。しかも、アモンの伸びしろは、まだまだある。

間違いなく、剣に関する天賦《てんぷ》の才能を持つ。

それに関して、ニルスは全く悔しいとは思っていない。それどころか、どこまで行くのか見てみたい……その思いが強い。

才能があり、努力も惜しまない。さらに、性格も素直。これほどに伸びる要素を持った人間など、そうはいない。

ニルスは、尊敬するアベル王の姿をアモンに重ねる。だからこそ、この場面において、アモンにボスを任せた。アベルなら、こういう場面で、必ず結果を出す。きっとアモンも……。

アモンと対峙する骸骨王は、驚くほどの剣の使い手であった。

盾を持たず、両手、あるいは片手で剣を持ちながら、目にもとまらぬ剣を振るう。生前は、一国に冠絶すると言われるような剣士だったに違いない。

それほどまでに素晴らしい剣を振るう。

その剣を受けながら……だが、アモンは微笑んでいた。いや、嬉しそうだと言ってもいいかもしれない。

剣戟の内容は、アモンが押されている。

骸骨王が攻撃し、アモンが防御する。ずっと、その構図だ。

しかし、アモンの表情は、全く辛そうではない。絶望に歪んでもいない。

骸骨王の攻撃を、一つ一つ丁寧に受ける。

「なるほど」とか「骸骨王は突きが好きなんですね」とか呟きながら……。

この二人の戦いで驚くべきは、骸骨王の手数であったろう。

剣を繰り出しながら、魔法による石礫《いしつぶて》も放ってくるのだ。剣を交わすほどのクロスレンジにおいて、魔法を織り交ぜる……。

およそ、普通ではない。

アモンが思い出したのは、以前聞いたことのあるヒュー・マクグラスと帝国のフィオナ皇女との戦闘であった。フィオナも、剣戟の中に魔法攻撃を織り交ぜていたらしいのだ。

アモンは、その戦闘場面を直接は見ていない。見ていないが……何度も頭の中では思い描いていた。

自分がヒューの立場だったら、どう戦えばいいだろうかと、想像しながら。楽しそうに、嬉しそうに、その光景を想像していた……だからだろうか。

アモンは、ぶっつけ本番のこの場面で、完璧に対応してみせる。

さらに、この魔法無効空間においても、「相手は魔法を放ってくるかも」と涼が言っていたのが頭にあったのもよかったのだろう。

実際に放ってきたのだから。

正確な理屈は分からないが、骸骨王が魔法を放つ瞬間だけ、魔法無効空間が歪むような感覚がある。骸骨王と自分の間だけ、魔法無効化が外されるような。

そうであるなら、骸骨王だけが魔法を使える理由も分かるというもの。

「それって、凄く難しい魔法制御なんですよね。以前、リョウさんが似たようなことを言っていました」

アモンは微笑みながらそう言った。

骸骨王は、もちろん何も答えない。

骸骨なので、表情も変わらない。

ただそれでも……少しだけ笑った気がした。

もちろん、アモンの気のせいだろう。

だとしても……笑って、凄いだろう？　そう言った気がした。


アモンと骸骨王の剣戟は、ひたすら続いている。

骸骨王はアンデッドなため、全く疲れない。そのため、激しい剣戟は長くなれば長くなるほど、人間側に不利となる。

なぜなら、人間は疲れるから。

当然、アモンは人間なため、不利になるのだが……。

全く疲れを見せていない。

それどころか、反撃すら始めていた。

未だに、骸骨王の攻撃、アモンの防御という構図は変わらないのだが、少しだけ、アモンが攻撃を交ぜ始めたのだ。

それも、骸骨王が見せてきた攻撃をなぞって……。

「う～ん、もう少し、引きを速くした方がいいのか」

とか。

「重心を、少し後ろに残したままがいいかな」とか。

「なるほど、ここで片手に移行したのは、剣を返すためか」などと呟きながら。

もし、骸骨王に感情があれば、不気味に感じただろう。

これだけ激しく戦い続けているのに、疲れの一つも見せない。しかも、自分の技をコピーされていく。それでいて、防御に全く隙が無い……。

不気味さを通り越して、焦り始めたかもしれない。

時間が経てばたつほど、目の前の剣士は、自分の技を吸収して強くなっていくのだから。

実際、アモンは楽しくなっていた。

剣を交えれば交えるほど、自分の技が増えていくのを実感し、強くなっていることすら感じる。

これは、真剣勝負の場で時々起きる。剣の世界だけでなく、多くの分野で人が経験することができるものだ。

だが、一度も経験しないまま死ぬ人もいる……それもまた事実。

あるいは、経験しているのに、それを自覚しないままに過ごしてしまう人もいる……それもまた事実。

アモンは違った。

経験し、自覚し、成長した。

今、この瞬間にも成長していた。

何十回目か、あるいは何百回目か、骸骨王の技をコピーして、繰り出す。

パキッ。

骸骨王の肋骨の一本を割った。

骸骨王が放っていた時以上の技を放つことができるようになったのだ。

コピーが、オリジナルを超えた瞬間。

骸骨王は、特に突きが得意らしい。アモンも、突きが好きなために、それを理解できる。

これまでにも、何千回もの突きを放ってきた骸骨王。

そして、また……。

三連突き、四連突き、五連突き……止まらない連続突き。

目にも留まらない突きの連続。

だが……。

「知っていますか？　突きで腕と剣が伸びきった瞬間は力が籠っているけど、それ以外の時は……」

アモンは、そう呟くと、骸骨王の突きの一つを、腕を伸ばして剣の腹で受ける。

そのポイントは、骸骨王の想定外のポイントであり、力の籠っていないタイミング。

骸骨王の剣は大きく後方に弾かれる。

アモンは剣の腹で受けると同時に、右足を大きく踏み込み、同時に左手を柄から離し、右手一本で大きく横に薙いだ。

以前、涼が見せてくれたように……日本の剣術で言うところの、抜刀術の体勢。

その剣は、骸骨王の首に届き……一息で刎ねた。

転げ落ちた頭蓋骨が……少し笑った気がした。

そして、言葉を発した気がした。


見事、と。


アモンが骸骨王の首を刎ねた瞬間、全ての骸骨騎士が消えた。

同時に、涼が感じていた違和感も消えた。

「魔法無効化が解けた……？」

涼は呟くと、後ろを振り返って確認する。

「エト、無事ですね？」

「うん、大丈夫」

エトは大きく頷いて答える。

そうして二人は、ニルスたちに合流するために前方に向かって走り出した。


「終わったか……」

骸骨騎士たちが全て消え、ニルスが呟いた。

「ええ……」

ジークが、肩で息をしながら答える。

ハロルドとゴワンは、答えることもできないほど、消耗しきっていた。後半は、自分の身を守ることに専念せざるを得なかった……二人の表情は悔しそうである。

　持久力の無さを痛感したのだ。

『十号室』の三人は、三年前から、涼に持久力の大切さを嫌というほど叩き込まれている。そして、自分たちでも鍛え上げてきた。

　だから、戦い抜けた。

　持久力とは、継戦能力である。そして、戦いとは、最後に立っていたものが勝者だ。

　どんなに凄い技を持っていようが、どんなに凄い魔法を使えようが、途中で倒れれば負け。

　そして、冒険者の負けとは、死を意味する。

　であるならば、持久力をつけるということは、そのまま生きる可能性を上げるということになる。

「ハロルドとゴワンも、持久力をつけろ」

「……はい」

　ニルスが言い、二人は息も絶え絶えながら、なんとか答えた。

　ジークは、小さい頃から鍛えられてきたために、最後まで骸骨騎士を倒し続けていた。それでも、終わった瞬間は、肩で息をし、杖を支えにしなければ立っていられなかった……。

　そんなところに、涼とエトが合流する。

「怪我はしていないね？　よかった」

　エトが一通り見て、安堵している。

「敵が多いと、剣士は大変ですね」

　今回は剣士として戦った涼が、『十一号室』の疲労を見ながら言う。

「相変わらず、リョウは疲れていないな……」

　ニルスが呆れたように声をかける。

「フフフ、鍛え方が違いますからね」

　涼が偉そうに答える。

　実際、汗一つかいていない。

　そこに、ようやく、アモンが合流した。

「遅くなりました」

　そう言って、少し頭を下げた。

　遅くなったのは、合流が遅くなったのか、倒すのが遅くなったのか……。

「いや、よくやってくれた。さすがだ」

ニルスが手放しで褒める。

その横で、涼も腕を組んで、うんうんと頷いている。

エトは、アモンの肩を、ポンポンと叩いて称賛する。

ようやく息が整った『十一号室』の三人は、揃って頭を下げた。

それらの称賛を受けて、アモンは嬉しそうに笑った。


アモンが、骸骨王を倒した場所には、何も残っていなかった。

骨の類も消え去っている。完全に消滅したらしい。

そして、先の扉が開き、向こう側に記録をとる『石碑』が見えた。

一行は、記録した後、しばらく待ってみたが……マーリンは現れなかった。

「これでも足りないというのか？」

ニルスが顔をしかめて呟く。

「単純に、どこかに出かけて、まだこのダンジョンに戻ってきていないだけじゃ？」

涼が答える。

「出かけて？」

アモンが首を傾げる。

「あの慌て方からすると、出かけた先は魔王の所だよね。保管されていた先代までの血が失われたから、教会が今の魔王の血を狙ってくると判断して」

エトが推測を、だが確度の高い推測を述べる。

『十一号室』の三人も頷く。

「まあ、そういうことなら、この先も攻略してみるか。とりあえず、今日は帰るぞ。さすがに疲れた」

ニルスが苦笑し、首を振りながら言う。

体の疲労はまだまだやれても、精神的な疲労はかなり蓄積されている。その辺りの把握をしっかりと行うのが、ニルスという男だ。外見は完全に脳筋であるが、実際に脳まで筋肉というわけではない。

「五十層より下は、『ダンジョン地図』は無いらしいので、攻略はゆっくりになりますね」

エトが報告する。

「まあ、魔法無効空間には驚かされましたけど、今どきの魔法使いには通用しないということが証明できてよかったです」

「いや、リョウを一般的な今どきの魔法使いとして見るのは、無理があるだろ……」

涼が言い、それにニルスがつっこんだ。

こうして、一行による、五十層攻略は終了したのであった。


宿『聖都吟遊』に戻る途中。

「かなり大人数の視線を感じるんだが」

「はい、二十人以上いますね」

「いつもは、五人とかでしたよね」

ニルスが呟き、アモンが答え、ハロルドが普段との比較を言う。

一行は、不穏な視線を向けられている。

実は、それはいつものことだ。

この西ダンジョンの街に入って、翌日から監視されている。とはいえ、襲ってくるわけでもなく、詰問されるわけでもなく、姿を見せない相手の視線を感じる。

しかし、いわゆる隠密系な者たちではなさそうだとも感じていた。彼らよりも、あからさまなのだ。

おそらくは、西方教会の……。

「待て」

ついに今日、姿を現した。

やはり、以前見たことのある……。

「テンプル騎士団！」

涼が嬉しそうに言う。

それを、顔をしかめて横目に見るニルス。なぜ嬉しそうなのか、全く理解できないから。

涼が嬉しそうなのは、地球の歴史に出てきたテンプル騎士団とオーバーラップしているからにすぎない。

実在の人物団体とは、なんの関係もありません……。

「我らはテンプル騎士団。私は、第三分遣隊隊長のアンドレ・ド・バシュレである」

正面の騎士が名乗りを上げた。

「この前の人ですね」

涼が呟く。

「ああ」

ニルスが小さく頷く。

エトが前に出て答える。

「先日もお会いしましたね。呪いも解けたようで重畳。それで、そのテンプル騎士団の皆様が、いったいなんの御用でしょうか」

言い方は前回同様、慇懃であるが、やはり目にも言葉にも力がこもっている。

この中の幾人かは、アイスバーン地獄を思い出したのだろうか、顔を強張らせている。他の者たちも、普段の優しげな感じからは想像できない凛とした、そして聖職者としてのオーラとでもいうべきものを纏わせたエトの雰囲気に、気おされ気味であった。

だが、隊長アンドレ・ド・バシュレは言い放った。

やはり言い放った。

「お前たちがこれまでに手に入れた、魔王に関する情報を渡してもらおう」

「お断りいたします」

間髪を容れずに断るエト。

「なっ……」

アンドレは、即行で断られたために、怒っていた。

「貴様……我らを怒らせるとどうなるか分かっているのだろうな」

そう言って、隊長アンドレは一歩踏み出そうとしたが、やめた。

前回のことを思い出したのは明らかだ。

もちろん、涼も、前回同様に〈アイスバーン〉で転ばせようなどとは思っていない。

奇跡は二度も起きない。今回も同じことが起きれば、方法は分からないが、一行がやっているというのはばれるであろうし。

だから、別の手でいく！

涼は空を見上げて、叫んだ。

「空から何か来ます！〈アイスウォールパッケージ〉」

一行だけを、〈アイスウォール〉で囲う。

次の瞬間、微妙に曇《くも》った空から、何かが落ちてきた。

ガキンカキンッ、コキンッ、ガキン……。

「痛っ」

「うおっ」

「あたた……」

何かが大量に、空から降ってきた。

それらが、騎士団の鎧に当たって音が響く。

「これは……雹《ひょう》？」

ジークが、呟く。

こぶし半分ほどの物もあり、当たりどころが悪ければ……死にはしないが、一撃で気絶する。

テンプル騎士団は、大混乱に陥った。

慌てて、周囲の軒《のき》の下に隠れようとするが、慌てていたのだろうか、かなりの数の騎士団員が、足を滑らせて転んでいた。もちろん、立て続けに滑って立ち上がれないとか、そういうことはない。滑って転ぶのは、一回だ。

だが、そこに雹が降ってきて……。

四分の三ほどの騎士が気絶。

本来の雲から降ってくる雹よりも、低い場所から落ちてきた雹だから死者はでなかった。雹を降らせる積乱雲、地表から十キロにも達する高さから落とすのは、さすがに今の涼でも無理ですので……。

「異常気象ですね。早めに気付けて良かったです」

涼が、いつもより少し大きめの声で言う。

他の六人は、すでに何かを悟っていた。もちろん、賢明にも何も言わない。

雹が降り続く中を、一行は〈アイスウォール〉に守られながら、ゆっくりと宿に移動したのであった。

◆

宿『聖都吟遊』の中は、安全であった。

もちろん、テンプル騎士団は、宿にまで面会を求めてきたのだが、宿側が丁重にお断りしたのだ。

後で聞いたところによると、宿の主は、教会のなんとか言う枢機卿と仲がいいとかで、テンプル騎士団といえども無体なことはできないらしい。

やはり、高いお宿にはそれなりの利点がある。

翌朝、『聖都吟遊』が用意した馬車で、一行は西ダンジョンの入口まで移動した。歩いても五分ちょっとの距離なのだが、宿側がいろいろと配慮してくれたのだ。

高級宿のホスピタリティー、おそるべし。

こうして、一行によるダンジョン攻略は再び始まった。

結局、ダンジョン攻略を続けた一行が、赤い老人であるマーリンに会ったのは、八十層の攻略を終えた時であった。

「地図もないのに、一日十層ずつ攻略するとは、とんでもないのお」

つば広の赤い帽子、赤いローブ、杖をつき、少し俯いた老人が一行の前に突然現れそう言ったのは、八十層の『石碑』前であった。

「マーリン殿に、できるだけ早く会うために」

ニルスは答えた。

「む？　そうであったか。それはすまんかったの。昨日戻ったでな。記録を見て驚いたわい……。いや、それはよい。で、わしに会いたかった理由は……」

「はい、先日お話しした通り、魔王の居場所を教えていただきたく」

「それは……その者の『破裂』を解くためか？」

ニルスの答えに、マーリンはハロルドの方を見て問うた。

「はい。もちろんマーリン殿に解いていただければ一番早いですが……」

「うむ、分かっておるようじゃが、わしでは解けん。かけた本人か、魔王の血でしか無理じゃ」

マーリンは、小さく首を振って、言った。

「そうじゃな、立ち話もなんじゃ。ちと、わしの部屋に来い」

マーリンがそう言った瞬間、全員を、一瞬の浮遊感が襲った。

そして、気付けば、執務室のような部屋の中にいた。中央には、会議に使えるようなかなり大きめの円卓がある。椅子は八脚。

「まあ、そこに座るがよい」

マーリンはそう言うと、自分もさっさと座った。

一行は顔を見合わせる。だが、座る以外の選択肢はない。ばらばらと座ると……。

その前に、コーヒーが現れた。

マーリンは、そのコーヒーを説明した。

「暗黒大陸から取り寄せた、なかなかの逸品じゃ」

「暗黒大陸！」

涼が小さく叫ぶ。

これまた、心躍る単語だ。

ファンタジー的な響きであるが、実は歴史学用語でもある。

地球の歴史学において、『暗黒時代』や、『暗黒大陸』という言葉を使っていた時期がある。スラングの類ではなく、論文の中などでもだ。

暗黒時代（Dark Age）は、中世ヨーロッパを指していた。

暗黒大陸（Dark Continent）は、アフリカ大陸のことであった。

それらの言葉が使われなくなっていった経緯は……それはまた別の機会に。

まあ、とにかく、西洋史学出身の涼としては、暗黒大陸＝アフリカ大陸と、頭の中で勝手に結びついてしまう。

アフリカで採れるコーヒーで、最も有名な銘柄と言えば……キリマンジャロだろうか。もちろん、他にも多くの銘柄があるが……。

涼は嬉しそうに、一口、口に含む。

完璧な酸味と苦みのバランス。口の中に広がる……美味。

完璧な香りも相まって、それはそれは素晴らしいコーヒー。

「ほぅ……」

思わず、涼の口から漏れる満足の吐息。

それを見て、他の六人も口をつけた。

マーリンは小さく頷き、自分も飲み始めた。

誰も、何もしゃべらない。

コーヒーの香りに満たされた空間。

『満足』を形にしたなら、おそらくこの空間のようになるであろう。

あるいは『至福』か。

「美味しかった」

涼は、素直にそう言った。

もちろん、コナ村で採れるコーヒーは大好きだ。地球で飲んでいた、ハワイコナも大好きだ。

美味いものは美味い。

だが、このコーヒーも良い。

美味いものは正義。

「満足してもらえたようじゃな」

マーリンは少し微笑みながら、そう言った。

「はい、とても美味しかったです」

満足した表情のまま、涼は答える。

「さて、では本題に入るかの」

マーリンのその一言で、全員の心が現実に引き戻された。

「まず、結論から言おう。わしとしては、お主らを魔王に会わせることに反対ではない」

マーリンのその言葉に、一行は驚いた。会わせてもらえるかどうかは、正直、五分五分と思っていたからだ。

魔王やマーリンの側から見た場合、一行を魔王に会わせるメリットがあるとは思えない……そう考えていたから。

「魔王にお会いできるのはありがたいです。ですが、それはそちらにとってどんな利点があるのでしょうか?」

ジークが問う。

そう、一行にとってはメリットしかないのだが、魔王側には特にメリットがあるとは思えない。

「うむ。それが、今回の肝でな。魔王側としては、その『破裂の霊呪』を解く。その代わりに、現魔王の血を提供するから、それを教会上層部に渡してほしいということじゃ」

「なんと……」

絶句したのはニルスであったが、他の六人も言葉を発することはできなかった。

魔王が、自分から血を提供する?

「血のために、魔王が殺される必要はなかろう?」

マーリンが言う。

「確かに」

頷いたのはエト。

教会が欲しているのは、あくまで魔王の血。それも、『破裂の霊呪』にかかった者たちの霊呪を解くためという、必要に迫られてのものだ。

そうであるなら、魔王側から提供しても問題ないと。

ニルスは、他の六人を見る。

エトとジークが真っ先に頷いた。アモンも頷く。ハロルドとゴワンも、何度も頷いた。

「リョウ?」

ただ一人、涼が首を傾げている。

「あ、いえ、その提案には賛成です。一番素晴らしい解決法だと思います。ただ……どうして、僕たちなのでしょうか?」

「どうして、とは?」

涼の疑問に、マーリンも疑問で返す。

「ご自分たちで届けるのが一番確実……いや、まあ、教会になので、いろいろ難しいのは理解しますけど。でも、僕たちが裏切る可能性もありますよ?」

「おい……」

涼の言葉に、ニルスがつっこむ。

「ふははははは。面白いな、うむ、やはり面白い」

マーリンが笑った。

声をあげて笑ったのは、多分、会って以来初めてだ。

「なぜ信じるのかと問われれば、その理由はお主じゃ」

「僕?」

マーリンは、はっきりと涼を見て言った。一行を信じる理由は、涼だと。

意味が分からない。

「妖精王の寵愛を受けた者を、信じないわけないであろう」

「えっと……」

全く、意味が分からない。

「なんか凄いな、リョウ……」

ニルスが何か言っている。

なんだろう、意味の分からない褒められ方。全然嬉しくない……。

「え～っと、どうして寵愛と……?」

涼は、よく分からないために問うた。

この魔人も、セーラたちのように、涼から溢れているらしい『妖精の因子』とかいうものが見えるのだろうか?

「ふむ？　お主が身に着けておるローブと剣じゃ。妖精王に貰ったものであろう？」

「ああ……」

それなら納得。

なぜ、妖精王の寵愛を受けている者なら信じられるのか、というのは全く分からないが……まあ、いいか……。

涼は、考えるのを止めた。この系統のものは、どうせよく分からないので。そもそも涼自身にも、人間にも、全く恩恵はないと言われているし……。

「それで……具体的には、我々はどうやって魔王に会えるのでしょうか」

エトが話を戻した。

「そうじゃのお……万が一、後をつけられて教会の者たちが魔王の元に行っても厄介じゃ。まあ、勇者以外で魔王を倒すことができる者はおらんから、魔王の身が心配というより、教会の者が殺されてそれが明らかになった場合に、いろいろとな……」

「確かに」

ニルスが頷く。

そう、魔王は、勇者以外には倒せない。少なくとも、勇者以外が倒したという記録はない。

そして今代の勇者はローマン。そのローマンは行方不明。

つまり現状、魔王を倒せる者はいない……。

「魔王の血を準備するのに、しばらく時間がかかる。毎日、少しずつ溜め始めたところでな。そう、一週間後が良いか。このダンジョンから、わしが転移させる」

「なんと！」

マーリンの言葉に、驚き、声を上げたのは涼。

だが、他の六人も口をあんぐりと開けている。

人は驚くと口が開く。少なくとも、驚いているのに口が閉じたままというのは……多分、あんまりない。

「なので、また一週間後に来るがよい」

ついに、ハロルドにかかった『破裂の霊呪』が解ける目処が立ったのであった。

◆

一行は使節団への報告のために、一度聖都マーローマーに戻った。

使節団宿舎一階ロビー奥のラウンジ。

「なるほど。状況は理解した」

団長ヒュー・マクグラスは報告を受け、大きく頷いた後、そう言った。

「テンプル騎士団とかいうのが動いているというのも、オスキャル枢機卿から聞いてはいたが……」

オスキャル枢機卿は、中央諸国使節団をもてなす西方教会側責任者の一人だ。

特にハロルドの件においては、『聖印状』の発行など、事の最初から、使節団にかなりの融通を利かせてくれていた。

「氷の床と雹か……リョウらしいと言えばリョウらしいか……」

その呟きは小さかったため、美味しそうにケーキとコーヒーを堪能する涼の耳には届かない。

ヒューのすぐ目の前で報告していたニルスとエトには、聞こえたが。

「力ずくで排除したわけじゃないのなら、問題ないだろ。なんとでも言い訳はつくしな」

ヒューは特に問題にしなかった。

「ということは、後は魔王の血だな。教会上層部に届けろということだが……届ける相手は一択だ」

「そのオスキャル枢機卿ですね」

「ああ。使節団との交渉役の一人として、聖都に詰めているからいつでも会ってくれるだろう。しかし、魔人とはな……」

ヒューは、マーリンが魔人であることが気になっているようだ。

「グランドマスター？」

「いや……南の魔人が解放された時に遭遇しただろ？　で、今回の魔人だろ？　どちらの魔人も、伝承で聞く『破壊的な』感じではない気がしてな……」

ヒューは、思い出しながら答える。

「確かに、南の魔人はそうでした。ただ、今回のマーリンは、ずっと魔王軍の参謀役として、何千年も人と争ってきたらしいですから……本来の姿がどうなのかは分からないかと」

ニルスは言う。

「なるほど。今回、友好的とも言っていいのは……」

ヒューは、そこで区切ると、美味しそうにケーキを食べている涼を見る。

「リョウがいるからか」

「ええ」

ヒューの確認に、ニルスは頷いた。

「まあ、魔人などというものは、どうせ人が争って勝てるものではないからな……」

ヒューのその呟きは、ため息交じりであった。


マーリンと約束した一週間後。

一行は、八十層に潜った。すぐにマーリンが目の前に現れる。

「よく来た。では、参るか」

その言葉が終わるか終わらないか……すぐに、一行を浮遊感が襲い、すぐ地面に降り立った。

足元は草原。見上げれば青い空がある。見える範囲に、小さな家が一軒。遠くには、森が見える。

「む？　何か変じゃな」

マーリンが小さく呟く。

その瞬間であった。

影が飛び込んできて、一行の一番外側にいたニルスに……。

ガキンッ。

影の、高速の打ち下ろしを……氷の剣が受け止めていた。

「ローマン、危ないですよ？」

「え……え？　リョウ、さん……？」

飛び込んできた影は、勇者ローマンであった。


「申し訳ありませんでした……」

勇者ローマンが謝る。

「いや……」

ニルスは、それ以上言葉を繋げられない。

「ローマンの聖剣アスタロトは、普通の剣だと砕けて受けられないんですよね？　僕の村雨でよかったです」

涼が、したり顔で頷きながら答える。

「勇者よ、いったいどうしたのじゃ？」

「マーリン殿、ここは敵に……教会に包囲されたようなのです」

「なんじゃと……」

勇者ローマンは現状を説明し、マーリンは絶句した。

「それで、いきなり気配を感じたので、敵が突入してきたのかと」

「だから突っ込んできたのか」

ローマンが説明を続け、ニルスは頷いて答えた。

「さて、どうするか……せめて説明くらいはしたかったのじゃが」

マーリンが呟く。

「時間を稼ぐだけなら、この辺りを氷の壁で覆いましょうか？　突破するのに、多少の時間はかかるはずです」

「〈アイスウォール〉ですね！」

涼の提案に、勇者ローマンが頷く。

「うむ、では頼むかの」

マーリンも頷く。


「〈アイスウォール5層パッケージ〉」

家と、その周囲をまとめて〈アイスウォール〉で覆う。これで、説明の時間くらいは稼げるであろう。

家の中にいたのは、可愛らしい顔立ちの一人の少女であった。十五歳か十六歳くらいであろうか？

一行が入っていくと、立ち上がって挨拶した。

「は、はじめまして。ナディアです」

緊張しているのか、少し顔が赤い。

「あ、はい、はじめまして」

涼は言葉を発し、他の六人は無言のまま頭を下げた。

「ナディアは、今代の魔王じゃ」

「ああ、なるほ……ど……？」

マーリンが、特にもったいぶらずに説明し、涼が頷こうとして失敗し……他の六人は、そのまま固まった。

固まった六人に比べて、最初に回復したのは涼であった。

体形は人間。少女。

頭にツノは……ないっぽい。

尻尾は……これもないっぽい。

目の色は……こげ茶色。赤や金ではない。

指は五本……凄く爪がとがっている様子もない。

歯は……特に犬歯が発達している様子もない。

結論、人間種。

「ナディアさんは、人間……ですよね？」

「はい」

涼の確認に、ナディアは頷いた。

つまり……。

「人間が魔王になることもあると。魔王子が魔王に進化したパターンじゃないやつ」

「マジか……」

涼が確認し、ニルスが呟く。

「非常に稀な例じゃ。常に、代々の魔王に付き従い、百人を超える魔王を見てきたわしでも、人の魔王はナディアともう一人しか知らぬ」

マーリンですら、稀な例という。

「あれ？」

涼は気付いた。どうみても、目の前のナディアは十代半ばだ。人間らしいので、多分、見た目通りなのではないか。そうであるのなら……。

「もしかして、三年前に魔王を討伐したとか発表されたけど……実は、討伐なんてしていない？」

「はい、していません。教会には偽の証拠を出しました」

勇者ローマンは、あっさりと認めた。

まあ、こんな可憐な少女が出てきたら……魔王だから倒せと言われても、ローマンは倒せないだろう。

涼は納得した。

しかも、魔王軍を起こして人類と敵対しているならともかく、ここ百年はそんなこともないらしい。となれば、無理に倒す必要は無いのかもしれない。

「さて、まずは、使節団の問題を解決するかの」

マーリンが、ハロルドの方を見て言う。

「あ、はい。お願いします」

ハロルドが進み出る。

ローマンが聖剣を抜き、切っ先をナディアに向ける。

ナディアが、右手の人差し指の先を、聖剣に当てて、斬った。そして手を伸ばし……流れる血を、ハロルドの額に垂らす。

次の瞬間、光が弾けた。

「おぉ……」

思わず、そう呟いたのは、ジークだったか、ゴワンだったか……。

光が収まる。

「霊呪は、解けました」

ナディアは笑顔で、そう言った。

「あ……ありがとうございます……」

ハロルドの目の端には、少しだけ光るものが……。

そんなハロルドに抱きつくジークとゴワン。

「よかった……」

「うんうん」

涼が呟き、アモンが同意する。

ニルスとエトは、お互いに頷いた。

ようやく、ハロルドは、破裂の霊呪から解放されたのだった。

「さて、次は、こちら側の問題じゃ」

マーリンがそう言うと、勇者ローマンが一つ頷いて、奥から壺を持ってきた。陶製ではなく、金属製の壺。装飾はなかなか豪奢だ。容量は二リットルほどだろうか。

「簡単な錬金術を施した壺じゃ。教会のやつのように何十年もの保存はできんが、一年程度なら血は劣化せぬ」

マーリンはそう言って蓋を開ける。

それをニルスが覗き込むと、血がたっぷり入っているのが見えた。

「分かった。責任をもって教会に届ける。手はずは整っている」

「うむ、頼んだ」

ニルスが引き受け、マーリンが頷いた。

「とはいえ、ここを脱出しないことには、あれだがな」

「それは問題ない。先ほどと逆で、わしのダンジョンに転移すればよい。じゃが、問題は……」

マーリンはそこで言葉を切って、ナディアとローマンを見た。

「二人も、もうここには居れぬ」

「はい……」

マーリンが告げ、ナディアとローマンが異口同音に答えた。

周囲を、西方教会の手勢が包囲しているのだ。氷の壁で囲っているとはいえ、教会にだって強力な魔法使いはいるだろう。あるいは、涼たちの知らない西方諸国の魔法もあるかもしれない。

いずれは突破される……。

「逃げるのは簡単じゃ。わしのダンジョンに行けばいいが……問題はその先よ」

「ずっとダンジョンに引きこもっているのは……？」

「ダンジョンは魔力が籠もりすぎておる。魔王にはつらい環境じゃ」

エトがまっさきに考えつく提案をし、マーリンが却下する。

「どこか教会の手の届かないところがよいのじゃが、そんな国は無い……」

西方諸国のほとんどは、西方教会の多大な影響下にある。

「唯一、完全政教分離を唱え、西方教会の支配下にないといえる国は、マファルダ共和国だけじゃが……あそことて、教会のスパイはいたるところに入っておる。二人が入ればすぐばれるわい」

マーリンが呟く。

（共和国とかあるんだ……）

涼が驚いたのは、そこだった。

中央諸国には、涼の知る限り共和国は無い。少しだけ興味を持った。

「二人は……一緒に隠れるんですね？」

「はい……」

ジークの確認に、ナディアとローマンが異口同音に答える。

ナディアは、顔を真っ赤にしている。

ローマンは、しっかりとジークを見て答えている。

「まあ、そういうことじゃ」

マーリンは、ニヤリと笑ってそう答えた。

「なるほど」

涼はしたり顔で何度も頷く。

そう、愛があれば種族の違いなんて……あ、いや、二人とも人間。
そう、愛があれば魔王と勇者だって……まあ、ラノベにありそうな展開。
「西方諸国に無いとなると……」
涼の呟きは、横にいたニルスにだけ聞こえた。
《アベル、アベル、アベル。至急至急、急いで応答してください！》
《いや、聞いていたから。どうせ、そういう提案をするだろうと思っていたさ》
《え？　僕が何を聞きたいか分かっているんですか？》
《ローマンとそのナディアを、ナイトレイ王国で受け入れてくれないか、だろ？》
《その通りです！　さすがアベル！　どうですかね？　もしお金が足りないなら、僕が貰っている貴族年金を少し減らしても……》
《金は問題ない。そもそもリョウには、国から年金などやっていない。国王特別顧問とかいう職位手当を少しやってるだけだ。まあ、それはいいとして、もちろん王国は二人を受け入れる用意がある。幸い、貴族の数もまだ少ないままだから、望むなら貴族位につけてもいいし、静かに生活したいなら田舎暮らしもいいだろう。その辺りは、しばらく王国で暮らした後で決めてもいい。おいおい決めるのでも大丈夫だぞ》
即決であった。
この辺りの判断の速さは、涼がアベルを高く評価している点の一つだ。年金を貰えていないというのはちょっとショックだったが……。
「ローマン、それとナディア。中央諸国に来ませんか？」
「え？」
涼の提案に、二人は驚いた。
さすがに、中央諸国に移住することまでは考えていなかったのだろう。
「今、確認が取れました。中央諸国、ナイトレイ王国は、二人の移住を歓迎するそうです」
「それってどういう……」
「ナイトレイ王国国王アベル一世の、直接の許可をいただきました」
「アベル？　もしかして、『赤き剣』のアベルさん？」

ローマンは、アベルが国王になったことは知らなかったようだ。西方諸国に住んでいたのだから当然だろうが。

「そう、そのアベルです。いろいろあって、僕はアベルと直接話せるのですが、今、許可を貰いました。どうでしょうか？　ローマンは、一度王国に来たこともありますし、アベルのこともよく知っていますよね。何せ、王都の路上で、死闘を繰り広げた仲ですし」

「あはは……」

涼の言葉に、苦笑するローマン。

だが、初めてそれを聞いた一行六人は驚いている。

そして、ナディアも驚いている。

「その、私は、魔王なのですが……それでも良いと……？」

「はい。ローマンとナディア、二人とも受け入れるそうです」

ナディアの確認に、笑顔で頷く涼。

「面白い……実に面白いな」

マーリンが何か嬉しそうだ。

「ナイトレイ王国と言えば、あのリチャードが王じゃった国であろう？　その末裔か。血は争えんな……懐の深さというか、器の大きさというか……実に面白い」

マーリンは、中興の祖リチャード王を知っていたらしい。

そして、衝撃的なことを言った。

「わしのダンジョンからであれば、ナイトレイ王国の王都クリスタルパレスまで、転移で送ってやれるぞ」

「マジか……」

思わず呟くニルス。

「まあ、一度送って、戻ってきたら、貯蔵魔力が足りなくなるゆえ、数年は使えなくなるがな。それも、二人のためというのなら惜しくはない」

マーリンは微笑みながら言う。

ローマンとナディアは、見つめ合った。

何も言葉は交わさない。

眉が揺れることなく、唇が動くこともない。

だが……。

どちらからともなく、頷く。

そして、ローマンが口を開いた。

「ナイトレイ王国に参ります」

◆

「オスキャル枢機卿、こちらが魔王の血です」

「なんと……まことに……」

ヒュー・マクグラスは、装飾が施された金属製の壺を机に置いた。オスキャルは、驚きで言葉が続けられないようだ。

「中を見ても？」

「もちろん」

オスキャルは蓋を開ける。そこには、半ばほどにまで、血が入っていた。

オスキャルは一つ頷くと、傍らにいた聖職者に何事か告げる。

三分後。

聖職者が、一人の男性を連れて戻ってきた。

「この方は、破裂の霊呪にかかっておられます。この方で、解呪できるか試してみてもよろしいですかな？」

「もちろんです」

オスキャルは問い、ヒューは頷いた。

オスキャルが、指に血をつけ、男の額に垂らす。

次の瞬間、光が弾けた。

それを見て、オスキャル枢機卿は一つ大きく頷く。

「まさに、魔王の血。マクグラス団長、感謝いたします」

そう言うと、オスキャルは頭を下げた。

翌日、テンプル騎士団に極秘に下っていた魔王探索命令が取り消された。

◆

それから三日後の夜。

ラシャー東王国王都バチルタ、教会司教館の大司教執務室。

「モーリスか？」

大司教グラハムが、書き物をしながら、顔も上げずに問う。

「さすがね、グラハム。気配、うまく消せたと思ったのに」

そう言って陰から出てきたのは、かつての勇者パーティーの斥候モーリスであった。

「聖職者なんかやめて、斥候になった方がいいんじゃない？」

「そんなわけにいくか……。それで、マスター・マクグラスとは会えたのか？」

「ええ。これを受け取ってきたわ」

モーリスはそう言うと、水晶か何かでできた透明で綺麗な小瓶……いや大瓶を応接セットのテーブルの上に置いた。

一リットルくらいの容量はありそうだ。

「なかなかおしゃれな瓶じゃないか。水晶製なら一財産だな。ガラスか？　割らずに持ってくるのは大変だったろう？」

「そんなわけないでしょ。あの水属性の魔法使いが作ってくれたやつよ。氷製」

「リョウ殿か……。それなら、絶対割れないな」

モーリスはため息をつきながら答え、グラハムは苦笑しながら言った。

そして、蓋を開けようとするが……。

「ん？　蓋が開かないな？」

「ああ、ごめん。何か、呪文を唱えながら魔力を込めると、開くみたいよ。えっと……」

モーリスは、そう言うと、懐から一枚の紙を取り出した。

そして、グラハムに渡す。

「ふむ？　ひらけ、ゴマ？」

グラハムが魔力を流しながら唱えると、切れ目が入り、蓋をとれるようになった。

「これは錬金術か？　なかなかに高度だな」

グラハムは小さく呟いた。

「なるほど……これが魔王の血。それで、マスター・マクグラスかリョウ殿から伝言は？」

「マクグラスさんからは、特に何もないよ。リョウさんは、もしも再び、教会に保管された魔王の血が失われることがあったら、これを使ってくださいい。これを手土産に、枢機卿の席にお座りくださいい、だってさ」

「……王国の筆頭公爵は謀略家か」

モーリスが預かった伝言に、小さく首を振ってため息をつくグラハム。

「実際……どうなのグラハム」

「どうとは？」

「枢機卿になれそうなの？　ジェズアルド様が亡くなって、もう半年……その枢機卿の席は空いたままでしょ？」

「ああ……。それこそ昨日、教皇庁から届いた。来月、枢機卿に任命される」

「おぉ……」

グラハムの言葉に、驚くモーリス。

だが、グラハムは浮かない顔だ。

「なんで、そんなに暗い顔なの？」

「教皇庁は気が休まらん。今思えばあの旅も、そしてここでの生活も、心は安らかでいられたなと」

「そんなに……教皇庁って大変なの？」

グラハムのいわば愚痴に、モーリスは小さく首を振りながら尋ねる。

「教皇庁を離れていた間に、感情の起伏が表に出過ぎるようになってしまった。戻る前に、表情の表れ方を再調整せねば……」

「何それ……」

苦笑しながら言うグラハムに、顔をしかめながらモーリスは言う。

教皇庁とかいう場所は、もはや人間が生活する環境ではないのではないか。

「まあ、それはいい。以前もやっていたことだ。それよりローマンたちだ。もう少し早く枢機卿に上がれれば、ローマンたちを助けてやれたんじゃないかとは、ずっと思っている……」

「それこそ仕方ないよ。もっと早く枢機卿になっていたとしても、ローマンたちを庇《かば》うことはできなかったと思うよ……教皇とかにでもならない限り」

「教皇か。モーリスは、私よりはるかに上昇志向が強いようだ」

「なんでよ！」

グラハムが苦笑しながら言い、モーリスが否定する。

「ローマンとナディアにとって、西方諸国に安住の地は無かった」

「ええ。勇者と魔王ですもの……。でも、中央諸国なら……」

「ああ。アベル殿なら、いや、アベル陛下ならば安心して任せられる」

グラハムは、遠い目をした。

すでに、遥か中央諸国にいるであろう、ローマンたちを思い浮かべていたのかもしれない。

「いつか……ローマンたちが、安心して西方諸国を訪れることができるようにしておかねばな」

その呟きは、本当小さいものであったが、驚くほど力がこもっていた。

それを聞いてモーリスも、小さく頷く。

「グラハムに言われて、西方諸国をいろいろ回ってきたけど……なんというか、荒れてない？　二年前くらいにも一度回ったけど、その時はもっと穏やかだったよ。特に教会の動き、魔王を捜していたというのを差し引いても……。そういえば、ここにもテンプル騎士団とか来たんでしょ？」

「来たな。まあ、記憶を消して追い返したが」

「何それ、こわ……」

「以前もやっていたことだ、たいしたことじゃない」

モーリスが顔をしかめ、グラハムが肩をすくめる。

そして、言葉を続けた。

「西方諸国、というより教会だな、動きが激しくなっている。西方諸国全体に異変が起きたのは、十カ月ほど前になるか。イライジャ様が教皇に即位される直前だ」

「イライジャ様？　グラハムは、新しい教皇様を昔から知っていたの？」

「ああ。イライジャ様が、まだ大司教であった頃に、開祖ニュー様の秘蹟《ひせき》について共に研究したことがある。聡明で信心深く、それでいてとても斬新な切り口を展開されたこともあり記憶に残っている」

グラハムには珍しく、嬉しそうな表情で遠くを見る。

だが、しばらくすると悲しそうな表情になり、小さく首を振った。

「私が勇者パーティーに入るまでは、変な話は聞かなかったのだが……」

「だが……？」

モーリスが問う。

「いや、よそう。この話は終わりだ」

「グラハムがそう言うなら、それでいいけど」

グラハムは最も信頼する一人であるモーリスに対してすら、言葉を続けたくなかった。共に研究した頃のイライジャと、今のイライジャとのあまりの違いを。

教皇庁から遠く離れた赴任地である、ここラシャー東王国にいる限り、教皇本人と接することはほとんどないため、直接接してはいないのだが……。

「話を戻そう。教会の動きが今まで以上に慌ただしくなった、その中心は教皇庁だ」

「教皇庁がいろいろ動けば、西方諸国全土にある教会が騒がしくなるのは当然ね」

「何か、かなり大きなことが起きているのは確かだ。ヴァンパイアが起きたのも、それが関係するのだろう。だが、ここだと詳しいことは分からない」

「来月……」

「そう、来月、枢機卿になるために教皇庁に戻るが……向こうに行ったら、いろいろと確認することが多いな」

そう呟くと、グラハムは小さく首を振るのであった。

◆

その日、元探索一行、つまり『十号室』と『十一号室』と涼の七人は、オフであった。まあ、教皇就任式までは、基本的にずっとオフなわけだが……。
涼は朝から、一人で、聖都西ダンジョンの街に来ていた。
《なぜ、わざわざ一人で来たんだ？》
《僕には、人に知られてはいけない秘密がいくつもあるのです》
謎のヒーロー感を出して答える涼。
《なんだそれは……》
《悪い人に知られたら、捕まって、その秘密を解明するために解剖されてしまうかもしれないじゃないですか！》
《ああ、まあ……確かに、そんなことをするやつは、

悪い人だな……》
《ええ。権力者は、いつ牙をむくか分かりませんからね、気をつけておかないと！》
《それって、俺のことか？》
《もちろんですよ。アベルの指示で、ニルスたちが僕を捕まえて解剖する可能性も……》
《ないだろ》
《まあ、ないでしょうけど、いつ、アベル王が狂乱王になるか分かりませんせん》
涼は、小さく首を振る。
《だいたい、人を捕まえて解剖とか、国であってもしないだろ？》
《……それは、デブヒ帝国であっても？》
《ああ……帝国なら、あり得る》
《ほらぁ！　ナイトレイ王国だって、いつ、帝国への道を歩み始めるか分からないですからね、気を付けておかないといけません！》
《……リョウはいつも気が休まらず、大変だな》
アベルは、いろいろ諦めた……。

涼は、借りてきた『聖印状』を示し、ダンジョンに入る。

さっそく、八十層に飛んで言った。

「マーリンさん、いらっしゃいますか～？」

決して大きな声ではない。

大きな声を出す必要は、ないだろうから。

マーリンは、このダンジョンの『管理人』みたいなものということだったので、留守にしていなければ、おそらく声は届くだろうと踏んでいる。

案の定、すぐ目の前に、つば広の赤い帽子、赤いローブ、杖をついて、少し俯いた老人が現れた。

「ふむ？　妖精王の寵児か。何か用か？」

「はい。マーリンさんにいくつかお尋ねしたいことがありまして」

「……お主は人間で……いや、多分、人間で、わしは魔人ぞ？　怖くはないのか？」

「はい」

「……魔王軍に参陣して、何千年も人間たちと戦ってきた者ぞ？　恐ろしくはないのか？」

「はい」

「むぅ……」

「あ、あと、この前いただいたコーヒー、あれが凄く美味しかったので、できればまた飲ませていただきたいなと思ったのが、一番大きな理由かもしれません」

「そうか……コーヒーか。うむ、あの良さが分かるのは素晴らしいな……。まあ、よかろう」

そう言うと、二人は、この前の部屋に転送された。

椅子は二脚。

「そこに、座るがよい」

「はい、失礼します」

マーリンが椅子をすすめ、涼が礼儀正しく着席した。

涼だって、これくらいは、やろうと思えばできるのだ。『ファイ』に転生する前は、いちおう地球で社会人だったわけだし！

涼が着席すると、この前と同じように、すぐにコーヒーが出てきた。そう、このコーヒーについても尋ねたいと思っていたのだ。

しかし、まずは……。

「先日は、ローマンとナディアを王国に送ってくださり、ありがとうございました」

「うむ、いや気にせんでよい。あれは、とても良い解決方法じゃったと思っておる。わしの方こそ感謝しておる」

涼が感謝し、マーリンも感謝しかえした。

まずは、関係の構築。

人間関係……いや、片方は魔人ではあるが……を速やかに構築したいのであれば、相手の行動を褒める、あるいは感謝の意を表す。これが最善手。感謝されて嫌な気持ちになる者など、そう多くはいない。

「アベル王も、ことのほか喜んでおりました」

「そうか、それは良かった。中央諸国と連絡を取れるのは、その耳につけておる錬金道具のおかげじゃな？」

マーリンが、涼が左耳につけている『魂の響』を見て問う。

「はい。さる錬金術師が、私専用に調整してくれたものです」

「いやいや、奪ってどうこうしようというのではない」

涼が、あげませんよ、という顔をしたのだろう。マーリンは苦笑しながら答える。

「貴重な妖精王の寵児、さすがにわしとて、良い関係でありたいと思うわ」

マーリンはそう言うと、コーヒーに口をつけた。

そのタイミングで、涼も一口、口に含む。

やはり、完璧な酸味と苦みのバランス。それが、口の中に溢れかえる。

「ほぅ……」

思わず漏れる吐息。

それを嬉しそうに見るマーリン。言葉はなくとも、喜んでくれているのが見て取れれば、嬉しいものだ。

涼は自覚していないが、こういう素直で気取らない行動は、関係構築に非常に役に立っていた。

涼は、もう一口飲んだ後、口を開いた。

「その、妖精王の寵児というのは……いや、その前に、もしかして、僕って名前も言ってなかった気がするのですが……」

「お主の名前は聞いたな、ロンド公爵リョウ・ミハラと。しかし、他の六人の名前は知らぬな」

「なんと……」

迂闊《うかつ》であった。

探索一行は、十一層で涼が名乗った以外、誰も名乗っていなかったのだ。名乗るのは、関係構築の初歩の初歩なのに……。

「まあ、気にするな。これだけ長く生きておると、あまり名前にも頓着しなくなる……」

マーリンは笑いながら言う。

「い、いちおう、もう一度……僕の名前は、涼です」

「ふむ、リョウだな。覚えておこう。まあ、妖精王にお主ほど愛された者は、そうはおらぬからな……忘れようがないがの」

再びマーリンは笑う。

「そうなのですか？」

「うむ。まず、その妖精王のローブを渡される者が、数千年に一人……そんな頻度じゃ」

「なんと……」

「さらに、その妖精王の剣……しかもリョウのは、水であろう？　水の妖精王の剣など、数万年生きていて初めて見たぞ」

「なんと……」

今明かされる、レア装備であった件……。

「リョウは、水魔法の使い手じゃろう？」

「はい、そうです」

「ふむ……水の妖精王に魔法を教えてもらったんじゃな？」

「いえ、魔法は全く教えてもらっていません……剣の師匠です」

「なに……？」

昔、こんなやり取りをした記憶がある……。

「ま、まあ……師弟の関係は、それぞれじゃからな。そうじゃ。それで、リョウが今日来た、目的はなんじゃったのじゃ？」

「マーリンさんは、魔王を止める役割なのですか？」

「……ほぅ」

涼の核心を突く質問に、マーリンの目がスッと細くなる。

「なぜ、そう思った？」

「まず、ナディアを焚きつけず、人間に対立させたりせずに、逃がそうとした点」

「逃がして、成長したところで、魔王軍を起こさせようとしておるのやもしれぬぞ？」

マーリンは、少し笑いながら言う。

もちろん、そんなつもりはないのだろう。

「それなら、勇者ローマンと一緒に、中央諸国に移住させる必要はありません」

「ふむ」

「これまでもマーリンさんは、常に魔王軍において魔王の傍らに参謀として侍っていたと聞きました。実際のところ、魔王軍が、人類にそれほど巨大な損害を与えたという記録はそう多くないということを以前調べたことがあります」

涼は、王城の図書館にも出入りできる。しかも、禁書庫まで！

魔王は、ここ数百年は西方諸国でばかり現れているが、以前は、中央諸国にも現れたことがある。その際の記録は、王城図書館の禁書庫に、かなり詳細に残されていた。

そんなことを、涼はこと細かにマーリンに語った。

「ふぅ……」

黙って聞いていたマーリンは、ため息をついて、少しだけ笑う。

「まあ、ある程度は当たっておるか……」

そう呟いた。

「そもそも魔王というのは、それほど強くはない。ああ、いや、人間を基準に考えれば、とんでもなく強いぞ？　じゃが、例えば……そう、竜王などに比べれば、強くはない」

「竜王……ルウィンさん、とか？」

「なんじゃ、南の竜王も知り合いか？」

涼の確認に、心底驚いた表情を見せるマーリン。

「ルウィンさんは、ご近所さんです」

「南の竜王がご近所さんとか……もしや、お主、ロンド亜大陸に？」

今度は、涼が驚いた。

およそ、『ファイ』に転生して、初めて『ロンド亜大陸』という言葉を聞いた気がする。

もちろん竜王ルウィンなど、住んでる方々は除く。

「はい。ナイトレイ王国では、ロンド公爵に叙されております」

「そうじゃったな、ロンド公爵と名乗ったな。なんと、まあ……。そうじゃな……水の妖精王の弟子なれば、そう考えるのが妥当じゃったな」

マーリンは肩をすくめた。

「おっと、話が逸れたの。魔王が厄介で、唯一の存在なのは、『魔王の因子』を持つ魔物全てを、やつらの意思など関係なく、自在に操ることができる点じゃ。なぜ魔王だけができるのかは聞くなよ？　それはわしも知らんからな」

「そういえば、ケンタウロスもそんなことを言っていました」

「そうか。奴らも、『魔王の因子』に振り回されるからの……」

マーリンは、小さく首を振って言った。

「その……もしや、マーリンさんが参陣するのも、その『魔王の因子』に原因が？」

「いや、違う。我らは、『魔王の因子』を持っておらぬ。そもそも、我らは体内に魔石も持っておらぬ」

それは衝撃的な言葉であった。

「魔人なのに、魔石を持っていない……？」

涼は茫然《ぼうぜん》と呟く。

その表情を見て、ニヤリと笑うマーリン。

「驚いたようじゃな。そう、我らは魔人と呼ばれているが、魔石は持っておらぬのじゃ。そもそも、我ら自身は自分たちのことを『スペルノ』と呼んでおった。じゃから、それこそドラゴンなど古くからおるものたちは、未だに我らをスペルノと呼ぶ。おそらく、魔人と呼び始めたのは人間だと思うのじゃが……いつからなのか、その理由などは知らぬ。我が覚えておらぬほど昔の話じゃな」

そう言うとマーリンは、残ったコーヒーを飲み干した。すると、すぐに新しいコーヒーが机の上に現れた。

「あ……」

涼がそれを見て、呟く。すると涼の前にも、新しいコーヒーが現れた。

「ありがとうございます」

数口、新たなコーヒーを飲む。気分もリフレッシュ。

こういう時は、新たな話題に移行するに限る。

「あの、このコーヒーですが以前、暗黒大陸で採れたと……」

「うむ。その通りじゃ」

涼の問いに、マーリンは頷いた。

「暗黒大陸というのは、いったいどこに？」

「そうか、中央諸国の者は知らぬか。暗黒大陸というのは、この西方諸国の南に広がる大陸じゃ。いや、正確には、大陸じゃと思われておる。取引があるのは、沿岸部だけじゃからな。ここ数千年、その奥地まで入っていって戻ってきた西方諸国の人間はおらぬらしい」

「なんと……」

西方諸国の南に広がる大陸。なんと夢広がる言葉であろうか！

「沿岸部も、東部諸国と西部諸国に大きく別れておるが……奥地には、古代文明の遺跡があると言われておる……はてさて」

マーリンは、ニヤリと笑ってそう言った。

もしかしたら、マーリンは何か知っているのかもしれない。だが、それに関しては答えてくれなさそうだ。

「いつか行ってみたいものです」

涼は、そう呟いた。

結局、その後もいろいろと話し、涼がマーリンの元を辞したのは午後になってからであった。朝九時に潜り四時間以上、ずっと話していたらしい……。

最後、別れる際に、マーリンはアドバイスをくれた。

「王国の東に封じられておる魔人……我らは、ガーウィンと呼んでおったが、奴には気をつけよ。お主らの仲間に『破裂』をつけたやつじゃ。奴は、多くの兵を生み出してそれを操り、街を滅ぼす。常に付き従う上級眷属《けんぞく》もおる。そして、魔人の中でも、極めて破壊衝動が強い。わしなどとは、嗜好も考え方も全く違う。まあ、いつ封印が解けるかは分からんが……アベル王に、代々王家で言い伝えるようにしてもらうがよいであろう」

◆

「おのれ、おのれ、おのれ～～～」

響き渡る呪詛の声。

ここは、ナイトレイ王国東部ウイングストン、シュールズベリー公爵家の館。その地下室。

「なぜだ、なぜ『破裂』が解けた。あり得んだろう？　俺が解く以外に、『破裂』が解けるのは……まさか、魔王の血か？　中央諸国には無いはずだが……くそが！」

呪詛の言葉を吐くのは、見た目十三歳のシュールズベリー公爵家現当主アーウィン。中身がアーウィンなのかどうかは、不明だが……。

「くそ、もう少しだったのに……。運よく、リチャードに近い血を、手にしておったのに……。いや、まあいい、少なくともこの体はある」

そう言うと、アーウィンは、自分の胸に手を置き、心臓の鼓動を確かめた。

そして、禍々《まがまが》しく笑う。

「こいつもリチャードに近い血だ……。もうすぐ、もうすぐだ。『将軍』たちも蘇る……全員蘇れば、中央諸国だけでは収まらんかもな、クックック。どちらにしろ、俺の復活を止めるやつは、もういない。そして、俺を封印できるやつもな。リチャード、貴様の国が滅びるのを、手をこまねいて見ているがいい」

◆

ナイトレイ王国王都、王城の国王執務室。

「久しぶりだな、ローマン」

「国王陛下におかれましては……」

「いや、旧知の仲だ。そういうのはいい」

勇者ローマンが、挨拶をしようとすると、アベルはそれを制した。

「ナディア殿、初めましてだな。ナイトレイ王国国王アベル一世だ」

「陛下、初めまして。ナディアと申します。この度は、私共の移住を認めていただき感謝いたします」

そう言うと、ナディアは頭を下げた。

勇者ローマンと、魔王ナディア。

二人の王国への移住を、アベルは認めた。

「気になさいますな。我が王国の筆頭公爵からの推薦とあらば、受け入れるのは当然」

「リョウさんは、筆頭公爵になっておられたのですね」

かつて、共に戦った涼が、想像以上に高い地位に上っていたことに、ローマンは素直に驚いていた。もちろん、冒険者アベルが、国王になっていたのもだが。

「今日は、どのような形で王国に住みたいか、希望を聞こうと思ってな。宰相であるハインライン侯に希望を言ってほしい」

アベルはそう言うと、傍らのハインライン侯爵を見た。

「はい陛下。貴族でも平民でも、他の特殊な地位でも、いずれでも問題ございません。とりあえず、勇者であることは、まだ公表しない方がよろしいかとは思いますが」

ハインライン侯爵は、なんでもできるとの答えだ。

「できれば、貴族などではない方が……。領地はともかく、領民を持つのはちょっと……。私もナディアも村の出ですから、作物を育てるのは得意です」

ローマンが、控えめにだが希望を述べる。

「ふむ。どうだ、ハインライン侯？」

「であれば、南部の豪農はどうでしょうか。ルンの街……街の外ですが、陛下もご存じの通り、ルンは街の外にも農家が多数あります。その一つ、かなり大きな農家だったのですが、夫婦が立て続けに亡くなりまして、跡継ぎは王国騎士団に入ったために家と土地を売りに出しております。購入費用などは王国が持ちますので……それなどはどうでしょうか？」

「……なんか、どこかで、似たような話を聞いた覚えがあるんだが」

ハインライン侯爵の説明に、アベルは首を傾げて呟く。

ローマンとナディアは見つめ合い、二人とも頷いた。

「ぜひ、お願いします」

ローマンが、はっきりと答えた。


「いや、まてまて。ハインライン侯、ちょっと確認したいんだが、その家の、お隣さんというか……隣接しているのは、誰だろうか？」

アベルは、何か引っかかるものがあったらしい。

「はい、お隣とは、五百メートルほど離れておりますので、気になさる必要はないでしょうが……住んでいらっしゃるのは、水属性の魔法使いの方ですね」

「やっぱり！　リョウの家の隣じゃねえか！」

すまして答えたハインライン侯に、やっぱりかと机を叩かんばかりに答えるアベル。

「え？　リョウさんの？」

ローマンが驚く。

「はい。お隣は、ロンド公爵リョウ・ミハラという方が住んでいらっしゃいます。まあ、今は西方諸国に行ってらっしゃいますし、そうでなくとも王都にいることの方が多いですし……。他にもご自身の領地とかもありますので、最近はあまりルンの家には戻っていないそうです」

ハインライン侯は、そこで一度言葉を切って続けた。

「ルンの街は、王国内でも最も安定した治安のいい街の一つです。移住先としては、お薦めの場所なのは確かです」

ローマンとナディアは頷いて言った。

「よろしくお願いします」

◆

ルンの家のお隣さんが決まった頃、涼がくしゃみを連発していたかどうかの公式記録は無い。

ハロルドの破裂の霊呪を解き、いくつかの疑問をマーリンに教えてもらい、現状、涼の懸案は無くなっていた。

となれば当然、甘い物を食べたくなる。

え？　異論は認めませんよ？

「今月のミルクレープ……これはちょっと気になります」

王国使節団の宿舎ラウンジも、なかなか美味しいケーキを出すのだが、いかんせん、種類が多くない……つまり、全種類食べつくしてしまったのだ。

だが、宿舎の隣に、カフェがあった。

『カフェ・ローマー』……コーヒーのレベルもなかなか高くケーキも美味しいとくれば、当然、お気に入りの店となる。

かなり迷った末に、最初に気になっていた『今月のミルクレープ』とローマーブレンドコーヒーのセットを頼み、涼は周囲を見渡す余裕を手に入れた。

二席離れた斜め前に、どこかで見たことのある人が座っている。

顔にはもの凄い疲労感が漂い、肩も落ち、大変そうに見える。

だが、注文したケーキセットが届くと、生き返ったように笑みを浮かべ、美味しそうに食べ始めた。

そうこうしているうちに、涼の元にも、今月のミルクレープとコーヒーが……。

食べ終えて、店を出たのは、二人同時であった。

「イグニスさん？」

男は、王国使節団首席交渉官イグニス。

「リョウさん？　ああ、同じお店だったのですね。このケーキは美味しいですね」

交渉が大変そうだが、まだ味覚はあるらしい。

美味しい物を美味しいと感じているうちは大丈夫であることを、涼は知っている。

もちろん涼自身は経験がないのだが、地球にいた頃の知り合いが、お仕事に追われて味覚を感じない状態にまでなっていたことが……。

「交渉……大変そうですね」

「ええ、まあ……」

同じ使節団の仲間とはいえ、交渉内容を言うわけにはいかない。イグニスは苦笑しながらあいまいに答える。

涼はこっそりと伝えることにした。

「もし、王都のアベルに相談したいことがあれば、僕を通して相談できますからね。どうしてもとなったら、言ってください。いちおう僕、これでも筆頭公爵なので、機密情報に接する権限、けっこう高いんですよ」

涼はそう言うと、右手の親指を立ててサムズアップした。きっと、イグニスにはその意味は通じていないだろうが。

「陛下に……？　それは本当ですか？」

イグニスには『魂の響』のことは伝えていない。

探索一行を除けば、知っているのは団長のヒューだけだ……それも、最近になって仕方なく伝えただけ。

だが、イグニスのあまりの疲労感たっぷりな姿に、放ってはおけなかった。もちろん、『魂の響』のことを他の人に言ってはいけない、などとは言われていないし……多分、怒られはしないはずだ。

「まあ、あんまり乱用はできませんけど、錬金術を駆使すれば、可能です」

そうは言っても、頼られ過ぎも困るので、乱用できないと言っておく。

涼はお人よしだが、策士でもあるのだ！

「ありがとうございます。もし必要になりましたら、陛下のご意見をお聞かせいただくかもしれません」

そう言うと、イグニスは頭を下げた。

最初よりは、だいぶ、思いつめた感じは減っている。

それだけでも、涼が提案した甲斐はあったのかもしれない。

国同士の交渉の最前線というのは、想像を絶するプレッシャーに苛まれるだろう。

涼は、イグニスと別れた後、小さく首を振るのであった。


『カフェ・ローマー』のお隣、使節団宿舎に戻ると、ロビーで団長ヒュー・マクグラスが何やら難しい顔をして、テーブルの上に並べた何枚かの書類を見ていた。

涼は、特に意識せずに、その横を通り抜けようとする。

そこで、捕まった。

「リョウ！」

「え？」

まさか、自分に声をかけるとは思っていなかった。

思わず、涼は驚きの声を上げる。

「そうだな、リョウがちょうどいいかもしれん」

「はい？」

涼を見てヒューが頷きながら呟き、涼が首を傾げる。

「すまんが、ちょっと頼まれてくれ」

ヒューは傍らに涼を呼んで、三通の手紙を見せた。

その中の一通を、まず涼に差し出す。

「この手紙を、マファルダ共和国にいる魔法使いに届けてほしいんだ」

「魔法使い？　しかも、共和国？」

涼は首を傾げながら答える。

そして、ふと気付いた。

「あれ？　ニルスたちは？」

「『十号室』と『十一号室』には、今、急ぎの仕事を頼んだところだ。今日、というかさっき、一気に護衛たちの仕事が増えてな。全員、休み返上になっちまった」

「うわあ……」

ヒューも申し訳なさそうな顔で言い、涼も護衛冒険者たちが残念に思う様子が目に浮かぶため、顔をしかめた。

「それで……単独でこんな仕事を頼めるのがリョウしかいない。なぜか、枢機卿から直接頼まれた……正直うさんくさい。だが、リョウならなんとかしてくれるだろ？」

ヒューはニヤリと笑う。

罠と分かっていてもそこに飛び込むのは、冒険者の悪癖な気がする。……と、涼は思っているが、涼が一番、飛び込み、しかも力ずくでその罠を食い破るイメージを持たれていたりする。

涼が魔法使い宛の手紙を受け取ると、ヒューは、二通目と三通目の手紙を差し出した。

「ついでと言ったらあれなんだが、この二通も届けてきてくれ。同じマファルダ共和国内だからちょうどいい。というか、リョウが一番ふさわしいのかもしれん」

「ふさわしい？」

涼は再び首を傾げながら二通を受け取った。宛先は無い。だが裏返すと、差出人は書いてある。

「あれ？　これって……」

「そうだ、王国西の森のエルフの大長老だ。中央諸国のエルフから、西方諸国のエルフへの親書だと思っていい」

「なるほど」

ヒューの説明に涼も思い出した。

西の森から来たセーラとおババ様が持ってきたものだ。ちょうど王城の中で二人に会い、その後、セーラとスパゲッティを食べに王都に遊びに出た。

とても楽しい時間だった……。

「おい、リョウ、聞いてるのか？」

「あ、はい、スパゲッティは、ミートソースもナポリタンも美味しいです」

「おい……」

意識が飛んでいた涼が、慌てて戻ってきて的外れな答えをし、ヒューが呆れる。

「そ、それで最後の一通は……」

ごまかす涼。

「我らが国王、アベル一世陛下から、西方諸国のエルフたちへの親書だ」

「自分で届ければいいのに。人を使うなんてアベルは横柄ですね」

「そういうわけにもいかんだろう」

涼が肩をすくめ、ヒューが真面目に答える。

こういう時、ヒューは常識人である。いや、涼に比べれば、たいていの人がたいていの場合、常識人の枠に入るだろうか。

「マファルダ共和国は、馬車で片道五日だ。頼めるか？」

「分かりました。行ってきます」


こうして、涼は手紙のお届けというお使いを請け負った。

行先はマファルダ共和国。

『ファイ』に来て初めての共和国……以前聞いて、ちょっと気になっていた国。

ちょっとワクワクしながら、宿舎を出る涼であった……。

マファルダ共和国

《普通、こういうふうに街の間を移動している時には、盗賊や魔物に襲われている貴族令嬢一行がいて、それを助けて、現地の有力者との間に良い関係を生み出すことができるはずなのです。でも、何も起きません》
《いや、だからそんなことが頻繁に起きていたら、それはまともな国じゃないからな？　完全に治安が崩壊しているだろうが……》
《まったく、アベルは、もののあはれというものが分かっていません》
《なんだよ、もののあはれって……》
涼の残念そうな思考に、つっこみを入れるアベル。
こちらは、本当によくある光景だ。
聖都マーローマーから、マファルダ共和国に向かう馬車の中。もちろん、馬車は貸し切りのため、涼は優雅にコーヒーを飲みながら……アベルと『魂の響』を通して、そんな不穏な会話を交わしている。
外見に騙されてはいけないという、その証左。
それでも、潤沢な資金、薫《かお》り高いコーヒー、ローブの魔法使いと揃えば、馬車の客としては上客の部類に違いない！
《はたしてそうだろうか？》

この場にいない剣士な国王陛下は、疑問を呈しているが気にしない。

そんな雰囲気を出していれば、外からはそんな感じに見えるのだ。

価値ありげな顔をせよ、しからば世間が価値をつけよう……昔読んだ本に、そんな文章があった！

聖都を発って五日目の午後、涼は、ようやくマファルダ共和国の国境を越えて入国しようとしていた。
聖都マーローマーから二つの国を越えてきたが、それらと比べて、遥かに厳しそうな国境警備が行われている。
《アベル、非常に厳しい国境警備が行われています》
《ほほー。確か、その共和国とかは、唯一、西方教会の意向に逆らっている国なんだよな？》
《まあ、意向に逆らっているというか……完全政教分離、つまり、政治と宗教とを切り離しているんですね》
《ふむ……正直、それで国は成り立っていくのか？》
《どういうことですか？》
《国民の統治には、法律で理性を、宗教で感情をと……》
アベルが言うのは、ある意味、歴史的な国家統治の基本。
地球においても、政教分離などというものが唱えられ、実際にそんな国家が生まれたのは現代……いや、厳密にはそんな国家は存在しない。共産主義の国くらいなものだ。
民主主義の総本山の国など、大統領が聖書に手を置いて宣誓するのだから……政教分離など一ミリも行われていないわけで。
別に、宗教は悪ではない。
《アベルが学んだ統治論は、実は驚くほど現実的です。宗教そのものは、決して悪いものではありません。気を付けるべきは、宗教勢力があまりにも政治に介入してくるようになると、為政者《いせいしゃ》はいろいろ大変になるという点です。そこは気を付けてください！》
《お、おう……》
厳密な政教分離は不可能であるし、実際そんなものは必要ないのだろう。とはいえ、ある程度の政治と宗教のすみわけがあった方が、国家統治はしやすいと思われる。

まあ、ローマ帝国末期のように、皇帝自らが宗教を国に取り込もうとする場合も……歴史上にはままあるので……。


涼がそんなことを考えていると、国境検査は涼の番になった。馬車付きの御者が降りて、何か手続きをした後、扉がノックされる。

「どうぞ」

「失礼します」

涼が言うと、扉が開いて、警備兵が扉を開けて入ってきた。けっこう大きめの馬車なのだ。

「役儀によりお尋ねします。共和国発行の国境通過証、あるいは身分証明はございますか」

極めて丁寧な問い。

横柄な警備兵を相手に大変なやり取りになり、大魔法を行使して力ずくで国境を突破……みたいなことを少し想像していた涼は、肩透かしを食らった。

《そんなことになったら、リョウが困るだろうが！》

何か、どこかの王様がそんなことを言っている。

ちなみに涼は、もちろん共和国発行の国境通過証は持っていない。

手元にあるのは……。

「では、これを」

西ダンジョンの街に行く時から借りっぱなしの、『聖印状』を示した。これまでの、二つの国を通過する際も、この聖印状で問題なかったからだ。

しかし、このマファルダ共和国は……。

警備兵の目が、スッと細くなる。

「申し訳ございません。聖印状は、通過審査でお時間をいただくことになっております」

口調は丁寧なままだが、内容は厳しい。

「え……っと、お時間って、どれくらいです？」

「一週間ほどです」

「ながっ」

思わず、口から出てしまう言葉。

「う～ん……」

涼は困ってしまった。

そこに福音が！

《ロンド公爵のプレートでいいんじゃないか？》

《それです！》

警備兵は、外の仲間を呼ぼうとしている。

「あ、では、これを」

涼は急いで、ネックレス風に首から下げている身分プレートを渡す。

「は……？　あ、貴族の方でしたか。少々お待ちを」

警備兵はそう言うと、外に向かって言った。

「照会板を持ってきてくれ」


数分後。

「ナイトレイ王国……ロンド公爵……ひ、筆頭公爵……？　失礼いたしました、閣下。照会、完了いたしました、お通りください」

「はい、ご苦労様です」

こうして、涼はマファルダ共和国に入国した。

◆

「ナイトレイ王国の筆頭公爵？　ナイトレイというと、中央諸国か……なんでそんな所の貴族が……。ああ、聖都に中央諸国からの使節団が来ているが、あれか？　しかし筆頭公爵？　本人か？　いや、身分プレートを示したのなら、本人か……しかもそいつは、最初に聖印状を示したのだと。訳が分からん……。バーリー、どう思う？」

「さて……どう思うと言われましても……。とりあえずは監視をつけ、様子を見る以外にはないかと」

ここはマファルダ共和国首都、元首公邸の元首執務室。

座っているのは元首コルンバーノ・デッラ・ルッソと、最高顧問バーリー卿。二人が、首席補佐官ラシュが持ってきた報告書を見て交わした会話だ。ラシュ自身は無言のまま。この二人が会話している際は、口を挟まないことが多い。

元首コルンバーノは、身長百九十センチ、体重九十キロという堂々たる体躯。共和国のトップというより、前衛剣士と言った方がしっくりくる。年齢は四十代後半、浅黒い肌に短く刈り込んだ髪……濃い茶色の髪には、すでに白いものが交じり始めていた。

そして、最も特徴的なのは、左目であろう……眼帯をつけている。そこまでくると前衛剣士以上に、海賊のボスという方が似合っているのかもしれない。

元首コルンバーノは、元々、海の男だ。

翻って、ソファーに腰かけている最高顧問バーリー卿。八十歳近くと言われるが、未だに眼光は鋭い。長い白髪は後ろで束ねられ、知性を感じさせる顔貌と言えよう。

よく見ると、傍らに魔法使いが使う大きめの杖がある……。

「とはいえ、驚くほど嫌なタイミングであるのは確かですな」

「そうだよな」

元首コルンバーノは、大きな大きなため息をつく。

そして、こめかみのあたりを指でぐりぐりとやっている。嫌なことを考えている時の、彼の癖だ。


「戦争になりそうだという、このタイミングに……」

コルンバーノはそう言うと、小さく首を振った。


二日後、ラシュ首席補佐官が二人の元に追加の報告を持ってきた。

「例のナイトレイ王国の筆頭公爵ですが、特別森林区に向かったそうです」

「は？　特別森林区ってあれだろ、エルフの森。なんでそんな所に？　その公爵って人間じゃなくてエルフ……なわけないよな」

「国境からの報告では人間とのことですな」

ラシュが報告し、元首コルンバーノが疑問をもち、顧問バーリー卿も肩をすくめるしかない。

「殺されなきゃいいがな」

小さく首を振りながら、コルンバーノは呟くのであった。

◆

「ここ、ですか？」

「へい。エルフの森というと、ここになります」
涼の問いに初老の御者が答える。
そして、御者は荷物を見ながら問いかける。
「本当に、荷物を下ろしてしまっていいんですかい？」
「はい、全部下ろしてください」
涼は頷くと、目の前に広がる森を見た。鬱蒼《うっそう》とした、という表現がぴったりだろう。かなり木々が重なっているらしく、奥の方が全く見えない。
「全部下ろしやした」
「ありがとうございました」
涼がそう言って馬車代を払うと、馬車は去っていった。
一人残る涼。その時、ようやく看板に気付いた。
《これより先、エルフの森。関係者以外立入禁止って書いてあります》
《そうか。で、なぜ俺にそれを言う？》
《アベルの親書を届けに、わざわざ来たんですよ？いちおう現地に到着したという報告はしておくべきでしょう》
《そうか、報告は受け取った》
《アベルの親書を届けに、わざわざ来たんですよ？これで、僕が命を落としたらどうしてくれるんですか》
《なぜ、わざわざ繰り返した？》
アベルは小さくため息をつきながら問いかける。いつも涼の相手をするアベルは大変そうだ。
《アベルに、仕事をしているんだぞというアピールです。何も言わずとも上司は分かってくれる、見ていてくれるはずだ……そんなのは幻想です。ちゃんとやっていますアピールをしておかないと》
《そうか、リョウもいろいろと大変だな》
遠く離れた王都でお仕事をしながら、筆頭公爵の相談にものってくれる国王陛下……上司としては十分素晴らしいのではないかと思うのだが。
《立入禁止の看板がある場合、アベルならどうしますか？》
《……知り合いに案内を頼む？》
《常識的ですね。でもこの場に、案内を頼めそうな知り合いはいません》
《どうせリョウのことだから、そのまま突っ込んだ

ろう？》
アベルが断定する。
《人をいかにも脳筋のように言うのはやめていただきたい！》
《じゃあ、どうするんだ？》
《まずは声掛けをします》
《声掛け？》
アベルの問いを無視して、涼は息を吸う。
そして、腹の底から……。
「ごめんくださ～い！」
いつもの涼とは全く違う、朗々たる声。剣道で鍛えられた声だ。
しばらく反応を待つが……誰も来ない。何も起きない。
《困りました》
《慎重に……ほら、いつもの氷の壁で自分を囲いながら進むしかないんじゃないか？》
《国王陛下が、不法侵入を推奨してくるなんて》
《他に方法がないだろう？》
アベルの答えに真剣さはない。自分が言わなくとも、どうせ、涼はそうするだろうと考えているからだ。
《仕方ありません。全てはアベル王のせいです》
《……》
「〈アイスウォール10層〉」
いつもの通り、自分の周りに氷の壁を構築した。
「あ、そうでした。〈台車〉」
馬車から下ろしてもらった荷物も、自分の後ろから付いてくる〈台車〉の魔法をかける。そちらも氷の壁で囲んだので、不意打ちされても大丈夫なはずだ。
《準備は整いました。不法侵入します！》
《おう……》
こうして涼は、エルフの森へと足を踏み入れた。
外から見た通り鬱蒼とした森だが、入ってみると足元は歩きにくくない。
しかし……。
《なんか嫌な予感がするんですよね》
《いつものあれか？　そう言っておけばそれっぽいという……》

《失敬な！　今日のは違います。本当に嫌な予感なのです》
《つまり、いつもは本当じゃないのか》
《またしてもアベルの罠に……》
次の瞬間だった。
光が森を切り裂いた。同時に轟《とどろ》く雷鳴。
氷の壁の周りを、十本の光の柱が囲んだ。
《雷に……囲まれました》
《なんだそれは……》
涼の言葉は、決して比喩的なものではない。そのままの意味だ。消えない棒状の雷が十本、地面から空に向かって存在し続けている。雷の高さは、十メートルはあるだろうか。まるで檻《おり》のようだ。
「〈アクティブソナー〉」
涼は唱えて、周囲の状況を探る。
続けて……。
「〈アイシクルランス〉」
涼は氷の槍を生成した。それを、そっと自分の周りを囲む雷に近付けると……。
ジュッ。
一瞬で消滅した。
《見た目だけじゃなくて、本当に雷のようです》
雷はプラズマだ。その温度は、三万度にも達すると言われている。涼の氷ですら、瞬時に消え去るのは当然かもしれない。
《魔法で雷を作ったというのか？　そんな魔法、聞いたことないぞ》
《中央諸国には、雷を生成する魔法は無いんですか？》
《無い。それは断言できる》
《断言できる？》
《イラリオンが、雷を魔法で生成できないか研究していたことがある。結論として不可能という断を下した》
《ああ、イラリオン様が……》
アベルの説明に涼は頷く。
イラリオン・バラハは、王国屈指の風属性魔法使いだ。その生涯を魔法に捧げていると言っても過言ではない……それだけ魔法にのめり込んでいる人物。その人物が言うのなら、中央諸国において、魔法で雷を生成するのは不可能なのだろう。
だが、涼は知っている。
人の魔法では不可能でも、魔物の魔法なら可能であることを。
《昔、アサシンホークから進化した魔物に、魔法で生成した雷を落とされたことがあります》
《マジか……》
《人にはできずとも、絶対に不可能というわけではないのです》
実は涼自身、雷を魔法で生成する方法に関しては考えていることがある。
今回の使節団が終わり、王国に帰ったらじっくり研究しようと思っていたのだ。なにせ、使節団の中で雷の研究をするのはさすがに……他の人に雷が落ちたら大変なことになるだろうから。
雷の研究は将来、水プラズマにも繋がるだろうと考えている。
《アベルは、雷雲を知っていますか？》
《なんだ、藪から棒に。雷を落とす、モクモクとした雲だろ》
《ええ、それです。そのモクモクとした雲の中で、何が起きて雷が生まれているかは？》
《いや、それは知らん》
《実はあの中で、小さな大量の氷たちがぶつかり合っているのです》
《氷？》
涼からは見えないが、多分アベルは首を傾げている。
《氷の摩擦による静電気の発生です。ほら、冬とか、何かに触った時にバチってなるじゃないですか》
《ああ、なるな》
《あれが静電気です。雷って、あの静電気なんですよ》
《知らなかった……》
アベルは、また一つ賢くなったようだ。
《氷でやれることなので、そのうち、僕も雷を作ってみようと思っていまして……》
《使節団では、やるなよ》
《王国に戻ってから……》
《王城でも、やるなよ》

《アベルは、やるなよ、やるなよばっかりです！　そんなことでは、新技術の開発競争で他国に後れを取りますよ！》
《うん、安全を確保してから新技術を開発してくれ》
アベルははっきりと言い切る。
まあ涼も、王城でやるつもりはない。
《ルンの広い庭でやります》
《それなら許可する》
国王陛下の許可を貰えた。
だが現在の問題は解決していない。
とはいえ、先ほど〈アクティブソナー〉で探った際に、この雷のもとになっているものは見つけてある。
それに、雷が拡散しない理由も把握できている。
《いちおう、この雷たちを生成しているっぽい錬金道具は見つけてあります。多分それを破壊すれば消えるとは思うのですが……》
《どうする？》
《いざとなったら破壊しますけど、とりあえずこのまま待っていようかなと思います。多分、誰か来るでしょう。この森を一人で進むと、途中で迷う可能性もありますから》
《確かにな》
涼の判断をアベルも支持した。
この雷の罠は、侵入者を問答無用で殺すためのものではなく、動きを封じるためのものだ。そうであるなら、誰かが来るはず。それは妥当な推論であろう。
《あと、この雷ですが、雷だけで空中に浮いているわけではないようです》
《どういうことだ？》
《金属の棒の表面に雷を纏わせて、その棒を風属性魔法で僕の周りに浮かせているようです》
《なるほど。それなら、なんとなく分かる》
アベルは『魂の響』の向こうで頷いたようだ。
だが涼は胡乱気な目だ。
《本当に分かります？》
《どういう意味だ？》
《プラズマ……雷って、三万度とかですよ？　ちょ～熱いんです。そんなものがまとわりついていたら、金

属は溶けると思うんです》
《それなのに、浮いている金属の棒は溶けていないから変だと?》
《ええ、そうです。変です》
《ふむ、言われてみれば変かもな》
アベルは素直である。
だが涼は知っている。
《アベル……あんまり真剣みがないでしょう?》
《よく分かったな。なんか錬金術を駆使すれば、その辺はどうにかなるんじゃないかと思ったんでな》
《これだから剣士は……》
涼は首を振る。
だが、涼が抱える問題はそこではない。
《どちらにしろ、お腹が空いたら突破します》
《何がどちらにしろか全く分からん。とりあえず、我慢しろ》
《アベルは、僕が餓死してもいいというのですか!》
《馬車の中でも、何か食ってただろ?》
《なぜ知っている……》

涼の行動など、アベルにはお見通しなのだ。
しばらくすると、涼の〈パッシブソナー〉に反応があった。
《五人くらいやってきます》
《餓死しなくて良かったな》
《ええ、危ないところでした》
もちろん、涼のお腹はほとんど空いていない。
現れた五人は、全員男性。見た目は青年と言うべき年齢だろうか。しかしそれは、人間ならだ。
《思った通り、エルフです》
《そりゃあ、エルフの森だからな》
《ああ言えばこう言う……アベルの精神はねじ曲がっているんじゃないですかね》
《リョウに言われるのだけは違うと思うんだよな》
涼とアベルが『魂の響』を通してそんな会話を交わしている間に、五人は目の前にまでやってきた。
五人とも、人間で言えば二十歳程度、同じくらいの年齢に見えるが……真ん中の赤いバンダナを巻いた青年が口を開いた。

「ここは人間の来るところではない」

「親書をお届けに上がりました」

涼は丁寧な口調で答える。雷の檻に閉じ込められてはいるが、ケンカをしにきたのではないからだ。友好的に会話を進めたいと思っている。

しかし、不穏な言葉が聞こえてくる。

「こんなタイミングでやってくるなんて変だ！」

「森の守りを偵察に来たに違いない！」

「このまま帰せば情報が漏れるぞ！」

「ここで殺すべきです！」

赤いバンダナエルフ以外の四人が、口々に言っている。

さすがに交渉もなく『殺すべき』などという言葉が出てくるのは、涼としては想定外である。だが会話の内容からして、涼自身のせいではなく、外部との関係がいろいろとこじれているようだ。

できるだけ早く、正確な情報を与えて解決を図るに限る。

「私は怪しい者ではありません。中央諸国、ナイトレイ王国から、エルフが住まう西の森の大長老とアベル王の親書をお届けにあがっただけです」

「中央諸国？」

涼の言葉に、五人全員の目が鋭くなる。信じてもらえないようだ。

「バンダ、やっぱりこいつ怪しいぞ」

「ジェン……怪しいのは同感だが、使者を名乗る者を殺すわけにはいかん」

濃い緑色の髪をしたジェンと呼ばれたエルフが怪しがり、赤いバンダナを巻いたバンダと呼ばれたエルフは顔をしかめながら、常識的なセリフを吐いている。

《緑髪のジェンさんは怖い人で、赤バンダナのバンダさんは常識人なようです。とはいえ、なかなか信用してもらえません。中央諸国でもそうでしたけど、きっとエルフと人間との関係がこじれているに違いないです。だいたい、人間の側に問題があります。困ったものですね》

《……なぜ、それを今、俺に言う？　交渉に集中した方がよくないか？》

《アベル王には、道を踏み外してほしくないから直言しているのです。王国と戦争するや否や、西の森を襲撃した帝国のようにはなってほしくないので》
《そ、そうか。直言、感謝する》
《ジェンさんはあれですが、リーダーっぽいバンダさんは、慎重な性格みたいなので殺されはしなさそうです》
きちんと涼は状況を把握しているのだ。
それに、もしも囲んでいる雷が縮んで涼を圧殺しようとしても、それを発生させている錬金道具は把握している。複数あるようだが、〈アイシクルランス〉で全て破壊すれば問題ないと割り切っていた。
決して何も考えずにアベルと喋っていたわけではない。
「やむを得ん。私たちでは判断できない」
赤バンダナエルフはそう言うと、小さく首を振って言葉を続けた。
「ジェン、お頭を呼んでくれ」
「分かった」
そう言うと、緑髪のジェンが木で作った笛のようなものを口にして吹いた。
何やら特徴的な笛の音である。
《笛を吹いています》
《そうだな》
《お頭とかいう人を呼んでいるようです》
《そうだな》
《お頭は、僕を無慈悲に殺そうとするかもしれません》
《それはないだろうな》
《アベルは適当に「そうだな」って返していると思ってました》
《おい……》
アベルは、ちゃんと涼の話を聞いてくれていた。
しばらくすると、森の奥から人がやってくるのを涼はソナーで感じ取る。
《きっとアベルだったら、お頭とかいう人を人質にとるに違いありません》
《……なぜそう思うのか、聞いていいか？》
《決まっています。アベルだからです》

《うん、聞いた俺が馬鹿だったよ》
《どんまい、アベル》
《そこ、絶対変だろ！》
言葉は、言う人によって含まれる価値が変わってくるらしい。
《アベルという名前は、無謀、無茶、無理難題という三大無を表すと思うのです》
《俺はアベルという名前を持っているんだが、その主張は初めて聞いたな。だいたい、三大無という言葉も初めて聞いたがな》
《それはそうでしょう。今、僕が定義したんですからね》
《いつもそうやって、この世にないものを生み出すリョウは凄いな》
《いやあ、それほどでも》
呆れた声音のアベル、照れる涼。
涼が置かれた状況はともかく、二人の間には平和が存在していた。

「呼ばれて来てみれば……なんとまあ珍しい」

「お頭……」

現れたのは壮年の男性、後ろに四人の見た目青年を従えている。壮年男性が現れると、赤バンダナのバンダを含む五人は頭を下げて敬意を表した。

「わざわざ俺を呼んだということは、見えてないということだな？」

「見えてない？」

「バンダやジェンも未だ見えぬか。さて……どうやって経験を積ませればいいのか、正直分からんな」

「……は？」

お頭の言葉に、訝し気に問い返すバンダ。無言のまま首を傾げるジェン。

お頭の後について現れた四人も含めて、全員が訝し気だ。お頭以外、全員が意味不明な顔をしている。

「『光檻　解除』」

お頭が呟くように言うと、涼を囲んでいた雷は消え去った。

そのまま涼の目の前まで進む。

「申し訳なかった使者殿。こやつらはまだまだ未熟でな。お主から溢れる『妖精の因子』が見えぬようだ」
「ああ～」
お頭の言葉に、思わず頷いてしまう涼。
そう、西の森のおババ様も同じようなことを言っていた。
経験を積んだエルフでなければ見えないのだろうか。
しかし青年らもエルフ。見た目とは違い、数百年単位で生きているはず。数百年生きても見えないとなると……。
《あれ？　でもセーラは見えてたみたいですよ？　西の森では一番若い部類らしいですけど》
《セーラは、エルフの中でもいろいろ特別なんだろ》
《そんな適当な結論でいいのでしょうか》
《いいんだよ。リョウとセーラは特別。真面目に考えるだけ損、というやつだ》
《……今度セーラに会ったら、アベルがそう言っていたと伝えておきます》
《いや、それはやめてくれ》
かのアベル王ですら、セーラを怒らせるのは避けたいらしい。
「見えずとも感じ取ることはできそうなものだが……ん？　ああ、氷の壁で遮られている？　使者殿は、やり手の魔法使いだったか」
「すいません。いちおう、自衛はしておこうと」
お頭が笑いながら言い、涼が小さく頭を下げて答える。
涼は自衛のために、いつもの透明な氷の壁で自分を囲っている。それに遮られて、涼から溢れているらしい『妖精の因子』を、エルフたちは感じ取ることができなかったようだ。
「いや、ごもっとも。どうだろう、この共和国特別森林区の頭である俺、バーボンが安全を保証するから、森の奥の居住地に来てもらえないだろうか。そちらで親書を受け取りたい」
「分かりました」
涼はそう言うと〈アイスウォール〉を解き、一行に付いていくのであった。

しばらく歩くと、一行の前の森が切れた。木で造られた家が並ぶ村、あるいは集落だろうか。

しかし……。

《アベル……見えてますか？》

《ああ、見えている。これは、凄いな》

エルフが行ったり来たりしているが、重い荷物を基本的に一人で抱えている。中には、丸太を運んでいる者すらいる。

彼らに共通するのは、何やら装備を着けている点だ。一見すると、鎧のように見えるが……。

《パワーアシストスーツ？》

《ぱわあす……なに？》

《いえ、筋肉を補助してくれる装備というか……そういうやつです》

《なるほど。一人で丸太を運んでいて凄いなと思ったが、魔法か何かの補助があるわけか。まあ、それはそれで凄いが》

涼は地球的知識から推測し、アベルは『ファイ』における常識から理解した。

とはいえ地球におけるパワーアシストスーツは、一人で丸太が運べるほどの力はない。腰や膝を痛めている人のサポートであったり、逆に介護の現場で介護士を支援したり……そういうものだ。

だが、今エルフたちが体につけて重いものを運んでいるのは、そんな涼の知識を大きく超えている。

エルフたちを見ていて涼は気付いた。彼らが着けているパワーアシストスーツが、淡い光を発していることに。それはとても見慣れた光……。

「錬金術の光？」

涼が思わず呟く。

「ほぉ、よく分かったな使者殿。特に、この共和国特別森林区のエルフは錬金術が得意なんだ」

「先ほどの、私を囲んだ雷の檻も錬金術でしたね？」

「それも気付いていたか」

涼の指摘に、少し驚くお頭バーボン。

だが、今の涼の言葉を聞いて、さらに注意すべき点に思い至ったようだ。

「今、雷と言ったか？」

「はい。厳密には分かりませんけど、雷みたいなものでしょう？」

「こいつは本当に驚いた」

　大きく目を見開いて驚きを表現するバーボン。

「使者殿は錬金術師でもある？」

「はい。ナイトレイ王国では、王立錬金工房に名を連ねております」

　正確には準研究員だが、嘘はついていない。何よりも『王立錬金工房の角帽』を授与されているのだ。名を連ねているのは間違いない。

　ここは大きく出ておくに限る。

　錬金術に長けていると代表者自身が言っている集団なのだ。国に認められた錬金術師であると告げておけば、安く見られることはなくなる。もしかしたら、先ほどの雷の檻を生成する錬金道具や、目の前で使われているパワーアシストスーツ状の装備について話が聞けるかもしれない。

　ここは勝負するべき場面に違いない！

《嘘ではないが、準研究員……》

《だまらっしゃい！》

　国王陛下の呟きを言下に切って捨てる筆頭公爵。

　国のナンバー1とナンバー2は、常に争う運命にあるのだろうか。

「王立錬金工房というと、リチャードが造ったやつだな。そうか、まだ続いているのか」

　バーボンが懐かしそうに呟いた。

　それが、今度は涼を驚かす。

「お頭……バーボンさんは、リチャード王をご存じで？」

「ああ、知っている。エルフは長命だからな……昔、会ったことがある」

「おぉ……」

　やはり壮年に見えても、人間の年齢とは全く違うのだ。

　そんな会話をしながら、一行は村の中心にある大きい建物に入った。

《街灯のようなものもありましたけど、この建物の中も歩くたびに自動で明かりがつきます》

《隅々まで錬金術か》

　涼がアベルに報告する。

もちろんアベルも『魂の響』を通して見ている……。

涼が通された部屋は、広い会議室のような部屋であった。中央に巨大な円卓があり、そこに十人のエルフが座っている。

「使者殿は、そちらの椅子に」

示された席は円卓の一角、ちょうど正面中央の空いた席にバーボンが座った。

「皆の衆、待たせせた。侵入者が罠にかかったという報告で集まってもらったと思うが、見ての通り不審な者ではなかった。中央諸国のナイトレイ王国から、国王と西の森の親書を届けてくださったらしい」

バーボンが説明すると、少しだけざわついた。

涼が見る限り、皆若い。いやもちろん、見た目通りの人の年齢なら、というべきか。少なくともバーボンは壮年男性だが、円卓の他の者たちは人間なら二十歳半ばを超える者はいない……そう見える。

なんとなくだが、赤バンダナエルフよりも少しだけ年長に見える者たち……。

その中の一人、長い綺麗な銀髪の女性がバーボンに問いかける。

「お頭の判断を信じないわけではないが、親書は確認されたのか？」

「いや、まだ確認していないが？」

「それなのに、この者の言うことを信じた？」

明らかに胡乱気な視線を涼に向ける銀髪女性。

そのセリフでバーボンはようやく気付いたようで、大きく目を見開いている。

「まさか……エスメラルダも、使者殿から溢れ出る『妖精の因子』が見えぬのか？」

銀髪女性……エスメラルダが首を傾げている。

他のエルフも、その場にいる全員が訝し気な視線のまま首を振る。

《『妖精の因子』が見えるエルフって、少ないんですね》

《いよいよ、セーラは特別だな》

《実は『妖精の因子』なんて存在しなくて、おババ様とセーラとお頭さんが、幻覚を見ている可能性があります》

《そうか。どこかの村の守護獣様も、寿命が延びたのは気のせいということだな》
《そうでした、それがありました！　『妖精の因子』は実在すると証明されました》
涼がちょっと安心したように、心の中で頷いた。
以前、ニルスの出身村にいる守護獣様が、涼から溢れ出る『妖精の因子』に感謝したことがあったのだ。そう、それで寿命が延びたそうなので決して幻ではない！
「まさか、誰も見えんとは……さすがにそれは想像しておらんかったわ。滅多に見かけないとはいえ……」
バーボンは首を振る。
そんなバーボンに涼は呼び掛けた。
「あの、バーボンさん」
「うむ？」
「その『妖精の因子』を持っている人って、あんまりいないのですか？」
「そうだな……西方諸国だと数百年に一人といったところか」
《まあまあ希少ですね》
《数百年に一人なら、かなり少ないだろう？》
《エルフの寿命が、凄く長いことを考えれば、まあまあでしょう》
《そんなもんか》
だが、バーボンの言葉にはまだ続きがあった。
「使者殿のように、溢れ出る人間は見たことがない」
「え……」
絶句する涼。
《良かったな、リョウ》
《良くありません！》
《なんでだ？　希少だろ？》
《希少すぎると、レアハンターに狙われるのです！》
《れあはんた？》
《希少なものを集めたがる怖い人たちです。たいていは、ちょーお金持ちか、ちょー権力者です。そんな人に狙われるのはごめんです》
アベルは全く理解できていないようだが、涼は知っているのだ。世の中には、そんな人たちがいることを。

地球にはいた。きっとこの『ファイ』にもいるに違いない！

《そうは言っても、どうしようもないだろう？》

《僕の存在自体を知られなければ大丈夫です》

《つまり……？》

《『妖精の因子』が溢れ出ていることを知られないようにする》

《具体的にどうするんだ？》

《おババ様やセーラは、わざわざ言って回ったりはしません。ですので、今、目の前にいるお頭さんの口さえ封じれば……》

《おい……仮にもリョウは、俺と西の森の親書を届けているんだからな。その立場を忘れるなよ》

《もちろん冗談に決まっているじゃないですか！　いやだな～アベルったら》

《……》

こうして、水属性の魔法使いによるエルフお頭殺人事件は未然に防がれた。

本人は冗談だったと主張しているが、果たして……。

「そういえば、まだ使者殿の名前をうかがっていなかったな」

「はい、私、C級冒険者の涼と申します。こちらが、お届けにあがりました国王アベル一世の親書と、西の森大長老からの親書です」

涼はそう言うと、傍らに立っている赤バンダナエルフに手渡した。

赤バンダナエルフからバーボンに手渡される。

まずは、アベル王の親書が開封された。

バーボンが一読する。

「リョウ殿、確か『西の森』はナイトレイ王国内にあり、自治権を付与されていたはずだが……それは今もか？」

「はい。現在も、王国と西の森は非常に良好な関係を築いています」

「そうか。ふむ……さすがリチャードの末裔、血は争えんな」

笑みを浮かべながら、しっかりとアベルの親書を読むバーボン。

《アベル、真面目に親書を書いたんでしょうね？　適当なことを書いていたら、届けに来た僕の立場が悪くなるんですよ？》
《ちゃんと書いたわ！　わざわざ西方諸国のエルフに届ける親書だぞ？　適当なことを書くわけないだろうが。グラマスや首席交渉官にも内容は伝えてあるから、後で聞けばいい》
親書を渡しながら、それを書いた本人とリアルタイムで会話をして確認するというのは、滅多にないことであろう。
「うむ、アベル王の言葉、深く感じ入ったとお伝えいただきたい」
「かしこまりました」
バーボンの言葉に、頷く涼。
続けて開かれる西の森からの親書。
「生き残っている大長老は、おババ様だけだと？　大きな戦争に巻き込まれたと書いてあるが……」
「はい。三年前、隣国デブヒ帝国の侵攻を受けまして……」
「デブヒ？　ああ、少しだけ聞いたことがある。王国の北にある大国だな。エルフに優しくない国……俺が聞いた時は帝国ではなくて、王国だか公国だった気がするが。どうせ、真っ先に西の森を襲ったのだろう」
「まさにおっしゃる通りです」
大きく頷く涼。
だが、バーボンの言葉の中で、ちょっとだけ気になる箇所があった。とはいえ、親書を読んでいるところに横から質問するほどのものではない。
そうなると、会話する相手は一人。
《バーボンお頭さんも、おババ様と呼ぶようです》
《西の森の大長老か。いったいいつから生きているんだろうな。中央諸国だけでなく、西方諸国を入れてもエルフの中でかなりの年長者なんじゃないか？》
《でも、直接年齢を聞くのはちょっと……》
《気にするとは思えんが》
《アベル、デリカシーの欠片もない、って言われますよ》
《でかしのかけら？　よく分からんが……そう言えば以前、リョウのローブを見て二千年ぶりとか言ってい

なかったか？》
《言ってました。最低でも二千歳というのは確かだということですね》
《二千歳か。人間には理解できない長さだ》
《それにしても長命の種が多いですよね。エルフ、ヴァンパイア、ドラゴン……悪魔とかも長く生きてそうでしょう？　たった百年も生きられない人間なんて、簡単にこの世界から駆逐されそうです》
涼が心の中で首を振りながら嘆く。
今挙げた長命の種は、長く生きるだけでなく強力でもある。
《それでも、人は世界中に広がっているぞ》
アベルが冷静に指摘する。
《そう……それは素晴らしいことだと思うのです。短い命ながら、書物を著《あらわ》し後の世の人々に知見を渡す。人の人たる素晴らしい点です》
地球で、歴史学の道に半歩だけ踏み込んだ涼からすれば、歴史を紡ぐ力こそ、人の人たる所以《ゆえん》だとすら思えるのだ。

涼がアベルと『魂の響』を通して話している間に、バーボンは西の森からの親書を苦笑しながら読み終えた。

「おババ様は、相変わらずおババ様であったわ」

「失礼ですが、バーボンさんはおババ様をご存じで？」

「ああ、昔な。模擬戦で、何度もけちょんけちょんに負かされたぞ」

そう言うとバーボンは大笑いした。

昔から、西の森の女性陣は強いらしい。涼が大きく何度も頷いたからだろう。バーボンが問うた。

「もしやリョウ殿も、あそこの森の誰かと模擬戦をしたか？」

「はい、実はおババ様のお孫さんと、毎日のように……」

その言葉に、他のエルフたちがざわつく。

ここのエルフたちにとっては珍しいことらしい。

「リョウ殿は西の森との関係も深いのだな。国王の親書を運んできたし、王立錬金工房の錬金術師ということで王城関係者だと思ったのだが、それだけではなかったか」

バーボンのその言葉に、エルフたちがさらにざわつく。

錬金術師という点にも驚いたらしい。この森にいるエルフたちは、錬金術に長けた者が多い……ということは、ここに座る者たちも錬金術師なのだろう。

「はい。時々遊びに行ったりして、西の森のエルフの皆さんとは、仲良くさせていただいています」

涼はちょっと照れながら告げる。

セーラとはとても仲が良いし、西の森に時々遊びに行っていたのも事実だ。ロンドの森からでも、グリフォンのグリグリに頼めばひとっ飛びである。

「それは素晴らしいな。この森も共和国政府との関係は決して悪くないが……人とエルフの間で、個人間で良い関係性かというと、今はそれほどでもない」

バーボンは少し顔をしかめて言う。

かつては良かったのだろう。長く生きるということは、起きる変化もその目で見るということ。その変化は、いつも良いものとは限らない。悲しい変化、嘆かわしい変化も見ざるを得ない……。

「共和国ですらそうなのだ。周辺国の人間たちからすれば……」

「難しい立場？」

「我らの錬金術は人に比べて進んでいる、あるいは異質と言うべきか。それが共和国に貢献しているのは確かだが、周辺国からすれば面白くないだろう？」

「なるほど」

涼もそれは理解できる。

このエルフの森があるマファルダ共和国は、西方諸国の中でかなり異彩を放っている。共和国というだけでも珍しいのに、他の国々とは違い西方教会とははっきり言って良い関係にはない。

そのうえ、エルフたちである。

錬金術に秀でた、エルフたちである。

西方教会を中心とした、共和国以外の西方諸国家からどう見えるか……。

「まあいい。とにかく、今夜は宴だな」

バーボンはそう言うと勢いよく立ち上がった。

涼には「とにかく」の意味が全く分からないのだが。

「遠路はるばる中央諸国から親書が届いたのだぞ？

しかも大国ナイトレイ王国の国王と、西の森の代表からだ。これを祝して宴会しないなどエルフの名が廃《すた》るわ！」

バーボンはそう言うと、部屋の外に呼び掛け、宴会の準備を指示した。

意味は分からないが、特に自分に不幸が降りかかるわけではないようなので涼は肩をすくめる。

そんな涼の元に、座っていたエルフたちがやってきた。その中でもエスメラルダと呼ばれた銀髪女性が真っ先に話しかけてくる。

「使者殿……いや、リョウ殿は錬金術師だと、先ほど話の中で出てきたが……」

「はい。そうですが？」

「おぉ！　ぜひ中央諸国の、いやナイトレイ王国の錬金術の話を……」

目をキラキラ輝かせ、エスメラルダが食いつく。

彼女だけでなく、涼の周りにやってきたエルフ全員の目がキラキラしている。

先ほどの会議途中まであった、胡乱気な視線と雰囲気など全くない。まさにこれは、少し前に涼がキューシー公国で経験した……同好の士。

ならば返事など決まっている。

「ええ、ぜひ！　僕にも皆さんの錬金術について聞かせてください！」

共通の趣味は連帯感を生む。

宴会が始まるまで、エルフたちが村の中を、特に錬金道具を重点的に案内してくれた。それは涼にとって、目くるめく体験であった。ケネスら王国の錬金術とは違う、涼が引き継いだ『ハサン』の錬金術とも違う……エルフ独自とも言うべき錬金術。

だが、共通する部分はある。

いずれも、魔法陣か魔法式を使っているという点。まさにそれこそが、錬金術の根幹なわけだが……逆に言うと、それ以外の部分に大きな違いもあるということ。

あらゆるものが涼の心を浮き立たせた。

ただ一点を除いて、涼にとって幸せな時間であったのだ。

その一点とは……。
《ゴーレムは、いないそうです》
《『魂の響』を通して、俺にもそれは聞こえていたぞ》
《エスメラルダさんが言うには、かつて西方諸国のエルフは法国のゴーレムに、酷い目にあわされたそうです。それでゴーレムは誰も作りたがらないと》
《うん、それも聞こえていたぞ》
《アベルのことですから、興味がないことは右から左に抜けていった可能性があったので、繰り返してあげたのです》
《そうか。別に、錬金術やゴーレムに興味がないなんて言ったことないだろう？》
実際アベルは、錬金術にもゴーレムにも興味を持っている。それは王としてだけではなく、冒険者が持つ好奇心的な部分としてもだ。
《アベルは国王陛下ですからね、国内はもちろん、この世界で起きるあらゆることに興味を持ってもらわなければ困ります》
《世界……》
《頑張ってください。僕は応援しています》
《リョウも手伝って……》
《僕は応援だけしています！》
《……》
はっきりと言っておかねばならない。国王陛下が権力にものを言わせて、いろいろと押し付けてきたら困るので。
その夜の宴会は、涼を含めてみんなが一体となって楽しく飲み食いできた。
この森のエルフたちが、自分たち同様に錬金術が大好きであると、涼のことを認めてくれたからであった。
次の日、涼は近くの街から呼んでもらった馬車に乗りこんだ。
《キューシー公国ではルスラン様と語り合い、ここではエルフのみんなと仲良くなることができました。錬金術が繋いでくれた関係です》
《そうだな、良かったな》
《さて、僕にはもう一つお仕事があります》

《枢機卿から頼まれたとかいう手紙の配達だな。だが、さっきエルフたちに言われていなかったか？》
《共和国を取り巻く情勢が不穏、というやつですね。でも、届けに行かないわけにはいきません！》
涼は決意の表情で頷く。
《リョウなら、戦場のど真ん中に放り込まれても大丈夫そうだな》
《なんてことを言うんですかアベル。いかにも僕が普通じゃないみたいに！》
《いや、普通じゃないだろ。別にけなしてもいないぞ、むしろ称賛している》
《そ、そうですか？　それならいいんです》
なぜか照れる涼。
《まあとにかく、共和国の首都に向かいますよ！》
『魂の響』を通じてそう宣言すると、涼を乗せた馬車は走り出すのであった。

黒神官服の男

涼がマファルダ共和国におつかいに出かけた後、『十号室』と『十一号室』の六人は何をしていたのか？

ヒューに頼まれた仕事を終えた後、聖都西ダンジョンに挑んでいた。

六人の構成を、改めて見てみよう。

『十号室』は、剣士二人、神官一人。

『十一号室』は、剣士一人、双剣士一人、神官一人。

前衛四人に後衛二人。そこだけ見ればバランスは悪くない。

だが……実は、魔法使いも斥候もいない。

これは、ダンジョン攻略のパーティーとしては決してバランスの良いものではない。普通なら、攻略にかなりてこずることになる。

そう、普通なら。

『十一号室』はともかく、『十号室』は、十分普通ではなかった。それは三年前から、とても普通ではないい水属性の魔法使いを見てきたから、そうなってしまったのかもしれない。あるいは、元々そういう素地があったのか……。

八十層から再開されたダンジョン攻略は、ついに百層に到達していた。

西ダンジョンは、五十層、百層、百五十層と、五十層ごとに『ボス層』と呼ばれる層がある。ボス層では、強力な魔物であるボスと、その取り巻きだけが出てくる。ただし、何がボスとして出てくるかはランダムだ。

何が出てきても対処できるようなパーティーでなければ、その先に進むことはできないということなのだろう。

そして今回現れたボスは……。

「ワイバーンだと……」

ニルスの呟きが全てを表していた。

ワイバーン……それは、空の悪夢。

ワイバーンは、冒険者が決して狩ることができない魔物というわけではない。

だが、ワイバーンを狩るには最低条件と呼ぶべきものがある。

C級以上の冒険者を二十人以上集める。できるだけ多くの魔法使いを集める。可能なら、攻撃力の高い火属性魔法使いが好ましい。狩り方としては、ワイバーンが纏う『風の防御膜』が発生しなくなるまで、間断なく魔法で攻撃する。その後、地上に落としてとどめを刺す。

そう考えた場合、『十号室』と『十一号室』は、大きなものを欠いていた。

確かに全員C級冒険者以上ではあるが……人数は六人。

そして何より、魔法使いが一人もいない。

「百層は撤退、できるんだよな」

ニルスが傍らのエトに小さな声で確認する。

「ええ。百層ボスは、いつでも撤退可能です。なんの不利益もこうむりません」

エトが頷きながら答える。

五十層とは違う。

五十層は、いわば、『本当にこの先に進み、ダンジョン攻略をする気があるのか』を問うていると言えるだろう。本気でないなら、ここまでにしておけと。だから、撤退できない。突破するか死か。

だが、百層は違う。

腕試し的なボス層と言うべきだろうか。

腕試し的とはいえ、さすがにこの状況が絶望的であることは、ニルスもエトも理解している。いつでも撤退できるとはいえ、死ぬ可能性は当然あるのだから。

見回すと、ハロルドもゴワンも小さく首を振っている。

全員、撤退を……と思ったら、見るからにワクワクしている者が一人。

「えっと……アモンが凄くワクワクしてるように見えるんだけど」

「リョウの悪い癖が移ったんじゃないか？」

エトが指摘し、ニルスが小さくため息をつきながら同意する。

この場にいないのに責任を押し付けられる水属性の魔法使い……不憫《ふびん》である。

「あの……うちのジークも、やる気に満ちています」

ハロルドのその報告に、ニルスもエトもジークを見る。確かに、口元が少し笑っている……。

「ジークは優秀な神官だけど……本質は前衛なのかもしれないね」

神官エトが、再び小さく首を振りながら呟く。

「だが実際、六人でワイバーンは無理だろ？」

「ニルスさんたちは、かつて九人でワイバーンを狩ったことがあると聞きました」

ニルスの言葉に、ハロルドが問いかける。

「ああ、確かにあるが……。あれは『六華』のゴーリキーさんみたいな、とんでもない力の人がいて、その上、あまり高くない位置にワイバーンがいたからこそ、採れた方法なわけで……」

「でも、ここも、天井は驚くほど高いわけじゃないいんだよね」

ニルスの説明に、エトがダンジョンの天井を見上げながら答える。

天井は、十メートルちょっと。

普通ワイバーンは、数十メートルの高さから〈エアスラッシュ〉を放ってくるため、遠距離攻撃の魔法使いがいなければ攻略不可能となる。それに比べれば、まだましかもしれない。

とはいえ、六人が持つ攻撃手段の中で、十メートルの高さに届かせることができるものは……。

「うちらの〈ライトジャベリン〉と、これだけだね……」

エトはそう言うと、左腕に装備した連射式弩を掲げた。

連射式弩の射程は、最長十五メートル。確かに、届きはするが、ワイバーンの『風の防御膜』の前では、完全に無力だ。

しかし、実は切り札がある。

「例のやつを使うか。実戦報告を王城にも上げなきゃならんと言われていた……」

「そう。ワイバーン相手なら、アベル陛下も喜ぶはず」

ニルスが言い、エトも微笑みながら答えた。

いつの間にか、ワイバーン攻略に傾いている。

結局、みんな冒険者なのだ……。

ニルスとエトの会話を聞いて、ハロルドとゴワンは、首を傾げた。

「王都所属のB級パーティーが請け負っている、極秘依頼なんですよ」

二人が首を傾げるのを見て、アモンが笑いながら補足した。

「騎士団以上に、強い魔物と当たることが多いだろうからと、元冒険者の陛下の提案らしいよ」

「さすがはアベル陛下だよな！」

エトがさらに説明し、ニルスが大きく頷く。

今でも、ニルスが最も尊敬する冒険者はアベルだ。

「まずは、ワイバーンの注意を俺らにひきつけないとな。ゴワン、エトの守りを頼む」

「分かりました！」

ニルスが役割を振り、双剣士ゴワンは力強く頷いた。

「俺とアモンが先頭で左右から。ハロルドとジークが二打目だ」

「はい！」

ニルスが言い、アモンが頷き、ハロルドとジークが返事をする。

「エト、そいつのタイミングは任せる」

「了解」

ニルスの言葉に、エトは左腕の連射式弩を掲げて頷く。

「どうしても難しい場合は撤退する。無理する必要は全くないからな」

「はい！」

最後のニルスの確認に、全員が頷く。

こうして、六人による、ワイバーン攻略が開始された。

開始直後。

ニルスが右から、アモンが左からワイバーンに走り寄る。

地上に降りたままのワイバーンは、ようやく敵を認識した。

「グワァオォォォォ」

その雄叫びは、低ランク冒険者であれば混乱してしまう。

だが、ここにいるのはB級とC級。

ハロルドはまだ成人前であるが、この若さでC級まで上がったのは伊達ではない。魔物との戦闘は、それなりの数をこなしており、十分に鍛えられている。ワイバーンの雄叫びごとき、露ほどのこともない。

ワイバーンも、寄せてくる四人の足が全く止まらないことを理解したのであろう。大きく、左右の翼を振るった。

放たれる不可視の魔法、〈エアスラッシュ〉。

本来、ワイバーンが放つ〈エアスラッシュ〉は、人の風属性魔法使いが放つそれと比べて、威力が桁違いに大きい。

だが、地上に降りたワイバーンの〈エアスラッシュ〉は、そこまではない。せいぜい、人の放つものの数倍。それでもかなりのものであるが、〈エアスラッシュ〉であることに変わりはない。

つまり、見極め、タイミングを合わせれば……。

ザシュッ。

剣で斬れる。

ニルスとアモンが、それぞれ向かってきた〈エアスラッシュ〉を剣で斬り消滅させた。そのままワイバーンに近寄り、左右からほぼ同時にワイバーンの頭めがけて攻撃するが……ワイバーンは少し浮き上がりつつ、左右の腕で攻撃する。

カキンッ。

ワイバーンの翼の先にある腕を二人が剣で受け、その間隙を縫って、二打目ハロルドとジークがワイバーンの目に一撃を入れる。

だが、一瞬遅かった。

ワイバーンは大きく首を振って、二人を吹き飛ばすと、一気に羽ばたき上昇し始める。

そのタイミングであった。

初期位置から全く動くことなく、準備を整えていたエトの左腕から、立て続けに五本の矢が放たれる。

矢の先端付近には、何やら火がついており……。

ちょうど、ワイバーンが上昇し始めた軌道と、矢の軌道が重なった瞬間。

ドガン、ドガン、ドガン、ドガン、ドガン。

爆発音が響いた。


そう、爆発音。

王国東部で産出される『黒い粉』を練りこんだ、もはや火薬と呼んでもいい物質……。

これが、一行の切り札であった。

爆発の最大の効果は、破壊力よりもその音にある。

特に、野生動物に対する爆発音の効果は、驚くほど大きい。これは、地球の歴史ではよく知られている。

実際、エトが放ったものも、破壊力はそれほどでもない。

腕から放つのだ、もしものことがあって暴発し、腕がちぎれたなどということになってはまずい。もちろん、エトが四肢欠損すら治療する〈エクストラヒール〉を使えるとはいえだ。

破壊力よりも、爆発音に重点が置かれた矢。

しかも、ここはダンジョン。

音の反響はかなりのものがある。

今、この『ファイ』において、爆発音が野生の生き物に与える影響が明らかになった。ただし相手は、動物ではなく魔物なのであるが……。

突然の爆発音。それも五連。これには、さすがのワイバーンですら、混乱する。

地上を駆ける馬ですら混乱し、騎乗する者を振り落とし、場合によっては地に臥《ふ》せ、あるいは暴れまわるのだ。

ワイバーンは空中にいた。

空中で混乱すればどうなるか？

まず、上下が分からなくなる。空間識失調と呼ばれる状態だ。

ここが大空であれば、いろいろと違ったのかもしれない。だが、ここはダンジョン。天井高も十メートルそこそこ。

混乱して少し飛ぶだけで、天井にぶつかり……地面にぶつかり……また天井にぶつかり……。

最後は地面に衝突した。

「いくぞ！」

ニルスの号令と共に、アモン、ハロルド、そしてジークが、地面に墜落したワイバーンに向かって突っ込む。

ワイバーンが気を失っている、その間に剣を突き立てることができれば……。

しかし、それは甘すぎた。

地面に墜落したからであろうか。ワイバーンは、爆発音の混乱から回復していた。

カッと目を見開くと、間髪を容れずに〈エアスラッシュ〉を放つ。

そして、今度は飛び上がらなかった。

飛べば、また先ほどの爆発音がくるかもしれないと考えたのだ。少なくとも地面にいれば、混乱していろんな所にぶつかることはないと考えたのであろう。学習能力は、低くないらしい。

実際、エトは連射式弩に新たに矢をセットし、着火さえすればすぐに矢を放てる状態にしていたのだから。

ワイバーンは飛び上がらなかった。飛んでいるワイバーンが最も厄介なのは確かだが、飛ばないワイバーンも簡単な相手ではない。

それでも……。

「地上にいれば〈ソニックブレード〉は来ない」

ニルスは呟く。

一本の風の矢が、途中で五本に分かれる風属性の範囲攻撃魔法〈ソニックブレード〉。

ワイバーンは、地上に降りると、この〈ソニックブレード〉を放つことはできなくなる。もちろん、〈エアスラッシュ〉は放つし、体全体を守る『風の防御膜』は健在であるため、魔力が枯渇するか気絶でもしていない限りは、体に剣を突き立てることはできない。

そんな無敵のワイバーンでも弱点はある。

それは目。

目には、『風の防御膜』はないため、剣を突き立て、その剣が脳にまで達すれば倒すことができる。

地上に降りていれば、その目は、剣の届く高さに……。

ニルスがそう考えていると、ワイバーンは一度翼を羽ばたき、微妙に浮き上がった。

地上から二メートルほどだろうか？　ワイバーン自身が少し足を伸ばせば、地面に届くほどの高さに……。

「その高さなら、混乱してもすぐ地面に足を伸ばしてなんとかなると？　魔物にしてはやけに賢いじゃねえか」

ニルスが毒づく。


頭の高さは、地面から四メートル以上の高い位置にある。近付いた四人の武器は、ワイバーンの頭には全く届かない。

ニルスはちらりとエトを見る。

エトはそれだけで意図を理解し、頷いた。

着火し、すぐに五連射。

ドガン、ドガン、ドガン、ドガン、ドガン。

再び爆発音が響く。

だが、ワイバーンは、取り乱したりはしなかった。

少しだけ、震えたようにも見えたが、混乱してはいない。

「チッ」

ニルスが舌打ちした瞬間、アモンの声が響いた。

「ジーク、杖を貸して！」

その言葉に、ジークは自らの得物である杖を投げ渡す。

「ニルスさん、私を投げ上げて！」

「投げ上げ？」

アモンは杖を持ち、叫びながら、ニルスの方に走ってくる。勢いをつけるように。

それによって、ニルスにも、アモンが何をしようとしているのか理解できた。

「来い！」

ニルスはそう言うと、ワイバーンに背を向けて、走ってくるアモンの方を向いた。

両掌を重ねて、体の前に出す。

その掌の上に、アモンが杖を立てる。

そのまま、軽業師のごとく地面を蹴り、杖に全体重を乗せると、間髪を容れずにニルスが杖をリフトアップ。アモンは完全に杖の上に片足立ちの状態となって、リフトアップされる。

そしてついに、ニルスが杖を投げ上げる！

同時に、アモンが杖を蹴って跳び上がった！

最高到達点四メートル越え！

その瞬間、アモンは見た。ワイバーンの驚きの表情を。

「闘技：完全貫通」

驚きの表情のまま、目を貫かれたワイバーンは絶命した。

◆

「六人でワイバーン撃破か。さすが、妖精王の寵児がパーティーを組む者たちだ。面白いのぉ」

そう言うと、つば広の赤い帽子、赤いローブ、そして杖をついた老人は笑った。

その部屋にいれば、自分が住むダンジョン内で起きる事柄は、ほとんど知ることができる。

『十号室』と『十一号室』の、百層での戦いは興味深く見ていた。果たして、妖精王の寵児たる涼なしで、どれほどやれるのかと。

結果は、非常に満足いくものであった。

「じゃが……彼らを見る、この視線が気になるわい」

赤い老人は少しだけ顔をしかめて呟く。

「嫌な感じじゃ……それも、驚くほど嫌な……。あやつらのような気がしてならんが……なぜ彼らを気にする？　妖精王の寵児を気にするのなら、まあ分かる。じゃが、彼らは……六人でダンジョン産とはいえ、ワイバーンを撃破したのは人間としてはなかなかのものじゃ。なかなかのものじゃが……あやつらが気にするほどのものではないじゃろう？」

赤い老人の言葉に答える者は、誰もいなかった。

『十号室』と『十一号室』の一行は百層を突破すると、すぐにダンジョンを出た。ワイバーンを六人で倒したが、さすがに精神的な疲労は大きかったからだ。

だが同時に、喜びもひとしおであった。

とりあえずは、西ダンジョンの街に取っている宿『聖都吟遊』に戻って体を洗い、その一階にある食堂に集合する。

当然、疲労はあるのだが、それと同じほどの喜びも嚙みしめつつ……。

「百層突破、おめでとう！」

「おめでとう！」

六人だけの宴会が行われた。

「リョウさんもいればよかったのですけどね」

「ああ。なんとか共和国に手紙を届けに行ってるんだろ？　しかも聖印状持ったまんま」

「リョウさんがいたら、ワイバーン相手でも、全然苦労しないんですよね」

「確かにね」

アモンは涼がいないことに触れ、ニルスが事実を述べ、ジークが涼の戦力に触れ、エトが同意する。

傍らで聞いているハロルドとゴワンも、大きく一回頷いた。

実は使節団は、中央諸国から西方諸国に赴く途中でワイバーンに襲われたことがある。そう、実は何度も襲われたことがある。途中のフンスン山脈という難所があるが、そこが別名『ワイバーン山脈』と呼ばれるほどにワイバーンが多い場所であり、そこを通る途中で……。

一行が、そんなことを話していると、宿の受付係が一枚の封筒を持ってきた。

「お食事中、失礼します。今、こちらの封筒が、皆さまに届きました」

「ああ、ありがとう」

ニルスは受け取ると、開封して中を見る。

「団長が、聖都に戻ってこいだそうだ。キリもいいし、明日戻るか」

「そうだね。ちょうど百層まで攻略したし……。また時間ができたら続きをやりたいね」

ニルスが明日の帰還を提案し、エトが同意する。

他の四人も頷いた。


こうして、翌日、一行は西ダンジョンを離れ、聖都に向かうのであった。

そして、西ダンジョンと聖都のちょうど中間地点に差し掛かった時……。

地面が光った。

「なんだ？」

「魔法陣？」

ニルス、エトの言葉の後……全員の視界が暗転した。


そこは、完全な暗闇。

六人全員が思い出していた。かつて経験したことがあるということを。

「まさか……」

ニルスが絞り出した声は、震えている。

そして、目の前に光が生じた。

足元は、やはり石畳……。

「あの時の……」

アモンの呟きにも、はっきりと恐怖がにじんでいる。

生じた光は上昇し、五メートルほどの高さで停止した。

目の前に、黒神官服の男。

かつて失われた国『ボードレン』の十字路で、六人を強制転移させた男。

「やあ、久しぶりだな」

黒神官服の男は、以前と同じ声を発した。だが、若干、苛立《いらだ》ちが交じっている気がする。

「せっかく西方諸国、それも聖都に来たのに、お前たちは何もしていない」

黒神官服の男は、小さく首を振りながら言う。

「いったい何のことだ」

ニルスが問い返す。

「堕天だよ、堕天！　堕天の概念を広めろ……とまでは言わんが、教会のやつらに堕天の概念を突き付けるくらいはしてほしいと思うだろ？　当然だろ？　当た

り前だろ?」

黒神官服の男は、苛立ちながら興奮している。

それは、非常に不安定に見える。

そんな状態の者を見ると、人は不安になるものだ。

この後、どう行動するか予測できないから。

「堕天し、神から離れた『存在』はどうなるか? その『存在』は消え去ってしまわないためにどうするか? それは、お前たちが中央諸国から呼ばれた理由の一つでもあるんだぞ」

「え? それはいったいどういう意味……」

黒神官服の男の言葉に反応したのはエト。

「まったく……。だというのに、行動しない愚か者たちめ。どうすれば行動する? そうだな、この中の誰かが死ねば動くか? 次に自分が殺されないために動くか? まあ、それくらいは仕方ないか」

「いったい何を言って……」

黒神官服の男の言葉は、すでに支離滅裂にしか聞こえない。ニルスは嫌な予感を覚えた。いや、ここにいる誰しもが……。


「誰がいい? そうだな、神官は二人もいらんな。堕天の概念を知らなかった方は、いらんな」

黒神官服の男はそう言うと、ジークを見た。

ジークは動けない。

自分の命が危機にさらされているのは理解した。頭では理解しているのだが、体が動かない。

黒神官服の男が告げる。

「死ね」

次の瞬間……。

パリン。

世界が割れた。

一行の前に、赤い老人が降ってきた。


「〈グラビティ〉」

赤い老人が唱えた瞬間、黒神官服の男は潰れた。

空間に押し潰された。

しかし、潰れたのは一瞬。次の瞬間には、何事もなかったかのように、元の黒神官服の男が立っている。

「貴様……スペルノか」

黒神官服の男が驚いたように問う。

「悪魔が……。わしのダンジョンのすぐ側に現れるだけでも腹立たしいのに、こやつらに手を出そうとはな」

赤い老人は、完全に怒っていた。

「あの、マーリン殿……？」

エトが目の前の老人に問う。

「こやつは厄介じゃぞ。わしでも勝てるか分からん。お主らは下がっておれ」

赤い老人マーリンはそう言うと、杖を構えた。

「無理をして聖都の近くで姿を現したというのに……まさかスペルノが棲《す》むダンジョンが近くにあったとは……。二千年前は、あのダンジョンにはいなかっただろうが。なんたる失態か」

黒神官服の男……マーリンが言うところの悪魔は、そう言うと笑った。

言っている内容は、自らのミスを悔やんでいるのだが、表情は真逆。

笑顔。

そう、凄絶という言葉がぴったりの笑顔。


「まあ、ぶつかってしまったのであれば戦うしかないよな。そうだ、これは仕方ない。俺のせいじゃない。様々な事象の流れが悪かったのだ。避けようがなかった、うん、仕方ない」

悪魔は笑いながら、そう言う。

かくして、魔人マーリンと悪魔による戦いの幕が切って落とされた。


「〈グラビティ〉」

マーリンが唱える。

詠唱などもちろんなく、溜めすら全くない。

唱えた瞬間、悪魔が押し潰され……なかった。

悪魔は、〈グラビティ〉が発動した瞬間、移動したのだ。

「それはさっき見たぞ、スペルノ。〈炎よ〉」

悪魔は細かく瞬間移動しながら、唱える。

生み出される無数の残像。巨大な炎の弾が、瞬間移動する残像全てから放たれた。

「〈リバース〉」

マーリンが杖を振って唱えた瞬間、全ての炎の弾の軌道がくるりとひっくり返り、元来た場所……悪魔の残像に向かって飛ぶ。

飛んだ先で、全ての炎の弾が消滅した。

そう、消滅。

見事に、元々何もなかったかのように。全て、悪魔によって消されたのだ。

悪魔は、瞬間移動を続けている。その表情に、凄絶な笑みを浮かべたまま。

「厄介だな、本当に厄介なスペルノだな」

悪魔はそう言いながら、笑い、唱えた。

「〈石筍《せきじゅん》〉」

「〈インバリッド〉」

悪魔が唱えた瞬間、マーリンのいる地面から、石のつららが生まれようとしたのだが……マーリンが唱えると、すぐに消滅し、元の地面に戻った。

「〈氷柱〉」

悪魔が唱えた瞬間、全方位から氷の槍が生まれ出でて、マーリンに襲いかかった。

その数、数百本。

「〈リバース〉」

マーリンが再び杖を振りながら唱えると、氷の槍は、元来た方向へと戻っていった。

だが……。

ズブッ。

「グハッ」

マーリンが杖を振った瞬間、目の前に悪魔が現れ、いつの間にか手にしていた剣をマーリンの腹に突き刺した。

「杖を振らせる必要があったのでな。見事にかかったな」

悪魔は、もはや禍々しいとさえ言える笑みを浮かべながら言う。

だがマーリンの表情も変わり始めていた。

「……ようやく動きを止めたな」

「!」

「〈インプロージョン〉」

マーリンは、自らの腹に突き立てられた剣を掴み、こちらも凄絶な笑みを浮かべながら唱えた。

次の瞬間、目の前の悪魔は全方位からの圧力を受け、消えた。

この場に涼がいれば、こう言ったかもしれない。

「爆縮！」と。

一瞬の、だが完全な静寂。

それを切り裂いて、どこからか言葉が響く。

「ククク……。なかなかに面白かったぞスペルノ。だがお前、『寝不足』だろう？　また目覚めた後に戦いたいな。堕天を知る者たちも、きちんと動けよ。また会おうぞ」

悪魔の声であった。

潰れはしたが、悪魔は死んではいないということだろう。

声が消えると、マーリンは膝から崩れ落ちた。

「マーリン殿！」

一行が駆け寄る。

「大丈夫じゃ。しばらくすれば、勝手に修復される」

マーリンは苦痛に顔をゆがめながらも、しっかりとした声でそう答えた。


「しかしお主らも……厄介な奴に目をつけられておるのぉ」

「マーリン殿、あいつはいったい？」

「うむ……わしらは悪魔と呼んでおる。聞いたことはないか？」

「いえ……」

一行はお互いに見合って首を振る。

ただ一人……。

「リョウさんが、そんな言葉を言っていた記憶があります」

「なに！」

アモンが記憶をたどりながら答えると、他の五人は一斉にアモンを見た。

「ほぉ～、妖精王の寵児は悪魔を知っておるのか」

「えっと、悪魔そのものを知っているのかどうかは分かりませんけど……。コーヒーのことを……悪魔のように黒く、地獄のように熱く、天使のように純粋で、そして恋のように甘い飲み物って、以前言っていました」

「リョウにとっては、コーヒーと同列なのか……」

アモンの説明に、ニルスがひどい誤解をしているようだ。

「ほっ。豪気じゃな」

なぜか、マーリンもひどい誤解をしたようだ。

「まあ、妖精王の寵児はともかくとして、普通はあの悪魔どもは厄介じゃ。戦っても話にならん……今回は遊んでおったようじゃから、この程度で済んだが……」

「あれで遊んでいた……」

エトの呟きは、隣にいるジークにも聞こえた。そのジークも、エト同様に顔をしかめて、小さく首を振って呟く。

「あの魔法は、人がどうにかできるものではない……」

ハロルドとゴワンも頷く。

「そういえば……」

マーリンはそう言葉を切り出して、エトの方を見て続けた。

「あの悪魔は、堕天がどうとか言っておったな。堕天とはなんじゃ？」

「ああ、それは……」

エトは、涼から聞いた『堕天』について説明した。

「なるほど」

マーリンは一つ頷くと、俯いて何がしか考えているようだ。

「マーリン殿？」

一分後、エトが小さく問いかける。

「おお、すまぬの。おそらくあの悪魔は、西方教会上層部の誰か……あるいは……いや、上層部の誰かだけにしておくか。上層部の誰かが、堕天した存在と結びついていると言いたいのであろう。それを、西方教会にぶつけて反応を見たいと」

「それは……。なぜ悪魔自身が、そうしないのでしょう。自分で問いかければいいのに。人間のふりをして」

マーリンの説明に、エトが問い返した。

ちなみに、最初のマーリンの説明の段階で、他の五人は驚いて目を見開いたままだ……。その時点で理解していないらしい。

「さて……。悪魔にとっては、全てが暇つぶし、と昔聞いたことがある。おそらく、今回のことも、堕天のことも、全て奴らにとってはただの暇つぶしなのじゃろう。なんとも、はた迷惑な存在じゃ」

マーリンは小さく首を振りながらそう答えるのであった。

ニール・アンダーセン

涼がマファルダ共和国首都ムッソレンテに入ったのは、エルフの森を出発して二日後。首都ムッソレンテは、海に面した貿易都市であり、驚くほど活気に満ち溢れていた。
その様子を馬車の窓から眺めて、何度も頷く涼。
《とても活気に満ちていますね》
なぜか偉そうだ。
《ああ、いいな。活気溢れる街というのは、国を問わず見る者を元気にしてくれるな》
アベルも、『魂の響』を通して見ているようだ。
《こんな素晴らしい世界を壊そうとするものがいるなんて！》
《それは法国のことか？　それとも堕天した何かだとか言っていたやつか？》
《そう、それは分かりません。両方かもしれません》
《両方？》
《そもそも法国にとっては、この共和国は長きにわたる仮想敵国らしいです》
《そういう国家関係になる場合もあるよな。しかも、時間が経てばたつほど修復できなくなる》
アベルが『魂の響』の向こう側で頷く。
おそらく、ナイトレイ王国とデブヒ帝国などとの関係を頭に浮かべているのだろう。
《まあ正直、そっちはどうでもいいかなと》
《どうでもいいのか……》
《厄介なのは堕天した方です。人では対抗できません》
《人が対抗できないんだったら……それこそ、どうにもならないんじゃないか？》
《そう、どうにもなりません》
《どうでもいいものと、どうにもならないものか》

《困ったものです》
《リョウなら、なんとかできるんじゃないかと思ったんだが》
《なぜそんな無理難題を押し付けるのですか》
《それはリョウだからだ》
《ひどい……》
顔をしかめて小さく首を振る涼。
うちひしがれる。
まるで敗軍の将のように。
だが、それで諦めたりはしない！
《一敗地《いっぱいち》に塗《まみ》れたからといって、それがどうだというのですか！　すべてが失われたわけではありません！　まだ、不屈不撓《ふくつふとう》の意思、復讐への飽くなき心、永久に癒すべからざる憎悪の念、降伏も帰順も知らぬ勇気があるのです！》
まるで舞台俳優のように右拳を突き上げる涼。
もちろん、その姿はアベルには見えていないが。
《それはあれか？　しゃーくすぴとかいうやつか？》
見えていないが、涼が何かのセリフを吐いたのは理解したらしい。
《シェークスピアですか？　惜しいです、これはミルトンの『失楽園《しつらくえん》』……ああ、そういえばシェークスピアもミルトンもイギリス文学ですか。近いと言えば近いですね。それにしてもアベル、よくシェークスピアを覚えていましたね》
《以前、トワイライトランドに行った時にリョウが言ったろう。世の中の関節は外れてしまった……》
《ああ、なんと呪われた因果か》
《それを直すために生まれついたとは、だったよな。シンソ殿に会って思い出した》
《なるほど》
アベルがシェークスピアを覚えていた理由を述べ、涼も理解できた。
それでさらに思い出した。
《そういえば、ちょっと前に戦った風属性魔法使いが放った〈テンペスト〉って魔法が、シェークスピアでしたね。多分あの魔法も、真祖様が作ったのだと思うのですが、真祖様はシェークスピア好きなんですね》

《〈テンペスト〉だと？　あれは『放てない魔法』だとリンから聞いたことがあるぞ。人が放つには魔力が足りないと》
《ええ、ええ。その人も、灰色ローブのファウストから魔石を借りていましたよ。そして放って、心臓が破れていました》
《思い出した、炎帝の部下か。あの魔法が〈テンペスト〉だったのか》
アベルは、その魔法を見たのだが詠唱などは聞こえていなかったために、なんの魔法かは分からなかったのだ。
《シェークスピアは分かったが、さっきのみりとん？とかいうやつのはなんだ？　一敗地に塗れた？》
《そう、あれは神に戦いを挑み、敗れて堕天した天使の叫びです。彼はこの演説によって、自らに従ってくれた他の天使たちに再起を促したのですよ！》
《その堕天した天使ってのは、熱い奴なんだな》
アベルは、サタンの熱い演説に感心したらしい。
《アベルが堕天して、悪い王様にならないことを祈るばかりです》
《うん、意味が分からん》

涼が乗る馬車は、市街地にほど近い、だがかなり広い敷地に建っている、見るからに高級な宿の前に止まった。

「ありがとうございました」

涼はそう言うと、御者にお代を渡す。もちろん、いくらかの色を付けて。使節団から資金提供を受けているため、旅行資金は潤沢だ。

その間にも、宿から従業員が出てきて、馬車に積んである荷物を宿に運び入れる。

全てがスムーズ。

一瞬の遅滞もなく、欠片のストレスも感じない。

これこそが、一流の仕事。

涼は、上機嫌で宿に入った。

そこは、巨大なロビー。三階吹き抜け、ふんだんにガラスを使いとても明るい。

涼は圧倒された。

今まで『ファイ』で最高の宿といえば、トワイライトランドへの使節団として、ハインライン侯爵領で宿泊した宿であろう。大貴族ハインライン侯爵家直轄の宿ということで、全てにおいて完璧であった。

だが今回の宿も、それに負けず劣らず良さそうな感じである。

「ようこそ、ドージェ・ピエトロへ」

受付のお姉さんも、笑顔が素敵だ。

「こんにちは。とりあえず、三泊でお願いしたいのですが」

涼のお仕事は、相手に直接お手紙を渡すだけ。

今は、すでに夕方の三時なので、今日は出向かないが……。

え？　もう三時ともなれば、一日の疲れをとる時間ですよ？　こんな時間からアポもない人の所に出向いたらダメですよ、うん、ダメです。

まあ、とにかく、お手紙を渡すだけなのですぐに終わるはずなのだが……涼は、三泊はするつもりらしい。

涼の頭の中では、すでに、市街地巡りの計画が立てられつつあった。

基になる資料は、もちろん『旅のしおり』。宿舎を出る時に、余っているのを一冊借りてきた……。

なんと『旅のしおり』には、西方諸国唯一の共和国と、その首都についてまで、かなり詳しい情報が収められていた。今回の、西方行では、共和国に行く予定は無いはずなのだが。それなのに載っている。

未だ、その底を見せない『旅のしおり』、おそるべし。

涼が案内された部屋は、最上階の八階であった。百平米を軽く超える部屋に、当然のように付いている客室露天風呂。

中央諸国のみならず、西方諸国においても、高級宿に客室露天風呂が付いているのは標準装備なのだろうか……。

まあ、快適に過ごせるに越したことはない。

そんな素晴らしい宿に入った涼を、国境を越えてからずっと監視する者たちがいた。

彼らの所属は共和国諜報特務庁。諜報活動はもちろん、近接戦においてもそこらの騎士など足元にも及ばぬほどの技量を持ち、共和国の独立を陰から支える精鋭といっても過言ではない。

そんな精鋭の彼らであったが、ここ数日、取り巻く状況はひっ迫していた。

「まだ代わりは来ないのか?」

「はい。本庁からは、そのまま監視を続けろの一点張りです」

「くそっ。教会の奴らが入り込み過ぎなんだよ……人が足りていない」

そう、ここ数日、西方教会の関係者が多数、共和国に入国し、その監視のためにかなりの人員が動員されていた。

もちろん、その入国者の多くが正規の手続きを踏んでの入国であるため、牢獄に入れたりはできない。しかし、そんな正規の手続きを踏んで、破壊工作に従事する者たちが入ってきている可能性はある。監視の目を緩めることはできない。

結果的に、涼への監視は、ずっと同じ者たちが行っていた。

隊長:バンガン。

副隊長:アマーリア。

隊員:シュリ。

この三人だ。

本来なら五人体制で、二十四時間ごとにその五人が入れ替わって、監視が行われる規定なのだが……先述した理由から、全く人が足りていない。

「バンガン隊長、宿内の監視はどうしますか? 三人では……」

アマーリア副隊長が、監視の方針を確認する。

あまりにもいつもと違い過ぎる。人数は足りず、交代要員もなく……しかも今回の監視対象は、教会関係者や仮想敵国の人間ではなく、中央諸国から来た使節団の要人。

しかも、宿泊先は超一流の宿。

このクラスの宿ともなると、従業員を買収して情報を収集することなど不可能だ。従業員も、厳選された者ばかりなのだから。

「仕方ない……同じ階層に、誰か泊まるしかないだろう。ここは、俺が……」

「隊長ずるいです！　めったに泊まれない高級宿だからって！」

「な、何を言っているんだ。俺が泊まるのは、俺なら何があっても対応できるからであって、決して、ここのディナーが有名だからとかそういうことじゃないぞ」

アマーリア副隊長が非難し、バンガン隊長が弁明する。

離れた場所にいるシュリ隊員は、二人の様子を見て小さく首を振るのだった。


その後。

結局、潜入は中止となる。

本庁からの新たな指示で、別の監視対象が増えたため、そちらにシュリ隊員を送らねばならなくなったからだ。

残された、バンガン隊長とアマーリア副隊長は、何度も何度もため息をつきながら、宿の外で監視を続けるのであった……。


翌日。

美味しい晩御飯、快適な睡眠、美味しい朝御飯。

全てが完璧であった。

涼は、食後に軽くストレッチをこなしてから宿を出た。請け負った、お手紙を届けるお仕事をこなすためだ。

当然、涼を監視している諜報特務庁の二人、バンガン隊長とアマーリア副隊長はある程度の距離を取って尾行する。

この中央諸国の筆頭公爵が、なんのために共和国に来たのか、その目的を探るのが二人に課せられた主任務。もしも、なんらかの破壊活動を起こそうとした場合は、それを速やかに阻止することも許可されている。

涼は、あえて宿から歩いて出発した。

もちろん、宿は馬車を手配しようとしてくれたのだが、断ったのだ。少し街を歩いてみたいからと。

それと……。

《ずっと監視されているのです》

《見るからに怪しい水属性の魔法使いを監視するのは、国として当然だろう》
《頭から人を疑ってかかる、どこかの王様……世界は、もう少し優しい人に満ち溢れていてもいいと思うんですよね。僕みたいに》
《最後の一言が無かったら、同意する人もいたかもな！》
『魂の響』による、そんな会話がなされているなどとは、周りの人間は知らない。監視している二人も、もちろん知らない。
《住所はこの辺りなんですけど……う～ん、監視している二人に聞いてみるのがいいですかね》
《いや、馬鹿、やめろ。わざわざ争いを起こすな》
涼の提案は、遠い王都にいる王様によって止められた。現場にいない人間には、現場の苦労など分からないという典型に違いない！
仕方ないので、涼は近くのカフェに入った。
《アベルに却下されたので、仕方なくカフェで聞くことにしましたよ。そう、これは仕方なくなのです。決して、美味しそうなリンドーのタルトがあったからではないですよ？　本当ですよ？》
《あ、うん……そのカフェを選んだ理由は、なんとなく分かった……》
だが、監視していた二人には、その理由は分からない。
アマーリア副隊長が、怖い顔でバンガン隊長を見て口を開く。
「『カフェ・ロワイヤル』に入りました」
「ああ、外から監視する」
「バンガン隊長、『カフェ・ロワイヤル』ですよ？　あの、『カフェ・ロワイヤル』ですよ？　西方一とも言われるリンドーのタルトが有名な……そして、目が飛び出るほど高級な……」
「ああ……いや、それは分かったが……」
アマーリア副隊長の圧力に押され、冷や汗をかくバンガン隊長。
二人は、お互いに離れて監視すべきかとも思ったのだが……二人一組か、三人一組が基本なため、仕方がないのだ。
窓際に座ったロンド公爵が見える。とっても美味しそうに、そして幸せそうにリンドーのタルトを食べている。

「羨ましい」

思わず、アマーリア副隊長の口から漏れる本音。

だが、二人は気付いていなかった。

そんな二人を見ている者たちがいることに……。

◆

『カフェ・ロワイヤル』から出てきた涼は、幸せに満ちていた。

それも当然であろう。住所を聞くために入ったカフェが、驚くほど美味しいケーキを提供していたのだ。

自分の幸運に感謝した。

《これも、日頃の行いの成果ですね》

《え？》

『魂の響』で繋がった王様は、何やら不満があるらしいが、涼は無視する。

教えられた住所は、『カフェ・ロワイヤル』がある広場の反対側。

少し大きめの、普通の一軒家。

涼は知らないが、この界隈は土地代がかなり高い。だから、この辺りに家を持っている人間というのは、ありていに言ってお金持ちなのだ。

涼は扉を叩き、出てきた女中さんらしき人に預かった手紙を見せる。

「すいません、魔法使いのニール・アンダーセンさんに、手紙をお届けに上がりました」

「申し訳ございません。ご主人様は、ただいま外出しておりまして……」

女中さんは、申し訳なさそうに答える。

「ああ……。依頼主から、直接ご本人に手渡しするように言われておりまして……」

涼は、事情をきちんと説明する。

いきなり、帰るまで待たせてもらいます！　とか言ったら、帰ってくるのが数日後の場合、大変なことになる。

「ご主人様は、もうすぐお帰りになると思います。どうぞ、中でお待ちください」

「では失礼します」

それほど時間はかからなさそうだ。

そんな涼を、カフェの時と同じ場所から監視するバンガン隊長と、アマーリア副隊長。

そして、二人を監視する別の者たち……。


二十分後。

「戻ったぞ。どなたか見えられているのかな？」

「おかえりなさいませ、ご主人様。ご主人様に、直接渡すお手紙をお持ちの方がいらしています」

女中さんのそんな声を背後に聞きながら、男性が扉を開けて、涼が待つ応接室に入ってきた。

二メートル近い長身であるが、ほっそりした感じ。白髪は短く揃えられ、鷲鼻《わしばな》、そしてモノクルといわれる片眼鏡をかけている。

少し神経質で、怖そうな印象を受ける。

涼は、立ち上がって挨拶した。

「私は涼と申します。お手紙を預かってまいりました」

そう言うと、涼は手紙を渡した。


「ふむ」

帰宅した家の主人ニール・アンダーセンはそう言うと、手紙を受け取って差出人を見る。

「サカリアス枢機卿？」

そう呟いて一読する。

「はて……なぜ、いまさら？」

そう呟くのが涼にも聞こえた。

「もし、返信などあれば、お持ちしますが？」

涼はいちおう問う。その辺りがあるかどうかは、はっきりとは聞いていないのだ。

「いや、必要ない。わしの引き抜きの話じゃ。今までも何十回と断ってきた話じゃし、最近は無かったのじゃが……なぜこのタイミングで？」

ニール・アンダーセンは、ふと目の前の涼を見る。

「お主は……リョウと言ったか。リョウ殿は、教会の者ではあるまい？　なぜこの手紙を預かってきた？」

「はい……私は、実は中央諸国からの使節団の者で……」

簡単に説明をした。

「なるほど……」

ニール・アンダーセンはそう言うと椅子に座った。

涼にも着席を促して、言葉を続ける。

「表におった者たちは、お主が？」

「いえ……二人の監視者は、私が国境を越えてからずっとですので、この国の諜報機関でしょう。ただ、その二人を監視している者たちは今日から増えた者たちですので、ちょっと分かりません」

「ふむ。そこまで気付いておるのなら、わしが出る幕は無いな。おそらく、この手紙を持たせた者の狙いはわしではなく、リョウ殿であろう」

「あら……」

ヒューにも言われていた、何かあるかもしれないと。

涼は少し考えた後、素直に聞いてみることにした。

枢機卿から引き抜きの話が来るほどには……それも頻繁に来るほどの人材であるなら、いろいろ知っているかもしれないので。

「ちょっと、この国の置かれた情勢がよく分からないのでお尋ねしたいのですが……。もし、中央諸国から来た使節団の人間が共和国内で死んだりすると、何か大きな問題が起きたりしますか？」

「そうじゃな……」

ニール・アンダーセンは、少しだけ考えた後に、言葉を続ける。

「今、共和国は、西の隣国シュターフェン連合王国と戦争になろうとしておる」

「なんと……」

「まあ共和国は、よく戦争に巻き込まれるから、それ自体はよくあることなのじゃが……今回はちと厳しいらしい。厳しい理由は、さすがにここでは言えぬが、負ける可能性がある。元々、シュターフェン連合王国は軍事大国じゃから、純粋な戦力では厳しい相手じゃ。今回は、それがもろに出るであろう。それと同時に、他国……というより教会が介入してくる可能性が非常に高い」

「教会？」

「うむ。教会が介入するということは、ファンデビー

法国軍が介入するということじゃ」

「ですが……法国は、この共和国とは国境を接していませんよね？」

涼は、西方諸国の地図を頭に浮かべながら答える。

「そうじゃが、それは関係ない。共和国以外の全ての国は、教会の支配下にあるようなもの。好きなように国内を通過できる」

「なるほど」

「教会にとってこの共和国は、数百年にわたる目の上のたんこぶ……。今回は、滅ぼす千載一遇の好機じゃ。たとえ中央諸国からの使節団を迎えている重要な時期であったとしても、軍を派遣するであろう。おそらくゴーレム兵団を」

「ゴーレム兵団！」

思わず興奮して声を上げてしまう涼。

それを、訝しげに見るニール・アンダーセン。

「あ、失礼しました。ゴーレムに興味がありまして……」

「ほぉ。お主は……その様子からすると、魔法使いであろう？　錬金術も嗜《たしな》むのか？」

「はい。まだまだ若輩者ですが……大好きです」

涼はそう言うと、笑った。

その笑顔を眩しそうに見るニール・アンダーセン。かつては持っていたが、今は失ってしまった情熱に久しぶりに出会ったかのような……。

「錬金術の頂は遥か高いと聞く。頑張りなさい」

「はい、ありがとうございます！」

寂しさをたたえた微笑みのニール・アンダーセン、清々しい笑顔の涼。

ある種、対照的であった。


「おっと、そうであった。お主に何かあった場合、何が起きるのかであったな。お主が死ぬと、中央諸国からの使節団を受け入れている法国が、大手を振って介入してくることになる」

「あら……」

「まあ、おそらくは、死なずとも介入してくるであろうが……。大義名分が一つ増えるかどうか、くらいの違いであろう」

「その程度のために死にたくないです……」

ニール・アンダーセンのあんまりな説明に、小さく首を振ってため息をつく涼。

そもそも死にたくはないし、大義名分を一つ増やすために殺されるのは、あんまりだ……。

「監視している二人は別として、他の監視者たちは、私を殺すためでしょうか？」

「いや、見た感じ……まあ見てはいないが、感じとしては諜報特務庁の二人を殺すのが主目的のように見えた。機会があれば、お主も殺そうとするかもしれんな」

この時初めて、涼は共和国の諜報機関が、諜報特務庁という名前であることを知った。

その後もいくつか話をして、涼はニール・アンダーセンの元を辞した。

◆

「まさか、ニール・アンダーセンの元に行くとは……」

「あの筆頭公爵も、錬金術師？」

バンガン隊長とアマーリア副隊長は、ニール・アンダーセン宅に入って行った涼を見て、相談をした。

その後、掌に収まる程度の小さな箱に向かって、何か言う。時々、それを耳に当てて、何か聞いたりもしている。遠距離通話ができる錬金道具のようだ。

「本庁に報告した。このまま、ロンド公爵を監視しろ、だそうだ」

「交代要員とかは……」

「ああ、ない」

バンガン隊長の答えに、アマーリア副隊長はため息をついた。

「あと、気になることを言っていた。ルーシャー隊ならびにモモ隊との交信が、途絶えたらしい」

「え？　ルーシャー隊とモモ隊って……誰か、教会関係者を監視してましたよね？」

「ああ。ルーシャー隊はサカリアス枢機卿、モモ隊はグファーチョ大司教だ」

「枢機卿の方はともかく、グファーチョ大司教ってファンデビー法国の破壊活動を仕切っていると言われる人ですよね？」

「そうだ。ファンデビー法国暗殺兵団の、指揮官だと目されている人物だ」

アマーリア副隊長の確認に、顔をしかめてバンガン隊長は答えた。

現下の共和国が置かれた状況において、最も国内に入れたくない教会関係者の一人と言っても過言ではない。だが、正式な外交身分と共和国元首への親書を持って、堂々と乗り込んできた大司教を、共和国は入国拒否することはできなかった。

外交とは、時として歪《いびつ》な景色を生む。

「教会関係者が動き出したのでしょうか……」

「分からん」

二人がそんなことを話していると、涼がニール・アンダーセン宅から出てきた。

◆

《アベルなら、どんな場所で襲撃しますか？》

《は？　藪から棒になんだ？》

《アベルは経験豊富な冒険者だったので、罪のある人も罪のない人も、いっぱい襲撃してきたでしょう？　どんな場所が襲撃しやすいですか？》

《うん、使われた言葉に棘《とげ》を感じるな。普通に考えて、襲撃するのは人気《ひとけ》の少ない場所だよな。それに、昼より夜の方がいいだろう》

《いえ、夜は客室露天風呂に入って、美味しい晩御飯を食べて、フカフカのベッドでゆっくり寝るのでダメです》

《そうだな、リョウならそんなことを言うだろうと思ってたよ……》

『魂の響』を通してそんな会話を交わしながら、涼は市街地を抜けて、だんだんと街外れの方に歩いていく。

〈パッシブソナー〉で探る限り、特務庁の二人と、それを追う六人は、ずっと付いてくる……。

《後ろの六人は、諜報特務庁の二人を殺そうとしているのでしょう。どこでも殺していいわけではなく、あまり目立たないようにやりたいのかもしれません》

《ふむ。それで、街外れの方に移動してリョウに、付いてきている形になっているわけだな》

涼の言葉にアベルが答える。
『魂の響』を通して、景色が見えているようだ。
《リョウ的には、特務庁とかの二人を差し出して、後ろの六人に恩を売るという選択肢もあるんじゃないか。その六人がどの陣営の人間か分からんが……リョウの監視はなくなるぞ？》
アベルが笑いながら言う。思ってもいないことを言ってるのだ。
どうせ涼は……。
《弱い者いじめは許しません！》
《少ない方を助けた方が恩を売れるから……と言うんじゃないかと思ったんだが》
《アベル、そういうことは、思っていても言わない方がいいのです。言わぬが花、という言葉があります。秘めておいた方が高尚な感じに見えるのです》
《思ってはいたんだな》
《くっ……アベルに暴かれてしまいました》
アベルがため息交じりに言い、涼がしまったという声音で答えた。

だが、涼はめげない。
《そんなことを暴くよりも、もっと建設的な提言をしてほしいです》
《建設的な提言？》
《六人の敵に対して、どう対処するかです。アベルほどの経験豊富な冒険者なら、何か素晴らしいアドバイスをしてくれると期待しています！》
《お、おう……。俺なら、なんとか一対一の状況をつくり出して、それぞれ倒していくな》
《各個撃破ですか。セオリー通りですが、面倒なので、僕はまとめて叩きます！》
《……俺に聞いた意味ないだろうが》
《アベルの意見は尊重してますから！　今回は、ご縁がなかったということで……》
どこかの人事担当者のようなセリフを吐く涼。
「こんなところでしょう」
涼はそう呟くと、立ち止まって後ろを振り返る。
そして、叫んだ。

「諜報特務庁の二人、あなたたちは命を狙われています！」

「！」

二人の驚きが、伝わってきた。

まさか、監視がばれていないとは思っていなかっただろうが……自分たちの命が狙われているとも思わなかっただろう。

カキンッ。カキンッ。

二人が潜む藪から、硬質な物が、投げナイフを弾き返した音が聞こえた。

慌てて、二人が藪から出てくる。

「二人とも、こっちへ！」

涼が叫ぶ。

二人はほとんど考えることなく、走り出した。

そこに、後ろから襲いかかる投げナイフ。

カキンッ。カキンッ。

先ほどと同じ音。見えない氷の壁が、投げナイフを弾き返したのだ。

遠距離での攻撃では倒せないと悟ったのであろう。

六人の襲撃者が姿を現した。

「さて、あの六人が誰か、あるいはどこの手の者か分かりますか？」

涼は、傍らに逃げ込んできた特務庁の二人に尋ねる。

二人の目は、大きく見開いたままだ。

「おそらく……教会の、どれかの暗殺部隊」

バンガン隊長が、呟くように答えた。

「どれかの？　教会って、そんなにたくさん暗殺部隊を抱えているんですか……なんて恐ろしい」

涼は何度も首を振りながら言う。

「噂ですが、十二人の枢機卿と教皇がそれぞれ、合計十三の暗殺部隊があると。それ以外にも、教会とは別に法国が抱える暗殺兵団もありますので……」

アマーリア副隊長が答える。

さすが諜報特務庁である。敵側の情報収集には余念がない。

「どんな宗教でも、平和を求めることに関しては共通すると思うのですが……。暗殺者なんて、平和から一番遠い人たちです」

「残念ながら、我が共和国にも多くの暗殺者が入ってきています」

「正規に入国した外交官が暗殺者の場合もありますから」

涼が小さく首を振って嘆き、バンガン隊長とアマーリア副隊長が顔をしかめて現実を述べる。

「となると……彼らは捕らえて、いろいろ情報を吐かせた方がいいですか」

涼は呟く。

「それはそうですが、驚くほどの手練《てだ》れ揃いのはずです」

バンガン隊長が小さい声で答える。

アマーリア副隊長は、隣で顔をしかめたままだ。二人とも緊張しているらしい。

暗殺部隊六人は、じりじりと近付いてくる。

「では、いきましょうか」

涼は呟いて、唱えた。

「〈氷棺6〉」

一瞬で、六体の氷の塊が生まれた。中に暗殺部隊の者たちを氷漬けにして。


「え……」

バンガンとアマーリアが異口同音に呟く。

涼は氷の棺に近付きながら言った。

「よしよし。久しぶりに〈氷棺〉使う気がするので大丈夫かなと思いましたけど、大丈夫でした。技術は衰えない、ですね」

ぺしぺしと氷の棺を叩きながら、満足そうに頷く。

「あの……生かして捕らえるんじゃ？」

バンガン隊長が、怖いものを見る目で涼と氷の棺を見ながら問う。

自分に、今の魔法を向けられたらと思ったのかもしれない。

「ああ、大丈夫ですよ。この人たち、生きてますから」

「この状況で……生きてる……？」

アマーリア副隊長の呟きは、隣のバンガンにだけ聞こえた。

「ここで尋問してもいいですけど、尋問の技術とかない……」

そこまで言ったところで、突然、涼は動いた。

「〈アイスウォール10層〉」

バキッ、ジュッ。

極太の炎が、渦を巻きながら、氷の棺を襲った。それを防いだ氷の壁も、九層までが融《と》けたのだ。

「馬鹿な……」

それは、涼ですら驚く威力。

アイスウォールを融かす炎など、レオノールか、あの爆炎の魔法使いくらいしか思いつかない……あるいは、赤熊か。

まさかそんなレベルの敵……？

その五人は、突然現れた。遮蔽物《しゃへいぶつ》など何もない場所に。降って湧いたかのように。

「転移？　いや、この感じは違う……」

涼は、これまで何度か、転移で現れる者たちの感覚を経験している。正確には、転移で現れる者たちを、〈パッシブソナー〉がどう捉えるかを知っている。

目の前の五人は違った。

むしろ、あの透明の植物魔物に近い。

もちろんあれは、視覚で捉えられないという光学系の隠蔽《いんぺい》だが……それの、上位互換の隠蔽を解除したかのような。ソナーに対してすら隠蔽されたかのような。

そんな現れ方。

「まさか、俺の〈ファイヤーブレス〉で貫けないとは……驚きだ」

現れた五人の中央、燃えるような赤い髪の男が、あまり抑揚のない声で言う。

二十代後半だろうか、身長は百八十センチほど。服はローブというより、地球における軍用コートに近いものを着ている。

「チェーザレ、どうする？」

「全員、殺す。俺に合わせろ」

隣の男に問われ、赤い髪のチェーザレと呼ばれた男は、右手を肩の高さにまで上げて唱えた。

「〈ファイヤーカノン〉」

唱えた瞬間、チェーザレの右腕から、無数の炎の弾丸が発射される。

「〈ファイヤーボール〉」

他の四人も唱えると、それぞれ、数十個の炎の塊が発射された。

「〈アイスウォール20層〉」

涼は、特務庁二人の前に移動して、前面に氷の壁を生成する。

だが、涼の氷の壁すら……。

「融ける？　なんという威力」

驚くべきことに、涼の〈アイスウォール〉を融かし、貫く……。

そのたびに、張りなおされる氷の壁。

だが……。

「あの人たち……」

アマーリア副隊長の呟きが聞こえた。

見ると、最初に凍らせた六人……その氷の棺が攻撃を受け、無残にも破壊されていた。中に閉じ込めていた者たちもろとも。

「味方じゃないのか？」

バンガン隊長の絞り出した声は、苦々しさを伴っている。

自分たちを殺そうとした六人ではあるが、戦闘能力を失った者たちだった。それをあえて攻撃して、殺す必要はないだろうと。

涼は、傍らのバンガンとアマーリアをちらりと見る。

（二人を守りながら戦うには難しい相手……）

そう判断する。

氷漬けにした六人が破壊された以上、この場に留まって戦い続ける理由はなくなった。

そうであるなら話は早い。

右手でバンガン、左手でアマーリアの腰を掴む。さらに、二人を取り落とさないように、氷で補強した。

「え？」

異口同音に疑問の声を出す二人。

「逃げます」

言うが早いか、立て続けに唱える。

「〈アイスミスト〉〈積層アイスウォール20層〉〈ウォータージェットスラスタ〉」

氷の霧に紛れ、氷の壁で遮り、水で飛んで……三人は撤退した。

若干二人ほどは、途中で気絶してしまったが……。

◆

気絶から目が覚めたバンガンとアマーリアは、涼を連れて諜報特務庁の本庁に到着した。

とりあえずの報告を上司にする必要もあったし、首都の中で、この二人にとって最も安全な場所は、間違いなくこの諜報特務庁だったからだ。

「あんな大物が出てくるなんて……」

バンガンの呟きは、涼にも聞こえた。

「さっきの人たち、誰か知っているんですか？」

「ええ、チェーザレと呼ばれていましたから……」

涼の問いに、バンガンは頷いて答える。

疑問形で答えを発したのは、アマーリアであった。

「チェーザレって、やっぱり、教皇直属第三司教のチェーザレ……？」

「ああ。教皇直属……並の枢機卿よりも権力を持つと言われる『教皇の四司教』の一人、チェーザレ。彼が率いていたのは、噂に聞く『ジューダスリベンジ』。教皇直属で暗殺も行う破壊工作部隊」

「ジューダスリベンジ？　ユダの復讐？　なんて名前を……」

「ゆだのふく……？　それは分かりませんが、数百年前からある部隊です」

ユダの復讐という言葉は通じないようだ。

『ジューダスリベンジ』という言葉そのものが、名詞になっているらしい。もちろん涼が『ユダ』と言われて頭に思い浮かべるのは、イスカリオテのユダ。新約聖書において、銀貨三十枚でイエス・キリストを裏切った人物である。

まあ、そうなると、ジューダスリベンジなる部隊をつくった人物は、かつて転生してきた人物ということになるのだが……。

百代の教皇たちの中にも、転生者がいたのかもしれない。

「とにかく、チェーザレの魔法は噂以上の魔法でした」

バンガンは顔をしかめて頷く。

「確かに、凄い魔法でした」

涼も頷いた。

だが涼には、『ジューダスリベンジ』の名前以外にも気になることがあった。五人が魔法を発動した時、彼らがつけていたブローチが、ほんの僅かに光ったのだ。そして、涼の認識が間違っていなければ、あの光は……。

《錬金術が発動する時の光でした》

《……俺に錬金術の話を振られても答えられんぞ？》

『魂の響』の向こう側のアベルは、忙しい王様であるうえに錬金術は門外漢だ。興味はあるらしいが、全く詳しくない。

《忙しいアベルにしかできないことだから、仕方なくこうして話しかけているのです。ええ、仕方なくです。そう、仕方なくなのです》

《お、おう……。で、俺にどうしろと？》

《ケネスに確認してほしいのです。『融合魔法』について、詳しく》

涼は、彼らの異常に強力な魔法は、錬金術と魔法を合わせた結果だと考えた。それは、融合魔法と呼ばれていることを、ケネスやイラリオンに聞いたことがある。

しかし、そうなると……。

彼らの背後には、ケネス・ヘイワード子爵に匹敵する天才錬金術師がいることになる。

いろいろと厄介なことになりそうだ……。

三人は特務庁に入った。

涼は一人応接室に残され、二人は報告へ。

（はっ、これは……もしや）

涼はあることに気付く。

（貴族令嬢救出昵懇《じっこん》法則は、発動しませんでしたけど、派生型とも言える隊員救助昵懇法則の発動なのでは？ ついに……折られ続けた、異世界ファンタジーもののよくある法則が発動したに違いありません！）

感動していた。

二分後。

目の前に出されたコーヒーを飲もうとしたところで……乱暴に扉が開く。そして、警備兵らしき者たちが入ってきて、涼が座っているソファーを取り囲んだ。

「……え?」

困惑する涼。

入ってきた者たちの指揮官らしき男が言い放った。

「身分詐称の容疑で逮捕する」

「……はい?」

七人の警備兵らしき者たちが、涼が座るソファーを、遠巻きに取り囲んでいる。涼はあっけにとられて、ソファーに座ったまま。

「局長、どういうことですか!」

指揮官らしき男に向かって、語気荒く問いかけているのは、バンガン隊長。そのすぐ後ろには、アマーリア副隊長もいる。

指揮を執っている人物は『局長』と呼ばれ、二人よりも上位者らしい。

「バンガン、この男は王国の公爵などではない。我らが何も知らぬと思って、騙しおったのだ」

「いえ、ですが……国境で、身分プレートでの確認を行ったと聞きました。身分プレートの偽造は、事実上不可能です」

「我々の知らないなんらかの方法で偽造したのであろう。我らとて、教会の内部情報を手に入れることはできる。当然、そこには中央諸国使節団一行の情報もある。その中には、王国の公爵などいなかった」

「なんですって……」

局長と呼ばれた男が説明し、バンガンは絶句した。

そこで、涼はようやく理解する。理解できれば落ち着く。

人とはそういうものだ。

(〈アイスウォール10層〉)

いちおう、自分の周囲に氷の壁を張る。突然、飛び掛かられたら面倒なので。調整して、目の前に置かれたコーヒーは、ちゃんと壁の内側に入るように……。

そこで、涼は小さくため息をついた。どうしたものかと。

今回の件、涼には全く非がない。

二人の命を救った。それなのに相手は誤解して、涼を逮捕しようとしている。

つまり……これは、絶対に勝てる勝負。

涼は心の中でニヤリと笑う。

ただ、この場では誤解は解けないであろう。それは仕方ない。勝負は、いつもいつも、その場で決着がつくとは限らないのだ。

しかしながら、今回涼が持つ手札は強い。

驚くほど強い。

手札が負けないものならば……ロイヤルストレートフラッシュであるのならば、降りる理由は全くない。

むしろ、ここでやるべきは、できる限り掛け金を吊り上げること。

「理解しているのでしょうね?」

あえて、涼はゆっくりと言う。

わざわざ足を組み、さらにゆっくりとコーヒーを飲む。

「中央諸国の中でも、大国として知られるナイトレイ王国、その筆頭公爵を逮捕するという意味を」

あえて言葉を切り、局長と呼ばれた男を見る。

その目には、抑えた怒りを滲ませながら。

「私も鬼ではない。誤りであったことを認めるのであれば……今、この場で謝罪するのであれば、許してあげましょう」

いつもとは違う、だが、高い地位にある人間の持つ余裕と、力強さを伴った声。

そして、もう一口、コーヒーを飲む。

「ふ、ふざけるな!」

局長は怒鳴った。

謝るつもりはないらしい。

「証拠は挙がっている!」

絶対の自信を持っているのだ。

だが、証拠の出処が間違っていれば……?

「何が間違っているのか、教えてあげましょう」

涼はうっすらと、本当にうっすらと、微笑む。

それは、周りを囲んでいる者たちにとっては、驚くほど不気味。局長にとっては、不気味さを通り越して、恐怖に近い。

明確に、涼の圧に、当てられていた……。

「あなた方が確認すべき先は教会ではない。使節団そのものに確認すべきだ」

「なんだと……?」

実際、涼のことを知っている中央諸国使節団員はそれなりにいるが、涼が『王国筆頭公爵』であることを知る者はそう多くない。

もちろん、王国の護衛冒険者たちは、けっこう知っているのだが……涼が、冒険者として振る舞う時には、『C級冒険者リョウ』として扱ってほしいということを知っているので、今まで通り接してくれている。

コーヒーを飲み干すと、涼は立ち上がった。

「では、私は宿に帰らせてもらいましょう」

「待て！」

局長のその声に合わせて、涼の後ろにいた警備兵が手を伸ばすが、何やら見えない壁に遮られる。

「なんだ？」

「〈物理障壁〉？」

完全に透明な氷の壁と〈物理障壁〉は、普通の人間には見分けがつかないのかもしれない。

文字通り、誰も手を出せない。

涼が進むと、前方にいた人たちは、〈アイスウォール〉に押し出されて道が開かれる。遠巻きにしたまま、誰も手を出せず。涼は諜報特務庁の門を出た。

局長の向こう側で、バンガン隊長とアマーリア副隊長が、深々と頭を下げたのが見える。

二人は善い人らしい……。

涼が抱いた、諜報特務庁全体に対する悪印象は、二人によって幾分和らいだ。

◆

「おかえりなさいませ、リョウ様」

涼が泊まる宿ドージェ・ピエトロの受付は、涼を認識すると、恭しく一礼して言った。

この時間の受付は、素敵なお兄さんだ。情報共有が完璧になされているのであろう。名乗らずとも、涼を認識している。

「ただいま」

涼は答えながらも、左手にあるラウンジの小さな黒板に目を奪われていた。

「すいません、あのラウンジの、『今月の黒板ケーキ』って……」

「はい。今月は、『グラサージュショコラで覆ったムースショコラ』で、当店パティシエの新作オリジナルとなっております」

何やらよく分からないが、美味しそうなケーキなのは確かだ。

しかし、それ以上に重要な単語があった。

グラサージュ……ショコラ、ムース……ショコラと。

「ありがとう、食べてみます」

涼はそう言うと、ラウンジに移動し、『今月の黒板ケーキ』とモカコーヒーを注文した。

出てきたケーキは……。

「やはり……チョコレート」

そう、涼は『ファイ』に転生して、初めて、チョコレートに出会った。

そのケーキは、円柱状で、表面をグラサージュショコラ、要は溶かしたチョコレートに覆われているというべきか……コーティングされたというべきか。当然、今は固まっているのだが。

そこにフォークを入れる。

パリッと表面のチョコが割れる。

一口大を切り出し、口に運ぶと……。

「おお、甘い……」

そのチョコレートは甘かった。

カカオ百%のようなものではなく、普通の地球人が『チョコレート』と聞いて思い浮かべる、甘いチョコレート！

そう、こういうチョコレートは特に……。

「コーヒーに合う」

涼は、ひと時の至福の時間を過ごした。

ケーキを食べ終え、コーヒーを飲んでいると、何やら聞こえてきた。

《リョウさん？　ケネス？　聞こえますか？》

《あれ？　ケネス？》

基本的に、涼が耳につけているのはアベルの『魂の響』なので、聞こえてくるのはアベルの声のはずなのだが……今回は、ケネスの声が聞こえてきた。まあ、確かに、ケネスが開発した錬金道具ではあるのだが。

《あ、はい。ちょっと、急いで新たな錬金道具を作りまして、リョウさんと直接話せるようにしました。とはいえ、もちろんアベルさんの『魂の響』ですので、今もアベルさんには、その新しい道具を触ってもらっています。その間は、こうして話すことができます》
何やら、新たな道具を作ったらしい。しかも、それを通して涼と会話するためには、アベルが常に、その道具に触っていないといけないらしい。
きっとアベルは、左手でその道具に触れながら、右手はいつも通り書類にサインをしているに違いない……。
国王陛下は、いつも大変なのだ。
《うん……なんとなく分かった。で、ケネスが来てくれたってことは、例の『融合魔法』についてだよね?》
《はい。リョウさんが、西方諸国で、融合魔法に遭遇したと聞きまして》
《うん、多分ね》
そう言うと、涼は、チェーザレと呼ばれた男と、周りの者たちのことを話した。
魔法の威力や、ブローチなども。
《なるほど。それほどの威力なら、融合魔法の可能性は高いですね。西方諸国の魔法レベルは、中央諸国よりも高いと言われてはいますけど……それでもさすがに、リョウさんの氷の壁を、一撃で九層も破るというのは考えにくいです。ですけど融合魔法を使えば……不可能ではなくなります》
《おぉ……》
それは恐るべきことだ。
魔法の威力を上げたい……それは、魔法使いならば誰しも思い、願うことの一つであろうし。それを可能にする錬金術、そして融合魔法……油断できる相手ではない。
《以前も言いましたけど、融合魔法の中でも最もやりやすくて、効果も出やすいのは、魔法の重ね掛けです。おそらくその人たちも、同じ魔法を重ね掛けして出力を増やしたのだと思います》
《つまり、一回の詠唱で、何回分もの魔法を放った、ってこと?》

《ええ、そうです。そういう認識で間違っていません》
《でもそうなると、魔力が……》
《そうなんです。五回分重ね掛ければ、五回分の魔力を消費します……》
《なるほど。持久力を犠牲にして、最大瞬間火力を上げたと……》
だが、単純にそれだけではない可能性があるようだ。
《基本的には、五回重ね掛けすれば五回分の魔力を消費するのですが、使う魔法式と魔石の品質によっては、三回分くらいの魔力でもいけるような……省魔力化が可能になることが、最近になって分かりました》
《なんと》
《魔法式の中のループ機構の部分を、少し工夫するんですが……》
三年前に比べれば、格段に進歩した涼の錬金術関連の知識であるが、それでも完全理解はまだできないほどの説明……。
涼は、もっと勉強しようと、心に誓う……。とはいえ、ある程度のことは理解できた。
持久力を犠牲にして、瞬間火力を上げる。そこが今回のキモだ。
《でも、融合魔法ってケネスが発表したんでしょう？　それをすぐに取り入れて、ここまでの完成度に仕上げるって、けっこう凄いんじゃ……》
《ええ、凄いですね》
ケネスが、向こう側で、何度も大きく頷いているのが、涼には見えた気がした。
《フランク……連合で人工ゴーレムを作った、フランク・デ・ヴェルデなどであれば、やれそうですよね。西方諸国だと……よく分かりませんけど。あるいは、私が発表する前から秘かに研究が進んでいたのかもしれません。帝国のように国家機密指定して、開発しても発表されない研究もありますから。どちらにしても、かなりの錬金術師がいるのだと思います。リョウさん、くれぐれも気を付けてください》
《うん、分かった》

◆

翌日。

美味しい晩御飯、快適な睡眠、美味しい朝御飯。

やはり、完璧であった。

涼は、朝食後に、軽くストレッチをこなしてから、宿を出……ようとしたのだが、入口の外に、人が立っていた。

直立不動。

昨日、『局長』と呼ばれていた人物だ。

涼が宿から出ると。

「申し訳ありませんでした！」

そう言って、深々と頭を下げた。

どうやら、確認が取れたらしい。昨日の今日とは、なかなかに早いといえよう。

「確認が取れたのですね？」

「はい。公爵閣下、この度は、大変申し訳なく……」

「立ち話もなんですので、そこのラウンジに入りましょう」

涼はそう言うと、昨日、美味しいケーキを食べたラウンジに入った。

局長もそれに付いていく。実は、局長から離れた場所に、部下かお付きの人かもいたらしく、後に付いて入った。

総勢十人。

涼は再び、『今月の黒板ケーキ』とモカコーヒーを注文。局長と部下たちは、コーヒーだけであった。

涼は、ちゃんと言ったのだ、皆さんもどうですかと。だが、局長が頼んでいないのに注文するのは、と思ったのであろう。丁重に断わられた。

職場の上下関係というのは、いつでもどこでも、いろいろ大変らしい。

涼は美味しそうにケーキを食べ、コーヒーを飲んだ。昨日同様に、素晴らしいケーキであった。

その間も、局長は無言のままだ。冷や汗は止まっていない。

当然であろう。

遠く離れた中央諸国とはいえ、その大国の筆頭公爵……つまり国のナンバー2の権力者を誤認逮捕しようとしたのだ。

しかも、相手が「謝るなら今のうちだぞ」と言ったのを、完全に拒否して。

たいていの国では、極刑。つまり死刑となる。国によっては、一族全てが罪に問われる。

貴族制というのは、そういうもの。


しばらくして、ようやく涼は口を開いた。

「それで、局長さんの謝罪の件ですが……」

「はい……」

局長は、ごくりと唾を呑み込む。

「私は、共和国の法を知らないのですが、我が王国であれば極刑……つまり死刑だそうです」

昨日、『魂の響』でアベル王に確認したから、間違いない。

「はい……。共和国でも、同様です……」

やはり、重い罪になるらしい。

「そうですか。とはいえ、局長さんが国のためを思って、あるいは部下のためを思って先走った行動をとったのだろうというのは、まあ、分からないではありません。ですので今回は、一つだけ条件を付けて不問に付すことにします」

「ほ、本当ですか！」

「ええ、本当です」

涼は、笑顔を浮かべて頷く。

「それで、条件というのは……」

そこが、非常に難しいものであれば、局長は別の意味で板挟みとなる……。

「簡単な話です。共和国は海運が盛んな国と聞きました。しかも船団は、暗黒大陸にまで行くと。魔物がいる海も渡れると。その航海の技術を見せてほしいです」

「え……」

「もちろん、国家機密のようなものではなく、民間レベルのもので構いません。ただ、できれば、民間レベルで最高のものを」

涼は、今でも忘れていない。

海には、クラーケンのような魔物がいるということを。

だが、漁師たちは、そんな海に出ていって漁をする。

かつて、ヴァンパイアに支配された漁村ですら、海の魔物除けがあったらしいし。

そうであるなら、これほど海運の発達した国なら、かなりの技術があるのではないかと思うのだ。

もちろん、国家機密を見せろと言えば、目の前の局長は板挟みとなるであろう。だが、そうでないならば……いろいろと便宜を図ってくれるのではないだろうか。

局長は、少し考えると、頷いた。

「分かりました。民間レベルでいいのであれば……私の実家が海運業を営んでおります。私は、この世界に入ってしまったので家を継ぎませんでしたが、弟が継いでおりますので、話してみましょう」

「おぉ！」

これぞ、まさに、ウィン・ウィン。


その日の午後、涼は、フランツォーニ海運商会を訪れた。諜報特務庁局長ボニファーチョ・フランツォーニの実家だ。

すでに涼は、特務庁の監視対象からは外れている。いろいろと確認が取れたために。というわけで、一人でフランツォーニ海運商会を訪れた涼であったが、非常に丁寧に対応された。午前中のうちに、局長から連絡が行き、「できる限り最高のものを」とわざわざ注文もされたとか。

局長も、決して悪い人ではないようだ。諜報機関のトップなど、恐ろしい人物に違いないと、涼は勝手に思っていたのだが。

涼としては嬉しいのだが、特務庁側には特務庁側の問題が持ち上がっているようで……。

共和国内で、特務庁の諜報員たちが襲われているらしい。

確かに、昨日の『チェーザレ』たちも、涼だけではなくバンガン隊長とアマーリア副隊長も、殺そうとしていた。まあ、氷漬けされた教会側の人間すら殺していたのだが……。

国同士の関係は、見えないところで、いろいろと起きるものである。

◆

「いやあ、どれもこれも、興味深いものばかりでした」

「満足いただけたようで、良かったです」

フランツォーニ海運商会の会長室。応接セットに座るのは、涼と、商会長ジローラモ・フランツォーニ。

涼は午後いっぱい見学させてもらい、商会長自らが最後にご挨拶をしたいと聞いたので、会長室を訪れていた。

ジローラモ会長としても、兄から丁寧にもてなしてほしいと言われた相手だ。しかも、中央諸国の筆頭公爵。満足してもらえたかどうかの確認は、しておくべき相手であった。

そして、双方満足。


涼が、暇乞いをしようとした時、廊下から大きな声が聞こえてきた。

「ダメじゃ！　こんな設計では沈むぞ。言うたであろうが、この水は……」

その後は、何かを言って聞かせているらしく、ここまでは声は聞こえてこない。

見ると、ジローラモ会長が苦笑している。

「アンダーセン殿……いつもながら声が大きい」

「アンダーセン？」

涼が首を傾げる。どこかで聞いた名前だ。

そう、昨日、手紙を届けた相手が、確かニール・アンダーセン。

「もしや、ニール・アンダーセンさん？」

「おや？　ロンド公爵は、アンダーセン殿をご存じで？」

「はい、昨日お会いして……」

とはいえ、ロンド公爵としてではなく、普通に手紙を届けた冒険者として会ったので、ここで会うべきかどうか涼は少し迷った。

だが、状況は待ってくれない。

扉が大きくノックされ、ジローラモ会長が返事をする前に開けられて、ニール・アンダーセンが入ってきた。

「会長、すまんがこの設計ではダメ……おっと来客中でしたか、これは失礼……ん？　確か、昨日うちに来た……リョウ殿じゃったな？」

「はい、アンダーセンさん。こんにちは」

「アンダーセン殿、こちらは、ナイトレイ王国のロンド公爵閣下です」

ジローラモ会長が、説明をする。

昨日会った時には、そんなことを言っていなかったからであろう。ニール・アンダーセンは大きく目を見開いて驚いて呟いた。

「なんと……王国の……」

涼は、少しだけ違和感を感じた。

なんの違和感なのかは分からない……もちろん、今回は、魔法無効化の違和感ではない。

だが、何かニール・アンダーセンの言葉に……。

開戦

涼が、フランツォーニ海運商会で、航海技術に目を輝かせたり、一日ぶりの再会などに驚いていた頃、共和国元首公邸会議室では、深刻な議論がなされていた。

「つまり……開戦は避けられないと」

「はい、最高顧問。シュターフェン連合王国は、第一軍、第二軍……総勢二万がすでに首都を進発し、我が国国境に向かっております」

最高顧問バーリー卿の問いに、共和国軍総司令官カステーラ将軍が答えた。

共和国軍総司令官であり、マファルダ共和国防衛の現場責任者ともいうべき人物が、このカステーラ将軍である。五十代後半、小麦色の肌に短く刈った小麦色の髪、戦場を渡り歩いてきた歴戦の将軍。

非常に有能な人物であり、『海のコルンバーノ、陸のカステーラ』が揃っている限り、共和国は安泰と言われてきたその片翼だ。

「総勢二万……。第一軍がいるということは、国王自ら兵を率いてということか」

片目の元首コルンバーノ・デッラ・ルッソが呟いた。

シュターフェン連合王国は、西方諸国の中でも大国の部類に入る。特に、軍事力においてはトップ5に入るとさえ言われている。

そんなシュターフェン連合王国と、マファルダ共和国は何度も戦ってきた。

海洋国家である共和国は、海戦では敵なしであるが、陸戦では圧勝とまではいかない。最終的には全て撃退してきたが、毎回、無傷とはいかなかった。

非常に厄介な隣国なのだ。

しかも現在、共和国は、ここ三百年で最大の危地に立たされている。

「未だ……ゴーレムは動かないのか？」

「はい……」

コルンバーノの確認に、同意するバーリー卿。

共和国防衛の要となってきたゴーレム五十体が、全て動かない。

しかも原因不明。

「錬金術師と整備士たちに頑張ってもらうほかないが……」

「初戦に、間に合わない可能性があります」

「できる限り時間を稼いでもらうしかない」


バーリー卿の言葉に、コルンバーノは苦渋の表情で言う。

言われたカステーラ将軍は、無言のまま頷いた。

指揮官として、最悪の状況を想定することを常としているカステーラとしては、連合王国との初戦においてゴーレムは間に合わないと考えて作戦を練っている。もし、何かの奇跡が起きて間に合えばよし。奇跡が起きなかったとしても、それは仕方ない、想定の範囲内。

彼が考えるのは、最初の一戦で敗れたとしても、共和国の崩壊に直結しない敗戦にとどめるということ。その後も状況が好転せず、最悪、首都が陥落した場合は、元首コルンバーノら政府首脳を海上に逃がすことも考えていた。

マファルダ共和国は海洋国家である。

古くから良港に恵まれたために、多くの商会が海の向こうに市場を求めた。そのため、船舶とその周辺に関して、他の追随を許さない海洋国家となりえたのだ。

であるから、海の上では共和国艦船にかなうものなどいない。

しかもそこに『海のコルンバーノ』がいるとなれば……。

占領国も、いつまでも大戦力を置いておけるわけではない。カステーラ自身は部隊を率いて陸上に残り、海上のコルンバーノらとタイミングを見計らって首都奪還を行ってもいい。

あるいは、共和国民に立ち上がってもらうのもありだろう。古来より、独立独歩の気風で知られる共和国市民なら、連合王国や法国の支配下のままでいるのをよしとはしないであろうから。

しかしそれらは最悪の場合。

まずは、西から迫るシュターフェン連合王国を足止めする。

ゴーレム復旧の時間を稼ぐために。

「通常、連合王国の侵攻に対しては、ジョコンの街周辺……ジョコン平野を中心に迎撃戦を展開します。ですが今回は、ジョコン平野に入る前、ダッコンの森で防衛戦を展開します」

「ダッコンの森というと、かなり鬱蒼としているだろう？　馬車が通れるのも、森を貫く街道だけだ」

カステーラ将軍の説明にコルンバーノが返す。

「はい、それが狙いです」

「なるほど。あれほどの森であれば、連合王国のゴーレムは威力を発揮しにくく、大軍もその優位性を活かしにくいということか」

バーリー卿は頷いた。

ここにいる三人は、歴戦のつわものばかりだ。戦の要諦とは何か理解している。

「ダッコンの森で足止め……時間を稼ぐ。その間に、こちらのゴーレムが動くようになれば、ということだな」

コルンバーノは渋い顔で頷いた。彼も、それしかないと思っている。

西方諸国における『ゴーレム兵団』の力は強大だ。

それは、どの国においても。

西方諸国最強はファンデビー法国のゴーレム兵団と言われているが、軍事大国であるシュターフェン連合王国のゴーレムも弱いわけではない。ゴーレム兵団を揃えていない国家であれば、一日ともたずに蹂躙されるだろう。

そして現在、ゴーレムが動かない共和国は、『ゴーレム兵団を揃えていない国家』なのだ。よほど上手くやらない限り、全面敗北は避けられない。

「すでに先発隊がダッコンの森とジョコン平野に入り、準備を整えています。私もこの会議が終了次第、現地に向かい指揮を執ります」

「すまん、頼む」

顔をしかめながら言うコルンバーノ。

海が主戦場であったとはいえ、コルンバーノも戦場を渡り歩いてきた男だ。そこが死地に極めて近い場所であることを理解している。

そこに、総司令官自らを送り出さねばならない窮状……。

しかも、全てが上手くはまって連合王国軍の足止めに成功したとしても、結局のところ、ゴーレムが動かなければ滅亡の憂き目を見ることになる。

そう考えると、なんと脆弱《ぜいじゃく》な国家防衛であろうか。

ゴーレム次第とは！

◆

翌日。

美味しい晩御飯、快適な睡眠、美味しい朝御飯。

言うまでもなく、完璧であった。

涼は、朝食後に、軽くストレッチをこなしてから、受付に行った。本日、宿を引き払い、共和国を発って聖都に戻るのだ。

チェックアウトも、なんのストレスもない。

やはり完璧。

「素晴らしいお宿でした。また共和国に来ることがあれば、こちらに宿泊させていただきます」

「またのお越しをお待ちしております」

そこまでは、完璧であった。

涼が受付を離れようとすると、バックヤードから、一枚の紙を持った従業員がかなり急いで受付にやってきた。

そして……。

「リョウ様！」

「はい？」

「先ほど、元首公邸より発表があったそうです。共和国の、全ての国境が封鎖されました」

「え……」

涼の姿はラウンジにあった。
宿には、詳しい情報を集めてもらうようにお願いして、自分はケーキとコーヒーをいただいている。
《焦っても仕方ありません。落ち着くことは大切なことです》
《なあ、リョウ……実は俺、働きづめでやっと休憩をとれたばかりなんだが……》
《仕方ありません。世界中の国王陛下という人たちは、一時の休みもなく働くものなのです》
《そうか、こくおーへいかって大変なんだな》
アベルのぼやきを無視して、涼はコーヒーを一口飲み言葉を続ける。
《ほんと、一般の国民というのは、開戦直前になるまで何も知らされないのです》
《まあ……大混乱が起きたら困るから仕方ない》
《パニック抑制のための情報統制といえば聞こえはいいですが……。どうせ何も有効な手なんて打てないのですから、国民はパニックなんて起こさないでゆっくり過ごすがいいのです》
《……》
そんなことを話していると、宿の人が紙を持って涼の元にやってきた。
「リョウ様、国境封鎖の件ですが」
「はい」
「戦争になるようです」
「ああ、やっぱり……」
涼は小さく首を振った。
《いつもいつも、あっちでもこっちでも戦争です。為政者たちは何を考えているのでしょうか。犠牲になるのは、常に民衆なのです》

《そうだな。で、俺はリョウにそれを言われて、どうすればいいんだ？》
《ナイトレイ王国は平和への道を歩んでほしいという民の願いを、僕はアベルに届けているのです。民に寄り添う公爵として》
《俺も、常に平和であってほしいと思っているぞ？》
《思っているだけではダメなのです。行動に移し、結果を手に入れなければ！　そもそも、人はなぜ戦争を起こすのか》
《……なぜだ？》
《その根本原因は、欲です》
涼は断言する。
《ということは、論理的に考えて、人から欲を無くしてしまえば戦争は起きません》
《そ、そうだな》
《いずれ、人から欲を無くす錬金道具の開発が行われるに違いありません》
《可能か？》
《闇属性魔法を使えば可能な気がします》
《ああ……言われてみれば》
アベルは頷いた。
そして、不穏な言葉を続ける。
《完成したら、最初の実験対象はリョウだな》
《え？　なんで僕なんです？》
《ケーキやカァリーに対する欲が無くなったかどうか、検証しやすいからだ》
《そ、そんな非人道的な道具を作ってはいけません！》
人は、自分が対象になると目を覚ますらしい。
《根本原因は欲だから、それを無くせば戦争は起きないと言ったろう？　そのための錬金道具なのだろう？》
《そもそも、道具に頼るのは良くありません。人はきっと、その知性によって、戦争のない世界を実現できるはずなのです！》
《言っている内容は素晴らしいのに、これほど説得力を感じないのはなんでだろうな。本当に不思議だ》
《アベルの目が曇っているからです》
《目は曇っていても、リョウの言葉を聞いているのは耳だから大丈夫だぞ》

《ああ言えばこう言う……アベルは屁理屈王です！》

◆

マファルダ共和国首都ムッソレンテ内の、ある一軒家。

家の主チーロ・ペーぺは、子爵位を持つれっきとした貴族。共和国であっても、爵位を持つ貴族はいる。

だが、そんな貴族であるチーロは、ソファーに座る二人の男の前で平身低頭、ほとんど従僕のように、飲み物を持ってきたり食べ物を手配したりしていた。

白い髪の男と、栗毛の髪の男。どちらも六十歳前後に見える。二人ともほっそりとしており、ぜい肉など全く付いていないであろうと思わせる。

一見、どちらも穏やかな雰囲気。

だが人によっては、それは穏やかではなく、無機質だと感じたかもしれない。

ここは教会内ではないために、ソファーに座る二人は簡素な立襟の黒い祭服を着ている。もし教会なら……白い髪の男は緋色の祭服、栗毛の髪の男は緑と白の祭服を着ているはずだ。

緋色の祭服は枢機卿。

緑と白の祭服は大司教。

二人とも、れっきとした高位聖職者。

「素晴らしい結果です。二日で、五十人以上の特務庁の人間を葬るとは」

白髪の男はそう言うと、ゆっくりとコーヒーを飲む。微笑みを浮かべ、とても優しそうな表情だ。

二人に報告するかのように傍らに立つ男……『教皇の四司教』の一人、チェーザレ。彼は何も言わずに、ただ頷く。

西方教会内の事情に詳しい人間がこの光景を見れば、少し不思議に思うだろう。なぜなら、チェーザレは教皇の四司教。つまり、教皇直属の暗殺部隊を率いる人物。

枢機卿という高位聖職者であっても、教皇直属の暗殺部隊に命令を下すことはありえない。そもそも、一対一で会うことすらありえない。

さらにソファーに座る二人の高位聖職者の名前を聞けば、それ以上に「ありえない」を連発したであろう。

白髪の男、サカリアス枢機卿。

栗毛の髪の男、グファーチョ大司教。

この二人が並んでいる光景というのも、教会関係者からすればとても珍しいと言うだろう。

そもそも、ファンデビー法国暗殺兵団を指揮するグファーチョ大司教が、人前に姿を見せること自体がほとんどない。そのグファーチョは目の前に置かれたチェス盤を見ながら、無言のまま黒い駒と白い駒を交互に動かしている。仮想の誰かと対局しているかのように。

現在のチーロ・ペーペの屋敷の状況というのは、いろいろと普通ではない光景と言える。

とはいえ、家の主チーロ・ペーペは何も言わない。余計なことを言えば、あるいはそんなことを外に漏らせば、次の瞬間にはこの世とおさらばになるから。自分と家族の命が一番大事。

「もうすぐ、連合王国と共和国の軍が衝突します。共和国のゴーレムは動けなくしてあるので……他にもいろいろありますが、まあ、だいたいにおいて想定通りに行くでしょう」

サカリアス枢機卿は優しい笑みを浮かべたまま言う。

「元首公邸への襲撃と特務庁本庁への襲撃は、いつ行う？」

チェーザレが問う。

当然のように、元首公邸や特務庁への破壊工作は計画されている。

「そうですね……連合王国と戦端が開いたら、特務庁を派手に襲撃してください」

「派手に？」

「ええ。共和国民の心が折れるくらい、派手に壊滅させてください」

サカリアス枢機卿は笑みを浮かべたまま、言葉を続ける。

「共和国の力の源泉は三つ。海洋国家、秀でた錬金術、そして特務庁を中心とした諜報力。海洋国家は歴史に裏打ちされたものなので難しいですが、他の二つは我々個人の力でもなんとか挫くことができます。錬金術の方は、私とグファーチョ大司教でやりますので、諜報力の中心である特務庁の方を、あなたにお願いします」

「承知した」

チェーザレは何も質問することなく承諾する。

「特務庁を壊滅した後、一人殺してほしい人物がいます。その人物が共和国内で死ぬことによって、我が法国の軍事力を、共和国内に展開する大義名分が手に入ります」

「ふむ」

「その人物とは、中央諸国使節団の冒険者です。手紙を届けるために共和国に来ていますので、共和国を出ないうちに殺してください。今朝、国境が封鎖されたので、簡単には国外には出られないでしょうけど。こちらが、その似顔絵です」

サカリアス枢機卿が言うと、チーロ・ペーペが、似顔絵の書かれた一枚の紙をチェーザレに渡した。

「そうか。理由を聞いてもいいか」

「珍しいですね。この対象に、何か問題でも?」

チェーザレの初めての問い返しに、サカリアスが少しだけ目を見開いて問う。彼の知る限り、チェーザレが理由を聞くなど初めてのことだ。

「特務庁の奴を襲撃した際に、邪魔をした男だ」

「ほほぉー」

ソファーの男は、チェーザレを興味深げに見る。

だが、何も言わない。

余計なことを言えば、チェーザレの機嫌が悪くなることは理解しているからだ。そんなことをする必要はない。わざわざ仕事の成功率を落とすようなことを言う者は、ただの愚か者だ。

口から出たのは、チェーザレの問いへの答え。

「先ほども言いましたが、この冒険者が共和国内で死ぬことによって、教会は、共和国内への兵力進駐の大義名分を手に入れます。教会ならびに法国が、丁重にお迎えしている中央諸国使節団の一員の安全を保つことができなかったということは、法国外交官や事業で共和国内にとどまっている法国民の安全も、保証できないのではないか。共和国にはその力がないのではないか。そのため、法国は自国民保護のために、軍を進駐させると」

「なるほど」

自国民保護のための進駐……よくある話だ。

「分かった、この男を殺そう」

「名前はリョウ。ナイトレイ王国C級冒険者。宿泊先は、『ドージェ・ピエトロ』……いい宿に泊まっていますね。殺害の方法は問いません。ただ、宿泊先で襲うのはやめてください。あの宿は、私も気に入っていますから」

「分かった」

◆

マファルダ共和国の国境封鎖が通達された二日後、国境を侵して共和国に侵攻したシュターフェン連合王国軍は、共和国内のダッコンの森に差し掛かっていた。

「共和国軍三千が、ジョコンの街に立てこもっているとのことです」

「ふん、籠城戦か。そこで時間を稼いで、ゴーレムの回復を待つというのだろう」

連合王国軍首脳部では、そんな会話が交わされていた。

当然、共和国軍の全ゴーレムが起動できないという情報は掴んでいる。そもそも、ゴーレムに対する妨害工作が行われるという情報が流れてきたからこそ、今回の侵攻が計画されたのだ。

情報を流してきたのは……。

「ファンデビー法国からの情報であったが……いったいどのようにして動かなくしたのであろうな」

「陛下？」

「我が国のゴーレムにも同じことをされてはかなわんと思ってな」

片頬を歪めながら吐き出すように言ったのは、シュターフェン連合王国、国王ゼー四世。敵対する共和国からは、非常に好戦的な王だと認識されている。

その認識は正しい。

好戦的な性格は、共和国に対してだけではない。今回は表に出ない同盟関係を結んでいる法国に対してもなのだ。

もちろん、連合王国が表立って法国と衝突することはない。これまでも一度もなかった。

それでも……共通する敵であるマファルダ共和国が

滅亡した後も、そうとは限らない。西方諸国全体を支配すると言っても過言ではない西方教会の中心地、教皇庁が法国にあり、その意向に逆らうことなどできないのだとしてもだ。

「明確な共通の敵である共和国が無くなった後も、西方諸国全てが法国に全面的に従うという保証などないということだ」

「陛下、声が高うございます」

ゼー王の言葉をたしなめるのは、バウムクへ総司令官。

ゼー王と同い年、四十五歳。若い頃から共に戦場を駆けてきた戦友と言ってもいい。現在、軍事大国であるシュターフェン連合王国軍のトップ、総司令官の地位に就き今回の国王親征を取り仕切っている。

「口が滑ったわ」

苦笑するゼー王。

法国の諜報網は西方諸国屈指であり、どこで聞かれているか知れたものではない。

「それに、まだ共和国を滅ぼしたわけではありません。ご油断なさいますな」

「ああ、そうだな」

戦友ということもあり、戦場におけるバウムクへの直言にはゼー王といえども反論することはない。誰よりも、その能力を理解し高く評価しているからだ。

とはいえ、シュターフェン連合王国軍の中では、今回の遠征で共和国を滅亡させるのは確実であると認識されていた。

彼我の置かれた状況を考えれば、それはある意味、当然の結論かもしれない。

まずシュターフェン連合王国は、西方諸国でも屈指の軍事大国である。とくに陸戦での強さが秀でている。対するマファルダ共和国も決して弱くはない。長い間、独立を保っていることがその証左と言えよう。特に海上戦力は他の追随を許さない。陸上戦力も、西方諸国全体で見た場合、上から数えた方が早い。

しかし、それは万全な状態であればだ。

マファルダ共和国陸上戦力の要となるのは、ハイレベルな錬金術から生み出されたゴーレム兵団である。

共和国の主力ゴーレム『シビリアン《共和国市民》』に正面からあた

って圧倒できるのは、法国の主力ゴーレム『ホーリー《聖なる》ナイツ《騎士》』だけと言われる……それほどに強い。

陸上における軍事大国と自他ともに認めるシュターフェン連合王国ですら、ゴーレム戦では共和国には苦杯をなめさせられてきた。

だが、今、そんな共和国ゴーレムが動かない。

そんな圧倒的に有利な状況。

その上、敵は街に籠って籠城戦を企図している。連合王国軍に油断がなかったと言えば、それは嘘になるであろう。

「共和国軍が仕掛けてくるとすれば、この森です」

「夜になるまでに抜けねばならんな」

バウムクへが警戒し、ゼー王も頷く。

首脳陣は警戒している。

だが、中級指揮官たちははたしてどうであったか。その緩みを見た下級指揮官、兵士たちはどうであったか……。

先陣である連合王国軍第二軍が、ダッコンの森を貫く街道を進む。次に糧食を運ぶ補給部隊。そして連合王国軍が誇るゴーレム兵団八十体が……。

ズブリ。

「え？」

「なんだ？　何が起きた？」

「ゴーレムが……道の中に沈んでいく？」

「いや、第二軍も補給部隊の荷馬車も、さっき通ったろ？　何も起きなかっただろうが」

「そう言われても……」

連合王国軍兵士らが慌てふためいている間にも、連合王国軍ゴーレム八十体は、泥濘《でいねい》の中に沈んでいく。

涼が言うところの三メートル級ゴーレムであるのだが、腰の辺りまで沈むと自力での脱出は、もう無理だ。

物理的に水と土をかき混ぜて、深さ一メートル以上の沼地……というより水田のようにし、その上に土属性魔法で蓋をしていた。そしてゴーレム八十体がその上に来た時に、土属性魔法を解除……見事に、ゴーレムは泥沼の中。

土属性魔法使い十人による大魔法である。

当然、それは罠。

対象が罠にかかれば、罠を準備した者たちが動く。

森の中から矢が放たれた。

「敵襲！」

罠でゴーレムを戦線離脱させたうえで、共和国軍が奇襲をかけた。

「距離を保て！　遠距離攻撃を徹底しろ！」

共和国軍総司令官カステーラ将軍の指示が飛ぶ。

連合王国軍ゴーレムの動きは封じた。だがそれでも、敵は二万人もいるのだ。

こちらは森の中に伏せておいた兵五百。上げられた狼煙《のろし》を見て、ジョコンの街に入れておいた三千の兵が駆けつけるはずだが……それまでは徹底的に遠距離攻撃。

まずは、敵の混乱を拡大させる！

今、午後三時。日没までまだ時間がある。しかし現状を維持し、夜まで連合王国軍を森の中に足止めし続けることができれば、同士討ちに誘うことも可能になってくる。

元々、ゴーレムがいなくとも二万人対三千五百人。正面からぶつかるのは当然無理だが、森に誘い込んでのゲリラ戦であっても、敵に致命傷を与えるのは難しい。

だが、同士討ちの目が見えてくれば……。

大軍であることそのものが、弱点となる。そのためには、なんとしても夜まで森の中にとどめ置かねばならない。

そんなカステーラ将軍の元に伝令が来た。

「将軍、主力三千人がジョコンの街を出てこちらに向かっています」

「よし」

◆

「バウムクへ、見事にやられたな！」

大笑いするゼー王。

「陛下……笑う状況ではありません」

顔をしかめるバウムクへ総司令官。

「いや、見事だろ。間違いなく、『陸のカステーラ』が出てきているぞ」

「共和国も総司令官自らが？」

「当然だ。これほど愉快な仕掛け、陸上でできるのは奴しかおらん」

まだ笑いながら答えるゼー王。だが、その目には獰猛な光が宿っている。

そんな二人の元に報告が届く。

「ジョコンの街を出た敵三千がこちらに向かっています」

報告を受けてニヤリと笑うゼー王。

「バウムクへ、第二軍全てをジョコンの街に向かわせろ」

「ゴーレムは？」

「放置で構わん。どうせ奪われたり壊されたりはせん。全部片付いてから回収すればいい。補給物資も放棄。そうだな、第二軍は全速力だな。全速力で街に向かわせろ。街から出てきた三千の兵は無視していい。かかってきたら戦ってやれ。カステーラ抜きで、一万対三千ならなんとかなるだろ」

「陛下？」

「その際に、森に潜む敵をよく観察しろ。急報がどこに向かい、どこから指示が出るのかをだ。そこにカステーラがいるはずだ」

「まさか陛下は……」

そこでバウムクへは、ゼー王が何をしようとしているのか理解した。

正直止めたいのだが、どうせ止まらないことまで理解した。

「余自らが、敵の総司令官に鉄槌を下してやるわ」


一方の、森に潜み遠距離攻撃に徹する共和国軍、カステーラ直掩《ちょくえん》部隊五百。

「敵第二軍、街道を外れ森の中に入り始めました」

「なに？」

予想外の報告に眉をひそめるカステーラ将軍。

連合王国軍にはずっととどまってほしいと思いつつも、そうはならないだろうと分かっていた。何か行動を起こすだろうと。だが、はまり込んだゴーレムや、ゼー王直属の第一軍の近くを離れ、森の中に入り込み始めるというのは予想していなかった。

さらに次の報告が届く。

「敵第二軍は、森を抜けてジョコンの街に向かうようです」

「そういうことか！」

第二軍の動きは陽動作戦でありながら、共和国軍が有効な手を打たなければ、そのまま街に攻撃を仕掛けるということでもある。連合王国軍第二軍だけでも総勢一万人。ジョコンの街が何かミスをすれば陥落させられる兵力だ。

しかし、相手の意図が分かっても作戦は変えられない。

それが戦力差。

「ジョコンから向かう味方に伝令。敵第二軍は無視して、そのまま我々に合流せよ」

「了解」

その指示は正しいものだったろう。

敵のトップが率いる第一軍に対して、戦力を集中して当たる。あわよくば、そのトップを倒すために。

だが連合王国軍の動きは、陽動作戦なだけではなかった。

この動きの本当の狙い、それは共和国軍の指示が出る場所を森の中から特定すること。なぜならそこには、最高位の指揮官がいるはずだから。

この場における最高位の指揮官、それは共和国軍総司令官、カステーラ将軍。

「見つけたぞ！」

カキンッ。

剣戟の音が響き始めてわずか数秒。

カステーラ自身が剣を抜き、斬りつけてきた敵に対峙することとなった。

「やはりいたな、『陸のカステーラ』！」

「まさかゼー王自ら突撃してくるとは」

獰猛な笑みを浮かべて斬りつけるゼー王、顔をしかめて剣を受けるカステーラ将軍。

周囲は、一気に乱戦へと様相を変えた。

「……この場所を特定するために第二軍を動かした？」

「その通り。しかし気付くのが遅いだろ。『陸のカステーラ』と謳われる男にしては鈍いのではないか？」

「高く評価しているのか、馬鹿にしているのか……」

「もちろん高く評価しているさ。ゴーレムを泥沼に沈めるなど、そんな愉快な戦術、聞いたことないからな！」

笑いながらも、ゼー王の剣閃は鋭い。

受けるカステーラは若い頃から戦いの中に身を置いてきたために、自らも剣を振るう機会は多かったが……目の前の王も同様。二万の軍勢を率いる王自ら敵の本陣に突撃し、あまつさえ最高司令官と剣を交えるなど狂気の沙汰だ。

「首都を落とすよりも、お前さんを葬る方が共和国にとっては激痛だろう？　国を支えるのは人だ。優秀な人材を剥ぎ取ることができるのが一番さ」

「国の根幹の理解はまともなのに、なぜ戦争を仕掛ける」

「決まっている。楽しいからだ」

ゼー王は臆面もなく言い切る。

その答えを聞いて、元々顔をしかめていたカステーラは、さらに顔をしかめた。

「おっと、国王がそんなことを言ってはいかんな。前言撤回。戦争せざるを得ないのは慙愧《ざんき》に堪えないが、正義を実現するためには仕方がない。やむを得ない選択の結果だ」

一ミリも信じていないことを言うゼー王。

もはや言い返す気にもならないカステーラ。

そんな会話を交わしながら、二人は激しい剣戟を繰り広げている。その周囲でも、近接戦が展開される。

遠距離攻撃を徹底したかったカステーラの策は、崩壊していた。

「どうする？　総司令官が奇襲を掛けられた、しかも自軍の数倍の敵からだ。ゴーレムの時のように、逆転する策があるか？」

（あるわけがない！）

ゼー王の挑発する言葉に、心の中で悔しげに言い返すカステーラ。

そう、もう策はない。

彼には、策はない。

ブスリ、ブスリ。

ゼー王の鎧を貫いて左胸、左肩に突き刺さる矢。

「くっ」

それでも、十本を超える矢に狙われて、被害を二本だけ、他をすべて切り伏せたのはゼー王の個人戦闘能力の高さの証明であろう。

「国王陛下を中心に防御陣形！」

バウムクへの声が響く。

次の斉射は、すべて切り捨てられた。

カステーラの背後に現れる影。

「将軍、退くべきだ」

「ご助勢、感謝する」

「森の中に逃げ込め。我らは森の民、助けられる」

「承知した、バーボン殿」

カステーラら共和国軍は、森の中に撤収した。

◆

「鎧を貫いて刺さるとは……共和国兵の矢ではないな」

「この矢は、エルフのものです」

刺さった矢を引き抜かれながらゼー王が確認し、バウムクへ総司令官が答える。

「やつらの森は共和国の東部だろう？　ここは西部だぞ。国を横断してやってきたのかよ」

「カステーラ将軍の切札でしょう。当たり所が悪ければ、陛下は死んでいたのですから」

「マジでヤバいな。さすが『陸のカステーラ』……エルフすら動かすか。だが……」

感心した表情であったゼー王であるが、顔をしかめる。

それは続けて口から出てきた内容が……。

「こうなると、サカリアスの策通りに進んじまうぞ」

「陛下、お声が……」

「おっと、また口を滑らせた」

サカリアスは西方教会の枢機卿。

教皇に次ぐ高位聖職者であり、水面下でゼー王に接触してきた人物でもある。そもそも、その策にのってシュターフェン連合王国軍は共和国に侵攻したのだ。

「策には乗ったが……絶対ないと思ったんだがな、エルフが自分たちの森を離れるなど。かつての共和国政府との蜜月時代ならともかく……」

「それだけ共和国の存亡にかかわる状況にある……そ

のことを、共和国政府は理解しているのでしょう。そしてエルフたちも同じように理解したのかもしれません」

「しかし、ここにエルフがいると困るな」

「はい、古来より、彼らは森の民と呼ばれております。森で彼らに敵う者はいません」

　連合王国軍は、ダッコンの森の中にいる。それは、ゴーレムの引き上げが終わっていないからだ。

「今、何体引き上げた？」

「まだ四体目です」

「八十体のうちの四体目？　絶対、間に合わんぞ。やつら、襲撃してくるだろ」

「してくるでしょうな」

　ゼー王の言葉に、いっそ清々しいほど冷静な言葉を返すバウムクへ。

　当然それを、ゼー王は訝し気な目で見る。

「なんで、そんなに冷静なんだ？」

「やつらの狙いは分かっています。そこさえ守ればいいからです」

「やつらの狙い？」

「はい。陛下のお命です」

「そ、そうだな……」

　バウムクへに驚くほど冷静に指摘され、受け入れるしかないゼー王。

「余を、守り抜いてくれ」

「お任せください」

◆

「ゼー王の命をとるのは上手くいかなかったが、連合王国軍を森の中に足止めするのには成功したか」

　元首公邸で、共和国元首コルンバーノは報告書に目を通して一つ頷いた。

　ゼー王の命を奪い連合王国軍を撤退させることができれば最上の結果だったが、それは元々難しいと言われていた。そこまでではないが、連合王国軍を足止めできたことだけでも、かなりの結果だったと言って良いだろう。

「次は……」

「こちらですな」

「ゴーレムは未だ動かんが、それ以上に……」

「特務庁が苦労しております」

コルンバーノの言葉に、頷き返す最高顧問バーリー卿。

共和国の独立を支える陰の力、諜報特務庁も追い込まれていた。


共和国内での破壊工作を防ぐのは、諜報特務庁だ。

特務庁の諜報、防諜能力は、西方諸国でも屈指と言われている。周り全てが仮想敵国ともいうべきマファルダ共和国が、長きにわたって独立を維持できている理由の一つは、間違いなく特務庁の力によるものであった。

しかし、そんな特務庁であるが、ここ数日、危地に立たされている。数日にわたって、国内では暗闘とも呼ぶべきものが起きていたのだ。

「サカリアス枢機卿を監視していたルーシャー隊、グファーチョ大司教を監視していたモモ隊の連絡が途絶えたのが最初だった。それから立て続けに十部隊……。自国の首都で、諜報部隊が狩られるとは……」

諜報特務庁局長ボニファーチョ・フランツォーニは、悔しそうに呟く。

その中には、彼が直接鍛えた者たちもいた。いずれも、簡単に倒されるような者たちではない。

だが、さすがに……。

「『ジューダスリベンジ』が入ってきていると言っていたか……しかもチェーザレも。それはさすがに厳しい相手だ」

噂に名高い『ジューダスリベンジ』や『教皇の四司教』を相手にすれば、厳しい戦いになるのは仕方ないと思っている。

現在、特務庁は、そのチェーザレらを捜している。しかし実際に見つけたとして、どうするべきか。ボニファーチョの中では決まっていない。

包囲して、倒せればいい……数の暴力というのは、たいていの場合、有効な手段だ。しかし、もし倒せなかったら？　特務庁の実働部隊は、壊滅的な状況となる。

とはいえ、放置することもできない。

ただでさえ、実働部隊が狩られ、共和国内にいる敵対陣営の人間を、完全には監視できなくなっている。

正規軍どうしが衝突した中で、例えば軍中枢への破壊工作、あるいは元首公邸への襲撃などを行われれば……国そのものが滅びる。

それだけは、なんとしても避けなければ！

「どうすればいいのか」

ボニファーチョがそう呟いた時、執務室に飾ってある、実家が持つ船の模型が視界に入ったのは偶然だった。

ある公爵を実家に紹介した……その公爵は、チェーザレの攻撃すらしのいだと報告された……不幸な行き違いはあったが、実家では満足してもらえたもてなしができたと弟からの報告も受けた。

「ロンド公爵……他国の人間に頼るしかないなど恥だが……。いや、まずは話を聞くだけでも、何か突破口が見つかるかもしれない」

決まったらすぐに動く！

ボニファーチョは部屋の扉を開けると大きな声を上げた。

「バンガンとアマーリアを呼べ！」

◆

「すいません、公爵閣下。突然お呼びだていたしまして」

「気にしないでください、バンガン隊長。どうせ、暇でしたから」

申し訳なさそうに言うバンガン隊長に、朗《ほが》らかに答える涼。

涼が泊まるドージェ・ピエトロから、特務庁本庁に向かう馬車の中だ。バンガン隊長とアマーリア副隊長が、局長ボニファーチョ・フランツォーニの命令によって、ロンド公爵たる涼を本庁に送り届けている。

戦時下となったために、共和国の国境は封鎖されている。そのため、どうせ涼は国外に出ることはできないので暇なのだ。

《戦争状態に突入すると国境を封鎖するのですが、それは破壊工作者が入ってこないようにするためであり、国内の資産が国外に持ち出されないようにするためでもあります。国はいつも横暴です！》

《それを俺に言ってどうしたいんだ？》

涼はお手軽な相手……いや、信頼する相手に不満をぶつける。
国王陛下をお手軽な相手などとは、決して思っていない。
ええ、思っていませんとも。
《ただの個人による自由な主張にすぎません。たまたまその言葉が、アベルに聞こえただけです》
《そうか、なら、リョウの言葉を考慮する必要は全くないんだな》
《も、もちろん、考慮して聞いてくれても問題ありません》
《うん、分かった、考慮しないで聞かなくても問題ないということだな》
《き、聞いてくれても……》
《聞かなくてもいいんだろう？》
《うぅ……》
涼は敗北した。
《まあ、戦争状態になった場合に国境を封鎖するのは仕方ない》
アベルが言葉を続ける。
アベルは結局、善い奴なのだ。涼もそれは分かっている。
《アベルは優しい人です。僕はずっとそう思っています》
《おう？》
《なので、週一ケーキ特権は、二週に一回にしてもいいです》
《うん、なぜ今、そうなったのか分からんが……》
《僕の真心《まごころ》だと思ってください》
《そうか……》
そんな会話を交わしている間に、涼とバンガン隊長、アマーリア副隊長が乗った馬車は、諜報特務庁に到着した。
「ロンド公爵閣下、お呼びだてして申し訳ありません。本来なら私の方から出向くべきところですが……」
「いえ、戦争になりそうな状況とうかがっています。そんな状況下では、諜報関係のトップの人が本庁を離れるわけにはいかないでしょう」

「ありがとうございます。実は先ほど、共和国西部ジョコンの街近辺で、シュターフェン連合王国軍と戦闘状態に入ったとの報告が上がってきました」

「なんと……」

ボニファーチョ局長の言葉に、驚く涼。

言葉を切って無言のまま何度も首を振る。

涼も王国解放戦で戦争というのを経験した。何がどうやっても、気分の良いものではない。同時に、個人でどうにかできるものではないということも理解している。

「本日、公爵閣下に来ていただいたのは、『ジューダスリベンジ』とチェーザレについてお話を聞かせていただきたいと思ってです」

「この前、襲撃してきた五人組ですね。お話といいますと？」

「バンガンとアマーリアから話を聞いたのですが、驚くほどの魔法の威力であったと。いやその前に、突然その場に現れたとも言っていました」

「ええ、ええ。私は魔法で、自分の周囲の状況を探ることができるのですが、魔法攻撃が加えられるまで彼らを感じ取ることができませんでした」

そう、まるで存在そのものを隠蔽していて、魔法を発動したからその隠蔽が解けたかのような……そう、今のように。

ドガンッ！

ドガンッ、ドガンッ、ドガンッ……。

涼が言葉を切った次の瞬間、外から轟音が響いた。

思わず窓の外を見る涼とボニファーチョ局長。窓の向こうで、いくつもの火柱が上がる。

「いったい何が……」

驚き、思考が停止するボニファーチョ。

「さっきまで反応がなかったのに……五人？　チェーザレたち五人の襲撃です」

「なんですって！」

涼がソナーで探った情報を伝えると、ボニファーチョも思考停止状態から戻った。

それに反応したかのように、乱暴に扉が開けられ部下が転がるように飛び込んでくる。

「局長！　襲撃です！」
「部下を狩るだけでは飽き足らず、本庁に直接攻撃だと？　舐めた真似を！」
怒りに燃えるボニファーチョ。
「敵はチェーザレと『ジューダスリベンジ』、五人だ。単独で当たるな、必ず複数で当たるのを徹底しろ！　伝達急げ！」
「はい！」
入ってきたばかりの部下は、ボニファーチョの命令を伝えるために、再び転がるように出ていった。
現在、午後四時。
襲撃する時間としては、あまり良い時間帯とは思えない。
《僕なら、襲撃は夜行います》
《まあ、そうだな。俺でもそうする》
《それなのに、まだお天道様が出ているこんな時間に襲撃してきた理由ってなんでしょう？》
《普通に考えれば、見せるためだろう》
《見せるため？　まさか、民衆に？》
《ああ。民が見ている前で、力の象徴を叩き潰す……民の心を折るには有効だ》
《確かに。逆に言うと、夜陰に紛れて襲撃する必要もないくらい、自分たちの強さに自信があるということですね。なんて傲慢な！》
《いや実際、強いんだろ？　そのチェーザレとかいうやつは》
《そんなに弱くはないです》
アベルの言葉に、素直に返事をしない涼。
正直に強いと言うのは、なんとなく癪に障るからだ。
《ナイトレイ王国の筆頭公爵としては、法国と共和国の戦争に介入するのがまずいというのは理解しています》
《そうだな。使節団が法国にいるしな》
《でも……目の前で、知り合いが戦っているのを、見て見ぬ振りをするのは嫌です！》
涼ははっきりと、言い切る。
王国のトップたる国王に対して、言い切る。
《どうする？》

《たまたま特務庁を訪れていた一般人が、攻撃を受けたので自分の身を守りました……そういう方向で》

《まあ、仕方ないだろう》

アベルは小さくため息をついた。

法国にいる使節団の安全や交渉を考えれば、涼は一切動かない方がいい。すぐに、特務庁の敷地を出て、ドージェ・ピエトロに戻るのがベストなのかもしれない。

しかし、アベルは知っている。

涼は、そんなことができないということを。少しでも知り合いとなった人物の危地を見過ごすことなどできないということを。

それは王国のトップとしては困ると感じるのだが、アベル個人としては好ましい性格だとも思っている。アベルも涼同様にお人好しなのだ。

《法国の人間が、使節団として受け入れているナイトレイ王国の人間を襲うはずがない。襲ってくるやつがいるとしたら、そいつは盗賊の類の可能性が高い》

《さすがはアベルです。僕も同じことを考えていました》

建前というものは必要である。理論武装と言ってもいい。あるいは屁理屈かもしれない……。

「局長さん、ちょっと建物から出て敷地の中を散歩する許可を貰えますか？」

「はい？」

「敷地を歩いていたら、たまたま襲撃されてしまって、仕方なく自分の身を守ることもあるかもしれませんので」

「しょ、承知いたしました。許可いたします」

「ありがとうございます。それでは」

こうして、涼は、諜報特務庁の敷地内の散歩に出かけるのであった。

◆

特務庁北庁舎入口前。

北庁舎には、中央職員室など、非戦闘員だが特務庁を支える部署がある。そこを破壊されれば、特務庁の人的資源は致命傷を受けると言ってもいいだろう。だからこそ、死守しているのだが……入口前には、すでに何人もの特務庁の諜報員が打ち倒されていた。

「化物め……」

剣を構えたアマーリア副隊長が呟き、対峙する男を睨みつける。

「女、他の連中より強いな。だが、まだまだだ」

笑いながら言う二十代後半、長い金髪の男。

アマーリア副隊長はその男に見覚えがあった。チェーザレと共に、アマーリアとバンガンを襲った『ジューダスリベンジ』の一人。チェーザレにどうするか尋ねていた男だ。おそらくは副隊長的なポジション。

「チェーザレにならともかく、副隊長同士で負けるわけにはいかない」

「強気だな」

アマーリアが決意の表情で呟き、それを聞いて笑う金髪男。

次の瞬間。

ザシュッ。

アマーリアが剣を一閃。

金髪男が放った炎を切り裂く。

「それだよ、それ。魔法を剣で斬れる奴は、そう多くはない」

「そう、じゃあ私って凄いのね」

「ああ、凄いぞ」

「そんな凄い女からお願いがあるの。聞いてもらえるかしら?」

「なんだ、言ってみろ」

「お願い、死んで!」

投げナイフ二本を放つと同時に一気に飛び込んで、剣で足を刈りに行くアマーリア。

カキンッ。

「くっ」

だが、いつの間にか手に持っていた金髪男の剣で防がれる。

「投擲《とうてき》には自信があったんだけど」

「いい狙いだったが、二本とも顔だったからな」

「頭を振るだけでかわすとか……」

悔しそうなアマーリア。

「楽しかったが、そろそろ終わりにするか」

「へぇ〜、何をするのか楽しみね」

金髪男の言葉に、挑発的な返答をするアマーリア。

相手の攻撃の瞬間こそ、カウンターアタックのチャンスだ。その攻撃に合わせる！

二人は剣を合わせたまま。

金髪男の攻撃は、アマーリアが想像していないものだった。

「〈棘熱《きょくねつ》〉」

「熱っ！」

持っていた剣が、急激に熱くなり手を離す。

後方に跳び退って距離をとりながら、両手を見る。火傷をしている。しかし、それは、意識を金髪男から外してしまう行為。

「ぐはっ」

アマーリアが認識した時には遅かった。

金髪男の右拳がアマーリアの腹にめり込む。

前かがみになったアマーリアの喉を右手で掴み、空中に釣り上げた。

バタバタと手足を動かして逃れようとするアマーリア。だが金髪男の腕はびくともしない。

「火属性魔法使いとの剣戟は初めてだったか？」

笑いながら問いかける金髪男。

当然、アマーリアは答えられない。手足をバタバタさせている。

「まあいい。死ね」

「お前がな！」

金髪男はとっさにアマーリアを手放し、右に跳ぶ。だが彼を襲った剣はわずかに左大腿をかすめた。

剣の持ち主はアマーリアの上司！

「バン……ガン……」

「無事か、アマーリア」

「遅い……」

「文句が言えるなら大丈夫だな」

油断せずに剣を構えたままバンガン隊長が問い、地面に投げ出されたアマーリア副隊長が答える。

「ふむ、遊び過ぎたか？」

金髪男が肩をすくめながら呟くように言う。

「お前が遊び過ぎたおかげで間に合った」

「そうか、なら感謝してほしいな」

「誰がするか！」

叫ぶと同時に飛び込み、間合いを侵略するバンガン。

その剣閃は鋭い。

しかし、その攻撃を全て受ける金髪男は余裕の表情だ。

（強い。いや、当然か。『ジューダスリベンジ』の一人だ、アマーリアもやられたし……）

バンガンはチラリとアマーリアを見る。なんとか起き上がり、片膝をついて呼吸を整えている。目にはまだ力があり、気持ちは切れていないようだ。手元には剣を持っているが、なぜか剣は曲がっている。アマーリアがいつも使っている剣なのは確かなのだが……。

カキンッ。

バンガンの連撃が止まる。

「〈棘熱〉」

「〈氷結〉」

金髪男は自身が持つ剣を通じて、バンガンの剣を超高温に熱する。アマーリアがやられて、思わず剣を投げ捨てた魔法だ。

だが、バンガンはそれに対抗した。


「珍しいな、水属性の魔法使いか」

「その技で、アマーリアの剣は曲がったんだろう？」

「観察力もなかなかだな」

「なんでそんなに上から目線なんだ」

「決まっている。お前たちよりも強いからだ」

「謙虚さの美徳とか習わなかったのかよ！」

バンガンが、剣を大きく横に薙ぐ。

跳び退った金髪男は距離をとった。

「水属性魔法を放ってこないか？　水とはちゃんと戦ったことがないんだよ。俺の火と戦おうぜ」

「悪いな、俺は魔法使いじゃない、諜報員だ。だいたい、遊び過ぎじゃないか？　『ジューダスリベンジ』のようなエリートさんは、真面目に破壊工作ばかりしてるもんだろ？」

「俺は破壊工作よりも戦って人を殺す方が好きなんだ」

「聖職者の風上にもおけないな」

「共和国のやつに説教されたくないぜ」

笑いながらの金髪男の飛び込みは、まさに神速。剣の動きどころか、体の動きすら、バンガンは捉え損ねた。

ブスリ。

金髪男の剣が、深々とバンガンの腹に突き刺さる。

「その程度か？」

拍子抜けしたような声が、金髪男の口から漏れる。

「俺にはアマーリアのような剣技はないし、魔法使いの才能もない……使える魔法はこれだけだ。〈氷結〉」

唱えた瞬間、刺された腹部が凍る。

氷は瞬時に広がり、刺さったままの金髪男の剣を凍らせ、さらに剣を持つ腕まで……。

「しまっ……」

「借りは返す！」

動けなくなった金髪男の首を、飛び込んできたアマーリアの剣が貫いた。

動けない相手なら、曲がった剣でも貫ける。

こうして、『ジューダスリベンジ』の一人を、バンガン隊長とアマーリア副隊長が倒した。

「バンガン隊長、お腹……」

「ああ、痛い」

「そりゃ、そうでしょうね。それだけ深い傷だと、ポーションでは難しいかと」

「いつもながら冷静な分析……ありがとうな」

「教会で聖職者に、〈エクストラヒール〉を掛けてもらうのが一番確実です」

共和国は西方教会と仲が良いとは言えないが、その首都ともなれば教会はある。政教分離がなされているだけであり、信じることそのものを禁じているわけではない。

「教会の暗殺者と戦って負った傷なんだが、治療してもらえるかな」

「特務庁の人間としてではなくて、一般の市民として治療してもらった方がいいかも。ばれなければ大丈夫です」

「……ばれたら？」

「……復讐される？」

「こういう場合、思ってても言わないんじゃないか、そういうことは。怪我人を安心させないか？」

「怪我人ではあるのですが、いつも私に厳しい上司でもあるので……」

「その上司が身を挺《てい》して助けたんだが？　普通、こういう場合、ありがとうとか言うもんじゃないか？」

「バンガン隊長が、もう少し剣を鍛えるか魔法を鍛えるかしていれば、その怪我もなく勝てたかも……」

「無理だろ」

げっそりとした表情で答えるバンガン。

「保管庫にあるポーションを取ってきます。ここで待っていてください」

アマーリアはそう言うと、建物の中に走っていった。

その際……。

「隊長、ありがとうございます」

アマーリアの口から漏れたその呟きは、バンガンの耳にまでは届かないのであった。

◆

諜報特務庁の敷地内には、水属性魔法が得意な魔法使いがいる。責任者から許可を貰って、散歩をしながら怖い人たちを狩っている……。
《ああ、今、もう一人の『ジューダスリベンジ』が倒されました。バンガン隊長とアマーリア副隊長、無事に倒したみたいですよ》
涼は、〈パッシブソナー〉で特務庁の敷地内を探りながら移動しているのだが、見知った反応を捉えていた。半ば涼の専属となっていると思われるバンガン隊長とアマーリア副隊長だ。そして二人が、『ジューダスリベンジ』の一人と戦闘になっているのも分かっていた。
《助けに行かなかった二人だな？》
《ええ。アマーリアさん一人の時は助けに行こうかと思ったのですが……バンガンさんが合流してからは、けっこう早く決着がつきましたからね》
涼は『魂の響』を通してアベルに報告しながら、傍らの氷の棺をぺしぺしと叩いている。
《それで何人目だ？》
《これで三人目です。四人目をバンガン隊長とアマーリア副隊長が倒したので、残っているのは……》
「〈ファイヤーカノン〉」

「〈アイスウォール20層〉」

誰もいないと思われた場所から突然火属性魔法による攻撃を受けた。だが、分かっていたかのように涼は氷の壁で弾き返す。

「残りの一人、出てきましたね」

涼はニヤリと笑って、現れたチェーザレに向き直った。

「C級冒険者リョウ？　なぜここにいる？」

現れたチェーザレが問いかける。

一撃で死ぬような攻撃をしておいて、いまさら問いかけるのは、普通なら意味が分からないのだが……涼もそこを指摘しない。

「あれ？　どうして僕の名前を知っているのです？」

そう、名乗った覚えのない自分の名前を知られていたから驚いたのだ。

しかも肩書はロンド公爵ではなくC級冒険者だ。共和国関係者から情報を得たのであれば『ロンド公爵』のはずなのだが、そうではないということは……。

「もしかして、西方教会から僕の殺害依頼が正式に出ているとか？」

以前、ニール・アンダーセンが謎解きをしてくれた。法国が介入の大義名分を得るために、使節団の一員である涼を共和国内で死なせる可能性があると。そう、死なせる方法はどんなものでもいい。重要なのは死なせる場所。必ず共和国内で。

「ちょうどいい。ここで死ね」

前回の襲撃同様、軍用コートに近いものに身を包んだチェーザレが無表情なまま告げる。

涼はこれまでに、『ジューダスリベンジ』を三人氷漬けにした。そして今、四人目としてチェーザレを目の前にしている。さすがに四人も見れば、いろいろと気付くことがある。

特に突然現れたことや、装備に関して……。

「あなたたちの隠蔽、とても興味があります。それは錬金道具を使っていますね？」

「……」

「教皇の四司教、チェーザレ殿は無口と」

「ほぉ」

初めてチェーザレの表情が動く。そして、涼の後ろにある三つの氷の棺をチラリと見た。そこには涼が捕らえた『ジューダスリベンジ』の者たちが入っている。

「中央諸国の魔法はとるに足らないと聞いていたが、お前の魔法は格が違うようだな」

「いえいえ、それほどでも」

涼は苦笑する。

それは魔法を褒められたからではなく、中央諸国の魔法のレベルの話に関してだ。

中央諸国の魔法使いは、西方諸国や東方諸国の魔法使いに比べて、レベルが低いと思われている。わざわざ詠唱して、しかも威力の低い魔法しか生成できないとなれば、そう思われるのは当然だろう。以前、西方諸国から来ていた勇者パーティーの魔法使いが、そんなことを言っていた……。

それもこれも、全て、ヴァンパイアの真祖様の想定通り。

文化圏の魔法文化そのものを、自分が設定したレベルに押しとどめる……はっきり言って、それはとんでもないこと。

歴史上、そんなことに成功した人物を涼は知らない……もちろん地球の歴史において。

だが、あの真祖様は、ヴァンパイアが安心して中央諸国で暮らせるようにするために、中央諸国の人間が使う魔法を、わざわざ詠唱が必要なものにし、なおかつ威力の低いものにしたのだ。

とんでもない……。

まあ、その結果、中央諸国の魔法そのものが、西方諸国の人たちから下に見られるようになったわけだが。

「だが、俺の魔法にはかなわない」

「それは、そのブローチのせいですか?」

涼は、チェーザレが着けているブローチについて指摘する。これは『ジューダスリベンジ』の者たちもつけていたし、魔法を放つたびにほんのわずかだが光っているようにみえたからだ。

「まさか、融合魔法がすでに実用化されているとは。誰が作ったのか、ぜひ知りたいです」

涼はそう言うと、にっこりと微笑んだ。

そこまで言うと、チェーザレは驚いたようだ。あまり表情に変化のない男なのだが、驚きはするらしい。

「アンダーセン辺りから何か聞いたか？」

チェーザレのその呟きは大きくはなかったが、涼の耳には届く。

（アンダーセン？　ニール・アンダーセンさん？　なぜ彼が？）

涼が持っていた違和感が、また一つ大きくなった気がした。ニール・アンダーセンに関して、何か引っかかっているのだが……それがなんなのか、分からない。

「まあいい。決まっていることを実行するだけだ」

「決まっていること？」

「お前を殺す」

「なぜ僕は、よく命を狙われるのでしょうか……」

チェーザレの宣言に、世の無情を嘆く涼。

いつもそうだが、相手は待ってくれない。

「〈ファイヤーカノン〉」

無数の炎が、涼に向かって飛……ぼうとした。

「〈動的水蒸気機雷《ダイナミック・スチーム・マイン》〉」

涼とチェーザレの間の水蒸気が、無数の機雷になる。

接触した全ての炎が凍りついた。

「初めて見る魔法だ」

表情を変えずに呟くチェーザレ。

驚いているのかどうか、涼からは分からない。

だが、涼はチェーザレの魔法を油断ならないものだと認識している。

（バンガン隊長とアマーリア副隊長を守った時もそうでしたけど、この人の魔法の威力は強い。ケネスも融合魔法だろうと言ってました。そうなると……持久戦になれば勝てます。つまり守り続けるだけでいい）

二人の間に展開している〈動的水蒸気機雷〉は、まだ稼働している。数千もの機雷は、そのほとんどが生きたまま。

「ふむ、小さな水属性魔法の仕掛けか」

チェーザレは呟くと、右腕を前に出した。

「〈ファイヤードラゴン〉」

チェーザレが唱えると、その手から、炎が脈打ちながら生じた。そして、まさに龍のごとく、前に漂う水蒸気機雷をよけながら、涼に襲いかかる。

「うそん……」

涼は思わず呟いたが、すぐに唱える。

「〈アイスウォール20層パッケージ〉」

前方だけではなく、自分の全周囲に氷の壁を構築。

構築が完了した瞬間……。

ドゴンッ。

正面ではなく、左横、そして、上の氷の壁で炎が弾ける。

やはり、好きなように炎を動かして、様々な方向から攻撃を加えることができる魔法だったのだ。

「〈アイシクルランス128〉」

あえて正面から、氷の槍を飛ばす。

「〈魔法障壁〉」

ガキン、ガキン、ガキン……。

チェーザレが唱えた魔法障壁は、明らかに分厚く硬い。涼の〈アイシクルランス〉が、障壁を貫けないのだから。

しかしさすがに、百二十八発の氷の槍を食らって、無傷とはいかない。

割れる。

「〈アイシクルランス128〉」

そこに、さらに百二十八発の氷の槍。

「〈魔法障壁〉」

再び張られる障壁。

それが、五回繰り返された。

「〈アイシクルランス128〉」

涼が唱えるのと同時に、チェーザレは〈魔法障壁〉を張りなおさずに、唱えた。

「〈ファイヤーカノンフルブースト〉」

これまでとは明らかに違う数……千は下らない数の炎の塊が生じて、その手から発射された。炎の塊のうち百二十八発は、氷の槍と対消滅して消えたが、残りは涼を襲う。

「ついに！〈積層アイスウォール20層〉」

チェーザレが、ある種の賭けに出たと涼は理解した。

涼の前からチェーザレに向かって、積み重なるように構築されていく氷の壁。いかな、融合魔法によって強化され、おそらく最後の魔力を振り絞っての最強攻撃であっても……積み重なっていく氷の壁を全て撃ち抜くのは不可能。

ケネスから聞いていた情報が役に立った。

持久力を犠牲にして瞬間火力を上げる……そんな融合魔法の使い方。

持久力の勝負になれば勝てる……涼には、やる前から分かっていた。

……はずだった。

パリンッ。

薄いガラスが割れるような音が響く。

チェーザレの左手が持っていた何かを、砕いた音だと気付いたのは三秒後。

涼は自分の認識が間違っていたことに気付く。

「魔力を……補充した？」

そう、チェーザレに魔力が補充されたのが分かった。

なぜ分かったのか正確には理解できないが、間違いなく分かった。

ここにデブヒ帝国の先帝ルパートかハンス・キルヒホフ伯爵がいれば言ったかもしれない。「帝国でも開発している魔力充填石に似ている」と。

彼らが、シュルツ国謁見の間で〈ゲヘナ〉をしのぎ切った際にハンスが使った、魔力を溜めておける魔石のことである。考え方と仕組みはほとんど同じものだ。

魔法において何が弱点になるのか……それは昔から明らかである。

魔力の枯渇。

だから、その問題を解決する方法を探求し開発した。

時として、知者は同じ道を通る。中央諸国の帝国がたどった道は、西方諸国の法国もたどったということ。

持久戦に持ち込めば勝てる？　そんなに甘い相手ではなかった。

涼を蝕《むしば》む、ほんのわずかな後悔。

それが相手の先制を許す。

「〈ファイヤードラゴンフルブースト〉」

竜のようにうねる炎が、再び何千本と涼を襲う。

「〈積層アイスウォール20層パッケージ〉」

分厚くなり続ける氷の壁を全方位に張ってしのぐ涼。

しかし、うねる炎は、いつも同じ場所に着弾するわけではない。

一カ所に連続して着弾すれば……。

「貫かれた？　〈積層アイスウォール20層〉」

貫かれた場所を、個々に補強しなければならない。

補強した氷の壁は……。

「なんという歪な氷の壁……」

悔しそうに呟く涼。

わずかな後悔から、先手を取られてこのざまなのだ。

「全ては僕の油断が招いた結果です」

一瞬だけ目を閉じ、気持ちを整える。

未だ、戦いの最中。

「後悔は置いてきました。全て終わってから反省します。今は、目の前の戦いに集中する！」

これまでも、何千、何万と失敗を重ねてきた。

失敗は恥ではない。

全ては自分を前に進ませるための糧となっている。

少なくとも、涼はそう信じている。

過去は現在に繋がり、現在は未来に繋がる。


それは、生き残ってこそ。死ねば全てが消え失せる。

命の懸かった戦いは、生き残らねば意味がない。

「最も基本的なことを忘れていました。だから油断した、耐えきれれば勝てるなどと甘い考えに囚われてしまったのです」

致命傷を受けて死んでしまう前に気付くことができたのは重畳。

一度、深く短く息を吐く。そして吸い込む。

強制的に成立する深呼吸。

「常に全力です！」

そう言うと、全ての氷の壁と水蒸気機雷を解除した。

それを見て訝しむチェーザレ。

「C級冒険者リョウ、どういうつもりだ？」

「たいしたことではありません。自らの間違いを正し、油断を正し、全力で事に当たる。ただそれだけです」

「ふん……好きにすればいい。どうせやることは変わらん」

チェーザレがそう言うと、左手の辺りでパリンという薄いガラスが割れる音がした。

そう、先ほどと同様に。

（魔力の補充……やはりいくつも持っていると。この相手に、魔力切れを狙うのはいけません）

以前、連合の灰色ローブ、ファウスト・ファニーニとの戦いで、相手を完全な魔力切れに追い込んだことがあった。だがその時は、決して受け身ではなかったし、慢心もしていなかった。

全力で、魔力切れに追い込んだのだ。

（チェーザレを、全力で正面から叩き潰す、ただそれだけです）

チェーザレは、やることは変わらないと言う。

涼も、やるべきことは決まっている。

お互いの緊張が高まる。次の一撃が、決定的なものになることが分かっているから。

膨らんだ緊張は、わずかな衝撃で弾ける。

「ロンド公爵！」

例えば、そこに現れた旧知の人物の声掛けで。

「〈ファイヤードラゴンフルブースト〉」

「〈ウォータージェット２０４８〉」


数千匹の炎の竜と、その全てを迎え撃つ極太の水の線。

生じる数千の対消滅の光。

その光に紛れて切り込んだチェーザレの剣が、涼を貫いた。

いや、涼の残像を貫いた。

舞う、水の欠片。

涼がいた場所は驟雨《しゅう》の中。

「〈氷棺〉」

纏わりつく〈スコール〉の水で、全方向から一瞬で凍り付くチェーザレ。

氷の棺の中で、眠りについた。

◆

「こ、これは……」

戦場に現れて「ロンド公爵！」と声をかけたのはバンガン隊長。その後ろには、アマーリア副隊長もいる。

二人とも、氷漬けになったチェーザレを見て言葉を失う。

「ふぅ、成功です」

涼はそう言うと、満足そうに氷の棺をぺしぺしと叩く。

言葉を失ったままの二人は、少し離れた場所に置いてある三つの氷の棺にも気付いた。

「あの氷も?」

「『ジューダスリベンジ』の人たち?」

「はい。チェーザレを含めて四人、生け捕りにしました。諜報機関的には、いろいろと情報を聞き出せた方がいいでしょう?」

涼は、チェーザレの戦い方を見て、ずっと不思議に思っていた。暗殺者だというのに、魔法ばかりだった点が。

魔法しか使えない暗殺者? それはあり得ない。

思い出すまでもない……涼の中で暗殺者といえば、暗殺教団の『ハサン』だ。彼は土属性魔法と錬金術に長けていたが、近接戦も驚くほどハイレベルだった。そして言っていた。弟子たちの近接戦も鍛えたと。

暗殺者は近接戦にも長けていると見るべきなのだ。

つまり、チェーザレが魔法戦ばかりなのは、近接戦の手札を見せたくないから。それは、最後の最後で切る、まさに切札。ならば、あの最後の局面では切ってくるはず。

だから〈スコール〉の罠を仕掛けた。

全方位から、一瞬で〈氷棺〉に閉じ込めて、捕まえるために。

三人がいる場所に、特務庁の人間と思われる者たちが走ってきた。手には、何かごつい手錠のようなものを持っている。

「バンガン隊長、『手枷《てかせ》』を持ってきましたが……これは……」

「ああ、どうしましょうかね」

走ってきた者が持ってきたごつい手錠を見せながら問い、バンガンがチェーザレの入った氷の棺と涼を交互に見る。

「その、『手枷』ってなんですか?」

涼は、ある種の期待を持って問いかける。

「これは、魔法封じの手枷です。つけられると、魔法を使えなくなります」

「おぉ！」

涼は期待通りの答えに、喜びの声を上げる。

そう、古今東西の剣と魔法のファンタジーによく出てくる魔法を封じる道具。中央諸国では見たことのなかった道具だ。

「一番確実なのは、このまま移動して重監獄で『手枷』に付け替えることか」

バンガンはそう呟くと、涼の方を見て言葉を続けた。

「公爵閣下、この氷の箱を地下の監獄まで移動させたいのですが……」

「ああ、大丈夫ですよ。〈台車〉」

涼が唱えると、いつもの氷の荷車が生まれ、氷漬けになったチェーザレが載せられる。残りの三体も同じようにして、特務庁敷地内の地下にある重監獄に移送された。

〈氷棺〉から出されたチェーザレらの手首に『手枷』が巻かれると、『手枷』はほんのり光り始めた。それは錬金道具が発する光……つまり、錬金術によって魔法を封じているのだ。

（ぜひ、仕組みを見せてもらわねば！）

その光を見て、涼は固く心に誓うのであった。

◆

「まさかチェーザレを捕まえるとは……公爵閣下、ありがとうございます」

諜報特務庁の局長室で、涼は深々と頭を下げられた。

頭を下げているのは、局長ボニファーチョ・フランツォーニ、それと横にいるバンガン隊長とアマーリア副隊長。

「いえいえ、たまたま上手くいっただけですから」

これを、日本人的謙遜というのだろうか。

「それで……本当に、四人の身柄を完全に共和国にお預けいただけるので？」

「ええ、もちろんです。私が持っていても仕方ありませんし」

ボニファーチョ局長の確認に、笑顔で答える涼。

チェーザレと三人の『ジューダスリベンジ』。ちなみに『ジューダスリベンジ』の一人は、バンガン隊長とアマーリア副隊長が殺している。

そのため四人の身柄。

涼にはなんの価値もない……というか、利用の仕方の分からない四人。だから特務庁に身柄を渡すのに抵抗はない。

しかし、代わりに欲しいものがある。

「ただ、サンプルとして、彼らのブローチを二個。それと、彼らが使っていた『隠蔽』の技術について、何か分かったら教えていただきたいのですが」

「分かりました。それは問題ありません」

ボニファーチョ局長は大きく頷いた。

共和国に関する機密事項には触れないため、ここで即答できる。

「あ、あと、魔法封じの手枷とかいうのも、ちょっと興味があるので、できればそちらも……」

「なるほど。法執行機関のみが所有しているものなので、お渡しすることはできませんが、見るだけならば構いません」

涼の追加注文にも、ボニファーチョ局長は応じた。

少しだけ共和国の機密に関するものだが、特務庁局長の権限内で対処できる範囲の提案を行う。

あの四人を捕まえたのは、共和国にとって、それだけ大きなことだったのだ。

「奴らが、我が特務庁の監視員たちを襲っていたことは分かっていました。それが無くなるのは、非常にありがたい」

ボニファーチョ局長は、何度も頷いた。

そして、数十分後。
涼は約束通り、魔法封じの手枷の情報と、二個のブローチを手にした。その顔は、本当に、本当に嬉しそうな……。
《リョウ、なぜ一個じゃなくて、二個なんだ?》
王都の王様が、そんな質問をしてくる。
《一個はケネスへのお土産です。もう一個は、自分へのお土産です》
《な、なるほど……》
そう、涼は友人であり師匠でもあるケネス・ヘイワード子爵へのお土産を手に入れたのだ。涼は、とても友情に厚い男なのである。

「『隠蔽』については、まだ分かっていないようなので……。まだしばらく国内にとどまられるのであれば、お知らせしま……ああ、国境が封鎖されたのでしたな。申し訳ありませんが、しばらく共和国内にとどまっていただくしかありません」

ボニファーチョ局長が申し訳なさそうに言う。

「はい、承知しております。とどまるのは仕方ないのかなと思うのですが……聖都にいる使節団が、私のことを心配している可能性があります。その辺りはなんとかならないでしょうか？」

「分かりました。それにつきましては、うちのルートを通じて、王国使節団にお伝えいたします」

「よろしくお願いします」

『確認先は使節団だ』と涼が啖呵《たんか》を切った翌日には、その確認をできていたのだから、なんらかのルートがあるだろうと思って言ったのだが、案の定であった。

これでとりあえず、戻るのが遅れても心配されることはないであろう。

戻るのが遅くなったら、きっと心配した……はず……ですよね？

心配してくれたはずですよね？

心配……するふりくらいはしてくれたに違いない。

「ドージェ・ピエトロに泊まりますので、何か分かったら、そちらまでお知らせください」

「はい。かしこまりました」

こうして涼は、ドージェ・ピエトロに、さらに延泊することになった。

全てにおいて完璧な宿。ここ以外の選択肢など、あり得ない。

ホーリーナイツ

マファルダ共和国西部でシュターフェン連合王国軍を迎え撃ち、諜報特務庁が危機から脱した翌日。

元首公邸を地獄に叩き落とす一報が届いた。

「閣下、大変です！」

すぐに、報告書が元首コルンバーノに渡される。

一読。

「なんだと……」

さらに、もう一読。

そして、傍らの最高顧問バーリー卿に報告書を渡した。

「ファンデビー法国のゴーレム兵団が、法国を出た？

当然……向かう先は、我が国でしょうな」

「教会と法国は、本気で共和国を滅ぼすつもりらしいな……」

バーリー卿が顔をしかめて報告書を読み、コルンバーノが部屋の中を歩き回る。

そこに、首席補佐官ラシュが現状の報告書を持ってきて、コルンバーノとバーリー卿に渡す。

「西部……エルフたちの協力によって、連合王国軍の森での足止めは継続中。特務庁はかなりの被害を出しはしたが、『教皇の四司教』と『ジューダスリベンジ』三人を捕らえた。共和国が置かれた現状からすれば、よくやっていると言える」

「はい。連合王国軍を足止めできているのは大きいでしょう。ただ特務庁は、現場に出る諜報員の数が、今まで以上に厳しくなったと」

バーリー卿の確認に、ラシュ首席補佐官が答える。

コルンバーノは部屋の中を無言のまま歩き回っている。それは厳しい状況に置かれた時のいつもの光景なので、バーリー卿もラシュも気にしていない。そんな状態でも、報告を聞いているのは知っているからだ。

コルンバーノは歩くのをやめてラシュの方を向く。

「整備士と錬金術師たちは、なんと言ってる？」

「はっ……未だに原因が分からぬと」

コルンバーノの問いに、ラシュが答えた。

共和国のゴーレムは、未だに動いていない。

「シュターフェン連合王国を止めたとしても、法国のゴーレム兵団が首都に到達すれば終わりだ。バーリー卿、そう思うだろう？」

「はい」

コルンバーノの問いにバーリー卿は頷く。

コルンバーノが心の中で決断を下したことを理解し

たのだ。それは、今後の共和国の発展に大きな打撃をもたらす決断。だが、それをしなければ数日後には首都が蹂躙され、共和国が滅亡の憂き目を見る。

「やむを得ん。彼に来てもらう以外にはない！」

「え？　しかし、一度でも頼れば、国を出ていくとの取り決めが……」

「仕方あるまい！　このままでは国が滅ぶわ！」

ラシュ首席補佐官の言葉に、コルンバーノは苦々しい表情でそう言い切った。

ここにいる三人は、固有名詞を出さずとも、誰になんのために来てもらうのかは分かっている。それが生み出す確実な未来も分かっている。

ラシュも分かっているのだ、他に方法がないというのは。それでも言わざるを得なかったのだ……。

コルンバーノは全ての逡巡をかなぐりすて、決意の表情となった。

「私が直接向かう。馬車を用意せよ」

◆

《融合魔法のブローチですか！　それは、実に興味がありますね。本当に、そんなお土産を貰ってしまっていいんですか？》
《もちろん。ケネスへのお土産として手に入れましたからね。帰国を楽しみにしていてください》
涼とケネス・ヘイワード子爵が、アベルの『魂の響』を使って会話をしている。この間、アベル自身は、『装置』にずっと左手を置いたままにしなければならない。
王様なのに、大変だ。
《そういえばこの前、錬金術を使った新船の設計を見たとか？》
《そうそう。なかなか凄かったのですよ。ウィットナッシュで、レインシューター号を見た時も凄いと思いましたけど、今回のは設計だけでも、いくつもの新機軸が入っていました。あの形状、クリッパーみたいで、かなり速いですよ。設計に、僕がお手紙を届けたニール・アンダーセンさんが加わっていて、二度びっくりでしたけど》

涼は、フランツォーニ海運商会で見た、新船の設計について思い浮かべながら話している。
だが、そこでケネスの雰囲気が変わった。
《リョウさん、今、なんて……?》
《え？　いくつもの新機軸……》
《いえ、その次です》
《クリッパー……》
《いえ、その次です》
《ああ……ニール・アンダーセンさん。僕が手紙を届けた魔法使いです》
《ニール・アンダーセン……いや、まさか……同姓同名の可能性も……》
ケネスが何か呟いている。
《ケネス?》
《あ、すいません。リョウさん、そのニール・アンダーセンという方は、どういう方ですか?》
《どういうと言われても……二メートル近い長身で、ほっそりした印象。白髪は短く揃えられ、鷲鼻、モノクルというのか片眼鏡をかけていました。少し神経質そうでした》
《かなり細かい描写ですね。でも、凄く……そう、聞いていた風貌に、凄く似ています……》
《え？　ケネス、ニール・アンダーセンさんを知っているのです?》
涼は驚いた。
まさか、ケネスが、西方諸国の魔法使いを知っているなんて。
《ええ。私の知っているニール・アンダーセンと同一人物であれば……彼は、元帝国の錬金術師です》
《え……》
その瞬間、涼の中にあった違和感が氷解した。
海運商会で会長が涼をナイトレイ王国の公爵として紹介した時、ニール・アンダーセンは、「なんと……王国の……」と呟いた。
これは変なのだ。
西方諸国の人間であれば、そんな言い方はしないはずだ。
西方諸国にも、多くの『王国』がある。西方諸国の人間が『王国』と聞いて最初に思い浮かべるのは、それら西方諸国にある王国のはずなのだから。
ナイトレイ王国と聞いて、「なんと……王国の……」と言うのは、中央諸国の人間。ケネスが言う通り、元帝国の錬金術師であるなら納得だ。
そして、涼は、もう一つ思い出したことがあった。
それは、かなり昔。
ケネスに会うよりも前。
初めて、ルンの南図書館で、この『ファイ』における錬金術の本を司書に薦めてもらった時。
司書の方は三冊の本を紹介してくれた。その三冊の本は、全て……。
《著者がニール・アンダーセンだった……》
《ああ、ニール・アンダーセンは、数多くの著作を残しています》
ケネスは補足する。
《ニール・アンダーセンは、フランク……私の友で師匠でもある、フランク・デ・ヴェルデの二世代上の錬金術師です。それも、卓越した錬金術師でした》
《かなり、凄い……？》
《ええ、それはもう。はっきり言って中央諸国の錬金術は、リチャード王以降、数百年単位で発展を止めていたと言ってもいい状態でした。それを再び動かしたのが、彼ニール・アンダーセンです。帝国の、錬金術大国としての礎《いしずえ》を築いたといってもいいでしょう》
《それは凄い……。でも、フランクさんの二世代上って……そこまで年とってるようには見えなかったですよ？　フランクさんって七十代半ばでしょう？　むしろそれよりちょっと若く見えた気が……》
《それは不思議ですね。ニール・アンダーセンは、生きていれば、多分百二十歳くらいになるはずなので》
謎は、一つ解ければ、また一つ……。

◆

共和国首都、ニール・アンダーセン邸。二人の男が向かい合って座っている。
一人は、この家の主、ニール・アンダーセン。
もう一人は、この国の元首、コルンバーノ・デッラ・ルッソ。

「……つまり、正式な要請ということか？」

「ああ……」

ニール・アンダーセンが問い、コルンバーノが苦渋に満ちた表情で頷いた。

「わしの助勢は民間に限る、ということで移住した。その際に交わした約定通り、国の事業に手を貸せばわしはこの国を出ていくことになるが、それでもということじゃな？」

「そうだ……」

ニール・アンダーセンが再度問い、コルンバーノがさらに苦渋に満ちた表情で頷いた。

そうせざるを得ない状況だ。

先の見通せる者であれば、西部ジョコンの街付近でシュターフェン連合王国軍とぶつかる前に協力を仰ぐべきだった、と言うかもしれない。その通りなのだが、ニール・アンダーセンを頼るというのは、本当に、最後の最後の手段なのだ。

共和国の民間部門において、ニール・アンダーセンがいなくなるということは、今後数十年にわたって共和国の錬金術における発展が大打撃を受ける……そういう意味を持つのだから。

それでも、国の滅亡と秤《はかり》にかけざるを得ない現在、やむを得ない……。

「そうか」

ニール・アンダーセンは、それだけ呟くと黙った。

共和国が置かれた苦境、元首コルンバーノの苦渋、どちらも理解できたからだ。

その時、ニール・アンダーセンは、ふと窓の外を見た。一人のローブを纏った男が、敷地に入ってくるのが見えた。

（あれは、確か……）

「こんにちは。先日、伺いました冒険者の涼です。約束はないのですが、ニール・アンダーセンさんにお会いできますか」

「申し訳ございません。ご主人様は、ただいま来客中でして」

「ああ、やっぱり……表の馬車ですね」

表に、立派な馬車が停まっているのは見た。

涼がどうしようか考えていると、奥の扉が開いて、ニール・アンダーセンが出てきた。後ろに、立派な服を着た人が付いてきている。

「確か、リョウ殿じゃったな。どうした？」

「ニール・アンダーセンさん、すいません。ちょっとお尋ねしたいことがありまして……」

そこで、涼は、ニール・アンダーセンが外出しようとしていることに気付いた。そんな服装だ。

「ニールでよい。少しなら答えられるが、なにぶん時間がない」

「ええ、そのようで。どちらかに出かけられるのでしょう。あの、私の方はたいした用事ではありませんので、また別の機会にでも……」

「ふむ……」

ニールは、涼の左耳と、村雨の鞘《さや》を見て、少し考える。

三秒ほど。

「リョウ殿は、錬金術を嗜んでいると言ったな」

「はい、まだまだ学び始めたばかりですが……」

ニールの問いに、涼は照れながら答える。

ニールはそこで、驚くべきことを言った。涼に対してではなく、後ろの人物に対して。

「元首閣下、こちらのリョウ殿も連れて行ってよいかな。役に立つかもしれんぞ」

「い、いや、それは困る。いちおう、国家機密だ……」

ニールの言葉に、さすがに戸惑う元首と呼ばれた男。

「リョウ殿、こちらは、この共和国の国家元首、コルンバーノ・デッラ・ルッソ閣下。元首閣下、こちらのリョウ殿のことはご存じか？」

「いや……失礼ながら存じ上げないが」

いきなりの大物を紹介され、涼は驚いていたが、ニールの目が、「自己紹介してはどうか」と語っているのを理解できた。

「初めてお目にかかります。中央諸国、ナイトレイ王国筆頭公爵を拝命しております、ロンド公爵リョウ・ミハラと申します」

涼は、丁寧にお辞儀をした。三年前、アベルに徹底的に仕込まれたため、かなり様になっている。

「ロンド公爵？　ああ！　それは報告で聞いております。これは大変失礼いたしました。先ほども紹介がありました、コルンバーノ・デッラ・ルッソです」

コルンバーノは、左目に眼帯をつけており、見るからに海の男であるが、その礼は優雅だ。

地位は人を作る。

「さて、わしも先ほど聞いたのじゃが、こちらのロンド公爵閣下は、諜報特務庁に協力して、共和国内に潜伏していた『教皇の四司教』を捕縛されたそうだ。驚くほど強力な魔法使いであり、しかも錬金術も嗜んでいる。わしの見たところ、非常に独創的な錬金術の知識もありそうじゃ。ぜひ、今一度、共和国のために協力を仰ぐのがよろしいと思うが？」

ニールは、元首コルンバーノに提案する。

コルンバーノは、少し迷ったが、結局頷いた。

「分かった。公爵閣下、ぜひ協力をお願いしたい」

「え～っと？」

涼だけが全く理解できていない。何をお願いされているの？

「リョウ殿。我々はこれから、共和国のゴーレム兵団を修理に向かう。それにちと同行してほしいのじゃ。ほれ、リョウ殿は、ゴーレムに興味があったであろう？」

「そういうことなら、ぜひ！」

ニールは微笑みながら言い、涼は一も二もなく同意した。


馬車の中。

「さて、着くまで時間ができたのぉ。リョウ殿、何かわしに聞きたくて、家を訪れたのであろう？」

「ああ、はい……」

そこで、涼は、チラリと元首コルンバーノを見る。

「大丈夫じゃ。元首閣下は、わしに関するたいていのことを知っておる。というか……その辺りを気にするということは、わしがどこから来たのかを知ったか？」

ニールは、笑いながら、自分から問うた。

「ということは、やはり元帝国の……デブヒ帝国で……？」

「うむ、そうじゃ。かつては、デブヒ帝国で錬金術をやっておった」

涼の問いに、ニールは頷いて答えた。

少しだけ、懐かしい目で遠くを見るように。

「そうだったのですね。僕が初めて読んだ錬金術の本が、ニールさんが書かれた本でした」

「おお、そうか！　わしの著作が、新たに錬金術の道に進む者を導いたとは……。これほど嬉しいことはないな」

涼の言葉に、ニールは、本当に嬉しそうな顔で答える。

そして、ニールは少し真面目な顔になって、問うた。

「リョウ殿の左耳のイヤリングは、錬金道具じゃな？」

「はい」

「驚くほどの腕……いや、そんなレベルではないな。当代に冠絶するといっても過言ではない錬金術師の作によるもの」

「なんと……」

ニールがその腕を褒め、元首コルンバーノが驚く。

ニールが絶賛するほどの錬金術師がいるということに。

「私の師匠が作ってくれました」

涼は微笑みながら答えた。

ケネスのことを絶賛されて、嬉しくなったのだ。

「なるほど。いや、しかし、よく成立しているな、その道具は……」

「え？」

「遠距離通信系のものであろう？　おそらくは一千キロを超える、しかもいつでも通信可能……。ちょっと想像できない省魔力化じゃ……あるいは、逆か？　想像できないほどの魔力を、リョウ殿が持っているのか？」

ニールは呟くようにそんな独り言を言っている。

そして、視線を涼の腰に移す。

「その、腰の鞘は、別の者の作じゃな。イヤリングほど洗練されてはおらぬが……それが、リョウ殿か？」

「はい。まだまだです……」

ケネスに、遠く及ばないのは理解している。だからそこは素直に受け入れる。

「いや、けなしたのではない。その鞘に入れこまれた錬金術は……わしに理解できぬものじゃ……」

「アンダーセン殿が理解できない？　そんなものが存在すると……」

ニールの言葉に、元首コルンバーノが驚いた。

「うむ。イヤリングとは全く別の設計思想。いったいその鞘の錬金術を作動させたら何が起きるのか……非常に興味深いの」

そう言うと、ニールは楽しそうに笑った。

涼は、苦笑いした。

設計思想が違うのは当然だ。鞘は、暗殺教団の『ハサン』に通じる錬金術が基になっているのだから。彼が残した『黒ノート』から、涼が試行錯誤して作り上げた、初めての大作と言ってもいいもの……。

だが、涼はそれ以上に驚いていた。イヤリングはともかく、この鞘に入れこまれた錬金術は、普通、発動しない限り気付かれないのだ。

ケネスですら、気付かなかった。

それを、ニールは見抜いた！

能力の差と言うより、経験の差なのかもしれない……。

「王国の錬金術師で、そのイヤリングを作ることができる者と言えば、フランクさんのお弟子さんにあたりますか……」

「いえ、フランク・デ・ヴェルデあたりかの？」

ただ二十代前半ですが、中央諸国を代表する錬金術師と言っても過言ではありません」

ニールの問いに、涼は自信をもって答える。

ケネスが、本当に凄い錬金術師であることを、涼は良く知っているから。

「王国でも、新たな錬金術師の世代が育っておるのじゃな」

ニールは嬉しそうに言った。

そして、言葉を続けた。

「錬金術、未だ廃れず」

その表情は、満足感に覆われている。

かつて、自分の全てを捧げた道が、今も、そしてこれから先も、間違いなく続いていく……その確信を得られた男の表情であった。

◆

馬車は、元首公邸から少し離れた建物に入っていった。

その建物内で、三人は馬車を降りる。

御者が、馬車の上に載せてあった大きな袋を下ろした。ニールの道具らしい。

「私の後に付いてきてくれ」

そう言うと、元首コルンバーノが先に歩き始めた。

その後ろを、ニール、涼、御者の順に付いていく。

地下への階段を下りる。

そして、ようやくついた扉を開けて入ると……そこには、広大な空間が広がり、何十体ものゴーレムが並んでいた。

「おぉ……」

思わず、涼の口をついて出てくる小さな感嘆の声。

目の前に広がるのは、壮観と言ってもいい光景。

しかし別の見方をすれば、戦場でもあった。しかも、敗色濃厚な戦場。

多くの者が、いくつものゴーレムに線を繋ぎ、何やらタブレットのようなものを見たりしている。

そして、何度も首を振っている。顔をしかめながら。

上手くいっていないのは、誰の目にも明らかであった。


ニールは、一番手近なゴーレムに近付き、置いてある資料を見る。さらに、線の繋がった石板のような、タブレット端末らしきものを見る。

「あ、あの……」

それを見咎めて、声をかけようとする兵団の錬金術師。だが元首コルンバーノが錬金術師に近寄り、何事か耳打ちする。

小さなざわめきが、空間中に広がっていく。

「あれが、ニール・アンダーセン……」

ちなみに涼は、ニールの後ろから、資料やタブレットなどを覗き込んでいる。そして、ゴーレムそのものも……。

しばらくすると、ニールは猛烈なスピードで、タブレットを操り始めた。さらに、いくつかの資料を、あえて紙に写し出していく。プリンターらしきものもあるらしい……。

ペーパーレス化は考えられていないようだ。

涼は引き続き、ニールの後ろから作業を覗き込んでいる。完全には理解できないが、なんとなくは分かる。

この三年間で、なんとなく分かる程度にはなったのだ！

今、ニールが取り出したのは……。

「リョウ殿、何か気付いたかな？」

それは口頭試問。

意見を求めているのではない。答えを見つけたかと問うている。

涼は、素直に思ったことを述べた。

「その……省魔力化の回路は、数値が変だと思います。その数値では、一瞬起動はしても、魔力が分散しすぎて、ゴーレム自体は動かないでしょう」

ザワッ。

涼の言葉に、周りで見ていた兵団の錬金術師、整備士たちがわずかにざわつく。中には、敵意に満ちた視線もある。

だが涼は、その答えには、ある程度の自信があった。

なぜなら、『省魔力化』については、聖都に来る前、キューシー公国のゴーレムを分解し、徹底的にいじくりまわすことができたからだ。西方諸国の中でも、キューシー公国のゴーレムは、その省魔力化に非常に秀でた機体であり、涼はとても勉強になった。

「やはりリョウ殿は面白いな。正解じゃ。この省魔力化回路の数値が異常なものに設定されておる。ここをいじくればいいと指示を出した錬金術師は、かなりの者じゃ。普通に見ただけでは気付かん。実際、この兵団の錬金術師総出でも、気付かなかったからな。リョウ殿はなぜ分かった？」

「実は、キューシー公国のゴーレムを分解する機会がありまして……」

「ほぉ。そんな機会、わしですらないぞ。キューシー公国のゴーレムは、省魔力化に優れた機体らしいからな。なるほど」

ニールは大きく頷いた。

そして、周りの錬金術師たちに他のゴーレムも、同じ個所の確認指示を出していく。

簡単な指示を出し終えると、ニールは元首コルンバーノに尋ねた。

「さて、元首閣下。一つ確認したいのじゃが」

「アンダーセン殿、本当にありがとうございます。それで確認したいこととは？」

「このゴーレムたちの相手は、連合王国のゴーレムですかな？」

「……いえ、おそらくは法国のゴーレム兵団になります」

ニールの問いに、元首コルンバーノは顔をしかめて答え、さらに言葉を続けた。

「法国のゴーレム兵団は、驚くほどの速度で東国境を突破し、一路この首都へと向かってきております。連合王国軍は足止めが成功していますので……このゴーレムたちの相手は法国のゴーレムとなるでしょう」

「何体じゃ？」

「八十体……」

法国のゴーレム兵団は、西方諸国最強……涼も聞いたことのある話だ。それが、八十体向かってきている。

「なんとまあ……。法国のゴーレム……ホーリーナイツ《聖なる騎士》であったか、あれが八十となると、この五十体では……。動けるようになっても、このままでは厳しいのぉ」

「……このままでは？」

ニールの言葉に、涼が首を傾げて呟く。

「どうする元首閣下。一戦だけなら、ホーリーナイツを上回る力を出せるようにできるぞ？　ただし、こやつらの魔力が完全に空になるから、その後の連合王国軍との戦いに投入できる保証はない……」

ニールの言葉は、まさに賭けの提案。

だが、元首コルンバーノは即答する。

「それでいい」

法国に首都を落とされれば、その瞬間に共和国は終わるのだ。ならば、まず法国のゴーレム、ホーリーナイツをなんとかしなければならない。

連合王国軍は……後で考える！

《仕方ないとはいえ……国のトップが、こんな行き当たりばったりでいいのでしょうか……》

《リョウの気持ちは分かるが、そういう場合もある。優先順位をつけた結果、そうせざるを得ないのだろう》

アベルも、『魂の響』を通して聞いていたのだ。すぐに涼の疑問に答える。

—

国のトップの言葉は、時として、下々の者には奇異に映るものだ。しかしそれは、手元にある情報の差が映し出す奇異さにすぎない。

一介の国民も、おそらく、同じ立場に立てば同じ言葉を吐くことになる。

立場によって、いろいろと違う……世界は難しいものらしい。

「元首閣下、ホーリーナイツとの接敵まで、あとどれくらいじゃ？」

「二十五時間と聞いている」

「ふん。関節強化とバイパス増強に、全分解が必要なのじゃが……それを含めて、一体三十分でロールアウトしろと……。消えていた情熱が蘇るわい」

ニールはそう言うと、笑った。

涼が、これまでに何度も見てきた笑い。たいていは、戦いの場で。そう、例えば悪魔レオノールなどが浮かべた笑い。

凄絶な笑み。

およそ、錬金術師と呼ばれる人間の笑いではない。

あるいは、整備や調整を行おうという人間の笑いでもない。

だが、なぜか、今のニール・アンダーセンにはぴったりの笑いに思えた。

◆

元首コルンバーノは、元首公邸に戻った。

現在、元首公邸の大会議室には、首都防衛司令部が置かれている。首都の中で、最も高い位置にある会議室のために、そこに置かれたのだ。ここの四方の窓から、首都城壁の外を見ることができる。

首都防衛の最高指揮官は、元首であるコルンバーノ。しかしコルンバーノは、海戦ならお手のものだが、はっきり言って陸戦や籠城戦は、全く指揮経験がない。

そのため、いつもなら共和国軍総司令官であるカステーラ将軍が、最高指揮官代理の位置に入る。しかしカステーラは西方にくぎ付けになっており首都にはいないため、今回は最高顧問バーリー卿が最高指揮官代理となっていた。

バーリー卿は、それこそ、数えきれないほどの陸戦における指揮を執ってきた人物だ。その軍歴はカステーラ将軍と並ぶだろう。

「どうだ？」

コルンバーノは、そのバーリー卿に小さな声で問う。

「ホーリーナイツは、想定通りの……想定した中でも最悪の速度で、一直線にこの首都に向かっておる」

「やはり……二十五時間後か？」

「うむ。この首都がある、レンテ平野で迎え撃つことになろう。ホーリーナイツ相手に、籠城戦は無理じゃからな」

「城壁の、〈物理障壁〉と〈魔法障壁〉を『食い破る』んだよな」

「そう。じゃから籠城戦は意味をなさん。なんとかして、レンテ平野で倒さねばならんが……」

バーリー卿の顔色は悪い。

いくつもの、戦術案を検討したのだが、どうやっても勝ち目が見えないのだ。

「今、ニール・アンダーセンがゴーレムの修復を行っている」

「聞きましたぞ。動くようになりそうだと」

「ああ。それだけじゃない。一戦だけだが、ホーリーナイツと戦える状態に仕上げなおしてくれるらしい」

「……五十体全部？」

「そう、五十体全部」

驚きに目を見張るバーリー卿、自分も信じられないという表情のコルンバーノ。

「普通の整備でも、一体二時間かかると聞いたが？」

「俺も、そう聞いていた」

バーリー卿が確認し、コルンバーノも頷いて答える。

そう、ゴーレムの整備は、非常に時間がかかる。

部品交換を伴わない整備でも、二時間。

関節部など、部品交換が必要な整備だと、三時間。

全分解して、組立を行うと……実に十時間以上。

これは、全て一流の整備士での時間だ。

「全分解が必要だと言っていた」

「普通は一体十時間かかるのを……三十分でということか？　ニール・アンダーセンという男……控えめに

言っても、化物じゃな」

コルンバーノの言葉に、小さく首を振りながらバーリー卿は素直すぎる感想を言う。

おそらく、なんらかの魔法や、独自開発した錬金道具などを使ったりするのだろう。だが、たとえ、そうだとしても……異常だ。

そんな異常な男が敵に回らなくてよかった。

二人は、心の底からそう思っていた……。

◆

二十五時間後。

「よし、完了じゃ。行ってこい！」

ニールが言うと、共和国ゴーレム最後の一体が、格納庫を出ていった。

「お疲れさまでした」

涼はそう言うと、一杯の水を手渡した。こういう時は、水を飲むのが一番だ。

「うむ、すまぬの」

ニールはそう言って受け取ると、一気に飲み干す。

「ほぉ、美味い水じゃ。リョウ殿は、水属性の魔法使いじゃったか」

「はい」

涼は感動していた。

整備を見て感動するという、初めての経験であった。

それほどに、ニールの『整備』は凄まじかったのだ。

「まさか、持ってきていた道具が、組み立て式の整備補助ゴーレムだったとは」

涼は、ニールの傍らに立っている、全長一メートル半程度のゴーレムを見て言う。

「共和国ゴーレムの整備をすることになるじゃろうと思ったからの。これのおかげで、間におうたわい」

そう言うと、ニールは嬉しそうに笑った。

「アンダーセン様、ロンド公爵閣下。元首閣下より、お二人を首都防衛司令部にお連れするようにと申し付かっております。司令部から、戦場が見えますので」

兵士が二人に近付いてそう言った。

「そうか、参ろう」

ニールが頷き、涼も頷いた。

「アンダーセン殿、本当によく間に合わせてくれた。感謝いたします！」

司令部に入ると、すぐに元首コルンバーノが両手で握手を求めた。最高顧問バーリー卿も、深々と頭を下げた。他にも、そこにいる全員が、ニール・アンダーセンに頭を下げる。

全員が理解しているのだ。ニール・アンダーセンがいなければ、法国のゴーレム、ホーリーナイツを相手にできなかったということを。

さすがのニールも、苦笑する。

「まあ、強くはなりましたが、勝てるかどうかは分かりませぬぞ」

ニールはそう言うと、東の窓に向かった。そこから見える平野で、ゴーレム同士の戦闘が開始されようとしている。

ちなみに、涼はすでに、その窓にかじりつき、見入っている。

「リアルロボット大戦……」

そんな涼の呟きは、誰にも聞こえていない。

法国のゴーレム、『ホーリーナイツ《聖なる騎士》』と、共和国のゴーレム、『シビリアン《共和国市民》』が対峙している。どちらも三メートル級ゴーレムであり、戦場で戦うことを前提に設計、製造されたものだ。

ホーリーナイツは、左手に小盾、右手に剣を持ち、一列十体ずつ、それが八列ある横隊。三メートルのゴーレムが、横に十体並んでいる姿は、なかなかの迫力だ。

対するシビリアンは、左手に体がほとんど隠れるほどの大盾、右手に槍を持つ。そして、こちらも一列十体ずつ、五列の横隊。

最前列は、どちらも真正面からぶつかることになりそうである。

基本的に戦闘用ゴーレムは、簡単な命令を与えられた後は、自律行動をとることができる。

例えば、「城門を突破せよ」と命令すれば、その命令を達成するための最善の行動を、自ら考えてとるこ

とができる、といった具合だ。「走って」「跳んで」「右手の剣で突いて」「盾で防いで」……いちいちそんな指示を出す必要はない。

そもそも、数十体のゴーレムにそんな命令を出すというのは、現実的ではない。戦いは、リアルタイムで進行するのだから。

そのゴーレムたちに命令を出すのは、ゴーレムの後ろにいる指揮管制車。見た目、大きな箱馬車であるが、その中にいろいろと積んでいるらしい。

今回のような、戦場で数十体を超える場合に使われるらしく、ホーリーナイツの後ろにも、シビリアンの後ろにも一台ずつついる。

指揮管制車の周囲に、指揮を執る者なのだろう。数名の者たちが……。

「彼らを襲撃してしまえば終わる可能性はありますが……」

涼はそこまで呟いて、慌てて首を振った。

「それは無粋すぎですね」

ゴーレム同士の対戦で決着をつける。

これこそが戦場の華！

騎士の一騎打ちにも通じる、様式美的な部分もあるのではないか……勝手にそう解釈したのだが、涼が考えた襲撃は難しいということを、ニールが教えてくれた。

「指揮管制車は、かなり高強度な〈障壁〉で守られておる」

みんながみんな、様式美を理解してくれるとは限らないために、現実的な防御で守られているらしい。

「もののあはれを理解できない人は、アベルだけじゃないと」

涼は呟くようにそう言うと、小さく首を振るのであった。

この戦いにおいて、法国ホーリーナイツに出されていた命令は、目前のシビリアンを撃破せよ、というものであった。あとは、ホーリーナイツが、最適な行動をとる。

ホーリーナイツには、これまで法国が集めてきた、各国ゴーレムのデータが与えられている。その中には、当然シビリアンのデータもある。目下のところ仮想敵国である共和国ということを考えれば、最も詳細に分析されたデータとも言えるであろう。

そのデータに基づいて、ホーリーナイツは動き始めた。

ホーリーナイツは、シビリアンに比べて攻撃、防御共に上回り、耐久力はほぼ同じ。ありていに言って、正面からぶつかれば、まず負けない。

八十対五十であるなら、シビリアン五十体全てを破壊しても、ホーリーナイツが六十体以上は残る計算になる。

「ランチェスターの法則は残酷なのです」

涼が呟く。

二勢力が正面からぶつかった場合の、残存戦力を簡易的に導き出すのがランチェスターの第二法則、あるいはランチェスターの二乗則と呼ばれるものだ。

そして、目の前で展開される二勢力は……。

ホーリーナイツは、正面から突っ込んだ。

シビリアンも、正面から突っ込んだ。

小さな小さな声が涼の耳に届く。

「速度を上げてあるぞ？」

ニールがニヤリと笑いながら呟いたのだ。

正面からぶつかる両者。最前列の、十体対十体。

まず、得物の差がでる。

剣対槍。

共和国シビリアンの槍が、先に届く。

ホーリーナイツは蓄積されたデータから、左手の小盾で、シビリアンの槍による突きを、余裕をもって受けることができる……はずだった。

だが、ニールの手によって、速度を上げられたシビリアンの突きは、以前のデータとは違い……。

最前列十体の喉に突き刺さる。

十体全てが同じタイミングで喉に攻撃を食らい、同じタイミングで突き上げられ、同じタイミングで活動を停止した。

ある意味、壮観。

人間であったらグロテスクであろうが、顔がのっぺらぼうのゴーレムだと、そこまではない。自分が作り上げたゴーレムであったら、また違った気持になるのだろうが。

蓄積されていたデータと最前列のホーリーナイツが受けた攻撃速度の差を、二列目以降のホーリーナイツたちは修正する。

自律的に動くゴーレムである以上、これは当然に行われることだ。

涼が作った水田管理ゴーレムには、まだ、この手の機能がない。だが、この西方諸国への旅によって、涼の錬金術の知識と技能は上がった。簡単ではないが、この手の機能を組み込むことはできると、自信を持ち始めている。


今までのデータとの違いによって、共和国シビリアンは奇襲とも言える攻撃を成功させ、無傷のまま、敵十体を葬った。

しかし、法国ホーリーナイツ側もデータを修正したため、最初のような攻撃はもう成功しない。

「二列目も同じとは限るまい?」

ニールの呟きは、やはり隣にいる涼にしか聞こえない。


一列目どうしの激突では、一列目シビリアンたちの槍の先に、一列目ホーリーナイツの首が突き刺さったままだ。

そこに向かって、二列目共和国シビリアンたちは走りこむ。

そして、その三メートルの大きさからは想像できないほど軽やかに、一列目シビリアンの背中に片足を乗せ、そのまま跳び上がった!

跳び上がり、落ちる先は、敵、二列目ホーリーナイツ!

左手の大盾を振りかぶりながら、落下と同時に叩き付ける。

全体重を乗せたシールドバッシュ。

事前データを超えたジャンプ力によって、二列目ホーリーナイツの頭を潰した。

「なんて恐ろしいシールドバッシュ」

「ようやく二十体潰したが、まだホーリーナイツの方が多い」

涼の呟きに、ニールは少しだけ笑いながら答える。

現在、法国ホーリーナイツ六十体、共和国シビリアン五十体。

「前二列は、シビリアンそのものの性能を上げたが、後ろの三列は違う。引き出した力は、武器に使った」

「武器？」

ニールの言葉に、涼は首を傾げる。

確かに、前二列は、瞬発力などを上げることによって、相手の想定を上回った。だが、その想定は、すぐに修正される。

それを見越して、武器に使った……いや、待て待て、引き出した力？

三列目のシビリアンが持つ槍の先端が赤く輝いた。

「炎？」

涼は呟く。

シビリアンが、炎を纏った槍で突く。

それを小盾で受けるホーリーナイツ……だが、小盾はすぐに溶けた。

小盾を失ったホーリーナイツに対して、シビリアンが槍を突く、突く、突く！

ホーリーナイツたちも、よけるが、全てをよけ続けることはできない。槍がかするたびに、ホーリーナイツの各部が溶けていく。

最終的に、致命打を浴び、三列目ホーリーナイツたちは倒れていった。

しかし今回は前二列のように、一撃で倒したわけではない。当然、四列目のホーリーナイツたちも、戦列に加わる……四列目のシビリアンたちも。

ついに、乱戦となった。

乱戦となったのだが……五列目以降のホーリーナイツたちは、その乱戦には加わっていない。

なぜか？

それは、五列目シビリアンの武器に理由があった。

その槍も、先端が輝いているが、赤ではなく、白い。

前に掲げた槍の先から……炎の塊が発射された。

「なに、それ……」

涼は呟き絶句する。

だが、すぐに思い出す。

かつて、インベリー公国で見た連合の人工ゴーレムは、その腕の先にプラズマを発生させていた。それと同じようなことが行われている……のかな？

というか、横にいるニール・アンダーセンは、一体三十分の全分解でそんなことまでやっていたのか？

そちらの方に、恐ろしさを感じる涼。

「遠距離攻撃で足止めをしておけば、敵を分断したことになるからの」

五列目シビリアンは、遠距離攻撃で敵を足止め。

ニールは、戦闘展開を想定してカスタマイズしたのだ。ただの錬金術師ではない……恐ろしいほどのシミュレート能力。

そもそも、ゴーレムが遠距離攻撃魔法を生成できるなど、涼は聞いたこともないのだが……そう、連合の人工ゴーレムのプラズマは、飛ばすことはできなかったし。

「ゴーレムも、遠距離攻撃魔法が使えるんですね」

涼は素直に、思ったことを口にした。

だが、ニールは笑って否定する。

「それは違うぞ、リョウ殿。あの炎の塊を飛ばしているのは、槍自体が、そういう錬金道具なだけじゃ。ゴーレムは、体内に魔石を抱えている。つまり魔力で動いている。その魔力を、槍に通せば、槍に仕込んだ魔法式が発動して、あの炎の塊が飛んでいく。ただそれだけの単純な話じゃよ」

そう、発想としては、決して難しいものでも、奇抜なものでもないのだ。

しかし、これは、ゴーレムに飛び道具を持たせることが可能になる……ということでもあった。魔力を通せば炎の塊が飛んでいく錬金道具の槍。それ自体、製作するのは難しいものではない。

涼は、戦争における武器の発達を目の当たりにしていた。

目論見通り、乱戦下にあったホーリーナイツ二十体は、全滅させた。

だが、シビリアンも無傷とは言えず、大破し活動停止となった機体が三体出た。

「四十七対四十。ようやく上回ったか」

ニールは一つ大きく頷いた。

想定通り進んできて、ようやくこの先が見えたのだろう。少し、表情が緩んだ。

涼はそれを見て、尋ねるチャンスだと思った。いくつも疑問はあるのだが、短い返答が期待できるものなら、質問してもいいのではないか？

「ニールさん、先ほど三列目の槍の先に赤い炎を纏わせたのって、もしかしてエンチャントですか？」

「ほほー。リョウ殿は、エンチャントを知っているのか？　中央諸国にはない魔法のはずじゃが……」

涼の問いに、ニールの方が驚く。

どうも、涼の予想は正解だったようだ。

エンチャントとは、武器や体そのものに、一時的に魔法属性を付与したり、性能を上げたりする魔法だ。それを行う魔法使いを、エンチャンターと言う。

そしてこれは、中央諸国の魔法体系にはない。

「はい。以前、エンチャンターの方にお会いしたことがありまして」

中央諸国にやってきた勇者パーティーの中に、エンチャンターのアッシュカーンがいた。そのため、涼はエンチャントを知っている。

「うむ。エンチャントの魔法式が、機体に書いてある」

「なんですって！」

ニールの答えに、涼は驚いた。

そして、うずうずしだした。

その様子に、ニールは笑う。なぜ、涼がそうなったか、よく分かるから。錬金術師なら、当然だ。

「リョウ殿、その魔法式が見たいのであろう？」

「はい、ぜひ！」

ニールは笑いながら問い、涼は大きく頷く。

もうその後の涼は、ゴーレム同士の戦闘内容よりも、エンチャントの魔法式の方で頭がいっぱいになっていた。

ゴーレム戦は、シビリアンが少しずつホーリーナイツを磨り潰すようにして、自軍の損害を少なくしながらの戦いに移行する。決着は時間の問題であった。

戦闘開始から一時間後。ゴーレム戦は決着した。

ホーリーナイツ側は、八十体全滅。

シビリアン側は、大破六体、小破十四体、ほぼ無傷三十体。

共和国側の圧勝。

「自力で動ける四十四体は、格納庫に移動した後で動力を停止せよ。一度切れば、すぐには動かせぬからな。確実に、格納庫で切るようにな。格納したら、指示してある通り、城壁の魔力を流用して充填を開始するように」

ニールが、伝令兵に厳しく言い渡している。

まだ全てが終わったわけではない。整備士や錬金術師にとっては、むしろここからが時間との勝負。

「魔力が完全に空になるから、その後の連合王国との戦いに投入できる保証はない」と言っていたことと関係がありそうだ。

涼はそう予測したが、それ以上に魔法式が気になって……。

「リョウ殿、大破した六体を見に行こうぞ。あれは、どうせすぐに戦線に復帰させるのは無理じゃから、ゆっくり見られる」

「はい！」

◆

「いやあ、勉強になりました！」

「う、うむ、そうかね」

涼は、笑顔いっぱい、にっこにこで言った。エンチャントの魔法式が、自分でも驚くほど理解できたのだ。ロンドの森の、水田管理ゴーレムにも活かせそうだ。

もちろん、そんなものを水田管理のゴーレムにどう活かすのかは、誰も知らない……。

さらに、破壊されたホーリーナイツも、好きなように分解することができた。ただ、こちらは、正直言ってそれほど面白いものはなかった。西方諸国一と言われる法国のゴーレムであるが、驚くほど大きな魔石を使って出力を上げるという、ある意味、王道のゴーレムであったから。

あまり学ぶべきものが無かったことに、少しだけ沈んでいた涼に、ニールはこう言った。

「法国ゴーレムの神髄は、最高機密『ジューダスリモース』の中にある」

それを聞いて、再び涼の目が輝きだしたのは言うまでもない。

「ジューダスリモース……ユダの後悔？　いつか、ジューダスリモースを解体して……」

涼の呟きは、隣のニール・アンダーセンにも聞こえなかった。

《……》

『魂の響』を通して、遠い場所にいる王様には聞こえたが、王様はあえて無言のまま。何を言っても意味がないと分かっているかのように。


城に戻るために歩いている二人だが、ニール・アンダーセンは、涼の後ろをチラチラと見ていた。

涼の後ろには、六台の、いつもよりも大きめの〈台車〉が連なっている。そこには、大破したシビリアンが載せられている。格納庫まで運ぶのを涼は手伝っているのだ。

そんな〈台車〉を見た時、目を剥いてニールは驚いていた。

「わしは、リョウ殿の、その〈台車〉の魔法の方が勉強になるが……」

そんなニールの言葉は、小さすぎて、上機嫌な涼には聞こえていなかった。

「そうだ、ニールさん、先ほどのゴーレム同士の戦いで、ちょっと疑問があるのですが」

「うむ、何かな？」

涼が問い、ニールが促す。

「どちらも、綺麗に隊列を組んで正面からぶつかっていましたよね？　あれはなぜですか？　ゴーレム戦闘というのは、そういうものなのですか？」

「そう……今はそうだと答えるべきなのじゃろう」

「今は？　つまり、かつては違った？」

「うむ。バラバラに戦っていた時もあった。人間の戦いでもそうであろう？　隊列を組んでぶつかる時代もあれば、そうでない時代もある。行ったり来たりではないか？」

「なるほど」

そう言われて涼は大きく頷いた。

涼の頭の中にあるのは、地球における人間の戦争の歴史だ。バラバラに正面からぶつかっていた時代もあれば、ローマ帝国のように隊列を組んで戦っていた時代もあり、森の中に誘い込んでバラバラに襲い掛かった時代もあれば、アメリカ独立戦争時のイギリス軍のように隊列を絶対に崩さずに正面からという時代もある……。

時代によっても、もちろん地域によっても様々。今、この西方諸国でのゴーレム戦闘は、隊列を組んでが主流ということなのだろう。

「その先に進みそうなゴーレムもすでにいる」

「え？　そうなんですか？」

「うむ。ほれ、先ほど出てきた法国の『ジューダスリモース』、あれは隊列を組まずに個々に剣で戦う」

「個々に……剣で？」

ニールの言葉に驚く涼。

なぜなら、どこかで聞いたゴーレム……いや、見せてもらったから。ニルスが剣戟をして、主たるルスラン公子を守り抜いたゴーレム……その名も『雷帝』が……。

「そのゴーレムの高さ……全長は？」

「人と同じ二メートル弱じゃな」

「それで剣を使うということは、ほっそりしている？」

「うむ。その言い方は、もしや見たことがあるのか？」

「いえ、法国のは見たことありません。ただ知り合いが開発しているゴーレムが、剣を使うことを想定していました」

ルスラン公子が開発している『雷帝』は、キューシー公国の次期主力機であろうから国家機密の類だろう。ここでその情報を出すのはさすがにはばかられる。

「なるほど。『ジューダスリモース』はその辺りに関して、間違いなく最新鋭のゴーレムじゃ。その人物が見る機会があれば、大いに知見を得るだろうが……法国の最高機密の一つ、さすがに難しいであろうな」

「なるほど」

涼も同感である。

最高機密と言われる機体であるなら、他国の人間に触らせたりはしないだろう。

「元々『ジューダスリモース』とは、法国が抱える暗殺部隊の名前であったのじゃ」

「暗殺部隊？　そういえば『ジューダスリベンジ』も暗殺部隊の名前でした」

「うむ、リベンジは教皇の暗殺部隊。今でも人だけで構成されておる」

「法国の暗殺部隊『ジューダスリモース』はまさか……」

「人とゴーレムの暗殺部隊じゃ」

「暗殺専門のゴーレムとは……」

涼は悲しい表情になって首を振る。

ゴーレムは大好きである。戦場で戦うその姿に見惚れることもある。

見ているだけでうっとりすることもある。

しかし同時に、壊れる儚さ、人の代わりに戦ってくれる犠牲の姿……そういった背景を想像し、悲しみと共に愛おしさを感じることもある。ゴーレムが壊れるのは悲しいことだが、主のために壊れ、主の代わりに犠牲になったその姿も、また美しさを纏っていると。

しかし、暗殺専門のゴーレムというのは……。

「暗殺者になる人間を減らす役には立っておる」

「た、確かに」

肩をすくめながら言うニールに、反論できず受け入れる涼。

人間には危険な仕事を、ゴーレムが代わりに担う……かつて地球で、人工知能とロボットが辿った道でもある。それはむしろ、必然の道なのかもしれない。

「ニールさんは、ゴーレムにとてもお詳しいですが……中央諸国にいらっしゃった時には、ゴーレム開発などはされていないですよね？」

「うむ、西方諸国に来てからじゃ。なぜ知っておる？」

「いえ……今、使節団で一緒に来ているデブヒ帝国の先帝陛下が、ゴーレムの開発に取り組むべきか、みたいにおっしゃっていたので」

「ほぉ……帝国もゴーレムをか。成功したら、王国や連合は大変そうじゃな」

「まったくです」

涼は何度も首を振った。


格納庫に、大破した六体を置く。

小破したものは涼たちよりも先に回収され、すでに修理に取り掛かっていた。

さらに、ほぼ無傷の三十体には、何やら太いケーブルらしきものが付けられている。おそらく、あれが、城壁の魔力を流用したものなのだろう……。

「ニールさん、先ほどの戦闘に関して、他にも質問をしてもいいですか？」

涼は改めて、ニールの方を向いて口を開く。

「もちろんじゃ」

ニールは、格納庫内の作業は、すべて順調に行われているのを確認して、満足したように頷くと、そう答えた。

「そもそも、共和国のシビリアンは、ほぼ全ての面で法国のホーリーナイツに劣っていたみたいなのですが、それをどうやって上回るようにしたのかを僕は知りたいです。ホーリーナイツは、驚くほど大きな魔石でした。かなりの出力、そして持久力があるのは分かります。それを、どうやって？」

涼は、正面から尋ねた。

「ふむ。それは単純なことじゃ。魔石が溜めている魔力を、全て使い切るようにしたのじゃ」

「全て使い切る？　普通は、使い切ることはできない？」

「うむ。普通は、全体の八割ほど放出されたら、魔石は魔力切れになった、と言われる。実際、そこから先は魔力を引っ張り出すことはできん。魔石の自己保存のようなものかもしれんな」

普通、人間でも、全力を出し切ったと言っても、いくらか体力は残されているものだ。なぜなら、全部出し切ったら、死んでしまうから。心臓を動かしたり呼吸をしたりする力は、残しておかないとヤバいでしょ？

ニール・アンダーセンは、そんなものまで、全てを出し切らせたということらしい。

魔石が生物だったら、大変なことになっていただろう。

「知っての通り、魔石は魔力を溜めておく能力がある。そして、溜めた魔力を放出する能力もある。魔石を体内に持つ魔物は、この魔石に溜められた魔力を自らの力に変換して、あれだけの尋常ではない魔法の行使や力の行使を行っておる」

ニールの説明に、涼も頷く。

「じゃが実は、魔石は、魔石自身が溜めた魔力を、自ら増やすことが分かっておる」

「え……」

「量は非常に少ないし、ゆっくりなのじゃが……そう、魔力の自己増殖とでもいうようなことをやっておる。つまり放っておけば、時間さえかければ、魔石の中の減った魔力は自然にまた充填されるのじゃ。じゃが今回行った操作、魔石内の残存魔力を空になるまで使うと、その魔力の自己増殖も行われなくなる。一に百を掛ければ百になるが、ゼロに百を掛けてもゼロのままであろう？　それと同じなのじゃ。そうやって、完全に魔力が空になった魔石は……ああなる」

そう言って、ニールは、一体のシビリアンの魔石を指さした。

それは、真っ黒になった魔石。

涼はそれを見てなぜだか、ダンジョン四十層からの帰りに見た、真っ黒になった水晶らしきものを思い出した。

「真っ黒ですよね」

「うむ。ああなると、自然に魔力が増えることはなくなる。じゃから、今回は、首都の城壁に障壁を張るために使っておる魔力を、魔石に強制的に充填する。まだ西から、連合王国軍が迫ってきておるからの。間に合うかどうかは、正直分からんが……」

ニールは、小さく首を振ってそう言った。


ニールは整備士と錬金術師たちによるゴーレムへの魔力充填の指示を出し、それを見守っている。

つまりニールのやるべき仕事は、ほぼない状態。となれば当然、横にいる涼と話をすることになる。二人はゴーレムが並ぶ格納庫の一角で、錬金術談義に花を咲かせていた。

それは、もう、二人とも楽しそうに。

涼がにっこにこなのは当然なのだが、百歳を超えるはずのニールも、本当に楽しそうに。

聞けば、ここ十数年、錬金術への情熱はかなり無くなってしまっていたと。しかし、今日起きた様々なことから、また情熱が湧き上がりつつあると。

しかし……。

「え？　これが終わったら、共和国を出て行っちゃうんですか？」

涼は驚いた。フランツォーニ海運商会の新船などもあるだろうに、どうして？

「うむ、そういう約定を結んでおるのじゃ。ちと残念ではあるが、仕方ない」

ニールは、苦笑いしながらコーヒーを飲む。元首公邸から運ばれてきた、暗黒大陸産のコーヒー豆で淹れたものだ。

そのコーヒーを掲げながら、ニールは言った。

「暗黒大陸に渡ってみようと思っておる」

「おぉ！」

ニールの決断に、驚きつつも賛意を表す涼。

暗黒大陸……響き自体がかっこいい。

「西方諸国の人間も、暗黒大陸の沿岸部の国としか交易しておらん。奥地がどうなっておるか、気になる」

「分かります、分かります」

ニールの言葉に、何度も頷きながら同意する涼。

そう、涼も思ったのだ、いつか行ってみたいと。

「そこには、まだわしが知らぬ錬金術もあるやもしれん。中央諸国にいた頃には、エンチャントなど知らんかったからな」

聞けば、ゴーレム用のエンチャント魔法式は、ニールが自ら組み上げたのだとか。

魔法としてのエンチャントは、一般的とは言えないが全く見ないわけではない。だが、錬金術でエンチャントという魔法現象を発現させたのは、ニールが初めてだと……。

「凄いですね……」

涼は心の底から称賛した。

実際に、シビリアンに書かれたエンチャントの魔法式は美しかった。時に、数学などにおいても、『美しい』と感じる数式は存在するが、その魔法式版であろうか。

涼が初めて読んだ錬金術の書物は、ニールが書いたものだった。つまり、涼の錬金術の最も根本にあるものの一つが、ニールの錬金術と言っても過言ではない。

だからかもしれない。ニールが作った、エンチャントの魔法式を美しいと感じたのは。

ニールはニールで、自分が去った後の中央諸国における錬金術に非常に興味があったらしく、その辺りの質問を、多くぶつけていた。

涼も、時間があれば、どこかの王様のソファーにぬべ～っと寝転んで錬金術の本を読みふけっていたから……それはとりもなおさず、ここ数十年の中央諸国における錬金術の発展を学ぶことにもなっていたのだ。

そのため、かなりスムーズに、ニールの質問にも答えることができた。

双方ともに、楽しい錬金術談義の時間を過ごしていた。

その後、二人は首都防衛司令部に戻った。元首コルンバーノと最高顧問バーリー卿が立ち上がって二人を迎え、ニールと握手する。感謝の言葉と共に。

そして涼とも。

「ロンド公爵閣下が問題点を指摘されたとか。来ていただいて良かった」

「いえ、私はニールさんが見つけていた問題点を口に出しただけでして……」

コルンバーノに称賛されたが、涼としては恥ずかしい限りだ。

言ったこと、そのままなので。

むしろ付いてきたことによって、ゴーレムに関する多くの知見を得ることができたことを考えると、涼の方が頭を下げたいくらいなのである。

四人はソファーに座り、現状が説明された。

その中で、首都防衛にあたっていた共和国第一軍をカステーラ将軍の援軍に送り出し、魔力充填中のゴーレムを、代わりに首都に配置するということもニールに伝えられた。

「うむ、仕方あるまい」

ニールは頷く。

予想されていたとはいえ、魔石の魔力を完全に使いきったゴーレムたちへの魔力再充填は、かなり時間がかかりそうだからだ。

それでも、最大の難関を乗り切った司令部には、ゴーレム戦前とは比べ物にならない穏やかな雰囲気があった。

しかし、その空気は一つの報告で破られる。

「急報！　特別森林区より救援要請です！」

「特別森林区？　エルフの森か？」

「エルフの森が、法国により襲撃されたそうだ。襲撃は……『ジューダスリモース』の可能性が高い？」

コルンバーノが顔をしかめ、バーリー卿が受け取った報告書を読む。

「ジューダスリモース？　法国の暗殺部隊か」

「ジューダスリモースには、暗殺用ゴーレムがおる」

コルンバーノの言葉を、ニールが補足する。

「いくら法国の暗殺部隊でも、エルフの森を襲撃するのは無謀……そうか、しまった！」

「エルフたちはカステーラ将軍の援軍に行っております。半分が残っているとして、戦力半分の状態では法国の暗殺部隊相手には難しいでしょう」

「どういうことですか？」

横から問うたのは涼だ。

エルフたちがカステーラ将軍の援軍？　その話は聞いていなかったから。

聞けば、森のお頭バーボンらを中心に、エルフの主力がカステーラ将軍の援軍に出向いている。つまり森に残っているエルフたちは、戦うのに慣れていない者が多いはずだと。

「援軍は送りたいが、動かせる部隊がいない。アンダーセン殿、シビリアン《共和国市民》で動かせる機体は……」

「残念ながら一つもない。最短でも三日はかかる」

「援軍に出した共和国第一軍を呼び戻すしかあるまい」

「ああ。しかしだいぶ移動しているだろう？　エルフの森に直行させたとしても、かなり時間がかかる」

バーリー卿の現実的な提案に、コルンバーノが頷く。目下、それしか手がない。だが、数千人規模の軍となれば、移動に時間がかかる。

《……》

いつの間にか繋がっていた『魂の響』の向こう側にいるアベル王は、無言だ。

報告を聞いて、涼の心は千々に乱れていた。

《僕は……ナイトレイ王国の筆頭公爵です》

《そうだな》

《僕が介入したら……法国にいる使節団は厳しい状況に置かれます》

《そうだな》

《それくらいは僕だって分かっています。分かっていますけど……》

言葉が途切れる。

『魂の響』の向こう側にいるアベルは、涼の気持ちは分かってくれているはずだ。だから、素直に感情を吐露できる。

《正直に言えば、助けに行きたいです》

エルフの森のエルフたちとは、錬金術について楽しく語り合った。

いわば同好の士。

《法国にとって共和国内にいるエルフは、錬金術の面からも邪魔なんだろう。ゴーレムこそ扱わないが、エルフの錬金術は高いレベルにある。そんなエルフたちの力を削いでおくのは、対共和国を考えた時、非常に大きな意味を持つだろう》

デブヒ帝国がナイトレイ王国に侵攻した際にも、王国内の西の森は最優先の攻撃目標となっていた。エルフがいない国からすれば、エルフの存在はかなり厄介なものらしい。

《僕は、アベルや西の森のおババ様からの親書を、彼らに届けました。このまま見捨てて、彼らが大変なことになったら……僕は、西の森のエルフの皆さんに顔向けできません》

《……》

《王国だって、西の森のエルフとは協力関係にあるのでしょう？　そこに亀裂が生じる可能性だって出てき

ます》
涼は言葉を紡いでいる……それは感情から。
理性では、介入すべきではないと分かっている。
分かっているのだ。
《僕は、どうすれば……》
唇をかむ。
自分で解決できない、その悔しさ。
一瞬、筆頭公爵の地位を捨てて介入すべきかとも考える。だがそれは、なんの解決にもならないことを瞬時に理解する。
法国からすれば、『筆頭公爵だった者が介入』に認識が変わるだけ。結局、王国使節団は窮地に追い込まれる。
《国王としては支持できん》
アベルが厳然と言い切る。
しかし……。
《しかし、元A級冒険者アベルとしては支持する》
《アベル？》
《知っているかリョウ。ナイトレイ王国の東部には、赤の魔王の伝説があるらしいぞ》
《……はい？》
当然知っている。赤の魔王の正体とは、涼なのだから。
だが、なぜ、今このタイミングでその単語が出てくる？
《赤の魔王は、赤い仮面と赤いマントを羽織って、常識外れの水属性魔法を使いこなすそうだ。その人物は、多分王国の人間ではないと、ナイトレイ王国の国王として俺は思っている》
《つまり……赤い仮面と赤いマントを着けて、赤の魔王として介入すれば……王国使節団の迷惑にはならない！》
その瞬間、涼の表情に光が差した。
「僕が行きます！」
力強い宣言。
「え？　ですが……」
コルンバーノが迷っている。
純粋に涼の力で足りるのか？　ナイトレイ王国の筆頭公爵が介入すれば、問題が大きくなるのではないか？　他にもいろいろ……。

「王国の名前は出しません。最速の馬車を一台、エルフの森まで貸してください」

「ええ、それは構いませんが……」

「それと、赤い仮面と赤いマントを」

「はい？」

エルフの森に降り立ったのは……

最初に襲撃されたのは、森の外縁を巡回している者たちだった。

「敵襲！」

「笛を吹け！」

「ゴーレムがいるぞ！」

「小さいゴーレム？　まさか法国の？」

この時、巡回部隊を指揮していたのは、濃い緑色の髪のジェン。

「正面から当たるな！　敵の数が多い！　木々を盾にしろ！」

エルフの森が置かれた状況から、被害を最小限にする指示を出すジェン。

涼を侵入者として『光艦』に捕らえた際には、過激な意見をバンダにぶつけていたが、決して好戦的な性格というわけではない。リスクはできる限り減らしておくべきとの考えから意見したにすぎないのだ。

もっとも、それで処分されそうになった涼からすれば、仕方ないでは済まないのだが。

「ぐっ……強い」

「ゴーレム以外も厄介！」

襲撃者たちはゴーレムを最前列に押し立てて攻撃してきた。

当然、守るエルフたちからすればゴーレムを避けて、その後ろにいる人間たちを狙おうとする。その狙い通りに人間たちに攻撃するのだが……その人間たちも恐ろしく強いのだ。

森で戦うエルフたちよりも強い人間など、滅多にいない。

「やはり法国の暗殺兵団か」

ジェンが苦々しげに呟く。

ファンデビー法国の暗殺兵団『ジューダスリモース』。法国最高機密にしてゴーレム技術の神髄ともいうべき暗殺用ゴーレムを抱える、最精鋭集団である。

人とゴーレムの混成兵団であることは知られているが、それ以上に詳しい情報は外には漏れてこない。人数も、戦い方も、もちろんゴーレムの特性も。

しかし、直接あたることになったエルフたちは、嫌でも思い知らされた。

「ゴーレムの動きが速すぎる」

「力も強いぞ」

「なんだ、この剣は……」

そう、人とほぼ同じ全長二メートル弱のゴーレムは、三メートルある戦場に出るゴーレムたちに比べてかなりほっそりしているが、力は弱くない。そして速い。

何よりも、剣を使う……エルフよりも圧倒的に強い剣を。

その時。

辺りをつんざく轟音が響く。

「『光檻』がゴーレムを包んだ！」

森の自動防御機構、雷で侵入者を囲う『光檻』が起動し、ゴーレム二体を包み込んだ。

包み込んだのだが……。

ゴーレムは跳び上がった。

跳び上がったという表現でいいのか、飛び上がったと言うべきなのか。

なにせ、十メートルの高さにまで存在するはずの光の棒を飛び越えて、『光檻』の外に脱出したのだから。

「馬鹿な……」

その光景を見たジェンは絶句する。

確かに『光檻』は、侵入者の周囲を十本の光の棒が取り囲む。構造上、上空は空いているのだが、光の棒そのものの高さは十メートルもあるのだ。ジャンプして越えられる高さではない。

「くそ、ゴーレムめ」

そう、結局はそこなのだ。

人ではなくゴーレム。

しかも……。

「『光艦』が消えた！」

「再起動しないぞ！」

動きを止めた『光艦』は、そのまま消えてしまった。いわば音声入力ともいうべき、エルフたちの言葉通りに動くはずなのだが、それが動かなくなった。

切札を失うエルフ。


そこに、笛で呼ばれたエルフの援軍が到着した。率いていたのは赤いバンダナを巻いたエルフ。

「バンダ、敵は法国の暗殺兵団だ」

「噂の『ジューダスリモース』とかってやつか、人とゴーレムの混成兵団」

「それと、『光艦』が動かなくなった」

「それはまずいな」

ジェンの報告に、顔をしかめて答えるバンダ。

『ジューダスリモース』の強さについては報告を受けるまでもなかった。二人が見ている先で、エルフたちは倒されているから。


しかし、まだ死者は出ていないようだ。

「死者が出ていない？」

それは喜ばしいことだが、バンダは顔をしかめたまま首を傾げる。

戦闘力の差は圧倒的だ。それは当然、結果の差となって表れる。表れているのだが……戦闘力の差からすれば、エルフ側に死者が未だ一人も出ていないというのは、明らかに変である。

「森の奥の方には追ってこない」

ジェンも疑問に思ったのだろう。『ジューダスリモース』の動きについても、変だと思える点を呟いている。

「我々の戦力を測っているのか？」

「なんのために？」

バンダの呟きに、ジェンが問う。

その問いにはバンダも答えられず、ただ無言のまま首を振る。

死者は出ていない。だが、力の差があるため、傷を負うエルフが増えている。

翻って『ジューダスリモース』側は、ゴーレムはもちろん人もほとんど無傷に見える。

「一度、仕切りなおす」

バンダが決断すると、ジェンは一つ頷き、笛を吹いた。

それを合図に、エルフは撤退。『ジューダスリモース』は、それを追うことはなかった。

◆

バンダ、ジェンの部隊は森の奥にある居住地に撤退し、円卓の置かれた会議室に入った。

普段、森を取り仕切るお頭バーボンが座る席には、長い銀髪の女性……エスメラルダが座っている。現在、森に残る者たちの中では、エスメラルダが責任者だ。

反対側に、バンダとジェンが座る。空いている席は、共和国西部ジョコンの街に援軍として出向いている者たち……。

「エスメラルダ様、敵は法国の暗殺兵団『ジューダスリモース』です」

バンダの報告を受けて、エスメラルダが顔をしかめた。

おそらくそうであろうとは思っていたが、実際に戦ったものから確定した報告を受ければ顔もしかめるというもの。

「バーボンらがジョコンの街に援軍として出ているこのタイミングを狙われたか。いや、最初からシュターフェン連合王国軍の動きそのものが、陽動に使われたと考えるべきだろうな」

エスメラルダの呟きに、無言のままバンダとジェンが頷く。

森に残るエルフで戦闘に秀でた者たちは、三分の一しかいない。共和国首脳部は半数ほどと予想していたが、それよりも少ないのだ。

「エスメラルダ様」

会議室に入ってきた二人のエルフが、エスメラルダに声をかける。手にはそれぞれ、封筒を持っている。

「うむ。初期報告通り、敵は法国の『ジューダスリモース』であった。至急、その書状を届けてきてくれ」

「行ってまいります」

そう言うと、二人は会議室を飛び出していった。

「エスメラルダ様、今のは?」

「バーボンと共和国政府に報告書を送った。援軍依頼と共にな。とはいえ……」

「どちらも時間がかかりましょう」

エスメラルダもバンダも、援軍が難しい状況にあることは理解している。

頭であるバーボンらがいるのは、共和国西部ジョコンの街付近。

「ジョコンの街まで片道三日……」

「往復で六日」

「六日ももつとは思えません」

エスメラルダとバンダが冷静に計算し、ジェンが悲痛な声で予測を述べる。

緒戦で当たっただけではあるが、文字通り全く、敵に損害を与えることができなかったのだ。あれが森の奥に進んできたら、それをどうやって止めればいいのか……。

「ゴーレムは、我々エルフとは相性が悪すぎます」

「矢が通らないからな」

ジェンが嘆き、バンダも頷く。

エルフが最も長けているのは弓矢。彼らの弓矢はまさに強弓、しかも正確。距離を保ったまま一方的に攻撃できるその特性は、どんな生物に対しても強力なものである。

そう、どんな生物であっても。

ゴーレムは、生物ではない。

全身が金属であり、関節部分すら矢が通らない。


会議室に、偵察に出ていたエルフが戻ってきた。

「『光檻』を確認してきました」

かつて、勝手に侵入した水属性の魔法使いを閉じ込めた、雷の檻。先ほども、一度はゴーレムを閉じ込めたのだが、脱出された後、起動しなくなっていた。

「本体そのものは壊れていません。ただ、我らの『声』を認識する箇所が派手に破壊されていました。あれでは動かせません」

「なぜ本体を破壊しない？」

「ふん、我らを制圧した後で法国に持ち帰るのであろうよ。戦利品としてな」

ジェンの問いに、面白くもなさそうにエスメラルダが答える。

エルフの錬金術は、西方教会の錬金術とは系統が違う。特に、雷を扱う魔法や錬金道具を人が生み出したという話は聞こえてこないため、それを可能としている『光檻』を欲しいと思う気持ちは、優秀な錬金術師であるエスメラルダには理解できる。

「派手に壊されているということは、今回の戦いでは『光檻』は使えんということか」

「はい……」

「敵とは正面からの衝突を避け、援軍が来るまで時間を稼ぐ。それを基本方針とするしかない」

エスメラルダの言葉にバンダとジェンも頷く。

圧倒的に劣勢である以上、他の方策はない。


しかし、そこに更なる報告が届く。

「敵が森を焼きながら進んでいます！」

「なんだと！」

「森を焼けば、我々が奥に引きこもって援軍を待つという選択を取れないことを知っているということか」

エルフは森の民。半妖精ともいうべきエルフは、森と強く結びつくことによって存在していると言っても過言ではない。

森を失えば、エルフ族は散逸する。新たな森を見つけても、そこがエルフにとって住みやすい森とは限らない。数百年過ごす、この『特別森林区』に比べればどこも一段以上、落ちるであろう。

そして共和国内には、この森に代われる森はない。

つまりこの森を焼かれるということは、エルフは共和国から出ていかざるを得なくなるということだ。

結果的に、共和国内の錬金術のレベルは下がるだろう。

それに、共和国から出ていくといって、いったいどこにいけるというのだろうか。西方諸国の他の国は、西方教会の影響が強いのだ。どこにいっても安住の地とはならない……。

結論として、森を焼かれるのを黙ってみているわけにはいかないということ。

「我々を引きずりだすためだ。戦力が弱くとも、森を燃やす敵を止めるために出るしかない。森が無くなれば、我々は生きる術を失うからな」

「卑劣な！」

エスメラルダの言葉に、吐き捨てるように言うジェン。

「このまま森の奥まで押し進んでくるつもりなのでしょうか。森を焼き、木々を盾にすることができないエルフ相手なら、万に一つも足をすくわれる可能性はないと思って？」

「森の奥まで……」

ジェンの言葉に、何かを閃いたバンダが呟く。

「それはつまり、本陣と最前線が離れるということ」

バンダは呟きながら思考を進め……頭の中で作戦を組み上げた。

「エスメラルダ様、私に考えがあります」


森を焼きながら進むジューダスリモースに対して、エルフたちによる一斉反攻が行われた。

エルフ側からすれば、望んでのことではない。理想は、ジョコンの街や共和国からの援軍が来るのを待つことだ。しかし、それを許さない状況。

やむを得ない反攻……しかし、全てにおいて力が違い過ぎる。

一斉反攻を開始して三十分。

「怪我人を森の奥に退かせろ！」

緑髪のエルフが叫ぶ。

エルフたちは、全てにおいて圧倒されていた。最初と違い、今回は敵の押しが強い。ゴーレムはもちろん、人もかなり前線に戦力を投入してきている。

ジェンに指揮を任せ、バンダは報告を待っていた。

そんな二人の元に、森の中を偵察していた者たちが戻ってきて報告する。

「バンダ、見つけたぞ。敵の本陣」

「緑と白の祭服と、黒い祭服が一人ずつ座っているだけだ。他は、この前線に出てきているみたい」

報告に頷くバンダ。

これこそが望んでいた情報。

「よし、今から、その本陣に奇襲をかける。六人付いてこい、ジェンもだ。絶対にこの奇襲は成功させなければならない。だから、近接戦が最も強い者たちでいく。他は、機を見て居住地まで撤退しろ。それとエスメラルダ様への報告を頼む」

こうして、バンダが率いる襲撃部隊七人が、ジューダスリモース本陣への奇襲を敢行した。

◆

「確かに二人だけだな」

「二人ともフードをかぶっていて顔が見えないが……」

「緑と白の祭服の男がそうだろう」

「ファンデビー法国暗殺兵団総指揮官……グファーチヨ大司教」

ジェンとバンダが小声で確認する。

そもそも、宗教国家に『暗殺兵団』などという組織が存在することが奇異に思えるかもしれない。もちろん表の組織図には出てこない。ファンデビー法国と西方教会の長い歴史の中で、静かに生み出され、成長してきた怪物。

歴史の表に出てこないところで、怪物は暗躍してきた。

今、そんな怪物が、エルフたちに襲い掛かろうとしているのだ。

ここで、怪物の頭を絶つ！

ヒュッ、ヒュッ、ヒュッ……。

五人の射手から放たれる矢が、椅子に座る二人を襲う。

だが……。

ブォン。

低い音が響いたかと思うと、矢が全てあらぬ方向に飛んでいった。

エルフが放つ矢が、狙いを外すなどあり得ない。つまり、魔法か錬金術かによって……。

しかし、剣を抜いて二人に突っ込んだバンダとジェンには関係ない。

矢は囮《おとり》。二人の突撃こそが本命！

ガキン。

バンダの剣が、しっかりと受け止められた。

「ようやく来たのか」

緑と白の祭服を着た男が、バンダの剣を受け止めながら呟く。男は六十歳前後に見えるが、力強いバンダの剣を座ったまま受けても、よろめく気配もない。

「最近は、待つのも疲れてきたからね、もう少し早く来てほしかった」

「なんだと……」

「そうだ、分かっているとは思うが、いちおう名乗っておこう。私はファンデビー法国特殊兵団総指揮官グファーチョ大司教だ」

「特殊兵団？　暗殺兵団の間違いだろう」

「さすがに宗教国家たる法国が、暗殺兵団という名前の組織を持っていてはまずいだろう？」

あまりに直接的なバンダの言葉に、苦笑しながら答えるグファーチョ。

「待っていたといったな？　奇襲されると分かっていた？」

「もちろん。これまでの森への攻撃は、全てこのため。ここで私に奇襲をかけてくるのは、残っている中の最精鋭だろう？　それを叩き潰せば、君たちエルフの心は折れる」

「ここはエルフの森、エルフが全力を出せる場所だぞ。そんな七人のエルフに対して、たった二人で叩き潰すだと？」

「だからだよ。そんな森で叩き潰すからこそ、心が折れるのさ。それから、二人と言っているが正確ではないな。正確には、一人と一体だ」

グファーチョが言った次の瞬間。

ブンッ。

「ぐはっ……」

二人から少し離れて戦っていたジェンが、黒祭服の男に腹を殴られてうずくまった。

その際、黒祭服のフードがめくれ、顔が露になる。

それは人間ではない。

「ゴーレムだと！」

「そう、一人と一体だ」

驚くバンダ、穏やかに肯定するグファーチョ。

二人の差は、そのまま戦闘力の差でもあった。

（ゴーレムは厄介だ。しかし、今剣を交えるこの男が敵の指揮官であることも確定している。指揮官が目の前にいる状況など、滅多にない。この男を倒せば、俺たちの勝ちなのだ！）

バンダは心の中で叫ぶ。

実は、その認識は正しくない。

グファーチョ大司教が倒されたとしても、暗殺兵団『ジューダスリモース』が撤退する保証などない。とはいえ、完全な撤退はなかったとしても、一度退いて態勢の立て直しは行われるかもしれない。その間に、バーボンか共和国の援軍が間に合えばいい。

認識は正しくないが、全くの間違いというわけでもない。

だがバンダの心の中での逡巡は、グファーチョに把握されていた。

「そう、ここで私を倒せば君たちの勝ち……かもしれないな」

「くっ」

「しかしだ。これは親切心から言うのだが、そのゴーレムをよく見るといい。森の外縁で戦ったゴーレムたちとは、何か違うと思わないか？」

バンダは、ゴーレムをチラリと見る。

それは、外縁での戦闘時に見た黒いゴーレムたちと違い、白い。

「白い……？」

「そう、他のゴーレムとは違う、特殊なやつさ。一番強いゴーレムだ。さあ、どうする？」

グファーチョが問う。

問われるまでもない。バンダは既に決断している。

目の前の男を、ここで倒すと。

そうであるならば……。

「この大司教には俺が当たる。他でそのゴーレムを抑えてくれ」

「分かった！」

バンダの指示に、他のエルフが答える。

「良い指揮官だ、判断が早く、判断を下したら行動を貫く。素晴らしい。だが、私の相手を君一人で大丈夫かね？」

「とにかく倒す」

「ああ、最後は頑張りに委ねるか。それでは他と同じ……いや、良い指揮官だからこそ、理詰めでは私に届かないことを瞬時に理解したのか。だから頑張ると言うほかない。なるほどなるほど、賢いな」

グファーチョは微笑みながら、バンダの思考を解いてみせる。

実は完全な正解であるため、バンダは何も言わない、何も言えない。

バンダは、ただ一太刀、それを完璧に受けられたことで、力の差を理解させられてしまっていた。しかし、力の差を理解したからといって戦わないという選択肢は、もうこの場にはない。

バンダは知っている。必ずしも強い者が勝つのではないということを。

ほとんどの場合、強い者が勝つ。

それは、事実だ。

だが、戦いの場においては、何が起きるか分からない。

それも、事実だ。

カキンッ。

グファーチョが、受け止めていたバンダの剣を大きく弾いて立ち上がり、剣戟が始まった。

（ぐっ……こいつ、本当に人間か？　剣の速さが尋常じゃない）

エルフは弓矢を得意とし、剣や槍は得意でない者が多い。

バンダはエルフだ。しかし、剣も槍も苦手としない。その腕は、エルフの森の中でも、トップ5に入るだろう。以前、共和国軍に、いわゆる武者修行に行ったこともある。その中でも、ほとんどの者に剣で後れを取ることはなかった。唯一敵わなかったのは、総司令官カステーラ将軍くらいだ。

つまり、人間基準で考えてもかなり強い部類に入るはずなのだが……。

「どうした？　指揮の能力は高くとも、剣は苦手なのか？　今年七十になる私に押されるようでは、鍛錬が足りんと言われようぞ」

笑いながら剣を振るうグファーチョ。

「聖職者のくせに剣が強いとか……」

「君は知らぬかもしれんが、開祖ニュー様は剣聖であったと言われている。時には、全てをなげうって守らねばならない場面もあるだろう。その時に、『剣を鍛えていなかったから守れなかった』と言うのかね？　大切な人の亡骸《なきがら》を前に、そんな言い訳をするのかね？　否だ。そんなことが、あってはならない」

「……耳が痛いぜ」

諭すような、いっそ落ち着いた声音のグファーチョの言葉に、攻め込まれ力で守ることができていないエルフの現状から、バンダは顔をしかめて小さな声で言い返す。

悪いのは、一方的に攻めてきた法国。

その通り。

だが、それがどうした？　非難すれば相手は去ってくれるのか？

いいや、理不尽に攻めてきた相手に、正論は通じない。

押し返す力がなければ蹂躙されるだけだ。

今、エルフたちは、それを嫌というほど経験している。

集団においても。個においても。

（力の差があるのは受け入れる。敵わないのも理解しよう。それでも、ここは戦場。何が起きるか分からない）

歯を食いしばって剣を振るい続けるバンダ。

バンダとグファーチョの剣戟は、激しく攻守が入れ替わる。激しい戦いであればあるほど、何が起きるか分からない。

ここはエルフの森だ。バンダが生まれ育った場所。

彼らのための森。

そこに、紛《まぎ》れを求める。

どんな達人でも完璧ではない。

予想外、想定外のことは起きる。

そう、例えば……。

グファーチョが足を踏ん張った瞬間、そこにあった大きめの石に体重を乗せてしまい、滑ってバランスを崩す。

千載一遇の好機。

何が起きるか分からない……そう考え、チャンスをうかがっていたからこそバンダは動けた。

大きく右足を踏み込む。

バランスを崩したグファーチョの首を一突き。

全てがあるべき形。

そう、あるべき、形。

……ただし、グファーチョの頭の中に描かれた『形』。

「チェスでは、トラップと言う」

「ぐはっ……」

グファーチョの剣で、腹を貫かれるバンダ。

「石の上で滑ったように見えたろう？　罠だ、悪いね」

グファーチョは微笑みながら、剣を引き抜いた。

その勢いで、後ろによろけるバンダ。だが、自らの剣を支えにして倒れない。ポケットの中にあるポーションの瓶を割り、服を通して振りかける。もちろん、直接負傷部位にかけた方がいいのだが、そんな隙を黙って見過ごしてくれる相手とは思えない。

効果は減るが、ゼロよりはましだ。

「ほぉ～、いつの間にかポーションをかけたのか。そして、その目、まだまだやれるぞと言いたそうだな」

「当然だ」

エルフは、ポーションの効きが悪い。それでも、掛けないよりはかけた方がはるかにまし。少なくとも喋れるくらいにはなる。だが、できればもう少しだけ時間を稼ぎたい。そうすれば、もっと動けるようになる。

「大司教様は……チェスがお好きなようだな……」

「そう、開祖ニュー様はチェスの名手でもあったそうなので」

睨みつけるような視線で、口から絞り出すように言葉を吐くバンダ。笑みを浮かべて答えるグファーチョ。

そして、一層はっきりとした笑みを浮かべて告げる。

「指揮官よ、時間を稼いでいるようだが、その判断は本当に正しいか？」

「なに？」

「君が指揮するエルフたちをしっかり見よ。もう、ボロボロだぞ」

「なっ……」

グファーチョの指摘に驚くバンダ。

そう、ゴーレムの相手をしているジェンを含めた六人は、見るからにボロボロになっている。体もボロボロだが、それ以上に……。

「俺は、まだやれるぞ」

絞り出すように言うジェン……しかし、他の五人は辛うじて立っているのが分かる。目にも力がない。まだやれると言ったジェンも、目に力はあっても体は傷だらけになっている。

総じて、致命傷は受けていないが、継戦能力が完全に失われる寸前。これ以上戦えば、撤退すら不可能になるだろう。

「くっ」

バンダは悔しそうな声を出すが、判断は早かった。

シュー。

拳大の球を地面に投げつけると、白い煙が広がった。

それは撤退するための煙。煙に紛れて、七人のエルフはその場を去った。

彼らは気付いていなかった。

ゴーレムと戦っていた者たちの服に、小さな小さな虫のような錬金道具を付けられていたことを。もし涼がそれを見れば「発信機！」と言ったかもしれない。

「チェスでは、一手にいくつもの狙いを潜ませる」

去り行くエルフたちを見ながら呟くグファーチョ。

「指揮官の心は折りきれなかったが、他はまあまあいけましたか。でも、実はそちらは付属品。本命は、居住地への案内。よろしくお願いしますね」

うっすら笑うグファーチョ。

全ての策が上手くいくわけではない。相手があることだから当然だ。

最終目的を達成できればそれでいい。

全ては、そのための手。

◆

バンダら七人は、なんとか居住地に到着した。

その入口で全員が座り込む。それはバンダすら例外ではない。

「なんだあれは……」

「バンダでも勝てない人間が指揮官だと？」

「しかも大司教でしょ？　あれで聖職者？」

口々に愚痴が出てくる。

だが、建設的な話もしなければならない。

「間違いないのは、あいつらがこの居住地に攻め込んできたらダメだということだ」

バンダの言葉に、他の六人は頷く。

居住地には、怪我をして治療中の者たちがいる。

エルフはポーションが効きにくい。全く効かないわけではないし、最終的な効果は人間に使った場合と変わらないのだが、効果が出るのに時間がかかる。人なら数秒で治る傷が、エルフの場合は数時間……。もちろん、ポーションを使わなければ治癒まで数日かかることを考えれば、破格の性能であることは確かなのだが。

代わりに、エルフ特有の精霊による回復魔法があるが、これもまた、即効性という点ではあまり有効とは言えない。

そんな治療中の者たちがいる居住地。そこに至るまでのどこかで、なんとか食い止めなければならない。

時間を稼ぐ方法は……。

「『迷いの森』の錬金道具は、正常に稼働しているから、奴らも簡単には進めんはずだ」

バンダの言葉にジェンが頷く。

それだけが頼りだ。

『光檻』のように、侵入者を討ち倒したり捕獲したりはできない。しかし、侵入者の方向感覚を狂わせ、エルフ以外の者が居住地に辿り着けないようにする錬金道具、それが『迷いの森』。

これある限り、居住地が奇襲を受けることはありえない……はずだった。

シュッ。

カキンッ。

飛んできた矢を、ほとんど無意識にバンダが剣で斬る。

「まさか……」

「さすがは有能な指揮官、どんな時でも敵に反応するね」

バンダの呟きに返ってきたのは……正直、あまり聞きたくない声。

「グファーチョ大司教……」

「ええ。居住地へご案内、ありがとうございました」

グファーチョが言った瞬間、バンダ以外の六人の目が大きく見開かれた。

その中にはジェンすらも入っている。

彼らは気付いたのだ、先ほど、自分たちが逃がされた理由に。

現れた大司教、その傍らには白いゴーレム。他の者たちは、居住地の中に侵入していく。

恐れていた襲撃が始まった。


グファーチョと白いゴーレムの前に、ただ一人立ち塞がるバンダ。

バンダらを無視して『ジューダスリモース』が居住地に侵入する。

しかし、次の瞬間……居住地に侵入した『ジューダスリモース』二人が切り刻まれた。

「ほぉ～？」

初めて笑顔が消えるグファーチョ。

エルフたちの力は測ってある。そう簡単に『ジューダスリモース』が切り刻まれるわけはないのだ。

だが、切り刻まれた。


「もしや、長老格のエルフか？」

グファーチョの言葉に答えるかのように、抜身の剣を手にした銀髪の女性が歩いてくる。

「最初の遭遇で、この森の中でのエルフの力を測った。そこで、総指揮官が囮に出ても問題ないと判断し、バンダら最精鋭を誘い出して叩いた。倒しきらずに逃がしたのは、居住地への道案内をさせるため。そして、今」

「さすが長老格。最前線で戦う者たちと違い、戦略的な思考がおできになる」

エスメラルダがジューダスリモースの動きを解いてみせ、グファーチョが称賛した。

「ですが、一人ではどうにもなるまい？」

「……」

「我が『ジューダスリモース』が居住地を蹂躙している。この七人も心が折れ……おっと失礼、前線指揮官殿は折れていないが、いかんせん状態が悪い。傷口が開いたようで、顔色がよくない。長老格のあなた一人では、止めることはできないだろう」

「だからといって、戦わないという選択肢はない」

「おっしゃる通り。だが、無謀で勝算の無い戦いだな」

圧倒的な優勢を築いているグファーチョは慇懃に頭を下げた。

そう、ジューダスリモース側の勝利だと、誰の目にも見えた。


突然。

辺りを轟音が貫いた。

「なに!?」

その場にいた九人全員が驚く。

なんの音かは知っている。

天空から降り注ぐ……誰もが聞いたことのある音。

「雷?」

グファーチョの訝し気な声。

その声に続いて、轟音と共に次々と走る光。

そう、雷光。

「『光檻』? いや、こんな動き方はしない」

エスメラルダも眉をひそめて呟く。

地面近くを走る雷は、光の鞭《むち》となって、次々とジューダスリモースの面々を打つ。

さすがのゴーレムですら、雷に打たれれば活動を停止するらしい。

光の鞭の舞は一分近く続き……グファーチョと白いゴーレム以外、全てが打ち倒された。

実は、白ゴーレムにも、一度は光の鞭が襲い掛かったのだ。しかし、白ゴーレムはかわした。他のゴーレムとは格が違うのだと言わんばかりに。

その間、グファーチョは動けなかった。彼の想定した中にない現象に、動けなかったのだ。

そして声が響く。

「クハハハハハ、愚かなる人間どもよ! 噂のジューダスリモースとはその程度か? 我は失望したぞ!」

そんな声と共に一同の前に現れたのは、赤い仮面をかぶり赤いマントを羽織った男。

涼である。

涼はノリノリである。

そう、涼は、赤い衣装を着ると、なぜかノリノリで魔王プレイに走ってしまうのだ。

涼にもその自覚はある。
《きっとこの、赤という色がいけないのです》
《……》
《赤は人を興奮させます。言われてみれば、アベルとかいう赤い剣士がいつも好戦的で暴力的なのも、赤いからに違いありません》
《色のせいにするな》
《やっぱり僕は、冷静沈着な色、人を落ち着ける青や水色の方が好きですね》
《リョウの事例が出てくると、絶対、色は関係ないと思うよな》
赤いイメージを持つ剣士で国王様の言葉を無視し、涼はまるで舞台俳優かのように、わざとらしく辺りを見回してセリフを吐く。
「我は赤の魔王。愚かなる人間どもに、正義の鉄槌を下すために降り立った」
涼の中での『赤の魔王』は、強きを挫き弱きを助ける正義の味方なのだ。
だが、正義の名乗りを受けた側は、素直に捉えなかった。
「聞いたことがあるぞ。魔王の傍らに常に従う赤い服を纏った魔物の話を。人との交渉の席には、常にその魔物が出てきていたと」
「それってマーリンさん……」
「それがお前か!」
涼の呟きは誰にも届かず、緑と白の祭服を着た男には断言される。
なぜか赤服の魔人マーリンと誤解されているようだ。
誤解された場合に、他の人に迷惑をかけるかどうかを涼は考える……ちょっと考えただけだが、決定的な迷惑はかけない気がする。ナイトレイ王国筆頭公爵という正体を隠したい涼にとっては、とても好都合なので誤解を解かないままにすることにした。
結論：このまま赤い魔物（赤服の魔人）としてロールプレイを続ける。
「だとしたらどうする、人間」
「いずれにしても我が法国と教会の敵。ファンデビー法国特殊兵団総指揮官、大司教グファーチョとして倒すまでよ」

完全に想定外の敵が現れ混乱していたグファーチョであるが、とるべき行動は決まった。

グファーチョは将棋を知らないが、知っていたら二つのボードゲームが混ざったと認識したかもしれない。

突然、盤外からの乱入と。

チェスは盤上の駒だけで進行していくが、将棋は盤外の駒が突然打ち込まれることがあるから。

一方のエルフたちも、グファーチョ並みには混乱していた。

特に若い七人は。

「え？　あれって親書を持ってきた……」

「しーっ」

バンダの呟きを、口の前で人差し指を立ててエスメラルダが遮る。

地球世界共通の仕草は、異世界でも共通の仕草らしい。

「高度な政治的理由で身分を隠したいのだろう」

「……はい？」


エスメラルダの言葉は完全に正解なのだが、バンダにはよく分からない。ジェンを含めた他の六人も首を傾げている。

「少なくとも、力強い援軍であることは確かだ」

エスメラルダはそう言うと、歩き出しながら声を上げた。

「助勢感謝する」

そう言いながら、涼の隣に並ぶ。

位置的に、共闘するということを意思表示している。

「できれば、僕がゴーレムに当たりたいのですが」

涼が自己主張する。

それは譲れない主張。

元々は、エルフを助けるために急いでやってきた。それは確かだ。しかし、光の鞭でほぼ一掃できた。涼の意識的には、それで自分が来た理由のほとんどは終了したと思っている。少なくとも、圧倒的劣勢だったと思われる状況から、エルフは脱したようだから。

そうなってある種のプレッシャーから脱してみると、別のものが見えてくる。それは白いゴーレム。他の黒いゴーレムたちとは明らかに違う。先ほど、光の鞭をかわしたところを見ると、見た目も違うし性能も違うらしい。

「そうしていただけると助かる。私がグファーチョ大司教にあたる」

エスメラルダにとっても否やはない。

彼女の答えに、涼の顔は輝いた。

その後のグファーチョの言葉に、さらに輝くことになる。

「我らジューダスリモースの中でも最強のゴーレム、魔王の側近、赤き魔物相手であっても遅れはとらぬ」

「なるほど。その白いゴーレムは、いわゆる隊長機、あるいは一号機というやつなんですね！　いいですね！」

喜ぶ涼。

そう、隊長機、それはロマン。

そう、隊長機、それは憧れ。

涼はゴーレムが大好きである。

立っているゴーレムを見るだけでも嬉しい。触ることができればもっと嬉しい。

壊れているのを見れば悲しくなるが、同時に愛おしくも感じる。

戦ってみたいという思いがあるのも、実は否定できない。

それらは大いなる矛盾かもしれない。否定はするまい。

だが素直な気持ちでもあるのだ。

自分の心に嘘はつけない。

「いざ、尋常に勝負！」

こうして、エスメラルダ対グファーチョ、涼対白ゴーレムの戦いが始まった。

エスメラルダとグファーチョの戦いは、最初から激しいものであった。

本来、お互いともに想定していない戦い。

エスメラルダは、居住地を襲撃した『ジューダスリモース』全てと戦うつもりであったし、グファーチョは長老格が出てきたら白ゴーレムを戦わせるつもりであったから。

しかし、ここは戦場。想定外のことが、よく起きる場所。

想定外の戦いであるのならば、初手は様子見から入るのが定石であろう。しかし、二人の戦いは最初から全力。

理由の多くは、エスメラルダの側にあった。

それも理性的な理由ではなく、感情的な理由。

「お前たちを、絶対に許さない！」

人の、いやエルフにおいても、最も原始的な感情の一つかもしれない。

怒り。

平穏を破られ、仲間を傷つけられた……ジューダスリモースへの怒り。

策にのって西部に援軍を送り出して森を手薄にし、誘い出されて精鋭の心を折られてしまった……己の無能さへの怒り。

外への怒りも内への怒りも、吐き出す先は一つしかない。

それが目の前の大司教。

「なぜ、我々エルフを静かに放っておいてくれないのか！」

エルフは森の民。外への領土拡張に興味はない。

エルフは平和の民。他の種族を支配することに興味はない。

それなのに……。

「お前たちが強いからさ」

「……は？」

「強ければ恐怖する。恐怖すれば排除したいと思う。それが人だ」

臆面もなく言い切るグファーチョ。

だがそこに、邪《よこしま》な感情はない。

「人は、すぐそばに虎や獅子、あるいは熊がいれば怖くなる。落ち着かなくなる。それと同じことだ」

「なんだと？」

「落ち着く方法は何か？　排除する。そうすれば、一生襲われることはない、襲われる心配をすることはない。枕を高くして眠ることができる。だから、エルフを排除する。エルフが強すぎるのが悪い」

「そんな馬鹿な理屈があるか！」

エスメラルダは叫ぶ。

強いものが近くにいたら怖い？　だから排除する？

言葉は通じるのだ、話し合えばいいではないか！

「根本的な問題解決は、この世から滅するしかないということだ」

グファーチョは穏やかに言う。

その表情は、激したエスメラルダとは対照的。

同時にそれは、どこまで行ってもお互いの主張は平行線にしかならないという絶望を生む。

根源的な対立がある場合、議論では結論は出ない。

議論とは妥協点を探る行為。しかし、その妥協点が、種族の存続に影響を及ぼすようなものであれば、誰も受け入れたりはしない。

軍事力という名の暴力や、和解金という名の財力によって、片方がいやいやながらも受け入れさせられるだけ。

それが議論の本質であるのならば……。

「受け入れられるか！」

エスメラルダは再び叫ぶ。

力を示す。

虐げられるだけの存在ではないことを証明するために、力を示す。

法国グファーチョ大司教とエルフのエスメラルダの戦いは、さらに激しさを増していった。

翻って、涼と白ゴーレムの戦いは静かに進んでいた。
それはあくまで、どちらも無言という意味でしかない。
しかも片方は、口に出していないだけで……。
《素晴らしいですよ！　ゴーレムがこれほどスムーズに剣を振るうなんて。ルスラン公子の雷帝も、ニルスと模擬戦を繰り広げていましたけど、この白ゴーレムも凄いです》
『魂の響』を通して、執務室でお仕事中の国王と話しながら戦っている。
《『魂の響』を通して俺も見えているから。戦闘に集中した方がよくないか？》
涼を心配してなのか、仕事の邪魔をされたくないのか、それは分からないがアベルが提案する。

《まだ大丈夫です。多分、この子、何かを隠していますす。それが出てからが、本格的な戦いになると思います》
《隠している？　何をだ？》
《そう、パターンとしては『第二形態』とか『変形機構』とかです》
《……は？　なんだパターンって》
アベルは全く理解できていない。
それは仕方ないであろう。地球におけるお約束を知らないのだから。
《こういう場合、やられた後の復活とか、ある種のエネルギーが溜まったりすると、パワーアップするものなのです。それが第二形態です》
《……そうか。それで、ヘンケキなんとかってのは？》
《最初の形態では埒《らち》が明かないと判断すると、体の形を変えて戦い方を変えてくるのです。それが変形機構です》
《……そうか。そういうのがあるといいな》
もちろんアベルは、涼の妄想だと思っている。多分今回も、涼の妄想は妄想のままで終わるだろうと。

その推測は、だいたいにおいて正しい。

「さあ、白ゴーレム、第二形態なり変形機構なりで、新たな姿を見せるのです！」

涼が高らかに宣言する。

宣言するが……もちろん変わらず、元の姿のまま涼と剣を合わせ続ける。

「あ、あれ？」

困惑する涼。

「ゴーレムさん、僕の防御は完璧ですよ？　そろそろ第二形態とか変形とかして打開を図らないとまずいですよ？」

戦いながら、剣を合わせながら白ゴーレムに言葉をかける涼。

しかし反応はない。

《もしかして、その辺りの状況判断の魔法式が甘い作りになっているのでしょうか？　そんなのだと、第二形態を出す前に負けてしまう可能性がありますよね？》

《いやそもそも……第二形態とかそういうのが無いんじゃないか？》

アベルが、とても常識的なことを言う。
《そんなはずありません！　第二形態や変形機構はお約束なのです！　まったく……。もののあはれを知らないアベルには分からないでしょうけど、これほどのゴーレムを作った人ならば知っているはずなのです》
《なぜ、そんなに自信満々なのか》
アベルは小さく首を振る。
もちろんアベルとしては、第二形態になろうが変形機構が作動しようがどうでもいい。むしろ、そんなことが起きる前に倒してしまうべきではないかと思っているくらいだ。
《だいたいリョウは、エルフを救うためにその森に行ったんだろう？　あの時の切迫感と今とでは、だいぶ違うよな》
《ええ、そうですよ？　新技『光の鞭』を使うことによって、目の前の白ゴーレムとボス指揮官の人以外は倒しました。それで、エルフたちは危機から脱したので、切迫感がないのは当然なのです》
《ならそのまま、白ゴーレムとボス指揮官とかも倒せばいいじゃないか》
《さっき、光の鞭をよけられてしまいました。しかも、ちょうど電池切れ……光の鞭の源が、電力切れになったっぽいです。連発しましたからね。でも、少しずつ溜まっているのは感じるので、充電中なのでしょう。しばらくすれば、また使えるようになるに違いありません》
《さっさとやらないから……》
《現場には現場の状況があるのです！》
王様という人たちは、現場の苦労を分からない人が多いらしい。
《ですから、近接戦を仕掛けるのは仕方がないのです。この白ゴーレムとの近接戦で、王国でのゴーレム製作の新たな知見を得られるかもしれません。多少の危険があろうとも、この戦いは避けては通れません！》
《絶対、白ゴーレムと戦いたいだけだと思うんだよな》
悲愴感をたっぷり装って言う涼、ただの戦いたがりだと断定するアベル。

その後も、白ゴーレムに呼びかけ続ける涼。

呼びかけ続けて二分ほど経った頃だろうか。

「ん?」

涼の村雨による斬撃を、しっかりと剣で受ける白ゴーレム。

次の瞬間、白ゴーレムの剣が曲がった。

そのまま、蛇が相手に巻き付くように村雨の刀身に巻き付く。

「剣が絡みつく?　そう来ましたか!」

歓喜する涼。

「そういうのを待っていました!　本体の変形ではなく武器変形。そちらの方が、機構としてはシンプルですね、いいじゃないですか!　剣まで体の一部にしたってことですね。錬金術で動くゴーレムならではです」

とはいえ、絡みつかれたままではまずいので、まずは対処する。

「これが普通の剣だったら大変でしたが、僕の村雨は氷の剣です」

村雨の刀身が消える。

当然、絡みついていた白ゴーレムの剣は、巻きつく対象を失う。

涼はバックステップして距離をとり、再び村雨に氷の刀身を生じさせた。

「惜しかったですね!　ん?　いや……剣を自由自在に変形できるってことは、いろんな形状をとれるということで、必ずしも剣の形でなくとも……」

涼が呟いた瞬間、白ゴーレムの剣が十本に分かれ、それぞれが細い金属の糸になった。

「糸使い!　まさにファンタジー!　欲しかったのは、そういうのですよ!」

笑顔のまま称賛し、言葉を続ける涼。

「ファンタジーといえば糸使い。でも本来、物理的にあり得ない武器です。なぜなら、斬撃《ざんげき》には重さが必要だから。しかし、糸の剣では軽すぎる。しかししかし、斬撃の瞬間だけ硬化する糸の剣であれば成立する!」

西洋剣のフルーレやサーベルをさらに細くして、何本も繰り出す、そんなイメージ。

絶対に折れないのであれば、そして曲がらないのであれば……さらに怪力の持ち主であれば成立する。ゴーレムなら、その三つは成立する。

「剣を振るよりも、槍を振る方が力が要ります。槍の方が長いですからね。長いものを振るのは大変なのです。でもゴーレムならいける。しかも、軟化と硬化を細かく繰り返して……障害物をよける際は軟化して糸のようになり、対象に当たる際は硬化してダメージを与える。ゴーレムだからこその武器ですね。考えた人は凄い発想です」

涼は、ある種、感動していた。

『糸使い』というのは、地球であれば空想の中だけの武器。

それが、目の前で展開しているのだ。

しかも、自分を襲ってくる！

「僕を襲うという部分だけは、ちょっといただけませんが。まあ、それも愛嬌《あいきょう》。仕方ありません」

もちろん初めて対戦する武器に、命を危険にさらされているのだが笑顔がこぼれる涼。

《愛嬌という言葉の使い方、変じゃないか？》

何やら国王で剣士な人が呟いているが、もちろん涼には関係ない。

仕方がないので、『糸使い』を知らないであろうアベルに、涼は説明してあげることにした。

《ちょうど今、白ゴーレムが十本の糸に分かれた剣を指に装着しました。あの糸は、ほんのわずかな指の動きで数百メートル、ものによっては数千メートル先のものを切断したりできるのです。きっと錬金術によって、糸そのものを伸ばしたり縮めたりもできるはずですから、気を付けなければいけません！》

言ってる内容は不穏なものだが、その表情はにっこにこ。溢れんばかりの笑顔。

《リョウも、初めて見る武器なんじゃないか？》

《ええ、初めて見る武器ですよ？》

《それなのに、なんで詳しいんだ？》

《有名な武器です》

地球のファンタジーでは！

言うまでもなく、涼の解説は、地球のファンタジー小説や漫画的な知識からの解説だ。つまり、本当に目の前の白ゴーレムが、そんな使い方ができるのかどうかを知っているわけではない。

しかし、そんなことはどうでもいい。

涼にとっては、伝説の武器との戦い。

誰だって、アーサー王のエクスカリバーや、妖刀村正との戦いとなれば心躍るであろう？

「さあ白ゴーレム、いえ糸使い！　戦いましょう！」

一人と一体の戦いは、本格的な戦いへと移行していった。


「〈アイスウォール〉」

ジャキン。

極細の糸が、氷の壁を切り裂く。

「なんですと！」

一重とはいえ、〈アイスウォール〉が簡単に切り裂かれたことに驚く涼。

「これならどうですか！　〈アイスウォール10層〉」

ジャキジャキジャキン。

一重に比べれば時間はかかったが、それでも一秒程度で切り裂かれる。

「今ので分かりましたよ。その糸、振動させていますね！」

刃物に超音波の振動を与えることによって、対象との摩擦を抑え、切断力が上がる。その原理で、糸の切断力を上げているのだ。

「人には難しい手法ですが、それもゴーレムならではですね」

悔しさと嬉しさがない交ぜになった涼の表情。

自らの氷の壁が簡単に切断された悔しさ。

これまでに見たことのない技を見ることができた嬉しさ。

「あなたの技術は、うちの水田管理ゴーレムに活かします」

涼は言い切る。

戦うほどに相手の技術を丸裸にして、自らに取り込む。それはいずれ、領地のゴーレムたちに還元される。

「ニールさんに教えてもらったゴーレム用エンチャントと、白ゴーレムの糸使い……振動付き！　ふふふ、これは素晴らしい水田管理ゴーレムができそうです」

水田管理に必要なものなのかどうかは、もちろん誰にも分からない。

「とはいえ、まずはあなたを倒して僕が生き残る必要があります」

まずは生き残ること。

「〈アイスウォール〉が簡単に砕かれるとなると……数で対抗してみましょう。〈アイスシールド10層256〉」

二百五十六個の、テニスラケット大の氷の盾が涼の周りに現れ、動き回って、糸の攻撃を防ぐ。

もちろん糸に切り裂かれて消滅するのだが、それは涼にとっては想定内。氷の盾が斬られることによって時間が稼がれる。

「攻撃力は分かりました。では、防御力はどうですか？　〈アイシクルランス16〉」

涼から発射された十六本の氷の槍は、ちょうど二人の中間地点で全て切り裂かれた。

「右手の五本で攻撃、左手の五本で防御？　なるほど。あなたの設計者はバランス重視な方なのですね」

ゴーレムの戦い方から、製作者の設計思想を読み解く涼。

「ならば、これは？　〈アイシクルランス128〉」

百二十八本の氷の槍が白ゴーレムを襲う。

全て迎撃されるが……。

「〈ウォータージェットスラスタ〉」

氷の槍を囮に、一気に飛び込む涼。

カシュッ。

薙いだ村雨は白ゴーレムの腹部に届いたが、表面を滑る。

「やはり硬い！　関節も同じような金属が細かく重なって、外からは攻撃できなくなっていますよね。キューシー公国のゴーレムもそうでした。さて……」

おちゃらけているように見えるかもしれないが、決して楽な相手ではないと涼は認識している。認識しているが……顔には笑みが浮かぶ。

楽しいのだから仕方ない。

対する白ゴーレム自身は、糸を操りながら細かなステップを刻んでいる。今は、氷の槍に紛れての攻撃であったために攻撃が届いたが、簡単には狙いを絞らせてくれない。

「これだけの糸を操りながら自らも移動し続ける……人だったら、凄く大変そうですが。ゴーレムなら楽勝だと言いたそうですね」

もちろん、白ゴーレムは何も答えない。

傍から見ていても表情が変わったようには見えない。

《……》

どこかの王様も、何も言わない。

（お腹は斬れませんでした。関節も難しそうです。でも首は……ちょっとだけいけそうな気がするんですよね）

キューシー公国のゴーレムも、首の部分は弱点であった。あれは三メートル級ゴーレムであったために、一度転倒させてから首に剣を突き刺す必要があったが……目の前の白ゴーレムは二メートル弱。立ったままでも行けるはず。

「〈アイシクルランス128〉」

再び、百二十八本の氷の槍が白ゴーレムを襲う。

再び、全て迎撃される。

「〈ウォータージェットスラスタ〉」

氷の槍を囮に、再び飛び込む涼。

白ゴーレムの喉を村雨で突こうとして……止めた！

「〈アイスウォール50層〉」

剣を引き、自分の前面に氷の壁を生成。そのまま後方に跳ぶ。

バリバリバリバリ……。

生成した氷の壁が次々と割られていく。

白ゴーレムのお腹から剣が生えて涼を襲ったのだ。

「〈ウォータージェットスラスタ〉」

高速で退避。

かなり飛んで、ようやく白ゴーレムの剣から逃れた。

「確かに、その可能性を考えておくべきでした」

剣が指に同化したのだ。新たな剣が体から生じるというのはあり得ると、想定しておくべきだった。

〈アイスウォール50層〉と〈ウォータージェットスラスタ〉でなんとか回避できたが……。

「そろそろ決着をつけた方がよさそうですね」

涼は自身の戦闘だけでなく、隣のエルフと大司教との戦闘も見て考えた。

あちらも激しい戦いが続いているが、終わりが見えている。

「あなたを氷で貫いたり剣で斬るのは難しいようです。では、これなら？〈スコール〉」

驟雨が白ゴーレムを濡らし、地面に水たまりができる。もちろん、これだけならなんのダメージもない。

だが……。

「それを浴びた瞬間に、あなたの負けは決まっていました」

涼が呟いた瞬間、轟音と共に光の鞭が水たまりを打つ。

その瞬間、ゴーレムの体を雷が走った。

シュゥゥゥ。

白ゴーレムから煙が上がって動きを止め、前のめりに倒れた。

エスメラルダの剣がグファーチョ大司教の胸を貫いたのは、白ゴーレムが倒れたのとほぼ同時であった。

「この体では……エルフの長老格には、勝てない……」

「実力の差は分かっていたのね」

グファーチョの言葉に、冷たい視線を向けるエスメラルダ。

「あの赤い魔物のせいだ……」

グファーチョはそう言うと、涼を見る。

口から血が溢れている。

「全て想定通りであったのに……盤外からルークが飛び込んでくるなど、あり得ん……」

「チェスが将棋に替わったのです。持ち駒の飛車の打ち込みが、形勢を逆転するのはよくあることです」

涼は肩をすくめて答える。

チェスと将棋は別のゲーム。涼の登場で、ゲームが変更されたのだ。

文字通り、ゲームチェンジャー。

チェスはともかく『将棋』という言葉を知らないエスメラルダは首を傾げている。グファーチョは自らの命脈が尽きることを理解しているようだ。

「全てをその御手に……」

グファーチョの命が尽きた瞬間、全ての『ジューダスリモース』が溶けだした。

「ゴーレムが、溶けた？」

「こっちの、大司教の体も溶けだしたぞ」

「暗殺者たちも……」

「『ジューダスリモース』全てが溶けた？」

「こいつら、本当に人間だったのか？」

辺りに集まってきていたエルフたちが、口々に言った。

◆

「ナイトレイ王国のリョウ殿であったよな。助勢、感謝する」

エスメラルダはそう言うと、深々と頭を下げた。

隣に立っていたバンダも頭を下げる。

「ああ、いえ、えっと、僕は、今は赤の魔王でして……」

「赤の魔王？　その赤い仮面とマントか？」

「はい……」

ノリノリの気持ちが終わり、少し恥ずかしくなってきている涼。

《言わんこっちゃない》

《だまらっしゃい！》

詳しい事情も分からないくせに文句を言う赤い剣士の国王に対して、ぴしゃりと言い切る涼。

「ナイトレイ王国の者が介入すれば、法国にいる使節団に迷惑がかかるから、そんな恰好《かっこう》をしているということであるな？」

「まさに！」

「やはり高度な政治的判断の結果であったか」

我が意を得たりと喜ぶ涼、予想通りと頷くエスメラルダ。

無言のまま何も言わないことを選択したバンダ。

「リョウ……いや、赤の魔王殿は、光を使って攻撃されていたが、あれは光属性魔法ではなく、この森の……」

「はい。以前、バーボンさんが『光艦』とおっしゃっていた錬金道具です」

「しかし『光艦』はジューダスリモースの者たちに壊され、使えなくなっていたはず……」

「そうですね、音声認識……声で動かす部分に関しては壊されていました。ですが、雷を発する部分については全く無傷でしたので……あれは、なぜですかね?」

「おそらく奴らは、我らを倒した後、『光檻』の錬金道具を法国に持って帰るつもりだったのであろう。法国の錬金術もかなりのレベルにあるらしいが、雷を操れるという話は聞いたことないからな」

涼の問いに、エスメラルダが答える。

エスメラルダの表情には、高い錬金術のレベルを保持する誇りがあるが、同時に疑問も思い出したようだ。

「あの『光檻』を鞭のように動かしていたが……あれはなんだ? 『光檻』にあのような機構はないはずだが」

「ああ……え~っと……水属性魔法にちょうどいい魔法がありまして……ちょっと説明は難しいです……」

涼は、頬を掻きながら答える。

実際、とても説明しづらいので……。


エスメラルダらが指示を出すために去り、涼はようやく一人になった。

傍から見れば、ぼんやりと森を見ているように見えるだろう。

《雷を魔法に使う場合、発生も難しいのですが、狙った場所に落とすのも同じくらい難しいのです。いえ正確には、狙った場所に導く方法というべきですか。誘雷ってやつですね》
《今回のやつ、発生は『光檻』とかいうやつだよな。そこで作られた雷を鞭のように動かしていたのは?》
《新技:光の鞭は、氷をこすって静電気の道を造ったのです》
《静電気の道?》
《雷にとって、ほとんど絶縁体と言ってもいい空気中を通り抜けるのは、ちょ~大変なのです。でも静電気で道を造ってあげれば、らくちんなその道を通り抜けようとします。そうやって雷を導くことができます》
《氷をこすって静電気というのは、あれだよな。以前リョウが言っていた、雷雲の中で雷が発生する仕組みのやつ》
《ええ、ええ。さすがアベル、よく覚えていましたね》
涼はこういう時、素直にアベルに感心する。
適当に聞き流していたら記憶に残っていないのだが、

こうして問い返してくるということはちゃんと考えながら聞いていたということ。自分に直接関係しない事柄に関して考えているというのは、そうそうできることではないと涼は思っているのだ。

《雷が、氷によって発生するという話は、俺の中では衝撃的だったからな》

《なるほど、なるほど》

アベルの気持ちは、涼にも分かる。

氷と雷など、全然近い関係にあるとは思えないものたちだ。それなのに……。

《まあ、それはいい。リョウ、もう一つ質問がある》

《珍しいですね》

アベルが、こういう感じで質問を重ねるのは珍しい気がするのだ。

もちろん涼は、質問大歓迎な人間なので機嫌を損ねることはない。

質問するということは、興味関心を持ってくれたからこそだ。ならば嬉しくなりこそすれ、機嫌を損ねるわけはない。

《チェスは知っているが、ショーギとかいうやつは、なんだ？》

だがアベルの問いは、涼が全く想定していないものであった。

想像の斜め上の質問。

《アベルの考えは、時として僕の想定をはるかに超えてきます。それが天才の証明だとでも言うのですか！》

《意味が分からん》

なぜかプチ逆上する涼に、意味が分からないアベルは肩をすくめる。

とはいえ、すぐに気を静めた涼は、説明を始めた。

《そう、将棋というのは、僕の故郷にあるチェスに似たボードゲームの名前です。自分の王様……キングを守りながら、相手のキングを追い詰めるゲームである点は同じです。ただ大きく違うのは、取った駒です》

《取った駒？》

《チェスは取った駒、取られた駒は盤外に退いて、基本的に戻ってくることはないですよね》

《そうだな》

《だからゲームが進むにつれて、盤上の駒の数は、必ず減っていきます》
《うん》
《ですが将棋は、取った相手の駒を、自分の駒として好きな場所に好きなタイミングで投入することができるのです》
《それは……ゲームの流れが、恐ろしく複雑になるな》
アベルが考えながら答える。
アベルはチェスをするが、決して強くない。
強くはないが、取られた駒が敵の駒となって投入される……しかも好きな場所に、好きなタイミングでとなれば、考えるべきことが驚くほど増えるというのは簡単に理解できる。
《取った駒を使えるとなると、ゲームが進んでいっても、使われる駒の数は減らないな。しかも、取った駒の使い方次第では、逆転が非常に多くなるんじゃないか？》
《ええ、とても多くなりますね。チェスは、劣勢から逆転勝利するのは難しい場合が多いと思います。引き分けに持ち込むことができれば御の字でしょう？》
《そうだな。名手同士なら、余計そうなる気がする》
《将棋は、名手同士でも逆転劇はあります》
涼は、将棋も指すし、チェスもやる。
どちらも強いとは言えないが、大好きだ。
それぞれに特徴があり、それぞれの面白さがあることを知っている。だから、チェスだと思っていた戦いが将棋であったと分かったら……混乱するだろうなとも思う。
今は溶けてなくなってしまったグファーチョの亡骸を、チラリと見る。
エルフの誰かも言っていたが、人間ではない可能性も……。
《将棋は復活があるということだよな。興味深いな》
アベルの言葉で、涼は思い出したことがあった。
ついでなので尋ねてみよう。
《ずっと疑問だったのですが、光属性魔法には、復活というか蘇生の魔法ってないのですか？》
《ない。死者は蘇らない。むしろ、闇属性魔法ならゾ

ンビを使役する魔法があるらしいが……あれを『死者が蘇る』と見るかはちょっと難しいな》
《錬金術にはどうでしょう？》
《ああ……実は聞いたことがある。復活というか……むしろ、新たな命を生み出すというべきものだが……》
《あるんですか！》
《いや、俺も、王子の頃に聞いたことがあるだけだ。王国では研究していなかったし、今もしていないが……》
《王国では？　まさか……あの国？》
《そう、当時、デブヒ帝国では研究しているのではないかと言われていた》
《やはり帝国ですか！》
　アベルの回答に、顔をしかめる涼。
　とてもしっくりくる。
《でも帝国でも、ゴーレムの研究は、まだしていないみたいでしたよ》
《それは、ルパート陛下がそう言ったのか？》
《ええ、キルヒホフ伯爵と話してました》
《リョウたちに聞こえるようにか？》
《え……》
　アベルの問いに固まる涼。
　そう、帝国は仮想敵国だ。
　ルパートはその先代皇帝であり、涼は王国の筆頭公爵。敵に、本当の情報を伝えるとは限らない……。
《わざとそんな話をして、実は……本当は研究をしている？》
《分からん。だが、空中戦艦だって造っていたしな》
《確かに！》
　ルンで長きにわたって造っていたゴールデン・ハインドは、帝国の新鋭空中戦艦群と戦ったことがある。
　隠れて研究をしている可能性はある！
　その瞬間、なぜか涼の脳裏に、ニール・アンダーセンの顔が浮かんだ。
《帝国の錬金術研究において、ニールさんはどういう立ち位置なのでしょう……》
《この前、ケネスが言ってなかったか？　帝国の錬金術を大きく飛躍させた人物だと》
《ええ、そうなのですけど……う～ん》

何かが、ひっかかる。
何がなのか分からないが、ひっかかる。
情報が足りていないのだろう、何も閃かない……。
《まあ、いいです。とりあえず、もう少し情勢を見極めるために、共和国に残ります》
《ああ、分かった》

その後、ジューダスリモースの襲撃失敗が伝わったためだろう。共和国西部にいたシュターフェン連合王国軍は撤退した。

その際、二十体のゴーレムが、沼地からの回収を諦め破壊、遺棄された。

◆

全てが順調だったわけではなかった。

共和国諜報特務庁。

「局長大変です！　地下重監獄のチェーザレが脱走しました！」

「なんだと！」

「チェーザレの部下、三人の脱走は阻止しましたが、最終的に全員自決」

「なんたる失態か……」

局長ボニファーチョ・フランツォーニは呻くように言った。


涼は、赤い仮面とマントを返却して、ドージェ・ピエトロに再び宿をとっていた。

翌日。

美味しい晩御飯、快適な睡眠、美味しい朝御飯。

当然のように、完璧であった。

涼は、朝食後に、軽くストレッチをこなしてから受付に行く。今度こそ、宿を引き払い、共和国を発って聖都に戻るのだ。

「やはり、素晴らしいお宿でした。急に延泊したのに、対応していただきありがとうございました。また共和国に来ることがあれば、こちらに宿泊させていただきます」

「ありがとうございました。またのお越しをお待ちしております」

何度でも言う。完璧であった。


その後、涼は、諜報特務庁に向かった。

共和国を発つ前に、以前約束していた『隠蔽』について、分かったことがあれば聞こうと思ったのだ。

しかし……。


「公爵閣下、申し訳ありません」

局長ボニファーチョ自らが謝罪した。

チェーザレに脱獄され、さらに他の三人にも自害されるという失態。その結果、約束した『隠蔽』に関するデータの分析がほとんどできなかったのだ。

「ただ、奴ら全員がつけていたこのブレスレットが錬金道具であり、その『隠蔽』に関わっているらしいということは分かりました……」

「ほほぉ～」

銀か何かのブレスレットだ。確かに、五人とも左手首につけていた。

「それで……お約束した隠蔽に関する情報分析には失敗したのですが……代わりにと言ってはなんですが、このブレスレットを一つお渡しすることで、お許しいただけないかと」

「なるほど……」

局長ボニファーチョは冷や汗をかきながら提案し、涼は重々しく頷く。

「それは、共和国政府からの正式な許可が下りているのですか？」

「もちろんです。昨日のうちに、元首公邸の決裁がおりておりますれば……」

「分かりました。それなら、それで手を打ちましょう」

涼が、心の中で小躍りしたのは言うまでもない。このブレスレットをいろいろいじくり回せば、何か分かるかもしれないし！

はっきり言って、ただ報告を受けるだけよりも、こっちの方が嬉しかったのは言うまでもないことだ。


涼はもう一度、元首公邸に立ち寄り、出国の挨拶をして馬車で首都を発った。

中々に濃い滞在であったと言えよう。特に錬金術に関して、涼は多くの知見を得た。

◆

「チェーザレは無事回収。グファーチョは教皇庁に戻って再生させなければなりませんね。それにジューダスリモース……まさか『白』まで破壊されるとは。エルフの力、まだまだ過小評価だったようです。とはいえ、削ることはできました。今回は良しとしましょう。あとは……」

男はそう呟きながら、ニール・アンダーセン邸に入っていった。

男を出迎えるニール。

「直接出向いてくるとは……珍しいですな」

「ええ。今回は、ぜひともお願いしたいことがございまして」

ニールが問い、男が答えた。

男は、チーロ・ペーペのソファーに座っていた男。

「かのサカリアス枢機卿が、ぜひとは……聞くのが怖くなるわい」

「ご冗談を」

ニールの言葉に、サカリアス枢機卿は朗らかに笑った。

顔は笑っており、目の奥も笑っている。

だがニールは知っている。心の中では、全く笑っていないことを。

このクラスになると、目の奥すら、きちんと笑って見せることができるのだ。そうしなければ生き残れない組織の中で、頂点付近にまで上がったのだから。壮絶という言葉すら生ぬるい……そんな経験をしながら。

「それで?」

「はい。聞けば、アンダーセン殿は、共和国を引き払うとか。どちらに行かれるのかは知りませんが、その前に、ぜひ一度、聖都にお寄りいただきたいと思いまして」

「ことわ……」

「いえ！　わたくしではなく、教皇聖下がお望みなのです」

言下に断ろうとしたニールの機先を制し、サカリアス枢機卿は決定的な一言を告げた。

「ほぉ……。教皇が、か」

さすがに、それはニールにとっても意外な言葉であった。

そして、ある理由から、その誘いには興味があった。

その理由とは……。

(新たな教皇は、人間ではないのではと思っている。そう、『ジューダスリモース』のように、ある種の錬金術によって生み出されたのではないかと)

突然、ニールの脳裏に一つの可能性が描かれる。彼の中で、全ての情報が揃ったのだ。

「わしに、共和国のゴーレムを修復させたこと自体がお主の策か？」

「はい？」

「協力させて、共和国を出ていかざるを得ない状況にする。そのタイミングで、こうして誘いに来た」

「ええ、その通りです」

ニールの問いに、笑顔のまま頷くサカリアス。

「あのゴーレムの異常は、その辺の錬金術師では見抜けません。共和国広しといえども、見抜けるのはニール・アンダーセンだけでしょう。そして協力すれば、あなたは共和国を出ていくことになる。そういう契約であるのは調査済みでしたので」

サカリアスは笑顔のまま説明する。

その言葉にニールは肩をすくめた。

(わしだけでなく、ロンド公爵も見抜いたがな)

そう思ったが口には出さない。口に出したら、あまりいいことにはならなさそうだから。

サカリアスは説明する。

「共和国の力の源泉は、次の三つだと私はみています。海洋国家、秀でた錬金術、特務庁の諜報力」

「なるほど。エルフを襲撃して、彼らの錬金術の力を削る。わしを国外に出ていかせて、やはり錬金術の力を削る。特務庁も『教皇の四司教』に襲撃させて壊滅を図る。今回の戦争そのものが、最初から最後まで、お主の掌の上だったということか」

ニールは小さく首を振った。

サカリアスは笑みを浮かべたまま何も言わない。言うまでもないということだ。

「もし、聖都に行くのを断ると言ったらどうする?」

「もちろん、それは残念なことです」

「それだけじゃなかろう?」

「アンダーセン殿が断るというのであれば、わたくしどもにはどうしようもありません。ただ……」

サカリアス枢機卿は、微笑んだまま、言葉を続ける。

「こちらの女中さんやそのご家族が、数十日後にどうなるかは、分かりませんね」

「まあ、そういうことだろうと思ったわい」

ここで「下劣な!」などとニールは言ったりしない。目の前の男たちにとって、そんなことは日常茶飯事なのだ。

意のままにならない者がいるなら、脅すか懐柔するか、そのどちらかしかない。放置すれば、大きな災いとなる可能性が高いのだから。

だから、脅すか懐柔するか、最悪の場合は、排除する。少なくとも、放置はない。放置しても、なんのメリットもないのだから当然だ。

「そんな面倒なことをせずとも、わしを拉致すればよかろう?」

「いえいえ、そんな恐れ多いこと……。する必要もないでしょう?」

ニールの提案に、サカリアスは首を振りながら答える。拉致などする必要はないのだ。どうせ、聖都に行く以外の選択肢はないのだから。

本人自身への圧力よりも、家族や大切な人など周囲の人への圧力をにおわせる方が効果的なのは、いつの時代、どんな世界においても変わらない。場合によっては、におわせるだけでいいのだから……コストパフォーマンスにも優れている。

もちろん、誰が聞いても、気持ちのいいものではないが。

「まったく……」

ニールは一度ため息をついてから、言葉を続けた。

「よかろう。聖都に行ってやる。じゃから、わしに関係する者たちには手を出すな……いや、安全を保証せよ。事故も病気も何も起きないと、保証せよ。できるな？」

「なんとも大変な保証ですが……よろしいでしょう。保証いたしましょう」

　そうして、ニール・アンダーセンは、共和国を発って聖都に向かったのだった。

◆

　涼は、聖都に戻る、貸し切り馬車の中にいた。
《いやあ、とても充実した共和国旅行でした》
《そうかそうか、それは良かったな》
　涼の嬉しそうな声に対して、アベルの声は重い。
　おそらく今日もまた、書類まみれになっているのだろう……。そんな王様を、涼は憐れに思った。
《アベルも、たまには国内を視察して回ったらどうですか？》
《視察？》
《ええ。三年前に即位してから、一度もそういうので、国内を回ったことないでしょう？　病も癒えたし、アベルが統治している国民の皆さんに、顔見世とかしたらどうですかね。国王陛下といえども、国民からの人気は無下にしていいものではないですよ？》
　涼は、国内視察を提案した。
　アベルは、国王になった経緯や元A級冒険者でもあったことから、国民人気の非常に高い国王だ。だからこそ、視察で国内をまわれば、国民はより一層喜ぶだろうと涼は思っている。
　為政者は、国民を味方にしておくに越したことはない。
　国民を味方にする一番の方法は、好景気の創出。これはいつの時代、どんな世界においても変わらぬ真実。
　国民を味方にする二番目の方法が、為政者の露出。
　これは必ず、好景気にした後にやらなければならない。順番が大事。不景気なまま国民の前に出て行けば……不幸なことになる。
　そんなことを考えて、涼は小さく首を振った。
《僕は、アベルが、国民に吊し上げられるのは見たくないですからね》
《なんだそれは……》
《敗戦後は別として、普通、戦後や内戦後の国の復興

期というのは、よほど変なことをしない限り、景気は良くなっていくものなので、きっとアベルの身は無事でしょう》
《お、おう……？》

『魂の響』の接続を切ったアベルの元を、宰相アレクシス・ハインライン侯爵が訪れた。

そして定時報告。

「以上が、本日のご報告となります」

「ああ。ありがとう」

アベルはそう言うと、少しだけ考えるような表情になった後、口を開いた。

「アレクシス、以前提案のあった国内視察の件だが……行くことにした」

その言葉を聞いて、ハインライン侯は少し驚いて目を開いた。

以前、ハインライン侯が提案したのは事実だが、忙しいアベルは首を縦に振らないだろうと思っていたからだ。実際、提案した時には、一言「無理」と言ったのだし……。

「かしこまりました。陛下、何ゆえ心変わりを？」

「ああ……。さっき、リョウに言われてな。一度くらい国内を視察して回れと。国王といえども、国民からの人気は無下にするなと……」

「なるほど。さすがはロンド公爵」

ハインライン侯はそう言うと、大きく頷く。

なぜかハインライン侯は、涼を高く評価している。

「とはいえ、王国全土を回る余裕はさすがにない」

「おっしゃる通りです。回るべき地方は、すでにお考えがおありのようで」

「普通に考えて、北部と東部だろうな」

王国北部の貴族は、その多くが王弟レイモンド側に付いて、取り潰しになった。

取り潰された領地はいったん王室管理となり、王国解放戦の論功行賞で、功のあった貴族たちに分け与えられたり、あるいは新たに貴族に取り立てた者を北部に入れたりしている。そのため、南部、西部に本拠地のある貴族の飛び地が、北部にはそれなりに生まれていた。

　また、新たに貴族となって北部に領地を持った者たちも、まだ三年しか経っていない。とても確固とした地盤とは言えない状態だ。

　北部は、さらに北にある帝国と境を接しているため、一朝事が起きると最前線となる。その防衛は、王室だけでは不可能。そのため、貴族たちを配置し、王国の守りとしたい。しかし、誰でもいいわけではない。王国解放戦の時のように、裏切る者は困る。

　新たな北部貴族の定着、ならびに王室直轄領の視察……。

　そのため北部。

　そして東部。

　王国解放戦前の東部動乱中、かなりの貴族家が断絶、あるいは力を失った。

　ここでいう力とは、軍事力や経済力だ。騎士団が壊滅し、商会、工房などが打ち壊され、農民たちも疲弊した。

　最近になって、ようやく、東部貴族の中心たるシュールズベリー公爵のアーウィン・オルティスが東部に戻った。まさに、これからさらなる復興をしていこうという狼煙になったのではないかとアベルは思っている。

　それを後押しできれば……。

　国王陛下も、いろいろ考えているのだ。

◆

　涼が宿舎に到着すると、『十号室』と『十一号室』はいなかった。涼が共和国に行っている間、西ダンジョンに潜っているらしい。

　とりあえず、ロビーにいつも座っているヒュー・マクグラスに報告した。親書のお届けと、その他諸々とを。顔をしかめながら聞いていたヒューであったが、結局口は挟まず、最後に一言「分かった」と言っただけだった。

　いろいろ言いたそうな顔ではあったが、何か言われる前に涼はさっさと移動してお風呂に入った。まずは旅の汚れをとる……同時にヒューの前から去る。

　完璧だ。

お風呂を堪能してロビーに戻ってきたところで、窓の外の景色が目に入る。

見覚えのある人物が馬車から降りてくるところであった。

しかし、その人物はこの聖都にいるはずのない人物。なにせ、別の国の偉い立場なのだ、そう簡単に国外には出られないはず。彼は第二公子なわけで……。

涼が手を振っているのに気付いたのだろう。その人物は馬車から降りると荷物を執事らしき人物に預けて、一人で王国使節団の宿舎に入ってきた。

「リョウさん？」

「やっぱりルスラン様！　どうしてここに？」

そう、馬車から降りてきたのは、キューシー公国第二公子ルスラン。涼にとっては、錬金術の同好の士だ。

「法国とのゴーレム共同研究のために来ました」

もちろんそれ以外に主目的はあるのだが、さすがに涼に対してであってもそれを言うわけにはいかない。

「なんて羨ましい！」

涼の、心の底からのセリフだ。

「ぼ、僕も公子の従僕として一緒に付いていくわけには……」

「無理です」

涼の願いを、笑いながら断るルスラン。

もちろん涼も分かっている。頭では分かってはいるのだが……心ではゴーレムを求めている。

確かに、マファルダ共和国では破壊された法国ゴーレムをあちこちいじくりまわした。それどころか、法国最高機密ジューダスリモースと戦ったりも……。

とはいえ、それはそれ、これはこれ。

「教皇庁内にある兵団管理部というところで、ゴーレムの開発や管理は行われるのですが、そこに通い詰めることになると思います。また会うこともあるでしょうから……」

「はい。あ、この宿舎のお隣にある『カフェ・ローマ』はケーキとコーヒーが美味しいのでお薦めです！　気分転換したくなったら、ぜひ」

「ありがとうございます。初めての街なので不安だったのですが……そういう情報って助かりますよね。落ち着いたら行ってみます」

涼の情報を素直に受け入れるルスラン。

一礼すると、待たせていた執事たちと共に教皇庁に入っていった。


それを見送った涼。小さく首を振ると呟いた。

「仕方ありません、『カフェ・ローマー』はいつか、ルスラン様と一緒に行きましょう。今日は、ここのラウンジで」

涼はそう言うと、ロビー奥にあるラウンジに座り……。

《まずはケーキとコーヒーで、長旅の疲れをとらなければ》

《その二つで、疲れがとれるのか？》

ちゃんと報告をしたのに、国王陛下は懐疑的だ。

『十号室』と『十一号室』が戻ってきたのは、それからほんの一分後であった。

王国使節団宿舎に着くと、ロビーの奥にあるラウンジで、美味しそうにケーキを食べ、コーヒーを飲む水属性の魔法使いが目に入る。

「リョウさん！」

アモンの呼びかけに、水属性の魔法使いは振り返ると、微笑みながら小さく手を振る。

「みんながあまりにも遅いから、先に食べてますよ」

「いや、意味が分からんのだが……」

涼の言葉に、小さく首を振りながらニルスが答えた。

六人は、涼を置いてお風呂に入りに行った。
涼は、すでに入浴済みなので、ラウンジに残っている。
《みんな、何か大変なことに巻き込まれたみたいです》
《何か、と言われても伝わらんのだが……》
涼は、なんとなく暇だったので、王都にいる王様に話を振り、アベルはなんとなく答えてくれる。
アベルは、国王になってもいい奴なのだ。
《詳しい内容は、この後の晩御飯で聞きます》
《リョウはこの後、晩御飯を食べるのに……今、ケーキを食べているのか？》

《なぜ、分かった！》
《『魂の響』って、音だけじゃなくて絵も見えるからな……》
多分、アベルは『魂の響』の向こう側で首を振っているはずだ。
《あ、そうでした。アベルに報告というか、ちょっと尋ねたいことがあったんです。今回のは、ちゃんと使節団と法国の交渉に関することですよ》
《今回のは、って言ってるってことは、普段がそうじゃないと理解はしているんだな……》
《……》
《分かったから、別に怒っていないから》
《……そうですか？　えっと、首席交渉官のイグニスさんが、凄く頭を抱えていたんです。海路での交易についてて》
《ふむ。まあ、海路でもかなりの距離があるらしいからな……》
《王国が、西方諸国と海路で貿易をするとしたら、その中心になる港って、ウィットナッシュじゃないですか。それで思い出したんです。ウィットナッシュには、ちょ～カッコいいレインシューター号っていう船があったなと》
《あ、ああ……》
急に、アベルの反応が悪くなった。
《あれ、速そうだし、西方諸国との交易に使えばいいんじゃないかと思ったんですよ。あれって、王室が造らせた船なんでしょ？　アベルが許可すればいけるんじゃないですか？》
《ああ……》
涼は、いかにも名案でしょ、という雰囲気で言っているのだが、アベル王の反応は甚だ悪い。
《いちおう僕も、王国貴族として考えたうえで提案しているんですけど、アベルのその反応はなんですか。何か言いたいことがあるなら、はっきり言うべきですよ》
《そうだな……。実は、レインシューター号は無いんだ》
《……はい？　すいません、もう一度言ってください。誤って聞き取ったみたいです》
《レインシューター号は無い》

《すいません、誤って聞き取った……》
《いや、合ってるわ！　なくなったんだよ、レインシユーターは！　一年前にな》
《なくなった……》
涼は激しく落ち込んだ。別にあろうがなかろうが、涼には全く関係のないことなのだが……。

レインシューター号とは、三年前のウィットナッシュ開港祭でお披露目された、船の革命とすら呼ばれたトリマラン、つまり三胴船。その姿は驚くほど美しく、涼はもちろん、『十号室』の三人もその姿に見とれたほどだった。
また、航行方法も、喫水下は水属性魔法、喫水上は風属性魔法を後方に出して、その反発力で走るというハイブリッド航法。
王室が建造を命じた船なのだが……。
《建造費三千七百億フロリンの船がなくなった？》
涼のその呟きは、『魂の響』を通してなので、当然すべてアベルには筒抜けだ。
《……建造費とか、よく知っていたな》
アベルも、深いため息をついて答える。
涼も、アベル自身が非常に残念に思っているのは理解できた。
《一年前、海洋調査のためにウィットナッシュを出航し……それ以来、戻ってきていない》
《なんということでしょう……。ハッ、まさかクラーケンの犠牲に……》
《ああ、その可能性はある。クラーケン以外にも、海には巨大な魔物がいたりするからな……。もちろん、強力な魔物除けも武装も積んでいたんだが……。そんなわけでレインシューターは、もう無いんだ》
悲しい話であった。
《もう一隻造るというのは？》
《確か、別の輸送に特化した船を造っていたはずだが……。完成にはもうしばらくかかるだろう》
《そうですか。残念です》

◆

「え？　悪魔？　エト、今、悪魔って言いましたか？」

涼の声は、驚きのあまり少し裏返っていた。

「やっぱり知っていたんだな」

「コーヒーのことを、悪魔のように黒く、地獄のように熱く、天使のように純粋で、そして恋のように甘い飲み物って、以前、言ってましたもんね」

ニルスが頷き、アモンが補足した。

「え……あ、うん……」

涼は、若干誤解を解きたいような表情を浮かべながらも、いちおう受け入れた。

タレーランの名言を言ったのは事実だし。

「悪魔に遭遇して、よく無事でしたね……」

「マーリン殿が救ってくれたからな」

涼は、そこの部分は、心の底から良かったと思い、理由をニルスが答える。

「なるほど、マーリンさんが。魔人対悪魔の対決は、凄そうです」

「うん、ちょっと理解できない魔法戦……あれ、魔法だよね」

「多分、魔法です……」

涼が空想し、エトが言い、ジークも同意する。

中央諸国の魔法の常識が、とかそんなレベルではなく、エトやジークにも理解できないものであったのだ。

二人が頑張って説明してくれる内容から、涼はなんとか理解した……。いや、正確には理解できていないが。

「それは、ぜひ見たかったです……」

涼の感想は、心の底からの感想。

「特に、その悪魔の、分身みたいな瞬間移動みたいなのは興味ありますけど……でも、マーリンさんの魔法も凄いですね……。重力系？　そんなのがあるのかな？　それに飛んできた炎や氷を、そのまま反転させるとか……慣性系への干渉？　いや、アインシュタインは言いましたね、我々が重力だと思っているものは、実は空間の曲がりだと……ということは、つまり重力を操れるということは、空間を曲げることができるということですよね。Gμν（x）という、あれです。なるほど、それなら、相手の攻撃を、空間を曲げることによって相手に返すことなど造作ない……。光や闇はもちろん、水、火、土、風のどれでもないということは、無属性魔法なのかな？　気になります……。あ、そういえば、南の魔人も、解放された時に宙に浮きましたよね。反重力！　って思った記憶があるし……。もしかして、魔人さんって、そういう系統の魔法が得意なのかもしれない？　種族特性とかそういうの？　今度、マーリンさんにお願いして見せてもらいましょう……」

涼が、心の中で言ったつもりの言葉は、全てだだ漏れであった。

「なるほど、リョウさんはこういうことを考えているんですね！」

「マーリンさんにお願いしようとしているね」

「やっぱり、よからぬことを考えているじゃねーか」

アモンが頷き、エトが苦笑し、ニルスが首を振りながら感想を述べる。

不穏な言葉は入っていないはずなのだが、涼を見て抱いているイメージによるものか。

涼は、不憫な魔法使いである。

「それにしても、あの、『悪魔』というのはなんなのでしょうか。もちろん、我々人とは違う、超常の存在というのは分かるのですが、いわゆる魔物とは違う感じがしましたし……魔人、マーリン殿などとも違う……」

ジークは誰とはなしに、そう問う。

「おそらく……この世界の、生物の体系から外れたもの」

涼のその呟きは、決して大きくはない……それどころか、呟きの中でも小さかったはずなのだが、六人全員の耳に届いた。

「リョウさん、どういうことですか？」

一番食いついたのは、ジークであった。

「え……いや、なんとなくそう思っただけで……」

ジークの食いつきに焦る涼。

ジークの視線は強い。

涼は諦めて、いくつかを話すことにした。

「えっと……僕もそんなに知っているわけではないんだけど……。実は、悪魔の知り合いがいまして」

「え……」

涼の告白に、他の六人全員が絶句した。

「あ、知り合いと言っても、別に仲がいいわけではなくて……一度は、助けてあげたこともあるけど、まあ、あれは人助け的な……」

涼の言葉に、六人は無言のまま聞いている。

「それ以外に、三回ほど戦いました。三回とも死にかけた気がする……」

「マジか……」

思わずニルスの口から言葉が漏れる。

自分たちが知らない間に、涼はそんな死線を潜り抜けていたとは。あんな人外相手に！

そこで、涼は思い出した。最後に悪魔レオノールと戦った時、西方諸国の情報をくれたことを。最後別れ際に、ちょっとだけ言った言葉を。

「そういえば、その悪魔が言っていたのを思い出しました。西方諸国には、自分のような悪魔もいるから気を付けろと」

「なるほど、それが今回の悪魔……」

涼の説明に、エトが頷いて答えた。

同時に、涼は思い出していた。レオノールが言った別の言葉も。キーワード的に彼女は言った……『生贄』とも。

三つ言ったキーワード、生贄、天使、ヴァンパイアのうち、ヴァンパイアは分かった。戦ったので。天使も、堕天した何かが教皇庁と関係があるらしいと出てきている。

だが生贄に関しては、現状、未だ全く意味が分からない。おそらく、これから何か見えてくるのだろうが……そうだとしても、不穏な言葉だ。

分からないことだらけ。

生贄、溶けたゴーレムと人、関わってくる新たな悪魔、それと戦う魔人マーリン。さらに、共和国で経験したように、西方諸国の中でも国同士の戦争が起きている。

全く分からない！

(分からないことは考えない！)

どうせ、情報が揃えば勝手に分かるようになるのだ。それまでは考えても解けやしない……。

どうせ考えても分からないことではなく、涼は目の前のことに目を向けた。

まずは一つ一つ。

そう、目の前にある晩御飯に。

「……あんな話をしたのに、リョウは美味そうに飯を食うよな」

「ニルス、美味しいものは人を幸せにします。人が幸せを追求する生き物であるのならば、それは美味しいものを食べれば達成されるということです」

「一見、深いことを言っているように聞こえるのが恐ろしい」

涼の言葉に、小さく首を振るニルス。

「まあ、幸せになるのは良いことだよ」

「自分から不幸になりたいとは思いませんもんね」

エトとアモンが頷きながら言う。

「この肉の炙り焼き、美味いです」

「うん、焼き加減が絶妙だな」

ゴワンとハロルドが肉料理を褒める。

「二人とも、野菜も食べて」

食事ではなぜか世話焼きになるジークが、野菜を薦める。

全てを見て微笑む涼。

間違いなく、そこには幸せな光景が生まれていた。

エピローグ

そこは、白い世界。

ミカエル（仮名）は、今日もいくつかの世界の管理を行っている。

手元には、いつもの石板《タブレット》。

「三原涼さんは、いつもながら大変そうですが……おや？　確かお友達のアベルさんとかいう方でしたよね。やはり、三原涼さん本人だけでなく、周りにいる方々も大変な道に進んでしまうのですね。ああ、でも、このアベルさんは……そうですか、そうなる運命だったのですね。ならば、仕方ありませんね」

ミカエル（仮名）は小さく首を振る。

さらに石板を操り……。

「三原涼さんも……そうですか、教皇庁に……。これは困ったことになるかもしれませんが、さて、どうしたものか。この歪みは……私が介入すべきか、それとも……」

ミカエル（仮名）は首を傾げる。

「とても難しい判断を迫られますね」

あとがき

お久しぶり……というほど、前巻からは時間が経っていない本巻です。作者の久宝　忠です。

「水属性の魔法使い　第二部　西方諸国編Ⅱ」をお手に取っていただき、ありがとうございます。刊行ペースが上がり、読者の皆様をあまりお待たせすることなく物語をお届けできたのは嬉しいですね。

これもひとえに、素敵なイラストを描いてくださる天野先生や、担当編集さんを筆頭に素晴らしい書籍にしてくださるＴＯブックスの皆様のおかげです。

ですが何よりも、本作品を応援し、支持してくださる読者の皆様あってこそ！

この場を借りて、御礼申し上げます。


さて、第二部に入り、物語は西方諸国を舞台に進んでいます。

これまでの本作で描かれてきた中央諸国と、いろいろ違います。……違いますよね？　違いがありますよね？　ええ、違うんです！

あまり差異を感じない？　それはきっと、涼がいるからです。涼の影響力のおかげです。彼がいれば、全部、『涼のいる世界』になっちゃうからに違いありません。大丈夫、これから違いがいっぱい出てきます……多分。

本作は、少しずつ涼の世界が広がっていく、その過程を楽しんでくださいと、以前のあとがきで書きましたが……今回の西方諸国のように地理的に広がっていく場合もあります。他にもいろいろな意味で広がっていきますので、楽しみにしておいてください。

この第二部では、涼とアベルは別行動になっています。

中央諸国でお留守番のアベルにも出番を！　と思っているそこのあなた……ご心配なく。アベルはアベルで活躍しますから。ええ、もうちょっとだけお待ちください。


今回の「第二部　西方諸国編Ⅱ」にも、「小説家になろう」で投稿したものに比べて多くの加筆箇所があります。

例えば最後の、エルフの森のお話もそうです。これは『自治庁防衛戦』『西の森防衛戦』『ダンジョン骸骨王との戦闘』をまとめて、それが涼主役だったらどうなるかを考えて書いてみたものです。

先に、このあとがきから読んでいらっしゃる読者の方がいるかもしれませんので、詳しくは書きませんが……涼は楽しそうですよね。良かった、良かった。

これからもまだまだ西方諸国、そしてその先への旅と続いていきます。涼や他の登場人物たちの旅路を、楽しく読んでいってもらえたら嬉しいです。

それでは、また次巻のあとがきでお会いしましょう。

ニルスたちに手出しは許しません！
役立たずは消えろ
超える
悪魔を
打ち倒せ!!

レオノールを
最凶の
久宝忠 著
天野英 イラスト
2024年春発売決定！
水属性の魔法使い
第二部
西方諸国編
III

アクセスはこちら!
https://to-corona-ex.com/
魔法使い』の最新話が
早く読める!!

アベルさんの服はそこに干してあります
……
たぶんもう乾いているとは思いますよ
……だがイメージとして描くことは可能だその知識さえあれば!
内容は割愛するがいわゆる水素結合と呼ばれる現象をイメージする
原作:久宝 忠
漫画:墨天業
CORONA EX
コロナEX
TObooks
なら
「水属性の
どこよりも

世界を正しい姿に
戻すためですよ、
出来損ないと呼ばれた元英雄は、実家から追放されたので好き勝手に生きることにした
紅月シン
Shin Kouduki
イラスト：ちょこ庵

アレン君。
新教皇に仕える
聖女リーズの思惑とは――
望まぬヒロイック・サーガ
第7巻！
Next Story 2024年春発売！

小説
第16巻
2024年 春
発売！
シリーズ累計
200万部
突破！
（紙＋電子）
絶賛配信中！
帝国物語
餅月 望——著
Gilse——イラスト
式HPへ！

ティアムーン帝国物語
ティアムーン帝国物語
ティアムーン帝国物語
ティアムーン帝国物語
ティアムーン帝国物語
ティアムーン帝国物語
コミックス
第8巻
2024年 春
発売!
漫画:杜乃ミズ
各配信サイトにて
TVアニメ
ティアムーン
断頭台から始まる、
姫の転生逆転ストーリー
詳しくは公

シリーズ累計160万部突破！（紙＋電子）

TO JUNIOR-BUNKO

イラスト：kaworu

TOジュニア文庫第5巻
2024年3月1日発売！

NOVELS

イラスト：珠梨やすゆき

原作小説第26巻
2024年発売予定！

COMICS

漫画：飯田せりこ

コミックス第11巻
2024年春発売予定！

SPIN-OFF

漫画：桐井

スピンオフ漫画第1巻
「おかしな転生～リコリス・ダイアリー～」
好評発売中！

※2024年1月現在

甘く激しい「おかしな転生」

TV ANIME

Blu-ray&DVD BOX
好評発売中！

CAST
ベイストリー：村瀬 歩
マルカルロ：藤原夏海
ルミニート：内田真礼
リコリス：本渡 楓
カセロール：土田 大
ジョゼフィーネ：大久保瑠美
シイツ：若林 佑
アニエス：生天目仁美
ペトラ：奥野香耶
スクゥーレ：加藤 渉
レーテシュ伯：日笠陽子

STAFF
原作：古流望「おかしな転生」（TOブックス刊）
原作イラスト：珠梨やすゆき
監督：葛谷直行
シリーズ構成・脚本：広田光毅
キャラクターデザイン：宮川知子
音楽：中村 博
OP テーマ：sana(sajou no hana)「Brand new day」
ED テーマ：YuNi「風味絶佳」
アニメーション制作：SynergySP
アニメーション制作協力：スタジオコメット

アニメ公式HPにて新情報続々公開中！
https://okashinatensei-pr.com/

GOODS

おかしな転生 和三盆

古流望先生完全監修！
書き下ろしSS付き！

大好評発売中！

STAGE

舞台「おかしな転生 ～アップルパイは笑顔とともに～」

DVD
好評発売中！

GAME

TVアニメ「おかしな転生」がG123でブラウザゲーム化

▲ゲーム開始はこちら

好評配信中！

DRAMA CD

おかしな転生ドラマCD第②弾

好評
発売中！

詳しくは公式HPへ！

[著]
イスラーフィール
[絵]
碧風羽《みどりふう》
最新第十六巻
2024年発売予定!
続報は作品公式HPをチェック! tobooks.jp/afumi/

(通巻第9巻)
水属性の魔法使い　第二部　西方諸国編Ⅱ

2024年2月1日　第1刷発行

著　者　久宝 忠

発行者　本田武市

発行所　TOブックス
〒150-0002
東京都渋谷区渋谷三丁目1番1号　PMO渋谷Ⅱ　11階
TEL 0120-933-772(営業フリーダイヤル)
FAX 050-3156-0508

印刷・製本　中央精版印刷株式会社

ISBN978-4-86794-050-1

Printed in Japan